小学館文庫

最後の審判

ロバート・ベイリー

吉野弘人 訳

JN019830

小学館

THE FINAL RECKONING
By Robert Bailey
Copyright © 2019 by Robert Bailey All rights reserved.
This edition is made possible under a license
arrangement originating with Amazon Publishing,
www.apub.com, in collaboration with The English Agency (Japan) Ltd.

最後の審判

＊主な登場人物＊

トーマス（トム）・ジャクソン・マクマートリー……弁護士を引退した、もとアラバマ大ロースクールの教授。

トミー……トムの息子、ハンツビルに住む整形外科医。

ナンシー……トミーの妻。

ジャクソン……トミーとナンシーの長男、13歳。

リック・ドレイク……弁護士。トムの教え子で法律事務所のパートナー。


ボーセフィス（ボー）・ヘインズ……テネシー州プラスキに住む弁護士。

ジャスミン（ジャズ）・ヘインズ……ボーの妻、アラバマＡ＆Ｍ大の美術史教授。

パウエル・コンラッド……アラバマ州タスカルーサ郡地区検事。

ウェイド・リッチー……タスカルーサ郡保安官事務所の捜査官。

ヘレン・ルイス……テネシー州ジャイルズ郡地方検事長。

サントニオ・〝レル〟・ジェニングス……私立探偵。

アルヴィン（アルヴィー）・ジェニングス……レルの弟、故人。

ラシェル……アルヴィーの妻。

レイモンド（レイレイ）・ピッカルー……トムの旧友で弁護士、故人。

ビル・デイビス……トムの旧友で、主治医。

ヴァージル・フラッド……ジャスパー郡の被告側弁護士。


ジャック・ウィリストーン……トラック運送会社の経営者、故人。

マーセラス・〝ブリー〟・カルホーン……実業家、麻薬取引のボス、故人。

キャサリン（キャット）・ウィリストーン……ブリーの娘で、ジャックの妻。

ハーム・ツイッティ……〈Ｃ＆Ｇセキュリティ〉のオーナー。

ドウェイン・パタースン……ウォーカー郡の保安官。

ローソン（ロー）・スノー……パタースンの上司だったもと保安官。

シャーロット・トンプソン……リバーベンド最高警備刑務所の看護師。

ジムボーン（ボーン）・ウィーラー……死刑囚。

マヘリア（マニー）・レイエス……殺し屋。

父、ランドール・ロバート・〝ランディ〟・ベイリーの愛情あふれる思い出に。

わたしたちならできる。

――ランディ・ベイリー

プロローグ

リバーベンド最高警備刑務所

テネシー州ナッシュビル、二〇一二年五月十五日

「戻れよ」

殺人鬼の凍《い》てつくような声にトムのうなじの毛が逆立った。面談が終わり、トムとヘレンを死刑囚監房に案内したジャケッタ・ストーン看守長が、ふたりを外に出すために部屋の扉の鍵を開けているところだった。トムはヘレンをちらっと見たが、彼女の青白い顔からは何も読み取れなかった。ふたりは、あたかも同時に動くことに無意識のうちに同意していたかのように振り向くと、殺人鬼が坐《すわ》っているメタル製の机に近づいた。男の手は机の真ん中を走るバーに鎖でつながれ、足枷《あしかせ》がつけられていた。だが拘束されていても、ジェイムズ・ロバート・〝ジムボーン〟・ウィーラーの感情のこもらない眼《め》、赤みがかった顔色、冷たい声は、危険な動物の雰囲気を醸し出していた。

「お前だけだ、マクマートリー」目線を落としたまま、ジムボーンはそう言った。「ふたりのクソ女《アマ》は扉のそばに立ってろ」

ヘレンは首を振った。「行きましょう」と彼女は囁《ささや》いた。が、トムは手で制し、ヘレンと看守長にアイコンタクトで知らせた。

「大丈夫だ」トムは囁くように言った。「彼が何を言うのか聞いてみたい」

トムはテーブルに向かって二歩進み、席に戻った。ヘレンとストーン看守長は扉の近くで待っていた。「さあ、いいだろう」とトムは言った。

ジムボーンは身を乗り出すと、手錠のかかった手に顎をのせた。視線を上げると、ほとんど囁くように話した。「〝報い《レコニング》〟ということばの意味を知っているか、マクマートリー」

トムはうなじから両腕にかけて鳥肌が立つのを感じた。「復讐《ふくしゅう》」とトムは言った。「復讐という意味がある」

「それだけじゃない」とジムボーンは言った。「貸し借りをなくす。ものごとを正す。審判の日という意味もある」

「それがどうした？」とトムは言った。ゲームにうんざりしてきた。

「次はお前の番だ、爺《じい》さん。ブリー・カルホーンに関われば、遅からずその日がやってくる。おれとしちゃ、今回の事件がそうじゃないことを祈るがな」

「なぜだ？」

「なぜなら、ここを出たら、おれがお前に審判を下してやるからだ」と彼は言った。その声は低かった。トムは何とか聴きとろうとした。「おれがお前を殺すからだ、マクマートリー。お前とお前の愛する者を。お前の医者の息子にその妻。お前の孫息子にその妹。家族全員だ」彼は再びことばを切った。「お前のパートナー、リック・ドレイクとその家族。お前の黒んぼ《ニガー》の友だちヘインズとその妻と子どもだ。それにコンラッドとあの頭のおかしい捜査官も。マクマートリー、おれはお前とお前の愛する者すべてに最後の審判を与えてやる」

トムの肌は冷たくなった。頭のなかでは、眼の前のサイコパスがジャクソンとジェニーを襲う映像が流れていた。彼は息を呑《の》んだ。やがて話し出すと、自分の声が落ち着き払っていることに驚いた。思いもかけずガレージでヘビにでくわしたとき、その頭にシャベルを振り下ろす前に、息子にじっとしているよう言ったことを思い出していた。「自分が死刑囚だということを忘れるな、ミスター・ウィーラー。致死注射による死を待つ身だということを」トムはためらいながらも続けた。「脅しても無駄だ」

「そうかな？」ジムボーンは言った。「お前のパートナーの父親はどうしてる？」

トムは身を乗り出した。聞き間違いだと思った。「なんだと？」

「ビリー・ドレイクは最近どうしてる？　事故にあったと聞いたような気がしたが」ジムボーンはほほ笑んだ。

トムはめまいを覚えた。「どうやって――？」

「このミーティングで誰のことを話すのに時間を費やした？」ジムボーンがさえぎった。

「ブリー……カルホーン？」とトムは言った。自分の声が遠くから聞こえるようで、恐怖で体の感覚がなかった。

ジムボーンは喜びに満ちた眼を細めてトムを見た。やがてゆっくりと頷《うなず》いた。「おれがブリーの仕事を離れたあと、彼は別の人物を探す必要があった……おれと同じ才能を持った人物を。おれはうってつけの人物を知っていた」ジムボーンは指先で机を叩《たた》きながら言った。「おれの代わりの人物はいい仕事をするとだけ言っておこう。それにおれたちは長年にわたって、互いに協力してきた」

トムは身を乗り出し、無理に落ち着いた口調を装って話した。「ブリー・カルホーンが殺し屋を雇って、お前のためにビリー・ドレイクを殺したというのか？」

ジムボーンはにやりと笑った。「ちゃんと聞いてたじゃないか、爺さん」

「当たり前だ」とトムは言った。足がふらついていた。「なぜ、リックの父親なんだ？ なぜ、わたしやボー、あるいはリック自身じゃないんだ？」

「お前らはおれ自身のためにとっておくのさ」とジムボーンは言った。その声はほとんど囁きに近かった。「だがここに閉じ込められているあいだも、少しは愉《たの》しませてもらおうと思ってね。メインディッシュの前の前菜だよ」

トムは眼の前のサイコパスをにらんだ。怒りはすぐにショックへと変わった。「お前は頭のおかしいクソ野郎だ。ブリー・カルホーンから話を聞くときに、お前が彼のことを話したと告げることになるぞ。かつての使用人であるお前が、彼のことを教えたと」トムはそう言った。「どうなるかな？」

ジムボーンは歯を見せて笑った。「ブリーは頭がいいから、おれに手を出そうとはしないさ。あんたにはわからんだろうが、おれは野良犬なのさ。そういった犬は決して吠えない。

夜となく昼となく、あんたの家の裏口をこっそりとうろつき回る。しばらくして、お前の犬は妊娠するか、死ぬことになる。おれがどちらを望むかによってな。そしてお前の家の庭に食い物はなくなる。おれはただ咬《か》みつくだけの野良犬だ、教授。ブリー・カルホーンのような人間はそのことをよく知っていて、おれを自由にしておくのさ」

トムは去ろうとして立ち上がった。ヘレンのほうを見ると、心配そうに眼を大きく見開いていた。だが、ストーン看守長はうんざりした表情を浮かべていた。よくある死刑囚の一日だというかのように。

トムが扉に近づくと、ジムボーン・ウィーラーが背後から、はっきりとした冷たい声で言った。「おれの言ったことを忘れるなよ、爺さん。お前の審判の日がやがて来る」

トムは振り向かなかった。ストーン看守長が鍵のかかった扉を開けた。一オクターブ高く、さらに威嚇《いかく》的な殺人犯の声が、鍵のジャラジャラという音よりも大きく部屋中に響いた。

「ボーンの手によってな」

第一部

1

刑務所は悪臭を発する。汗をかくほどは体を動かしていないが、何日か風呂に入っていない者の体臭のようなにおいだ。そのにおいは、シンダーブロックの壁やコンクリートの床に浸透し、そこにいるすべての者の肌に染みこんでいく。収容者、看守、所長、医療関係者。月に一度、夫婦面会のためにやって来る配偶者にさえも。

老人介護施設で、いくら消毒液をかけても排泄物《はいせつぶつ》のにおいが消えないように、刑務所の悪臭も決して消えなかった。

二〇一三年十二月四日の朝、ジムボーン・ウィーラーは独房の床のうえに胎児のような姿勢で横たわり、自分が口から吐き出した嘔吐《おうと》物ではなく、コンクリートから染み出してくる悪臭を吸おうとしていた。だがその数秒後、人差し指を無理やり喉に突っ込んだ。吐き気が再び襲ってきた。彼は、ベッドのメタル製の小さなフットボードをつかみながら、一メートル五十センチ×二メートル十センチの独房じゅうに嘔吐物をまき散らした。そして、「助けてくれ！」と叫んだ。

一分経《た》っても看守の来る気配がなかったので、ジムボーンはもう一度喉の奥に指を突っ込んだ。今度は咽頭《いんとう》反射で、五秒から十秒ほど空吐きをした。深呼吸をして唾を吐きながら、再び叫んだ。「誰か助けてくれ。い、息が……できない！」彼は眼を閉じて考えた。間違えたのか？　時計は持っていなかった。独房では腕時計をすることは禁止されていたし、壁にもかかっていなかった。すべて感覚と本能でやっていた。

いや、時間通りだ。彼は思った。消灯してから八時間が経過していた。アーミー・レンジャーの偵察任務中に敵の存在を感じるのと同じように、自分の判断の正確さを感じていた。鍵束のジャラジャラと鳴る音に加え、ソフトソールの靴がコンクリートの床のうえを滑る音が聞こえてきたとき、笑みを浮かべないようこらえなければならなかった。

「ウィーラー、大丈夫か？」独房の外から不機嫌そうな声がした。

「駄目だ」彼はしわがれた声でそう答えると咳《せ》き込んだ。手足をコンクリートに伸ばしたまま顔を上げると、夜勤担当者のどんよりとした眼を見た。制服の襟章には〝デイビース〟と書かれてあった。

「息が……できない」ジムボーンは食いしばった歯のあいだからことばを発した。そして体をよじると両腕で腹を覆った。再び息を詰まらせて咳き込み、唾を吐くと看守に向かって苦しそうに言った。「頼む……助けてくれ」

看守は眼をしばたたいた。ジムボーンは彼が視線を独房のなかに向けるのを見た。床一面の嘔吐物を見て、そのにおいを嗅いだに違いない。彼はベルトの通信機器からマイクを外すと話しかけた。「こちらデイビース副看守長。五番房で急病人が出た。至急、応援を頼む」

彼は一瞬の間《ま》を置くと付け加えた。「シャーロットはもう来てるか？」

数秒の沈黙のあと、ジムボーンは通信機器から別の声を聞いた。「わたしよ。今、向かってるわ、グレン」

「了解《テン・フォー》」彼はマイクをベルトクリップに戻すと、キーチェーンを探して目的の鍵を見つけ、鍵穴に差した。「じっとしてろよ、坊主」彼はそう言いながら、扉を開けた。「看護師が向かってるからな」

ジムボーン・ウィーラーは頷き、奥の壁のほうに顔を向けた。咳き込むと、グレン・デイビース副看守長が見ていないことを知って、小さな笑みを浮かべた。

時間通りだ。

2

必要な物資を集めながら、シャーロット・トンプソンの胸は高鳴っていた。

酸素飽和度測定器。チェック。

血圧計。チェック。

体温計。チェック。

眼を閉じて、深く息を吸った。煙草《たばこ》を吸いたかったが、あとにすることにした。代わりに、机のうえに置いてあったエクストラ・シュガー・フリーのガムのパックから一枚取り出して、口のなかに放り込み、狂ったようにかんで気を落ち着かせようとした。一歩ずつだ。次の一歩が最も大きく、最も重要だ。説得力がなければならない。そしてそのためには、自分らしくあればいい。

ガムの甘いミントの味が口いっぱいに広がると、彼女は必要物資の入ったバッグを肩にかけ、医務室の扉に向かって大股で歩きだした。ドアノブをつかむと振り返って、二十七年間あくせく働いてきた小さな部屋に眼をやった。

この仕事に就いた当初は、矯正看護を仕事にしようとは思っていなかった。一時的な仕事も長期間にわたればやがて人生を左右するようになる。リバーベンド最高警備刑務所の医療チーム管理者としての仕事も、始まりは短期の六カ月契約だった。刑務所側は矯正施設での経験が豊富な人材を求めていた。救急治療室で六カ月、小児科で八カ月しか経験のない新米ではなく。しかし、背に腹は代えられなかった。刑務所は医療という食物連鎖の底辺に位置しているのだ。〝見習い〟の札が外されたのは、シャーロットが二回目の六カ月契約を終えたときだった。一九八六年。ロナルド・レーガンが大統領で、アメリカはスペース・シャトル、チャレンジャー号の爆発事故による宇宙飛行士の死を悼んでいた。

二十七年間。もう一度深く息を吸いながら考えた。キャリアを通じてずっと使ってきた金属製の机に眼をやった。一生懸命働いてきた。忠実なスタッフだった。三十年近いあいだに、彼女の下で働く看護師の入れ替わりは激しかった。彼らは、よりよい仕事が見つかるか、殺人者や強姦《ごうかん》魔などの非情な犯罪者に看護を提供することが決して誰にでも向いた仕事ではないと悟ると当然のように辞めていった。

だが、シャーロットは残った。今や彼女は刑務所の最古参スタッフとなり、実際のところ、ウィーラーが彼女を求めた理由もそこにあるとわかっていた。

彼が初めてではなかった。

七年前、サミュエル・ヘルストウスキーという囚人から脱獄を手伝ってくれないかと頼まれた。ヘルストウスキーはユダヤ系の小柄な男で、異常なほど大きなペニスの持ち主だった。睾丸《こうがん》にイボができ、シャーロットが患部にゲーベンクリームを塗ってやると、児童ポルノ所持と未成年者に対する売春の勧誘で十五年の刑に服していたこの囚人は、すっかり勃起してしまった。サミュエルと日々の刑務所生活――夕食のフライは何か、煙草は手に入るのか、集団用のポッド（刑務所内における集団で過ごす大部屋）の温度はどうかなど――について話しているうちに、シャーロットは抗《あらが》いがたい衝動に駆られた。ルールを破って、平凡な生活を壊したいと思ったのだ。わずかでもリスクの伴うことをするのは数十年ぶりだった。まして危険なことなど考えられなかった。

できる限りさりげなく、睾丸からペニスへと手を動かし、最初はゆっくりと、そしてだんだんとペースを上げると、やがてサミュエル・ヘルストウスキーはコンクリートの床に精液を放った。

「サミー、もう大丈夫よ」と彼女は言った。「でも、二、三週間後にはまた様子を見せに来るのよ」

彼はそうした。そして何度か同じようにしたあと、彼が言った。脱獄するために必要なのは病院に行くことだと。自分が救急車で病院に運ばれる理由を作ることはできるだろうか。

シャーロットがその提案を真剣に考えることはなかった。サミュエルは軟弱で愚かだった。大口を叩いていたが、いったん外に出れば、すぐに捕まってすべてが彼女にたどり着くのは眼に見えていた。見込みもなしにそんなリスクを冒すことはできなかった。

そして最も重要なことは、彼女にとってメリットがないことだった。メリットとなる何かがなければ、リスクは冒せなかった。大きな何かが。

シャーロットはコンピューターの横に置かれた額に入った写真に眼をやった。この仕事を始めて一年半ほど経ったときに飾ったものだった。写真のなかの彼女は、女の子の赤ちゃんを抱き、〈クラッカー・バレル〉（アメリカ東部と中西部に展開するカントリースタイルのレストラン）のポーチで木製のロッキング・チェアのひとつに坐っていた。彼女と赤ん坊の後ろには、ブロンドの髪をオールバックにし、緑の眼をした、ぎこちない笑顔の男が写っていた。彼はシャーロットの坐る椅子にもたれかかり、彼女の肩に手を回していた。指で赤ん坊の頭に触れていた。一九八八年、彼女はオーブリー・マイケル・トンプソンと結婚した。娘の名前はギリアンといい、彼女が生まれた瞬間から、ふたりは娘のことを〝ギリー〟と呼んだ。オーブリーはベルモント大学で音楽の教授をしていた。彼は作曲家でもあり、シャーロットは彼がやがてカントリーミュージックの世界で有名になると信じていた。夫には才能があり、それ以上に意欲的だった。彼は成功するだろう。きっと成功していただろう。

だが、そうはならなかった。一九八九年一月二十二日、日曜日の朝、オーブリーは一歳のギリーを連れて教会に行った。シャーロットは腹痛のために家に残った。数週間後、彼女はそれがウィルスではなく、つわりであることを知る。彼女は妊娠し、九月に第二子が生まれる予定だった。

しかし産婦人科医からこの知らせを聞いたのは、夫とひとり目の子どもの葬儀をすませたあとだった。

シャーロットはその朝、ふたりを行かせたくなかった。だが、オーブリーが十一時からの礼拝でピアノを弾くことになっていて、直前になって断るわけにはいかなかった。ギリーは父親を慕って、シャーロットが行ってもいいと言うまで泣き止《や》まなかった。オーブリーは、仕事をしているあいだ、ギリーを教会の託児室で遊ばせた。帰り道、オーブリーは食料品店に立ち寄り、シャーロットのためにチキンヌードルスープと〈スプライト〉を買った。店を出てから一ブロック行ったところで、ふたりの乗った車は、飲酒運転の車に横から突っ込まれた。ギリーは、シートベルトをしていなかった。オーブリーはいつも締め忘れていた。そのため、ギリーはフロントガラスに突っ込んで死亡した。一瞬で首の骨が折れた。オーブリーは二日間、命をつないだ。腰から下が麻痺《まひ》していた。シャーロットがＩＣＵを訪れるあいだ、彼はギリーが無事かと何度も訊《き》いた。二日目の終わり、ようやく彼女は彼に事実を伝えた。

翌朝、彼は血栓のため、息を引き取った。

シャーロットの子宮に宿っていた胎児――シャーロットが性別を知ることはなかった――は、数カ月後に姉と父のもとに旅立った。医師のラッシングによると、赤ん坊が死んだ原因は、夫と娘を失ったストレスによるものだったという。

シャーロット・トンプソンには、それが真実なのかどうかわからなかった。世のなかには、幸運に恵まれた人もいれば、自分のように不運に呪われた人もいるのだと思うようになっていた。

彼女の体は今日死ぬかもしれないが、魂は一九八九年一月二十二日に終わっていた。彼女は母であり、若き看護師でもあった。痩せて魅力的な女性だった。一九八九年一月二十一日の夜、彼女とオーブリーはアパートメントのキッチンのテーブルで愛を交わした。ふたりでテイクアウトの中華料理を食べ、シャーロットは、ギリーを寝かしつけたあと、全裸でダイニング・ルームに戻ってきた。オーブリーの汚れた皿をどけると、テーブルの冷たいガラスに裸の尻を乗せ、自分がデザートだと彼に告げた。それが終わると、ふたりはソファに横になり、『チアーズ』の再放送を見た。ふたりとも、ヴァンダービルト大学コモドアーズの黒と金色の毛布の下に汗ばんだ裸の体を隠した。部屋には鶏肉とピーナッツの唐辛子炒めと安いビール、そしてセックスのにおいがしていた。ふたりは幸せだった。とても幸せだった。

ふたりの計画では、シャーロットは刑務所での仕事を十年で終え、そのあとはヴァンダービルト大の大学病院で働くことになっていた。共働きを続けるつもりだったが、最終的に彼が作曲家としてデビューしたあとは、仕事を辞めて、専業主婦になるはずだった。ふたりはすべてを計画していた。

ところが二十二歳の〈フォード・マスタング〉のドライバーが、完璧な晴れの日の午後一時に一時停止の標識を見落とした。彼はナッシュビルのブロードウェイ地区で夜半過ぎから酒を飲み、大学の寮に帰ってからも飲み続けていた。〈マスタング〉は時速百五十キロで、彼女の夫の車に衝突した。

ドライバーはブレーキを踏んでさえいなかった。

ドライバーの名は、ジェフリー・グランといった。彼は危険運転致死罪で起訴されたが、裁判の直前に過失致死で有罪答弁取引を行った。十八カ月服役して仮釈放となり、一九九〇年十月に出所した。アル・カウリングスがＯ・Ｊ・シンプソンを白い〈フォード・ブロンコ〉の後ろに乗せて、ロサンゼルスじゅうを走り回った一九九四年の夏、グランはノックスビルにあるテネシー大学のロースクールを卒業した。人生における最も残酷かつ皮肉なことに、この人殺しのクソ野郎は弁護士になった。しかも刑事弁護人に。

一方、シャーロット・トンプソンは刑務所に残った。夫と娘の死後、最初の十二カ月間で七キロも太ってしまい、その後体重が落ちることはなかった。刑務所では誰もが煙草を吸っていたので、彼女も吸うようになった。最初は一日に一箱。次に二箱。今は三箱になっていた。この世で唯一大切なものを失った今、肺癌《がん》のリスクなど、たいしたことには思えなかった。

希望を失うのは恐ろしいことだ。それ自身が癌と同じだった。人を蝕《むしば》む病気みたいなものだ。リバーベンド最高警備刑務所では、失われた希望は、マッシュド・ポテトとグレイビーソースとともに配給されるような日常的なものだった。率直に言って、職員と受刑者のあいだに大きな違いはなかった。小学校三年生で、大きくなったら死刑囚のいる刑務所の看護師か刑務官になりたいなどと言う子はいない。そうではなかった。こういう職業はたまたまなってしまうようなものなのだ。クソみたいなものだ。シャーロットはそう思った。

こんなはずではなかった。今頃は、子どもたちも巣立ち、大学に入学しているはずだった。オーブリーは二、三週間おきにわたしをライマン公会堂に連れていき、新しいアーチストが彼の曲を演奏するのを聴かせてくれるはずだった。そんな人生になるはずだった。

でも、そうはならなかった。それどころか、二十年間、感覚のない、もうろうとした状態で過ごしてきた結果、よき職員として、また刑務所で最もタフで信頼できるスタッフとして、刑務所内のあらゆる法執行官から少しずつ信頼を置かれるようになっていた。そのシャーロット・トンプソンが悪事に手を染めたのだ。『ブレイキング・バッド』の化学教師のように。

しかしそこには家族を救おうとする思いはなかった。

シャーロットには家族はいなかった。サミュエル・ヘルストウスキーの臭い睾丸に軟膏《なんこう》を塗っているとき、めいっぱい勃起した彼のペニスを見て、彼女のなかの何かが壊れた。別の人生の扉をつかむように、彼のペニスをつかんだ。よりよい人生？　いや違う。

魂を押しつぶされるような日々の生活を抜け出して、もっと人々の関心を引く存在になれるだろうか？　この二十七年間、彼女自身の牢獄《ろうごく》となっていた医務室を最後に見渡すと彼女は頷いた。

サミュエル・ヘルストウスキーとは違って、ジェイムズ・ロバート・ウィーラーは、彼女がこれからしようとしている投資に見返りを与えてくれた。この囚人が彼女の眼の前にぶら下げたものを表現するのに、〝大きい〟という形容詞では十分ではなかった。

〝はかりしれない〟ということばのほうが適切かもしれない。

そして彼はすでに届けてくれた。

シャーロット・トンプソンは深呼吸をすると、死刑囚監房へつながる廊下に向かって、無理やり足を動かした。

3

シャーロットが独房に着く頃には、ジムボーンは再び吐き気に襲われていた。

「何か必要なものはありますか、ミズ・シャーロット」デイビース副看守長は、敬意を込めた口調でそう尋ねた。その声には安堵《あんど》がにじみ出ていた。ほかにもふたりの刑務官がジムボーンの丸まった体に覆いかぶさるようにしていた。シャーロットは手を振って彼らをどけた。

「場所を空けて、坊やたち。おばあちゃんに場所を作ってちょうだい」そして三人のなかで一番の年長で、経験の豊富なデイビースに言った。「コップ一杯の水と温かい布が必要よ。持ってきてくれる？」

だが、デイビースは動こうとせず、突き刺すようなまなざしを若い刑務官のひとりに向けた。「聞いてたな、ベニー。温かい布と水だ。頼んだぞ」

「わかりました」と刑務官は答えた。

シャーロットはひざまずくと、ジムボーンの体に覆いかぶさるようにして、大きな声で最初の質問をした。「ミスター・ウィーラー、何があったの？」

苦悶《くもん》の表情を浮かべた受刑者は、血走った眼で彼女を見た。その顔は、独房を囲むシンダーブロックの壁よりもさらに青白く、まるでヴァンパイヤのようだった。完璧ね。シャーロットは思った。バッグを床に置いてファスナーを開けた。彼女はまず携帯用酸素飽和度測定器を取り出し、筒のなかにウィーラーの人差し指を入れた。ここが最も重要だとわかっていた。彼女は振り向くと、デイビースに向かって顔をしかめてみせた。「布はまだ、グレン？　なんてこと、ひどい状態だわ」

　副看守長は眉をひそめた。が、シャーロットが、彼の瞳に見たのは怒りではなかった。恐怖だけが、彼女がこの部屋で感じていた感情だった。ジェイムズ・ロバート・〝ジムボーン〟・ウィーラーは三週間後に致死注射を受けることになっていた。ジャイルズ郡裁判所前広場での、プラスキの弁護士レイモンド・ピッカルー殺害に対する死刑宣告は、全国的な注目を集めており、その死刑執行もメディアの関心を呼ぶことが予想された。誰もが、注射を打つ前に殺人犯を死なせてしまうような失態を犯したくなかった。

なんて国なんだろう。ウィーラーと一緒に計画を練りながら、シャーロットは何度も思っていた。死を宣告された死刑囚であっても、アメリカの憲法と法の下では、医療を受ける権利があるのだ。

　デイビース副看守長は、一歩下がって廊下を眺めると、もうひとりの刑務官の腕をつかんで言った。「ベニーがなんでこんなに時間がかかってるのか見てこい」

　男たちが気を取られているあいだ、シャーロットは酸素飽和度測定器の数値を確認した。画面に表示された数値は九十四だった。低いが危険な状態ではなかった。

「ああ、神様」と彼女は言った。

「どうした？」後ろからデイビースが声をかけた。

「酸素飽和度《サチュレーション》は八十八よ。ERに運ばなければ」彼女は機器をバッグに戻すと、体温計を囚人の口に入れ、ほほのうえで確認した。今度はうそをつく必要はなかった。「体温は三十八度三分。グレン、あのふたりは休暇でも取ってるの？　布と水を持ってきてくれる気はあるの？」

シャーロットが血圧計をジムボーンの腕にはめ、受刑者がうめき声をあげるまで締めつけているあいだ、デイビースは無線の送信機を握りしめて廊下を歩いていた。「ベニー！　タガート！　何をそんなに時間がかかってる？」

シャーロットはカフを二回押すと、ゲージを確認した。血圧は百三十と八十五、正常値よりも少しだけ高い。後ろをちらっと見ると、デイビースが廊下で首を振っていた。彼女は、まばたきをすると、食いしばった歯の隙間から息を吸った。「六十の四十よ、グレン！」そう叫ぶと一歩下がって副看守長を見た。「このままでは二十分後には死んでしまう」

「なんてこった！」とデイビースは言った。ポケットを探って携帯電話を取り出そうとした。が、シャーロットが先んじて、携帯電話を右手に握っていた。「あなたは残って書類を準備して。わたしが救急車に乗って行く」そう言うと電話番号を押し、相手が出ると電話に向かって叫んだ。「受刑者の血圧が低下して、酸素飽和度《サチュレーション》は八十八です。至急、応援をお願いします」彼女は頷くと電話を切った。再びディビースと話すとき、彼女の声は落ち着きを取り戻していた。「彼を担架に乗せて、非常口で救急隊員が来るのを待ちましょう」

「本当にこいつを動かす必要があるのか？」とディビースは訊いた。声は上ずり、パニックに陥っていた。

「彼に生きていてほしくないの？　それとも明日の〈テネシーアン〉の一面で彼を死なせてしまったことを説明したい？」

　答える前に、ふたりの刑務官がようやく布と水を持って戻ってきた。シャーロットはふたりからそのふたつを受け取ると、ベニーという名の刑務官を見て言った。「医務室に行って、備品の入ったクローゼットから担架を出して、大至急ここに持ってきて。救急車は五分以内に到着するはずよ」ベニーが承認を求めるようにディビースをちらっと見ると、シャーロットが怒鳴った。「早く！　これまで二十七年間、眼の前で囚人を死なせたことはないわ。今日を最初の日にはしたくないの」

「彼女の言うとおりにするんだ」最後はディビースが割って入ると、ふたりの刑務官のあとを追って廊下を進んでいった。

　シャーロットは水の入ったグラスを取ると、ジムボーンの口元に運び、親指で唇を撫《な》でた。

「よくやった、シャーロット」と彼は囁くと、彼女の親指の爪に優しく歯を押し当てた。

「よくやった」

4

五分後、救急車が、サイレンを鳴らしながら、リバーベンド最高警備刑務所の非常口にやって来た。救急車が完全に止まる前に、助手席側のドアから女性救急隊員が飛び出してきた。肌は黄褐色で、シャツの前に〝ナッシュビル救急医療搬送〟と書かれた緑の制服を着ていた。帽子も緑で、白字で略語の〝NEMT〟というロゴが入っていた。「状態は？」彼女は、シャーロットを見てそう言った。

「血圧は六十の四十。酸素飽和度《サチュレーション》は八十八。急速に衰弱」シャーロットの口調は歯切れがよく、動揺は見られなかった。グレン・デイビース副看守長は、シャーロットの声に経験の重みを聞き取り、ほっとするような温かみを感じた。

「途中でもう一度チェックします」と救急隊員は言った。それから、振り向くとドライバー――小柄でがっしりした胸のメキシコ人男性――がストレッチャーを出すのを手伝った。数秒後には、彼らはジムボーンを担架からストレッチャーに移し、救急車の後部に乗せていた。

「わたしも一緒に行く」シャーロットはそう言うと、ドアハンドルをつかんで、なかに乗り込もうとした。救急隊員が彼女の腕をつかみ、後ろに引き寄せた。「残念ですが、それはできません」と彼女は言った。

「冗談じゃない」とシャーロットは言い放ち、人差し指でその女性を突いた。「そこにいるのはわたしの患者よ。彼のそばから離れるつもりはないわ」

　救急隊員は、シャーロットの後ろを近づいてくるデイビース副看守長に眼をやった。「ミスター・ウィーラーは死刑囚だから、少なくともひとりの刑務官を救急車に同乗させる。後ろにパトカーをつけ、もう一台に先導させる」デイビースはそう言うと、シャーロットをちらっと見た。「それから、トンプソン看護師にも一緒に行ってもらいたい」

「行くわよ！」シャーロットが叫び、もう一度、ドアハンドルをつかんだ。

　今度は救急隊員も折れた。ドアを開けているあいだに、シャーロットとベニー・クルーズ刑務官が救急車に乗り込んだ。なかに入ると、彼女は救急隊員らの後ろに回り、デイビースを見てからドアを閉めた。「到着したら病院から連絡が入るから」

「了解《テン・フォー》」と彼は言い、彼女に向かって頷くと、無線の送信機を手に取った。「受刑者を乗せた救急車が出発する。ベニー刑務官が同乗。後ろをついていって、救急治療室に着いたらすぐに報告してくれ」

　デイビースはマイクをオフにすると、救急車が縁石から離れていくのを見守った。心臓が高鳴り、朝の涼しい時間にもかかわらず、ひどく汗をかいて、制服の生地が背中に張り付いていた。もしジムボーンが眼の前で死んでいたら、昇進のチャンスとはおさらばしなければならなかっただろう。

頼んだぞ、シャーロット。そう思いながら、静かに祈った。そのクソ野郎を死なせないでくれ。

5

刑務所を出て七分後、救急車はナッシュビル総合病院の救急治療室の前で止まった。シャーロットと女性救急隊員が後部ドアから飛び出し、ストレッチャーを降ろした。救急治療室のスタッフふたりが助けに来ると、シャーロットが指示を出した。「刑務所では血圧は六十の四十だったけど、搬送中に挿管して今は八十の五十になっている。酸素飽和度《サチュレーション》は八十九まで上がったけど、まだよくない。すぐに原因を突き止める必要があるわ」

「わかりました」スタッフのひとりがそう言うと、ストレッチャーを押して救急治療室の入口に入っていった。もうひとりのスタッフもあとに続いた。

「すぐに追いかける。到着したことを刑務所に報告する必要があるから」

しかし、スタッフは彼女のことばを無視し、さっさとロビーを進んでいった。シャーロットは患者棟につながる扉が開き、ストレッチャーがその奥に消えて行くのを見ていた。アドレナリンが体じゅうの血管を駆け巡っていた。もうすぐだ、と彼女は思い、振り向いて救急車のほうに歩いた。女性救急隊員の姿はなかった。運転席のなかも見えなかったが、ドライバーは彼女の合図を待ってからこの場を離れるとわかっていた。刑務所から病院まで自分たちを護衛してくれた、制服を着た刑務官が四人、左手から近づいてくるのが見えた。

「ベニーはどこですか?」タガートという名前の男が訊いた。「ヴァンから出るのを見なかったんで」

「ＥＲに行ったわ」とシャーロットは言った。「受刑者と一緒に。すべて問題ない。もうここでできることはない。あなたたちは刑務所に戻って」

タガートが抗議しようとしたが、シャーロットが彼の腕をつかんで軽く押した。「あなたもウィーラーが倒れたとき彼の棟にいたのだから、グレンの書類仕事を手伝ったほうがいい。相棒を連れて帰って。そうすればほかのふたりはここに残ってベニーをサポートすることができる。グレンにはわたしが電話して指示しておくから」答えを待たずに、彼女は背を向けると、携帯電話を取り出し、刑務所の番号を押した。

背後でタガートが話しているのが聞こえた。「聞いてただろう。シーリー、お前とＪ・Ｐはベニーの様子を見てきてくれ。おれとデクスターは刑務所に戻る」

「了解《テン・フォー》」

タガートと彼の相棒は小走りでパトカーに戻り、残りのふたりは大股で救急治療室の入口に向かって歩きだした。そのあいだ、シャーロットは呼び出し音を聞きながら、胸を高鳴らせていた。通信指令係がようやく出ると、シャーロットは叫んだ。「デイビース副看守長につないで」

数秒後、デイビースが電話に出た。「着いたのか？」

「ええ、まだ生きてるわ」

電話の向こうでため息をつく音が聞こえた。「よかった」

「まだ安心できない」とシャーロットは言うと、いつもの足取りで救急車の前を通り過ぎ、ドライバーに頷いた。ドライバーも頷き返してきた。数秒後、救急車は動き出すと、病院に隣接して走るアルビオン通りに入った。

「あの血圧と酸素飽和度《サチュレーション》では、まだ安心できない。生き延びるかどうかは五分五分ってところね。生き延びたとしても、脳に障害が残るかもしれない。彼はどのくらいの時間吐いていたの、グレン？」彼女はほんの少しだけ抗議の色をことばににじませた。前方では救急車がアルビオン通りを右折するのが見えた。

「気づいてからすぐに対応した」

「あの棟の刑務官とも口裏を合わせておいたほうがいいわ」デイビースが答える前に、シャーロットは続けた。「それと目撃者の証言を含めたインシデントレポートを作成しておいて。もし彼が死んだら、受刑者の権利保護を訴える弁護士が、次の給料日目当てに動き出すのは間違いないわ」

「シラーか？」デイビースの声には恐怖の色がにじんでいた。ペリー・シラーはデイヴィッドソン郡の弁護士で、受刑者の憲法上の権利侵害に対する、刑務所や拘置所を相手取った合衆国法典一九八三条訴訟を専門としていた。もし今夜、ジェイムズ・ロバート・ウィーラーが死に瀕《ひん》していたときに、勤務中の刑務官が適切な注意を払っていなかったという証拠が少しでも出てくれば、シラーは蜂蜜に向かうミツバチのように追いかけるだろう。デイビースにはそのことが嫌というほどわかっていた。彼はこのブルドッグのような弁護士の取り組んだ訴訟で宣誓供述をしたことがあった。シャーロットは、デイビースが歯ぎしりのし過ぎで、歯の根管治療を受けなければならなくなるのではと思った。

「そのとおりよ」と彼女は言った。「タガートを帰したから、彼の報告書も参考にして」彼女はそのままアルビオン通りまで歩いた。

「わかった、しっかりと守りを固めて、できるだけ多くの証言を集めておこう。君の証言も必要だ。いつ戻って来れる?」

北側からガンメタルグレーの〈トヨタ・カムリ〉が近づいて来るのを、シャーロットは眼を細めて見ていた。「しばらくは無理ね。あの哀れなろくでなしが助かるかどうか、残って確認しなければ。助かると思うわ。タフなやつだから」

「だといいんだが」とデイビースは言った。「連絡してくれ」

「わかった」とシャーロットは言った。電話を切ると、〈カムリ〉が横に止まった。彼女は助手席側のドアを開けて乗り込んだ。車が動き出すと、ドライバーの顔を盗み見た。救急隊員の女性だった。

「よくやったわ、シャーロット」と女は言った。「よくやった《ムイ・ブエノ》」

「彼はどこ？」とシャーロットが訊いた。

「トランクよ」

シャーロット・トンプソンは息を吸い込むと眼を閉じた。やった。本当にやったのだ。

ドライバーは安心させるように彼女の膝を叩いた。「すぐにわかるわ」

「どこに向かってるの？」

6

救急治療室の医師は、ベッドから離れて、数分前に運ばれてきた患者を不思議そうに見つめていた。その男は左のこめかみのうえに、できたばかりのあざがあり、まだ完全には意識を取り戻してはいないものの、体を動かし始めていた。「酸素飽和度《サチュレーション》は九十八、血圧は百二十二と七十八」と彼は言った。自分の声がどこか遠くから聞こえてくるようだった。何かがおかしい。「刑務所でのバイタルは？」

「酸素飽和度《サチュレーション》八十八、血圧は六十の四十でした」左側にいた看護師が言った。

「ほかの症状は？」

「嘔吐に呼吸困難も訴えています」

医師はさらに後ろに下がった。「こめかみのあざについては何か？」

返事がなかったので、彼は看護師の眼をじっと見た。彼女は首を振った。その顔は、頭上の蛍光灯の強い光に照らされて青白かった。

「くそっ」と彼は言い、ドアノブをつかむと部屋から出ていった。廊下にふたりの制服を着た男たちがいた。

「問題ありませんか、先生？」そのうちのひとりが訊いた。

医師は刑務官の襟についている名札に眼をやると、毅然《きぜん》とした口調で言った。「シーリー刑務官、ここに運ばれてきた受刑者には、左眼のうえにかなり大きな、できたばかりのあざがある以外はなんの問題もない。脳震とうを起こしているが、すぐに眼を覚ますだろう」

「なんですって？」とシーリーは言った。医師を振り切って、救急治療室に向かった。

「待て！」と医師は叫んだ。が、刑務官は彼を無視した。ドアを押し開けると、ベッドに横たわっている患者を見て立ち止まった。男は眼を開けていた。そして混乱したように眼をしばたたいていた。

「なんてこった」とシーリーは言った。その声は弱々しかった。「ベニーじゃないか？」

ベニー・クルーズ刑務官が、右腕に点滴をつないだ状態でベッドに横たわっていた。シャツは脱がされ、周囲ではモニターのビープ音が鳴り響いていた。シーリーは部屋のなかに素早く眼をやると、隅の椅子のうえに捨て置かれた衣類の山を見つけた。その方向に歩くと、死刑囚の着る緑のコットンのジャンプスーツを手に取った。「彼が運ばれてきたときに着ていたのはこれか?」シーリーは訊いた。答えはわかっていたが確認しなければならなかった。

「はい、そうです」と看護師のひとりが答えた。「手続きどおり、処置しやすいように衣類は切りました」

シーリーはいっとき眼を閉じ、そして開いた。ドアのほうを向くと、ベッドを見つめている相棒のJ・P・サンチェスを見た。

「ウィーラーはどこだ?」J・Pが尋ねた。眼を大きく見開いていた。

シーリーは答えずに、J・Pの横を通って廊下に出ると、肩越しに振り向いて叫んだ。

「この区画を封鎖しろ! 患者以外は誰も出入りさせるな」そう言うと、彼はロビーを駆け抜けて、五分前に救急車がいた救急搬送口に向かって走った。

救急車は消えていた。「くそっ」と彼は言い、自分のパトカーまで走ると、ドアを大きく開けた。無線を手に取ると、出動要請の番号をクリックした。

「はい、どうぞ」と女性の声がした。

シーリーは深呼吸をすると眼を閉じた。「ジェイムズ・ロバート・ウィーラーがナッシュビル総合病院で脱走した。病院から半径五マイル以内の全方向に援護と道路封鎖を要請する」彼は素早く息を吸った。「繰り返す、脱走者が出た。援護と道路封鎖を要請する」

「了解《テン・フォー》」と通信指令係が言った。

シーリーが無線を切ろうとすると、グレン・デイビース副看守長の声が聞こえてきた。その声は上ずり、パニックに陥っていた。「グラハム、お願いだから冗談だと言ってくれ」

「だといいんですが、副看守長。やつは消えました。救急車のなかでベニーを襲ったに違いありません。救急隊員が病院に運んだのはウィーラーじゃなかった。連中はウィーラーの囚人服を着たベニーを運んだんだ」

「あの……クソ野郎！」デイビースは叫んだ。「シャーロットはいったいどこにいるんだ？」

シーリーは唇を舐《な》めた。「わかりません」

優に三秒間、無線からは雑音のほかに何も聞こえてこなかった。そしてデイビースが、どこか威厳を取り戻した口調で言った。「警察が向かっている。スタッフの尋問を始めてくれ。五分で向かう」

「了解《テン・フォー》」とシーリーは言い、無線を切った。彼はパトカーから降りて、救急治療室の入口に向かって駆け足で戻った。遠くからパトカーのサイレンの音が聞こえてきたが、グラハム・シーリー刑務官にはもう手遅れだとわかっていた。

「あとの祭りだ」と彼はつぶやいた。

7

シャーロット・トンプソンは〈カムリ〉で三十一A号線を北上しながら、ノレンズビルやトリューンなどの小さな町がフロントガラスの前を行き過ぎるのを見ていた。感覚がほとんどなく、いまだに計画が成功したことが信じられなかった。病院をあとにして一時間以上経っていたが、ラジオからウィーラーが脱走したというニュースは流れてこなかった。「そのうちに流れてくる」と思いながら、そのニュースを聞いたときのグレン・デイビースのショックを受けた顔を想像しようとした。

彼らは病院を中心に半径五マイルから十マイルの道路をすべて封鎖するだろう。救急治療室の看護師や医師を尋問し、救急車を探してパトカーで街中を走り回るはずだ。彼女は冷たい笑みを浮かべると首を振った。

すべて無駄だ。

ジムボーン・ウィーラーは消えた。風のなかの塵《ちり》のように。

「シャーロット、大丈夫？」とドライバーが訊いた。その女はシャーロットにはどこの国のものかわからないエキゾチックなアクセントで話した。

「大丈夫よ」となんとか答えた。

ジムボーンが最後に医務室を訪れて計画を確認したとき、彼は外部の人間のことを〝マニー〟または〝彼女〟とだけ言っていた。彼は電話番号を黄色い付箋に書き留めて、シャーロットにその番号を記憶するように言った。だが彼女はその指示に少しだけ背いて、携帯電話に〝マニー〟という名でその番号を登録した。この番号にかけようとして、思い出すのに時間がかかり、彼女が電話をする前に、刑務官のひとりが九一一に電話をするようなことは避けたかったのだ。

彼らが刑務所を出て、救急車で病院に向かってからは、すべてシャーロットがナッシュビル総合病院のスタッフを知っているかどうかにかかっていた。彼女は救急車の後部から救急治療室の直通番号に電話をし、夜勤の責任者であるステファニー・スタグナーという女性と話した。彼女はスタグナーに致死注射から逃れようとした死刑囚を乗せて搬送中だと告げ、救急治療室の前の救急搬送口でスタッフを二、三人待機させておいてほしいと伝えた。スタグナーは救急隊の指令室からなんの連絡もなかったことについて、何かぶつぶつと言っていたが、それ以上は抗議しなかった。「スタッフをふたり待たせておくわ、シャーロット」

「ありがとう」彼女はそう言うと、携帯電話を切って、ベニー・クルーズの制服を着たジムボーン・ウィーラーを見た。救急車が出発して九十秒後に、マニーが鉄パイプでベニーのこめかみを殴っていた。刑務官は一度まばたきをしてうめき声をあげると崩れ落ちた。マニーはストレッチャーからジムボーンを降ろした。脱走者は囁くように笑うと、「ミズ・シャーロット、素晴らしい」と何度も言いながら、刑務官の制服を脱がして自分でそれを着た。マニーはジムボーンの囚人服をベニーに着せた。

シャーロットはこのオペラで自分が演じる役割になんの誇りも感じていなかった。自分が最終的な成功の鍵を握っているのを知っていた。もちろん運も必要だった。彼女が独房に着く前に、刑務官が早まって九一一に連絡するようなことがあってはならなかった。グレン・デイビースが彼女を救急車に乗せることを認めてくれなければならなかった。そして救急治療室に到着したとき、護衛の刑務官がベニーに気づく前に、彼を建物のなかに運び込まなければならなかった。

最大の難関は、リバーベンドからナッシュビル総合病院までの約十三キロの道のりだった。ナッシュビルの交通事情は、早朝であっても、当たりはずれがあった。事故に遭遇するかもしれないし、タイヤがパンクするかもしれない。ヴァンのバッテリーが切れるかもしれない。また同乗する刑務官がジムボーンの予想以上にタフである可能性もあった。無数の落とし穴があり、そのうちのひとつが成功の可否を決定づけるかもしれなかった。

だが、ジムボーンは、運悪く計画が失敗してしまうことを心配しているようには見えなかった。「おれはこの手のことに関しては運がいいんだ、シャーロット」彼は脱走を試みる数週間前の〝診察〟のときにそう言っていた。彼女は、看護記録――うその診察のほとんどは、吐き気と腹痛の訴えを繰り返していた――を書き終わると、彼に疲れた足をマッサージしてもらっていた。

「どうしてなの?」シャーロットは足の指のあいだの彼のごつごつした手の感触を愉しみながら尋ねた。

「なぜなら、ボーンには知ったこっちゃないからだ」彼はユーモアのかけらもない口調で答えた。「レンジャーだった頃、人を殺す必要があれば、その結果を考えずに実行することができた。殺し屋になっても同じことだ。自分の仕事に集中して、ほかのことは気にしない。おれたちの思考は現実となるんだ、シャーロット。知ってたか? エネルギーのミクロレベルの力場《りきば》なんだ。ストレスを感じるような思考をしていると、自分の人生にストレスがもたらされる」と彼は言った。「おれはストレスを感じない。おれたちには素晴らしい計画があり、お前が遂行できる能力を持っていると信じている。自分にコントロールできない細かいことは気にしない。そういったことはなんとかなるだろう」

そしてそうなった。スピードを落としていく〈カムリ〉の中で、シャーロットはそう思った。前方の右手にガソリンスタンドが見えた。マニーをちらっと見る。彼女はシャーロットを見ることなく話しかけてきた。

「トイレ休憩は大丈夫?」

シャーロットは何も言わなかった。最後にトイレに行ってから、何時間も経っていたが、一度もそのことを考えなかった。実を言うと、今トイレを見たら、しゃがんで排尿する前に吐いてしまいそうだった。計画が成功したことがまだ信じられなかった。

無意識のうちに制服のポケットに手を入れ、新聞記事の切れ端を握りしめた。先週郵便で受け取ってから、脱走までのあいだのモチベーションを高め、自分を鼓舞するためにずっと身に着けていた。読むために取り出す必要はなかった。内容は暗記していた。それは二週間前の〈ノックスビル・ニュース・センティネル〉の日曜版だった。地方欄の二ページ目に掲載されている小さな記事のひとつだ。

〝弁護士、駐車場で射殺される〟。タイトルの下にはたった二行の短い文章が書かれていた。

〝土曜日の早朝、地元の刑事弁護人ジェフリー・グランがウェスト・メイン通りにある事務所の外の駐車場で自分の車に向かっているところを銃撃され死亡した。容疑者は逮捕されていない〟。

〈カムリ〉がガソリンスタンドに入ると、シャーロットは大きく息を吸い、ポケットから手を出した。グランが殺されたというニュースは彼女を幸せな気分にさせてくれると思っていた。最悪でも、グランが彼女の夫と娘の未来を絶ったように、自分も、ジムボーン・ウィーラーの仲間の手によってあの生きる価値のないクソ野郎の人生を絶ったのだということを知って、なんらかの満足感が得られるだろうと思っていた。

だがそんな感情は得られなかった。あの月曜日の夜、彼女が抱いていた唯一の感情は恐怖だった。もう引き返せなかった。ジムボーンが約束を果たしたのだから、今度は彼女が約束を果たす番だった。

マニーが建物に沿って車を止めた。シャーロットは外にトイレがふたつあることに気づいた。「すぐに戻る」とマニーは言うと、車を飛び出し、建物の正面に回り込んだ。

シャーロットは、ガラスに頭をもたせかけた。骨の髄まで後悔を感じながら眼を閉じた。逃れようとした。記事を受け取った翌日の火曜日、ジムボーンの血圧を測りながら、彼女は感謝のことばを述べたが、同時に彼の計画はうまくいくはずはないと言った。変数が多すぎる。成功の可能性に対してリスクが大きすぎた。

だが、ジムボーンは彼女を見つめ返した。腕にカフが巻かれると、囁くように言った。

「十二月四日に実行する。その日じゃなければならない。お前は自分の役割を果たすんだ」

「そうしなかったら？」彼女は挑むように言った。その声は恐怖に震えていた。

「そのときは、ノックスビルの警察に、ジェフリー・グランの殺害は、シャーロット・トンプソンという人物が仕組んだという密告が入ることになる。そうなったら、どうする？」

「警察が信じるわけがない」

「やつの車とオフィスからお前のＤＮＡが見つかれば、信じざるをえないだろうな」ジムボーンはそう言った。「それにやつを撃った銃が、やつのオフィスから数ブロック離れたごみ箱で発見され、グリップにお前の指紋しかなかったら、すぐにお前を逮捕するだろうな。グランとの関係や、やつがお前の夫と娘にしたことを知れば……」彼は最後まで言わなかった。

彼女にその結果を考えさせた。

シャーロットは口を開けたまま、彼を見つめた。

「おれにそれができないと思ってるのか？」そう言うとニヤリと笑った。「ボーンには優秀な仲間がいる。おれがここからグランを殺させることができるなら、証拠を仕掛ける方法を見つけることもできると思わんか？」

シャーロットは何も言わなかった。これ以上議論しても意味がなかった。賽《さい》は投げられたのだ。

助手席側のガラスが大きな音で三回叩かれ、ありがたいことに拷問のような記憶から呼び戻してくれた。ガラス越しにマニーがベニヤ板のついた鍵をぶら下げていた。

シャーロットは車のドアを開けると、冷たい朝の空気のなかに踏み出した。東には、オレンジ色の太陽が、丘陵地帯に何マイルも広がる農地のうえに昇っていた。彼女はマニーに眼をやった。マニーは彼女の肩を叩くと、手に鍵を握らせた。

「今、行っといたほうがいいよ」と彼女は言った。「次に止まるまでどのくらいかかるかわからないから」

シャーロットは背後のトランクを指さして言った。「彼は——？」

「彼のことは心配しなくていい。顔を出すのはまだリスクが大きすぎる」

シャーロットはため息をついたが、反論はしなかった。彼女は正面に〝女性用〟と書かれたドアのスロットに古びた鍵を差し込んだ。ラッチが開く音がしたあと、ドアを押した。ムッとするような小便のにおいが、酸っぱい風のように彼女のほうに漂ってきた。だが、気にしなかった。二十七年間も刑務所で働いていると、古く乾いた小便のにおいは、世界が与えてくれる中途半端な香りのひとつでしかなかった。

　個室はふたつあった。ドアを通って奥の個室に入った。鍵はかけなかった。両手を膝のうえに置いて吐こうとした。だが、咽頭反射のあとに出てきたのは唾だけだった。ため息をつき、唇についた唾液を拭った。そして制服のパンツを下ろした。振り向こうとしたとき、朝の空気よりも冷たい彼の声にその場で凍りついた。

「じっとしてろ、シャーロット」とジムボーンが言い、狭い個室のなかを一歩近づくと、彼女の股間に手をあてた。

「マニーが言ってた――」

「黙れ」とジムボーンは言った。囁くような、それでいて荒々しい声だった。彼女は彼のズボンが床に落ちる音を聞き、やがて耳に熱い息が吹きかけられるのを感じた。「よくやった、シャーロット」と彼は言い、彼女の髪をつかむと、首を後ろに引き、彼女に自分のハシバミ色の――ほとんど銅の色のような――眼を見せた。彼は左手で彼女の左右の太ももの内側を叩いた。彼女は無意識のうちに両足を広げた。彼がなかに入ってくると、顔をしかめた。

「リラックスだ、ダーリン。長くはかからない」そう言うと彼女の髪から手を離した。シャーロットは前のめりになって、汚れたタイルの壁に手をついた。

「待てなかったの――？」

今度は、平手打ちが彼女の右ほほを襲い、ことばをさえぎった。荒々しい手をシャツの下に感じた。ブラジャーの留め金がはずされ、胸をつかまれた。数秒後、彼は彼女のシャツとブラジャーを首のうえに引き上げた。それらは床のうえに重なって落ちた。

「ズボンを全部脱げ」とジムボーンは言い、彼女から離れた。「きつすぎる」

シャーロットは湿って汚れた床に眼をやった。唇が震えだし、叩かれた場所から血の味がした。「ここではいや。お願い……」

「脱げ」

彼女は折れ、靴を脱ぐと、ズボンをゆっくりと足から外し、汚れたコットンのソックスを除いて裸になった。彼女が何か言う前に、彼は両手で彼女の足を無理やり広げて、再び彼女のなかに押し入った。彼女の足が湿った床のうえを滑った。ジムボーンはペースを上げた。三十秒後、彼がうめき声を上げ、放出するのを感じた。そのとき首元に切り裂くような鋭い痛みを感じた。

ゆっくりと両手を首元に持っていき、そしてその手を見つめた。隅々まで血で覆われていた。振り向くと、彼の銅色の眼が強い満足感のこもったまなざしで見つめ返してきた。右手には真珠のついた柄《え》のナイフが握られていた。

「お前はよくやった、シャーロット」とジムボーンは言った。「思っていたとおりだったよ」

意識がゆっくりと薄れていくなか、シャーロットはろれつの回らない舌で言った。「ど、ど、どうして？　い、い、言われたとおりにやったのに」

彼女は彼が頷くのを見た。「忠実な犬を安楽死させてやるだけだ」

「か、か、勝てっこない。わ、わ、わかってるでしょ」とシャーロットは言うと、便器に崩れ落ちた。切り裂かれた首からはまだ血が流れていた。

ジムボーンはズボンを引き上げてベルトを締めた。そして、彼女の顔から数センチまで体を近づけると、囁くように言った。「これは勝ち負けの話じゃないんだ、シャーロット」

「し、し、審判」シャーロットは振り絞るように言った。彼が何度も言っていたことばを思い出した。

「そのとおりだ、ダーリン」

シャーロット・トンプソンは最後にひとつ息を吸ってから、トイレのふたに肩を預けた。

死を前にして、最後に心に浮かんだのは亡くなった夫や娘のことではなかった。何年か前に亡くなった両親のことでもなかった。

神もイエスも精霊も頭には浮かばなかった。彼女はずっと前にそういったものは信じなくなっていた。

代わりに彼女は、一度も会ったことのない男の影を見ていた。彼女をレイプして殺そうとしている男のことばを通してしか知らない男。

首から血が流れ、肺から酸素が抜けていくのを感じながら、彼女はジムボーンのにらみつけるようなまなざしを受け止めた。「こ、怖いんでしょ、違う？」

殺人鬼は当惑したように首をかしげた。「誰が？」と訊いた。シャーロットには、彼の声は百マイルも先から聞こえてくるようだった。

「マ、マ、マクマートリー」彼女はあえぐように言った。

彼が歯がみをし、鼻孔が開くのを見た。「死ね、このクソ女《アマ》」とジムボーンは言い、腕を組んだままじっと見ていた。

彼の最後の命令に従う前に、シャーロットはほほ笑んだ。「マクマートリー」と声を震わせることなく繰り返した。

8

三十分後、マニーはイーグルビルの郊外にある中古車屋に車を入れ、比較的新しそうな〈フォード・フュージョン〉とおんぼろの〈ホンダ・アコード〉のあいだに車を止めた。イグニションを切ると、キーを助手席に放り、営業所となっているダブルワイドサイズのトレーラーハウスに向かって歩いた。なかで彼女は、〈カムリ〉の代わりとなる車の代金を現金で支払った。

五分後、彼女はシルバーのダブルキャブの二〇〇七年式〈トヨタ・タンドラ〉を運転して駐車場をあとにした。

「新しい車は気に入った？」背後を見ることなく彼女は訊いた。

後部座席で毛布にくるまって横になっていたジムボーン・ウィーラーが静かに笑った。

「完璧だ、マニー。まったくもって完璧だ。ロッジは見つかったのか？」

「ええ《シ》」とマニーは答えた。「準備万端よ」

「銃弾は？」

「間もなく」とマニーは言った。

「金は？」

「半分は今夜届けられる。残りの半分は、仕事が終わったらケイマン諸島の口座に送金するとスポンサーは言っている」

ウールの毛布の下で、ジムボーンはほほ笑んだ。「救急車のドライバーはどうする？　メキシコ人か？　そいつがすべて台無しにする可能性は？」

マニーは笑った。「ない。パスコはブリーの雇っていた不法入国者のひとりよ。わたしたちを裏切るくらいなら、自分の頭に銃弾を撃ち込んだほうがましだと思ってるはずよ。彼には現金を払って救急車を運転させ、彼はその任務を果たした。彼は消えた……また必要になるまで」

ジムボーンは深く息を吸うと、ゆっくりと吐き出した。二年間の死刑囚監房での生活から解放された喜びを味わっていた。「あばよ、ブリー爺さん」と彼は言った。「ひとつ訊いてもいいか、セニョリータ」

「ええ《シ》、でも答えないかもしれないわよ」

「去年のクリスマスイブにブリーを殺したのはお前なのか？」

彼女が答えないでいると、ジムボーンはさらに詳しく訊いた。「ジャスパー・カントリー・クラブで、少なくとも百ヤード離れた場所から狙撃された。目撃者はなし。なんの痕跡もなかった」彼はことばを切った。「まるでマニー、お前のようだ」

彼女はバックミラー越しに彼の眼を見た。「でも違う。わたしはブリー・カルホーンを殺していない。殺すなんてできなかった。彼はよくしてくれた」

ジムボーンは顎を搔《か》いた。「ハッ」彼はようやく言った。「奇妙だな。てっきりお前の仕事だとばかり思っていたよ」

数秒間、どちらも話さなかった。やがてマニーが質問を口にした。「ひとつ訊いてもいい、セニョール？」

彼はニヤッと笑った。「ああ《シ》、だが答えないかもしれないぞ」と彼はまねした。

「マクマートリー、ドレイク、そしてヘインズだけを殺すほうが簡単じゃない？」

ジムボーンの笑顔が広がった。「簡単？　ああそうだ。だが、満足できるか？　ノーだ。おれはやつらが苦しむ姿を見たいんだ。特にあの老いぼれが自分のしたことの報いを受けるところを」

「彼が重い病気だということは知ってるわよね」とマニーは言った。「癌よ。わたしたちが殺す前に死んでしまったらどうするの？」

「やつは死なないよ」とジムボーンは言った。その声は石のように冷たく、笑みは消えていた。ジムボーンは歯がみをすると、癌によって復讐を果たせなくなる可能性を考えながら、繰り返した。「やつは死なない」

一時間以上、トラックのなかを沈黙が支配した。そのあいだ、車は、テネシー州南部の都市――ルイスバーグ、コーナーズビル、そして最後にプラスキ――を通過した。ジムボーンは、ブランケットとガラス越しにプラスキのダウンタウンにあるジャイルズ郡裁判所を覗《のぞ》き見て、ヘレン・ルイス検事長はあのなかにいるのだろうかと考えた。またすぐに会うことになるだろう。

二十分後、エルク川を渡ったあたりで、ジムボーンは運転席の背もたれに手を当て、マニーの背中が押し返してくるのを感じるまで押した。〈タンドラ〉が〝美しきアラバマへようこそ〟という緑と白の看板を通過すると、ジムボーンは囁くように言った。「準備はいいか、マニー？」

「ええ」彼女はためらうことなくそう言った。「すべてオーケイよ」

「いいだろう」ジムボーンはそう言うと、毛布を掛け直した。「今夜は休んで準備しよう」

彼はそう言うと唇を舐めた。「だが、あの老いぼれの健康状態を考えると時間を無駄にすることはできない。二十四時間以内に宣戦布告だ」

9

二〇一三年十二月四日の午前九時半、ジムボーン・ウィーラーがナッシュビル総合病院で脱獄に成功してから四時間後、スティーブ・クックとシンディ・ミンホスは、三十一A号線を下りて、テネシー州トリューンの郊外にあるなんの変哲もないガソリンスタンドに立ち寄った。スティーブとシンディは、ルイスバーグ出身、高校時代からの恋人同士で、ヴァンダービルト大学の一年生だった。車が完全に止まる前に、シンディは助手席側のドアを開けて飛び出した。慌てて店のなかに駆け込むと、女性用トイレの鍵を求めた。

店員が振り向くと、いつも鍵がかかっているフックには何もなかった。店員は数時間前に女性が来て鍵を持っていったことをおぼろげに思い出した。あの女《アマ》、鍵を返さなかったな、と思いながら、肩越しにティーンエイジャーの娘を見た。「開いてるはずだよ」彼は空《から》のフックを指さして言った。「最後に使ったやつが鍵を返していない」

慌てて店を飛び出ると、シンディはトイレに駆け込んだ。彼女は激しい下痢に襲われていて、今にも漏れそうだったのだ。そうでなければ、こんな汚らしいところに止まるようにスティーブに頼むことはなかった。彼女はノブをつかみ、安堵のため息をつきながらトイレに入った。ドアを閉めたものの、自分自身が汚れるような気がして鍵はかけなかった。彼女は一番手前の個室に駆け寄ったが、隣の囲いから流れ出てくる血に、足を滑らせそうになった。

「やだ、これ……」

血に気づくと、胸が締めつけられ、トイレに行きたかったことも忘れてしまった。ゆっくりと、奥の個室のドアを開けた。

その女性を見て、喉から半秒ほど悲鳴が漏れた。そして二秒後、肺が空気で満たされ、腸が解放されると、声帯が圧力に耐えられなくなるまで叫び続けた。

「どうした？」スティーブがトイレに駆け込んできて訊いた。「シンディ——ああ、なんてこった！」

個室のなかの女性は全裸で便器に寄りかかっていた。首の周りには鋭利な刃物で切り裂かれた赤紫色の傷があった。だが、スティーブ・クックが口を開けたまま、ことばを失ったのも、シンディ・ミンホスがパンツのなかで漏らしてしまったのも、その女性の裸体と首の傷のせいではなかった。死んだ女性の腹部に沿って、刃物の先で九つの文字が皮膚に刻まれていた。「〝M……C……M……U……R……T……R……I……E〟」スティーブはそれぞれの文字を声に出してから、それが作る単語を読み上げるという栄誉を与えられた。

「マクマートリー《McMURTRIE》」彼が囁くと、シンディがまたゾッとするような悲鳴をあげた。

第二部

10

アラバマ州の北端、テネシー州との州境から南に数マイルのところに、ヘイゼル・グリーンという小さな町がある。この町の名前の由来については様々な説があった。初期の入植者たちがこの地域の緑のヘイゼルナッツの木々に感銘を受けて名付けたという者もいれば、最初にできた雑貨店の店主兼郵便局長の妻の名前から取ったという者もいた。さらにはアンドリュー・ジャクソン将軍がホースシュー・ベンドの戦いでクリーク・インディアンと戦う途中、この地域をハシバミ《ヘイゼル》色と緑色で表現したことからこの名前が生まれたといううわさもあった。オールド・ヒッコリーの愛称で親しまれた第七代アメリカ大統領アンドリュー・ジャクソンの話は、トーマス・ジャクソン・マクマートリーの一番のお気に入りだが、彼はその話は父親が広めた作り話だろうと思っていた。父が自ら建てた赤れんがの家のバックポーチに立ったトムは、ストローで〈コカ・コーラ〉を飲みながら、第二次世界大戦前から家族で所有している百エーカーの土地を眺めていた。庭のはずれには、何も生えていない農地——今年の綿花はすでに収穫され、来年の綿花は春になるまで植えられなかった——が広がっていた。

愛犬のイングリッシュ・ブルドッグのリー・ロイが蝶《ちょう》を追いかけ、次第にイライラしていた。茶色と白の混じった毛並みの犬は、ぐるぐると回りながら、時折、大きな顎で空気に噛《か》みついていた。だが、彼は虫を捕まえるにはあまりにも動きが遅すぎた。体重が三十キロを超えていた。リー・ロイ・ジョーダン・マクマートリーは、伝説的な男（リー・ロイ・ジョーダンはNFLダラス・カウボーイズで活躍したアメリカン・フットボール選手）ほど機敏ではなかった。トムはその様子を見て、思わず笑ってしまった。

「じいちゃんは、この町の名前の由来については、どの説を信じてるの？」ジャクソンはそう訊くと、コーラを缶から直接飲んだ。少年は十三歳、モップのような薄茶色の髪をニューヨーク・ヤンキースのベースボールキャップで覆っていた。彼は好奇心に満ちた眼でトムの顔を覗き込んだ。トムは、自分の生まれ故郷の名前の由来についていくつかの説があることを何度も話してきたが、孫がそれに飽きていないことがうれしかった。あるいは、愚かな年寄りに話を合わせてくれているだけかもしれない。どちらにしても、トムはジャクソンに感謝し、彼と一緒に過ごせるこの時間を愛していた。ステージⅣの肺癌と診断されることに明るい兆しがあるとすれば、孫にたくさん会えることだった。

「店主の妻の話かな、四十九番《フォーティ・ナイン》」トムは少年の髪の毛を撫でた。ジャクソンの野球の背番号が四十九番で、トムはその番号で孫を呼ぶのが好きだった。彼はアラバマ大で全米チャンピオンに輝いた一九六一年のアメリカン・フットボールチームで、ディフェンシブ・エンドとしてプレイしていたときに同じ番号をつけていた。「だが、お前のひいおじいちゃんは、ジャクソン将軍がこの町に軍隊を進め、ここを〝ヘイゼル・グリーン〟と呼んだという話を本当に信じていたよ。わたしはその話が本当であってほしいと思ってる」トムはそう言うと、眼の奥に熱いものを感じた。ときが経つにつれ、人の感情が変化するのが不思議だった。人生の最初の七十年間、トムは自分のことをどちらかといえば、ストイックな人間だと思っていた。六年前、妻のジュリーが乳癌で亡くなったとき、彼は泣いた。両親の死にも泣いた。一九八三年一月二十六日、ラジオのアナウンサーが音楽を中断して、ポール・ウィリアム・〝ベア〟・ブライアント・コーチがタスカルーサのドルイド市立病院で、心臓発作のために六十九歳で亡くなったことを伝えたときには、車を高速道路で止めなければならなかった。彼はハンドルに頭を預け、フットボールと人生について多くのことを教えてくれた恩師を偲《しの》んで泣いた。だが、それらはいずれも大きな出来事だった。七十二歳になった今、末期癌と診断されて十四カ月が経とうとしている彼は、どんな話をするのにも眼が潤んでくるのを覚えずにはいられなかった。

「僕もだよ」とジャクソンは言った。そして満面の笑みを浮かべると言った。「じいちゃん、ダーウィン・ホルトがジョージア工科大の選手の顎を折った話をまたしてくれる？」

トムは笑った。「いいよ。だけど、少し休んでいいかな？ お前はなかに入って、さっき言ってた宿題を終わらせるんだ。そのあいだ、じいちゃんの眼を休ませてくれないかい？」

少年はため息をつくと、渋々椅子から立ち上がった。「わかったよ、じいちゃん」ジャクソンが歩きだすと、トムは彼の腕をつかんだ。「本当に大きくなったな。力こぶを作ってみせてくれ」

　ジャクソンがそうした。トムは筋肉を感じた。「雄牛のように力強いな。バスケットボールのシーズンはもう始まってるのか？」

「二週間前から練習していて、明日の晩が最初の試合なんだ」ジャクソンは眼を見開いた。

「どうかな……？　つまり、じいちゃんの具合がよければ――」

「頑張ってみるよ」とトムは言った。「明日は検査があって、一日中かかってしまうけど、なんとか頑張ってみる」

　ジャクソンがトムの首に抱きついた。「じいちゃん、誕生日おめでとう。愛してるよ」

「わたしも愛してるよ、四十九番《フォーティ・ナイン》」少年が走り去ろうとすると、トムは声をかけた。「宿題を終わらせるんだぞ。それが一番大事だからな」

「わかったよ、じいちゃん」とジャクソンは言い、家のなかに入っていった。

　トムが農場に眼を戻すと、リー・ロイが草むらに腹ばいになって、悔しそうな表情で、頭上で羽ばたいている蝶を見ていた。トムはクスッと笑うと、足元に丸くなって置かれている毛布に手を伸ばした。かたわらのテーブルにコーラを置いて、痩せこけた肩に温かい毛布をかけた。風が吹き始めていた。顔に当たると爽やかで気持ちよかったが、少し寒くもあった。最近は、寒さを感じることが多くなっていた。それは体重が減ったせいなのだろう。癌と診断される前、トムの体重は九十キロだった。百九十センチの身長の彼にはちょうどよい数字だった。だが、昨年の十月にドクター・ビル・デイビスから肺癌と診断されてからは、十五キロ近く体重が減り、今では七十五キロをやっと超えるくらいだった。以前の洋服はどれもサイズが合わなくなったので、息子の嫁がスウェットパンツとトレーナーを何枚か買ってきてくれた。これまでの人生で、Mサイズの服を着たことは一度もなかったのに、すべての服のタグにMと書かれ、それですら少しゆったりとしていた。

　車の停まる音がして、リー・ロイが驚いたように立ち上がった。犬はうなり声をあげ、家の前に向かって飛び出していき、吠えながら自分の存在をアピールしていた。息子夫婦が自分のために開いてくれたパーティーに訪問客が集まり始めているのだと思って、トムは眼を閉じた。正直なところ、その骨折りには感謝していたが、この集まりが嫌でたまらなかった。空腹を感じることももうなくなっていた。だが、息子の嫁のナンシーが彼のために作ってくれるケーキにほとんど手をつけないと、きっと傷つくだろうと思った。ため息をつきながら、痛みを和らげるために椅子の背もたれを調整しようとした。誕生日おめでとう。自分自身にそう言った。

「おじいちゃん」

　眼を開けて聞き覚えのある声のするほうを見た。玄関の戸口には赤ん坊を腰のあたりに抱えた息子の嫁ナンシーの姿があった。

「うん？」とトムは言った。

ナンシーが答える前に、声の主の六歳の金髪の少女が彼女の前に割り込んできた。少女は手に持ったビーズをくるくると回しながら、いたずらっ子のような笑顔を浮かべていた。

「ガールフレンドが来たわよ、おじいちゃん」彼女は歌うようにそう言うと、クスクスと笑った。

「ジェニー、おうちに戻りなさい」とナンシーがしかると、ジェニーはトムに手を振りながら、チョコチョコと走って戻っていった。「ごめんなさい」首を振りながら、ナンシーはそう言った。「ルイス検事長が着いたみたい。ここで会いますか？　それともなかに入りますか？　ほかの人たちもすぐに着くと思います」

トムは肩に毛布が掛かっていることを感じながら言った。「ここで会おう」

「大丈夫ですか？」とナンシーが尋ねた。「寒そうですよ。何か必要なものでも――？」

「大丈夫だよ、ナンシー。ヘレンにここに来てもらう」

トムは義理の娘の口元がかすかに歪《ゆが》んだのを見て、抗議したがっているのがわかった。が、彼女は口に出さず、ただ、「わかりました」と言った。

数秒後、ヘレンがいつもの黒いスーツにヒール姿で車から出てきた。彼女がほほ笑み、トムは手を振った。彼女のヒールのかかとがウッドデッキのうえで音をたてるなか、トムは彼女の額に心配そうなしわが浮かんでいることに気づいた。

彼女は一瞬、トムに覆いかぶさるようにして彼の額にキスをした。「誕生日おめでとう」

「ありがとう」とトムは言った。「生きてこの日を迎えるとは思っていなかったよ。七十二歳は死んでるよりはましみたいだがね」

弱々しいユーモアを発揮しようとするのを無視して、ヘレンはトムの頭のうえの生えかけの髪を指で触れた。「生えてきてるわね」と彼女は言った。その声は、直接会っているのではなく、テレビ画面上で観察しているかのように、弱々しく、遠くから聞こえるようだった。

「化学療法を受けると、髪が縮れてくるんだそうだ」とトムは言い、無意識のうちに頭をぴしゃりと叩いた。「慣れるのには時間がかかりそうだ。ケンタッキー・バーボンを飲むのと同じように、髪の毛を切るのがずっと好きだったからね」彼はニヤニヤと笑ってそう言った。「きちんとするのが」

ヘレンは笑ったが、無理をしているように見えた。彼女はジャクソンが坐っていた椅子に坐り、両手を膝に置いて、身を乗り出した。法廷で着るスーツ姿のヘレンを見るのは久しぶりだった。彼女が農場を訪れるときは、ジーンズとブラウスという姿で、誕生日パーティーにはカジュアルな服装で来るものと思っていた。来る前に着替えていないことを奇妙に思った。「検事長《ゼネラル》、今日は忙しかったのかね?」

テネシー州では、郡の検事局のトップは一般的に〝検事長《ゼネラル》〟と呼ばれており、トムは、そのあらゆる言動で人々の尊敬を集める、ヘレン・エヴァンジェリン・ルイスには軍隊の呼称(ゼネラルには、将軍という意味もある)で呼ぶのがぴったりだと思っていた。

ヘレンは引きつった笑みを浮かべたが、彼のほうを見なかった。デッキを見つめたまま、静かな声で話した。「伝えなければならないことがあるの」

トムは、気温とは関係なく、腕に寒気を感じ、胸のあたりで毛布をぎゅっと握りしめた。これまで、ヘレンがほんの少しでも恐怖を表に出すのを見たことはなかった。だが、彼女の声には怯《おび》えが聞いて取れた。彼女は死ぬほど怯えている。彼はそう思い、椅子から身を乗り出した。「なんだね？」と彼は言った。

「さっきまでナッシュビルの最高警備刑務所の所長と電話で話していた」

トムは自分の腕に鳥肌が立つのを感じた。「で？」

ヘレンが再び話し始めたとき、その声は囁くようだった。「今朝早く、刑務所の看護師の助けを借りて、ジェイムズ・ロバート・ウィーラーが死刑囚監房から脱獄した」

「なんだって？」とトムは言った。そのことばが信じられなかった。

「ジムボーン・ウィーラーが今朝、刑務所を脱獄した。彼は逃亡中で、武装していて危険と思われる。捜査はまだ始まったばかりだけど、ナッシュビルの警察は共犯者がいると考えている。茶色い肌の女性。彼女も武装していると思われる」

トムは、胸が締めつけられるような気がした。「ブリー・カルホーンのフィリピン人の殺し屋」

ヘレンは答えず、トムの眼を見つめていた。「その女の身元は確認できていない。けど……それが合理的かつ論理的な結論ね」

トムは毛布を指でぎゅっと握り、冷静であろうとした。リバーベンド最高警備刑務所でジムボーン・ウィーラーと最後に会ったときのことが頭をよぎった。

マクマートリー、おれはお前とお前の愛する者すべてに最後の審判を与えてやる。

トムは眼を細めて、なんとか集中しようとした。家の前から、リー・ロイがまた吠えだす声が聞こえてきた。別の車が私道に入ってきたに違いない。「何か手がかりは？」トムは尋ねた。

ヘレンは頷くとハンドバッグから携帯電話を取り出した。いくつかクリックするとその携帯電話をトムに手渡した。トムは彼女の手が震えていることに気づいた。

私道からは、リー・ロイの吠える声が大きくなり、うなり声も混じってきた。そのあと、短いサイレンの音が聞こえ、警察無線から通信指令係の甲高い声が続いた。「目的地に到着したか？」

「到着した」警官が答えた。「ルイス検事長はターゲットと一緒にいる」

トムは眉をひそめてヘレンを見た。

「警護よ」と彼女は言うと、トムの手のなかの携帯電話を顎で示した。「続けて。なかを見て」

トムは眼をしばたたいて焦点を合わせると、画面に映しだされた写真を見た。トイレの便器に寄りかかっている裸の女性が映っているのを見て、思わず息を呑んだ。

「看護師よ」とヘレンは言った。「彼女の遺体は、今朝、トリューンとイーグルビルのあいだの道路沿いにあるガソリンスタンドのトイレで発見された」立ち上がって、彼のほうに身を乗り出すと、トムの手から携帯電話を取り、女性の腹部が見えるように写真を拡大した。

十八歳のスティーブ・クックがおよそ七時間前にしたように、トムもその文字を声に出して読み上げた。「〝M……C……M……U……R……T……R……I……E〟」そしてヘレンの顔を見た。いつも青白い彼女の顔は、今はまるで幽霊のようだった。「じゃあ……わたしが手がかりなのか？」

もう一度、ヘレンが頷いた。「この写真と、彼が死刑囚監房に収監された経緯、そしてあなたが最後に彼と会ったときに聞いたことから判断すれば、論理的な結論として、ウィーラーがあなたに借りを返そうとしているということは明らかよ」彼女はひと息つくと、素早く息を吸った。「そしてこのガソリンスタンドと刑務所の位置から判断すると……彼はこちらに向かっている」

「そして、その看護師が殺されたのが今朝だとしたら……」トムはことばを切った。最初に腕に浮かんだ鳥肌は、足全体にまで広がっていた。

「彼はすでにここにいるかもしれない」会話を締めくくるようにヘレンはそう言った。

11

トムは自分の銃をベッドルームの壁にかかった鍵付きのケースに入れていた。ドレッサーの一番下の引出しに隠してある鍵を探していると、後ろからヘレンのイライラしたような声がした。

「何をしているのか教えてくれない？」

トムは苛《いら》立《だ》ちを抑えようとした。外ではあいかわらずリー・ロイの吠える声が響き、パトカーの無線からは、通信指令係の話す警察用語が時折聞こえた。トムの指が、やっと二枚のボクサーパンツのあいだにある鍵にたどり着いた。安堵のため息をついて、その鍵を取り出すと、ケースの錠を開けた。

ヘレンからジムボーン・ウィーラーの逃亡劇の概要を聞き、検事長の携帯電話の死んだ看護師の陰惨な写真を見て感じた胸の高鳴りは、十二番径の散弾銃の銃床を握ることで落ち着いてきた。銃を取り出すと、ベッドのうえに置いた。装弾はどこにある？ そう思いながら、ケースのほうを振り向くと、ヘレンが行く手を阻んだ。腕を組んでいた。彼女の緑色の険しい瞳――いつもトムにメキシコ湾のエメラルド色の海を思い起こさせた――が、激しく光っていた。

「トム、気が動転しているのはわかるけど、落ち着いてちょうだい。家の前の道路には、パトカーが二台いて、家のなかは警官が守っている。見て」彼女は、その姿勢のまま窓に手を伸ばしてブラインドを開けた。

隙間から紺色の制服を着て武装した警官が見えた。トランシーバーを口にあてて話している。視線を感じたのか、その警官は窓のほうを見てヘレンに頷き、ヘレンもそれに応えた。

「ジャイルズ郡保安官事務所の保安官補が四人、この家の両サイドを警護していて、さらに四人を農場の捜索に派遣している」彼女はひと呼吸置くと、笑顔を作って続けた。「それにとても興奮したイングリッシュ・ブルドッグもいて、彼らをバックアップしてくれているわ」

トムは笑わなかった。ヘレンの眼を見つめ、落ち着いた口調で話した。「ありがとう。だが……邪魔をしないでくれないか」

彼女は彼をにらんだ。が、一瞬ためらったあと、横に移動した。トムはケースを覗き込み、散弾銃をもう一丁取り出すと、ヘレンに渡した。彼女は渋々、ベッドのうえの散弾銃の隣に置いた。次にトムは、九ミリ拳銃と四四口径マグナムリボルバーを取り出し、どちらもベッドのうえに置いた。彼はベッドのうえの銃器に眼をやると、ケースに眼を戻した。まだ取り出していない銃は、三八口径のリボルバーとレミントンの鹿狩り用ライフルだった。トム・マクマートリーが生涯で人を殺したのは一度だけだったが、そのときに使ったのがこのライフルだった。彼はケースのほうに足を踏み出そうとしたが、ヘレンに先を越された。彼女は茶と黒のレミントンを取り出すと、感嘆するようにその銃を見た。「何年か前に、この銃でわたしの命を救ってくれたんじゃなかったかしら」

「今回はその必要がないことを祈ろう」とトムは言うと、彼女から銃を受け取り、ベッドのうえの銃に加えた。

「駄目よ」ヘレンは腰に手を当てて、はっきりと言った。「トム、あなたは法律を信じるしかないのよ。わたしたちがあの男を捕まえる。約束する」

「ハンツビルの息子の家の警護も手配してもらえるか？」

「もう手配済みよ。ここに来る途中で、マディソン郡の保安官事務所とハンツビル市警に連絡して、今は息子さんの家の前にも警官が配備されている」と彼女は言った。「トミーとナンシーが今夜のパーティーのあと、子どもたちと家に帰るときには、警察官が付き添う」

トムは部屋を行ったり来たりし始めた。背中の痛みは忘れていた。「よかった」そして急に立ち止まって彼女を見た。「ボーにも伝える必要がある。リック、パウエル、ウェイドにも」彼はポケットに手を入れて、携帯電話を取り出した。「ジムボーンは彼らのことも脅していた」

彼が連絡先リストをスクロールしていると、ヘレンが両手をトムの手に置いて、優しく携帯電話を彼の指から外した。「わかってる、トム。今、やってるところよ」と彼女は言った。

「パウエル・コンラッドにはもう伝えた。彼はリッチー捜査官に警告すると言っていた。彼らも明日、ここに集まって捜索に参加するつもりよ」彼女はそう言うと唇を舐めた。「あなたのパートナーにはまだ連絡がついていない。電話はすべて留守番電話に回されてる。パウエルはリックが裁判の途中だと言っていた」

トムは眼を閉じた。シンプソン裁判だ。ジムボーン・ウィーラーの脱獄を知ったときの混乱で、彼は裁判のことを忘れていた。リックは毎日、その日の審理が終わるとトムに電話をかけてきて、裁判の様子を伝えていた。「パウエルがリックに話すだろう」トムは眼を開けると、ヘレンをじっと見てそう言った。

「彼もそう言ってた」とヘレンは答えた。

「ボーは？」

「彼も電話に出ない。同じように電話はすべて留守番電話につながる。ハンツビル市警の通信指令係が彼とジャズの家にパトカーを派遣すると言ってた。それに、ボーは今夜のパーティーに来るんじゃなかった？」

「ああ」

「よかった。じゃあそのとき、彼に話しましょう」ヘレンはトムのポケットに携帯電話を戻すと、ズボンの生地越しに彼の太ももをつねった。「あなたは落ち着いて、わたしに自分の仕事をさせてちょうだい」彼女はことばを切った。「お願いだから、この銃でおかしなことはしないで。気持ちを落ち着かせたら、ケースに戻して」

トムはため息をつくと、ベッドの端に坐った。ヘレンは隣に坐ると、彼の腰に腕を回した。数秒後、トムは自分の手を彼女の腰に回して引き寄せた。ヘレンがクスクスと笑っているのを聞き、彼女の緑色の眼を覗き込んだ。「こんなことのどこがおかしいんだい？」と彼は訊いた。

「なんでもない」とヘレンは言った。その口調は苦みを帯び、どこか悲しげだった。「ただ……あなたのベッドは初めてだったなって思って」

トムはなんと言っていいかわからず、眼をしばたたかせた。彼とヘレンの関係は、この二年半のあいだに敵対関係から友好関係、そして親密な関係へと発展していた。しかし、ふたりには決して越えない境界線があった。トムはヘレンを抱き寄せながら、その肩越しに銃のケースの隣にあるドレッサーに眼をやった。そこには六年前に亡くなった最愛の妻、ジュリーの写真が額に入って飾られていた。いつしか結婚指輪をしなくなっていたとはいえ、どうしても断ち切れない絆《きずな》があった。もし、末期癌と診断されずに、ヘレンとの生活を想像できていたら、状況は違ったかもしれない。

だが、そんな未来が来ることはない。

「すまない」トムはやっとの思いでそう言った。

「気にしないで」とヘレンが囁くように言った。彼女が彼の肩から頭を離すとき、トムは彼女のほほに一筋の涙が流れるのを見た。彼女は涙を拭うと唐突に立ち上がった。「トミーとナンシーに話さなければ」その口調ははっきりとして事務的だった。「きっと、いったい何が起きたかと思ってるわ」彼女はドアまで歩き、ノブをつかむと振り向いた。「ほかにも話しておきたいことがある」

「なんだね？」トムは尋ねるとベッドから立ち上がった。背中を短剣で切り裂かれるような痛みが走り、歯を食いしばった。

ヘレンは眼を細めて言った。「あなたのパートナーのことが心配なの」

十五分後、トムの息子夫婦との張り詰めた会話――ヘレンはジムボーン・ウィーラーの逃亡に関してわかっている事実のほか、農場と、ハンツビルのトミーとナンシーの自宅の両方で講じられている安全対策について説明した――のあと、トムはヘレンを私道まで送った。検事長の公用車である〈クラウン・ビクトリア〉は、彼女のスーツと同じ黒で、トムは完璧にマッチしていると思った。彼がドアを開けると、彼女は振り返って彼のほほにキスをした。太陽がヘイゼル・グリーンの農場に最後の光を投げかけるあいだ、ふたりは抱き合った。

「彼らは大丈夫？」ヘレンは体を離すと、家のほうを顎で示しながら訊いた。そこではトミーとナンシーがキッチンで話し合っていた。

「ショックを受けているだけだ」とトムは言った。「脱走した囚人が家族を殺しに来るなんて、そうそうあることじゃないからね」彼はそう言うと彼女の手を握った。「もう少しいてほしかったけど……」彼は肩越しに家のほうに眼をやった。「パーティーも盛り上がらないだろうな」

ヘレンは彼を見つめ、手をぎゅっと握ってから離した。「わたしももっといたいけど、いろいろなことが起きているの。ちょうど州警察からメールをもらったところで、マーフリーズボロの民間飛行場で乗り捨てられた救急車が発見されたそうよ。鑑識チームが捜査をしているところだけど、ウィーラーを病院に運んだ救急車に間違いないと考えている」

「看護師が殺されていたガソリンスタンドと飛行場との距離は？」

「四十五分くらいかしら」

「ウィーラーが飛行機に乗った可能性は？」

ヘレンは手のひらを広げて上に向けると言った。「わからない。でも行って話を聞くつもり」

「それは捜査官に任せるべきじゃないかい？」

ヘレンはニヤリと笑った。「そうかもしれない。でも、ウィーラーを有罪にして死刑囚監房に送ったのはわたしよ。彼に関しては責任がある。もう行かなきゃ」彼女は車に乗り込むとドアを閉めた。エンジンをかけると窓を開けてトムを見上げた。「ボーから連絡は？」

トムは胃が締めつけられるような感覚を覚えた。首を振った。

「もうここに来てるはずじゃない？」とヘレンは尋ねた。トムはその声に不安を聞き取った。

「渋滞に巻き込まれてるだけかもしれない」と言ったが、そのことばは虚《うつ》ろに響いた。ボーセフィス・ヘインズは決して時間に遅れるような男ではなく、遅れそうになるときは必ず電話をかけてきた。何かがおかしい、とトムは思った。

ヘレンは唇をすぼめた。「三十分以内に彼から連絡がなかったら、わたしに電話をして」そう言うと、車のギアを入れた。

「待ってくれ」とトムは言うと、かがみこんで両手を〈クラウン・ビクトリア〉のウインドウの縁に置いて体を支えた。「さっき君はリックのことが心配だと言ってたね。どうしてだい？」

ヘレンはため息をつくと、ハンドルを見つめた。「彼が父親の仇《かたき》を討つことに執着しているからよ」彼女はギアをパーキングに戻すと、トムを見上げた。「彼はマニー・レイエスの手がかりを求めて何カ月にもわたって何度もわたしに電話をしてきた。ジャスパー、ヘンショー、そしてオレンジ・ビーチでも同じことをしてるそうよ。アラバマ州のウォーカー郡、ヘンショー郡、ボールドウィン郡でブリー・カルホーンの遺産に対して不法死亡訴訟（不法行為による死者の近親者が提起する民事訴訟）を提起し、そのそれぞれでマニーを実行犯として挙げている。そのことは知ってるはずよね？」

トムは頷いた。「知っている。そして……」彼は口ごもると痛みでズキズキする背中をさすった。やがて私道とその先の農地に眼をやった。すでに真っ暗になっていた。ジムボーンとマニーが北の畑にいるところを想像して、鼓動が速くなった。ふたりともライフルの扱いに長《た》けている。トムはヘレンが家と農場に警官を配備してくれたことを思い出し、大きく息を吸った。法律を信じるしかない。彼はそう思った。ベッドルームでの彼女のことばが頭のなかでこだましていた。

「ヘレン、それらの訴訟は必要だったんだ」彼は彼女を見下ろしながら続けた。「わたしはもう引退したが、リックのことを百パーセント支持している。犠牲者とその家族には正義を受ける価値がある」

「正義には賛成よ」とヘレンは言い返した。「わたしは二十年以上検事をやっていて、その前は警察官だった。でも、むやみに自分を標的にすることには賛成できない。キャサリン《キャット》・カルホーン・ウィリストーンは、父親が暗殺されて以来、影響力を持つ女性になった。彼女はブリーの遺産の管理人でもある。わたしの情報源によると、アラバマ州のあちこちで訴訟を提起されたことに、相当腹を立てているそうよ」

トムはアスファルトの私道に眼をやり、ヘレンの指摘をじっくりと考えていた。そして彼女の眼を見ると尋ねた。「ウィーラーの逃亡にキャットが何か関係している可能性はあると思うか？　ウォーカー郡で提起されているジェニングスに関する訴訟は月曜日に審理が開かれる予定だ」

ヘレンはまばたきをしながらも、トムの視線を受け止めた。トムは差し迫った裁判のことを彼女が知らなかったのだと悟った。「リバーベンドからの報告はすべて、内通していた看護師による内部犯行であることを示している」彼女はようやくそう言うと、右手のひらでハンドルを叩いた。「キャットがなんらかの関与をしていたとしても、それを証明することはできない。あなたのパートナーが起こしている裁判と同じように。勝てないわ。彼が正義を求めている殺人は、鮮やかな手口だった。あの殺人とマニーやブリー・カルホーンを直接つなげる証拠は何もない。煙？ そうね、確かに少しはあるかも。でも火は？ ないわ。火花すらない。それにあれらの殺人は、もう一年以上解決していない。行き詰まってるのよ」

「君はそれらの殺人事件についてずいぶんと詳しいようだね」とトムは言った。少し口調が和らいだ。

ヘレンはため息をつくと〈クラウン・ビクトリア〉の屋根を見上げた。「わたしは彼を助けようとしてるの、いい？ そして彼が正しいと思っている。彼の父親、グレッグ・ゾーン、そしてアルヴィン・ジェニングスの殺害の裏にはギャングが糸を引いていると信じている。でも、そういった連中を追い詰めて一網打尽にするなんて無理なのよ。忍耐強くなきゃならない。そして証拠がなければならないの」

「君が考えている以上に、リックにはチャンスがあるよ、ヘレン」とトムは言った。「彼が提起している訴訟は民事訴訟であって、刑事訴訟ではないということを忘れてはいけない。彼には、君がいつも負っている検察官の立証責任はない。合理的な疑いを越えて、殺人を立証する義務は負っていないんだ。不法死亡訴訟では、マニーがリックの父、ゾーン、ジェニングスをブリー・カルホーンの指示のもとに殺した可能性が高いことを証明すればいい。それは大きな違いだ」トムはそう言うと、ウインドウの縁に手を置いて身を乗り出した。「O・J・シンプソンがどうなったか覚えているだろう。カリフォルニア州は、刑事裁判では敗れたが、被害者家族は不法死亡訴訟では勝利して数百万ドルを得ている。検察官の立場ではなく、リックの眼を通してこれらの事件を見てみようじゃないか。彼には勝算があり、その戦略が正しいことは歴史が証明している。それらの訴訟のひとつで陪審評決を勝ち取ればいいんだ。そして五日後にはその審理が始まる」

ヘレンはニヤニヤと笑いながらトムを見上げていた。「かつてのロースクールの教授のような口ぶりね。わかってちょうだい。今はジムボーン・ウィーラーを以前いた場所に戻すことが最大の関心事なの。そして、あなたのパートナーのことをとても心配している。リックは、父親の死が事故ではないと知ってから、復讐に燃えている。ウィーラーの逃亡とマニーの関与の疑いを知って、彼が暴走しないかと心配なの。パウエルも同じ考えよ。わたしが連絡したときに、彼が最初に言ったことばがそれよ。〝このことがリックに何をもたらすのか心配だ〟って言ってた」彼女は唇を舐めた。「あの子は気性が激しいわ、トム。このことがガソリンに火をつけるマッチになるかもしれない」

トムは荒い息をして咳き込んだ。さらに咳払いをひとつすると、ヘレンの視線をしっかりと受け止めた。「もしジムボーン・ウィーラーがわたしとわたしの愛する人たちに最後の審判をもたらすという約束を果たしに来るのなら――」彼はそこでことばを切ると、アスファルトを見つめた。「そのときは、火がつきやすかろうがなかろうが、リックの味方でいてやりたいんだ」

「なぜ？」とヘレンが尋ねた。

「なぜなら、彼は自らリスクを負っているから」トムはまた咳き込むと、ヘレンの眼を見た。

「それに、彼はもう子どもじゃない。一人前の男だ」

12

リック・ドレイクは法廷の中央に立っていた。陪審員の眼を見つめ、それぞれの視線を捉えようとし、すぐに最前列の若い女性に目標を定めた。ニコル・ビーズリーは、ドルイド市立病院の小児科病棟で正看護師をしていた。二十代後半、茶色のショートヘア、茶色い瞳、そして優しい笑顔。八日前に陪審員の選定が始まったときから、リックは陪審員団に話しかけるとき、気がつくと彼女を見ていた。裁判にはよくあることだった。陪審員のなかには、ほかの陪審員よりも裁判にのめり込んでいる人が必ずひとりかふたりいるものだ。彼は、三年前にヘンショーで行われた最初の裁判のことを思い出していた。ヘンショー高校の元教師であるジュディ・ヒーコックは、彼にとって理想的な陪審員だった。そしてその一年後、プラスキで行われたボーの裁判では、ミリー・サンダースンという、やはり教師がいた。リックは自分がまだ彼女たちの名前を覚えているとは思っていなかった。だが、ちゃんと覚えていた。彼はそれらの裁判――彼の最初と二番目の裁判――のことを決して忘れることはないだろう。

そろそろ締めくくるか、とリックは思った。彼はすでに最終弁論を終え、弁護側も最終弁論を終えたところだった。今はそれに対する原告側の反証のときで、陪審員が決断を下す前に、印象を与える最後のチャンスだった。

「ここまで、みなさんはすべての証拠を見聞きし、わたしとミスター・タイラーがそのことについて議論するのを、おそらくうんざりして聞いていることでしょう」ニコル・ビーズリーがほほ笑んだ。リックは笑みを返すと、徐々に笑みを消していきながら、陪審員席に並ぶ人々の顔に眼を移していった。それからゆっくりと、そして慎重に原告側のテーブルに戻ると、依頼人のかたわらに立った。「いつもなら、ここで依頼人に起立を求めるところです」リックの声が法廷の隅々まで届き、彼はアドレナリンが血管にあふれるのを感じた。だから裁判が好きなのだ。ほかでこんな感覚を味わうことはできない。「彼女に起立を求めて、最後に彼女の名前を言い、みなさんに陪審員室に戻って、正しいと思うことをしてくださいと言うところです。みなさんの良識によって正当な判断をしてくださいと」リックはことばを切ると、車椅子に坐っている若い女性を見下ろした。彼が彼女の肩に手を置くと、彼女は一瞬、その手を握った。リックは手を離すと陪審員を見た。「今日はそうするつもりはありません。なぜならできないからです。グレース・シンプソンは立つことができません。歩くことができません。足の感覚がまったくないのです。グレース・シンプソンは腰から下が麻痺しているのです」

　法廷は死体安置所のように静まりかえった。リックは陪審員席に向かって大股で歩くと、弁護側席で立ち止まって彼らを指さした。「グレース・シンプソンが歩けなくなったのは、ＪＰＳヴァン・ライン社が、運転手を雇うときの最も基本的なバックグラウンド・チェックすら怠ったからです。ＪＰＳがマック・ブーンを雇うことで、彼らはスピード違反四回、飲酒運転二回の男をハイウェイに放ったのです。今、ここにいるミスター・タイラーは――」リックの声は皮肉にあふれていた。「それらの違反は過去のものだと主張しました。彼は、これはただの事故だと言いたいのです。信号は変わったばかりだったので、ミズ・シンプソンが進む前に両方向に眼をやっていれば、彼女の〈ホンダ・シビック〉に突っ込んでくる、制限速度を二十五キロもオーバーしたミスター・ブーンのヴァンに気づいていたはずだと言うのです。ミスター・タイラーは、ミスター・ブーンが事故当時、法的には飲酒していなかったと主張しています。ですが、わたしの質問はこうです。ヴァンを安全に運転することが唯一の仕事である人間が、なぜ火曜日の午後三時半に体内にアルコールを含んでいたのでしょうか？」

リックはそう言うと、JPSの社長、ブロック・スミスをにらみ、最後に陪審員に向かって歩いた。リックの激しさに気圧《けお》されたのか、陪審員のほとんど——ビーズリーも含め——がうつむいていた。リックはそのことに気づき、穏やかな声で話すことにした。

「グレース・シンプソンはラクロスの練習に行く途中でした」

彼はそう言うと待った。数秒後、期待どおりの効果を眼にしていた。陪審員全員が顔を上げ、全員が彼に視線を向けていた。リックはなんとか笑みを浮かべるのをこらえた。マクマートリー教授のしゃがれた声が聞こえた気がした。ときに最終弁論で最も効果的な手段は、話すのをやめることだ。

リックは引き続き落ち着いた口調で話した。「グレースはラクロスの奨学金を得て、アラバマ大に進学しました。九歳のときからラクロスが好きだった彼女は、クリムゾン・タイド（アラバマ大学のスポーツチームの愛称）でプレイするという夢を叶《かな》えたのです。彼女はカモシカのように走ることができました」彼はそう言うと、自分の依頼人を手で示した。「今、彼女はまったく走ることができません」

リック・ドレイクはゆっくりと数えた。一、二、三。そして陪審員に眼を戻した。「今日、わたしは公正さを求めているのではありません。そこにいる若い女性のために正義を求めているのです。JPSヴァン・ラインは、不注意にも、そして無謀にも、マック・ブーンに車を運転することを認めました。そしてブーンはアルコールの影響のあるなか、スピード違反で赤信号を無視し、グレース・シンプソンを下半身不随にしました。グレースの足を取り戻すことはできません。しかし、彼女の足を奪った者を罰することはできます」リックは最後に弁護側席に眼をやり、それから陪審員に眼を戻した。「彼らを罰から逃れさせないでください」

三時間後の午後七時三十分、リックは裁判所の廊下で、すべての訴訟弁護士の腕の毛を逆立たせることばを聞き、眠りから眼を覚ました。「陪審員が評決に達しました」

リックは急いでトイレに駆け込み、顔に水をかけて、眼を覚まそうとした。通常、裁判は午後五時に閉廷する。しかし、ポー判事が四時三十分に事件を陪審員にゆだねたとき、ニコル・ビーズリーと彼女の十一人の仲間たちは、結論に達するかどうか確認するために遅くまで残りたいと申し出た。二週間にわたる審理のあとだったが、判事はためらうことなく答えた。「好きなだけいてください」

すべての裁判所職員、ほかの裁判に関与している当事者や弁護士らが建物をあとにするなか、シンプソン対ＪＰＳヴァン・ライン裁判の関係者は、この事件を追っている大勢の報道陣を含め、全員が裁判所に残った。待っているあいだ、リックは静かな小部屋を見つけ、携帯電話の電源を切って、少しでも休息を取ろうとした。翌朝十時には、ジャスパーの裁判所に出廷することになっていたが、そこで彼を待っている問題や、そのときまで陪審員が評決に達していなかったらどうするかなどについては、なるべく考えないようにした。陪審員は、評決に達しないと思っていたら、遅くまで残るとは言わないだろう。そしてその直感は正しかった。

今、胸の高鳴りを感じながら、タオルで顔を拭ってから急いで法廷に入ると、弁護側席のグレースと彼女の母親のあいだに坐った。陪審員が判事席の左のボックスに戻るあいだ、母親と娘は手をつなぎ、リックは静かに祈りを捧《ささ》げた。神様、どうかこの家族に安らぎをお与えください。彼はヘンショー郡での初めての陪審員裁判で、自身のキャリアにおいて最も大切な教訓を学んでいた。事件は決して弁護士である自分のためのものではない。常に依頼人のためのものだ。この事件はグレース・シンプソンとその家族のものだった。彼らが経験した痛みと苦悩。壊された夢。彼女は二度とラクロスをプレイすることはできない。彼女は二度と歩くこともできない。彼女は子どもを産むこともできないだろう。

眼の奥が熱くなるのを感じながら、リックは冷静沈着でいようと気を引き締めた。汗をかいているところを見せてはならない。教授はいつもそう言っていた。勝ち、負け、あるいは引き分けのいずれであれ、自分は何よりもまずプロフェッショナルなのだから。

ああ、ここに教授がいてくれたなら、とリックは思った。そのとき、ブラクストン・ポー判事が法廷に入ってきた。リックは立ち上がると息を整えようとした。

「陪審員は評決に達しましたか？」とポー判事が尋ねた。その声は、風邪のせいでいつもよりもさらにしゃがれていた。

「はい、裁判長」ニコル・ビーズリーが陪審員席から立ち上がるとそう言った。リックは胸のなかになんとなく温かいものを感じていた。彼女が陪審員長なのだ。

「陪審員の評決は？」と判事が尋ねた。

弁護士席のほうに顔を向けると、ビーズリーは大きな澄んだ声で言った。「我々アラバマ州タスカルーサ郡巡回裁判所の陪審員は、原告を支持します」

リックは、グレース・シンプソンが彼の手をぎゅっと握るのを感じた。やった、と彼は思った。が、まだ一部でしかなかった。

ビーズリーは続けた。「陪審員は補償的損害賠償として原告に対し二百五十万ドルの支払いを認めます」ビーズリーは一瞬、間《ま》を置き、リックに向かってかすかに頷いた。「懲罰的損害賠償は二千万ドルとします」

リック・ドレイクは眼を閉じた。腕が彼を包み込むのを感じた。右から、バーバラ・シンプソンが彼を抱きしめ、耳元で何度も何度も「ありがとう、ありがとう、ありがとう」と囁いていた。この金があれば、バーバラは一生、娘の世話をすることができるだろう。彼女の声は喜びで満ちていた。だが、その声は抑えきれないほどの安堵にあふれていた。眼を開けて左を見ると、グレース・シンプソンが車椅子のなかで静かに泣いていた。彼女は今何を考えているのだろう？　生まれてこない子どものこと？　プレイできないラクロスの試合のこと？　それともＪＰＳの弁護士のジェイムソン・タイラーが陪審員に最後に語ったことだろうか？　「交差点に入る前に左右を確認していれば、この悲劇は防げたはずなのです」あるいは陪審員が聞くことのなかった証拠のことかもしれない。事故の一週間前に、ふたつの試験の緊張をほぐすために合成マリファナを吸ったこと、そしてそのマリファナが体内からごくわずかだけ検出されたこと。リックが召喚した正式な資格を持った毒物学者は、グレースの尿から検出されたわずかな量のマリファナは、彼女の自動車運転能力にまったく影響を与えないという見解を示し、裁判の前日に、ポー判事もリックの証拠排除の申立てを認めたのだった。陪審員はマリファナのことは一切聞かされていなかった。だが、だからといって、グレース・シンプソンが今そのことを考えていないというわけではなかった。

　被害者には安らぎはなかった。どんな陪審員の評決も彼らにそれを与えることはなかった。

　シンプソン母娘が別れを告げて法廷を去ったあと、ブリーフケースに書類を片付けていると、肩を強く叩かれるのを感じた。

「いい仕事だったな、リック」

リックは顔を上げ、なんとか疲れた笑みを浮かべた。「ありがとう、ジェイムソン」

ジェイムソン・タイラーは、バーミングハム最大の法律事務所であるジョーンズ&バトラー法律事務所のシニアパートナーだった。タイラーはこの州で最も優秀な被告側弁護士として広く知られていた。彼とリックには過去にいろいろといきさつがあり、そのほとんどが悪いものだった。リックは、ロースクールの学生だった頃、夏休みに二回ほどジョーンズ&バトラーでインターンとして働いていたことがあり、タイラーは彼の指導担当だった。採用のオファーがなされたものの、リックが模擬裁判の大会でトムと激しく争ったことが広く話題になって、取り消されてしまった。三年半前にリックと教授がチームを組み、アラバマ州ヘンショーのトラック事故事件で、ウィリストーン・トラック運送会社を相手にしたとき、被告側についたのがタイラーだった。判決は九千万ドルという巨額なものになり、リックは原告側弁護士としての道をスタートさせることができた。

しかし今もジェイムソン・タイラーを見るのはつらく、苦々しさと憎しみ以外の感情を抱くことはできなかった。完璧に仕立て上げられたチャコールグレーのスーツ、きちんと糊付《のりづ》けされたワイシャツ、ライトブルーのネクタイ、丁寧に分けられた髪――この数年でダークブラウンから白髪混じりになっていた――という姿のタイラーは、歩く大手法律事務所の弁護士といった雰囲気を全身から醸し出していた。彼はリックがロースクール時代になりたかったすべてだった。

二千二百五十万ドルもの支払いを命じられた今でも、タイラーは自信に満ちあふれた様子で、大きく歯を見せて笑っていた。「控訴するよ」

「わかってる」とリックは言った。

「ポー判事は、この裁判から過失と雇用時における審査不備、そして監督責任を切り離すよう求めたわたしの申立てを認めず、この裁判を台無しにした。それに君の依頼人の体内から検出されたマリファナについても証拠に認めるべきだった」タイラーは首を振ると、冷ややかに笑った。「判事はトムが病気になる前に長年にわたって彼を悲しませたことを反省して、この判決で君たちに骨を投げ与えて埋め合わせをしようとしたんだろう」彼はことばを切った。顔から笑みは消えていた。「だが、そんなことは重要じゃない。重要なのは、この事件はまだ終わっていないということだ。決して終わっちゃいない」

リックはすぐには答えなかった。八日間の裁判で疲れていて、これ以上議論することはできなかった。ブラクストン・ポー判事の教授に対する憎しみについては知っていたし、昨年のウィルマ・ニュートンの裁判でそれを目の当たりにしていたが、判事が何を考えているかについてはまったくわからなかった。唇を舐めながら、ようやくリックは宿敵を見つめ、疲れのせいでしわがれた声で言った。「ジェイムソン、肝心なことが何かわかるか？」

被告側弁護士は首を横に傾けリックのことばを待った。

「勝ちは勝ちだ。控訴審での幸運を祈るよ」

タイラーはニヤリと笑うと、弁護士席のテーブルにある自分のブリーフケースを取って、出口に向かった。両開きの扉の前で立ち止まると、肩越しにリックを見た。「どうしてまたこの事件を和解にしなかったんだ？」

リックは傍聴席の向こうにいるタイラーを見つめた。法廷には彼らふたりしかいなかった。

「あんたがくそったれだからだよ」とリックは言った。

タイラーは馬鹿笑いしながら言った。「それだけじゃないだろう、坊主。それだけじゃ」

彼は首を振った。「我々は調停のときになんと言ったかな？」

リックはニヤッと笑った。タイラーが忘れていないことはわかっていた。「あんたは和解金二百五十万ドルを提示した。保険金の上限は三百万ドルだ。だがJPSは二億ドル規模の会社だ」

タイラーは顎を撫でた。「まあ、今回の小さな進展で――」タイラーは、今は誰もいない陪審員席を指さした。「状況は変わった。君のクライアントが保険の上限で受け入れてくれるなら、控訴は見送ろう。最終的に最高裁判所は、最悪の場合、評決額の半分――それ以上ということはない――にするかもしれないし、わたしなら完全に評決を覆すほうに賭けるね」

リックにはアラバマ州最高裁判所がどのような判断を下すかはわからなかったが、控訴すれば少なくとも二年は裁判が続くだろうということを知っていた。バーバラ・シンプソンは、グレースが必要とする医療費――医療保険ではカバーできない追加医療費――の負担で破産寸前だった。「依頼人に確認して答えよう」とリックは言った。タイラーの申し出はある程度評価できるし、ＪＰＳは恐らく上限額を超えて、五百万ドルか、あるいは一千万ドルであっても支払う可能性があった。それらのいずれにせよ、二年も待って裁判をやり直さなければならないことを考えると、バーバラ・シンプソンがその申し出を受ける可能性はあった。

「そうしてくれ」タイラーはそう言うと扉の取っ手をつかんだ。そして数秒間、ためらうように動きを止めた。

「何かほかに気になることでも？」リックはようやく言った。

タイラーはリックを見ずに言った。「お前はおれのケツを蹴飛ばしたんだ、リック。我々が和解せずに、裁判を選んだのは、教授が一緒にいてお前のファンブルをリカバーしてくれなければ、お前ひとりではボールを運ぶことはできないと言って依頼人を説得したからだ。お前が……やってのけるとは思っていなかった」タイラーは振り向くとリックの眼を見た。

「脱帽するよ」

「ありがとう」リックはなんとかそう言った。自分の耳にしたことがまだ信じられなかった。

「もし、ダークサイドに戻ることにまだ関心があるなら言ってくれ。うちの事務所は君を歓迎する」

リックはほほ笑んだ。ふたりともわかっていたのだ。そんなことは決して起きないと。

「考えておくよ」

13

二十分後、リックはタスカルーサ郡裁判所の階段を重い足取りで下りていた。待ち構えていた記者たちのインタビューに答えたあとのことだった。質問のほとんどは、陪審員の評決に対する反応や、この結果が控訴に耐えうるかといった内容だった。リックは陪審員が、〝公平で公正な評決〟を下したことに感謝するとともに、シンプソン母娘のためにも、この試練がようやく終わってホッとしていると答えた。

駐車場に着くと、彼の車の横にチャンネル19の緑のニュースヴァンが止まっていた。その脇では、若い女性がマイクをいじっていた。その隣には恐ろしく背の高い痩せた男が三脚にビデオカメラをセッティングしていた。

「やれやれ」と彼はつぶやくと、ため息をつきながら、一九九八年式の錆《さ》びた金色の〈サターン〉のトランクを開け、なかにブリーフケースを入れた。

「最後のインタビューの時間はあるかしら、弁護士さん?」とその女性がウインクしながら訊いてきた。ジョージィ・ペリーは小柄な女性で、ブロンドのショートヘアが、リックが子どもの頃に見た映画のなかでグウィネス・パルトロウが髪を束ねている姿を思い出させた。色白で、瞳は緑色、困難な状況に陥っても臆することなく厳しい質問を投げかけてくる、信じられないくらいのハードワーカーだという評判だった。二年前の四月に竜巻がアラバマを襲ったときも、ジョージィは最前線で数週間を過ごし、悲劇的な災害の生存者にインタビューをした。またフォスター・アリントン死刑囚――自身の生徒のひとりを誘拐、強姦、殺害した罪で有罪判決を受けた中学校教師――に貴重な独占取材をしたこともあった。

「君のためなら、なんでもするよ、ジョージィ」とリックは言うと、なんとか疲れた笑いを浮かべ、カメラに向かってネクタイを直した。

「そのまま」と彼女は言った。リックはけげんな表情で彼女を見た。

彼女は、彼のシャツの一番上のボタンを外し、締めたばかりのネクタイを緩めた。「本気よ。このほうがいいわ。戦いに疲れた弁護士っぽくて」

「なんとでも言ってくれ」とリックは言った。彼は二年前、プラスキから戻って数ヵ月した頃に彼女と知り合いになっていた。彼女はそのとき、ボーセフィス・ヘインズの裁判が社会的、人種的にどのような意味合いを持つかについての特集を組んだ。視聴者に好評だったし、事務所にもよい宣伝となった。

「オーケイ、これでいい、ポール？」ジョージィはひょろ長いカメラマンをちらっと見てそう言った。カメラマンは親指を立てて応じた。リックはジョージィの手が自分の腕をつかみ、彼女のほうに引き寄せるのを感じた。彼女の髪からはココナッツのいい香りがした。そして彼女が手を離すと、ポールがカウントダウンを始めた。三、二、一……

「我々は今、弁護士のリック・ドレイク氏とともにいます。彼は、タスカルーサ高校のラクロス選手で、約二年前のJPSヴァン・ラインのトラックとの痛ましい事故で下半身不随になったグレース・シンプソンさんの弁護士です。今日、タスカルーサ郡の陪審員は、シンプソンさんに対する二千二百五十万ドルの損害賠償を認める評決を下しました。この郡では過去十年間で最大の評決額です。ミスター・ドレイク、陪審員の出した結果についてコメントをお願いできますか？」

躊躇《ちゅうちょ》することも、意識することもなく、リックはカメラを見つめて、裁判所の階段で記者たちに語ったのと同じことを繰り返した。話し終え、インタビューも終わったと思って立ち去ろうとしたとき、ジョージィの声が彼を呼び止めた。

「ミスター・ドレイク、最後にひとついいですか？ あなたの事務所はこの三年間にいくつかの注目を集める裁判に関わってきました。三年前にアラバマ州ヘンショーで行われたウィリストーン・トラック運送会社に対する訴訟では、西アラバマ史上最高額の陪審評決を得ました。テネシー州プラスキで行われたボーセフィス・ヘインズの死刑裁判は、テレビでも放送され、このニューステーションでも紹介しました。そして昨年、地元のトラック王ジャック・ウィリストーン殺害容疑で起訴されたウィルマ・クリスティン・ニュートンを弁護しました。これらすべての裁判では、あなたのパートナーであるトム・マクマートリー教授が主任弁護士を務めましたが、今回のシンプソン裁判では、ここ数週間、健康上の問題を理由に欠席したと聞いています。マクマートリー教授は正式に引退したのでしょうか？　もしそうなら、リック・ドレイクの今後にどう影響してくるのでしょうか？」

リックは答える前に一瞬躊躇した。この手の質問は、答えを間違えると自分を嫌なやつに見せてしまう可能性がある。だが、この質問は、彼に重要なことを話す機会を与えてくれるものでもあった。彼はレポーターを見つめると、優しい口調で話した。「教授は引退しました。彼は……」リックは口ごもった。パートナーの健康状態については詳しく話したくなかった。ジョージィが眉をひそめた。「彼には感謝したい」リックはそう言うと、アスファルトに眼を落とした。

ジョージィがポールに手を振ってカメラを止めさせようとしたが、これまでより強く響き渡るリックの声が割って入った。テープはまだ回っていた。「自分に関しては、グレース・シンプソンに正義が果たされた今、目標はただひとつです」彼はカメラに向かって一歩踏み出した。その動きは無意識のうちに行われていた。リックはカメラのレンズを直接見て言った。「今、アルヴィン・ジェニングス、グレゴリー・ゾーン、そしてウィリアム・ドレイクの遺族を代理して、ウォーカー、ボールドウィン、ヘンショーの各郡で不法死亡訴訟を起こしています。中学校でバスケットボールのコーチをしていたミスター・ジェニングスは、ジャスパーの自宅で芝刈り機の爆発によって死亡しました。地元の破産弁護士であるミスター・ゾーンは、オレンジ・ビーチの〈フローラ・バマ・ラウンジ〉から半マイルほど離れた砂浜でスナイパーにより三発の銃弾を受けて死亡しました。わたしの父であるミスター・ドレイクは――」リックはかすれた声で続けた。「ヘンショーの八十二号線で当て逃げにあい、運転していたトラックが木に衝突し、その衝撃で死亡しました」

リックはことばを切った。八日間の裁判で疲れているにもかかわらず、体はアドレナリンで震えていた。再び話し始めたとき、自分の声に激しさを聞いていた。「我々の訴えは、マヘリア・レイエスという名の女性が、彼女の雇い主である故マーセラス・〝ブリー〟・カルホーンの命令により、これらの死を不当に引き起こしたとするものです。マニーというニックネームで通っているミズ・レイエスは、訴状の送達から逃げています。もし彼女の行方を知っているかたがいたら、事務所まで連絡をください。彼女を見つけるのに役立つ情報を提供してくれた人には現金による謝礼が与えられます」リックはひと呼吸おくと、カメラをにらんだ。「被害者とその家族のために正義を果たすことがわたしの人生の使命です。ありがとうございました」

リックが話すのをやめると、カメラのライトが消えた。「オーケイ……終わりよ」とジョージィは言った。

リックは車のドアを開けて、なかに乗り込んだ。エンジンをかけると〈サターン〉の窓をノックする音を聞いてウインドウを下ろした。ジョージィが立ったままほほ笑んでいた。彼女はまだマイクを持っていたが、ポールはすでに残りの機材をヴァンに積み込んでいた。

「あとふたつ、質問をしていい、弁護士さん？」と彼女は訊いた。「オフレコで」

　リックはため息をついた。「どうぞ」

「あなたは億万長者の弁護士で、えーと三十歳だった？」

「二十九」とリックは言った。

「なのになんでこんなオンボロを運転してるの？」

　リックはハンドルを叩いて笑った。教授から少なくとも十回は同じ質問を受けていた。ましてやドーンからはもっと多かった。

「クラッシュ・デイビスは映画『さよならゲーム』のなかでなんと言ってたかな？　連勝を台無しにしたくないんだ」彼は肩をすくめたが、それが理由のひとつでしかないことを知っていた。また派手なスポーツカーで裁判所に現れるところを陪審員に見られるのも嫌だった。陪審員に見られるなら、ただ成功しようとしている普通の男として見てほしかった。「もう行かなきゃ、ジョージィ。また会おう」

「待って、質問はふたつと言ったはずよ」彼女は右手の人差し指と中指を立てた。

「もう訊いただろ。僕の年齢とこの車に乗ってる理由。だから――」

「じゃあ三つ」ジョージィはさえぎった。さらに指を一本立て、唇を丸めて恥ずかしそうにほほ笑んでみせた。「一杯おごる気ない？」

　リックは彼女にほほ笑んだ。その魅力を否定できなかった。互いに初めて会ったときから、そう感じていた。「今夜は駄目だ」と彼は言った。「やらなきゃならないことがあるんだ」

彼女は眉間にしわを寄せた。「本当に？　八日間の陪審員裁判を終えたばかりなのに。一杯だけよ。勝利を祝いたくない？」

リックは充血した眼をこすった。

「今はひとりだったわよね？」ジョージィがさらに迫った。「一年以上、ひとりじゃなかった？」

リックはため息をつくと、眼を細めて彼女を見た。「ジョージィ、もう五つも質問してるよ」

「一杯だけよ。駄目？」彼女は唇を突き出して頼んだ。「わたしを傷つけたくないでしょ？」

「駄目なんだ」とリックは繰り返した。「公判前審理のために、明日の午前十時にはジャスパーにいなきゃならない。それにその準備に徹夜する必要がある」

ジョージィは眼をしばたたいた。リックは、失望よりも好奇心が勝っているのがすぐにわかった。「さっき言ってたジェニングスの件？」

リックは頷いた。「明日の午前中、公判前審理が行われて、月曜日から陪審員の選定が始まる予定だ」

「予定？」

「カルホーンの遺産管理人は、略式判決の申立てをしていて、明日の午前中に審理することになっている。もしその申立てが認められれば、裁判は終わりだ」リックはそう言うと、明日の審理に賭けられているものを考えて、首の後ろに冷たいものを感じた。民事裁判では、審理の前に被告は、重要な事実に問題がなく、原告が主張を裏付ける証拠を実質的に提示していないことを証明できれば、略式判決を求めることができる。裁判所はすべての事実を原告に有利になるように見ることになっていたが、リックはジェニングス裁判における証拠が弱いことを知っていた。それでも明日は勝たなければならなかった。リックは自分に言い聞かせるように言った。「でも判事がその申立てを棄却すれば、勝負は来週に持ち越される」

ジョージィは顔をしかめた。「犯人に訴状を送達してもいないのに、どうやって裁判を戦うの？」

「ブリー・カルホーンの遺産管理人に訴状を送達している。そしてブリーはマニー・レイエスの雇い主だった」

「そう言うならそうなんでしょうね」

リックは彼女をにらんだ。「彼女がブリーの下で働いていたことを証言する証人がいる。それに爆発のあった日にジェニングスの家の近くにいたという目撃者もいる」

「いかにも弱いわね。ブリーの遺産管理人が略式判決を求めたと聞いても驚かないわ」

普通の状況だったら、リックは記者のコメントに腹を立てていただろう。だが疲労感が全身に染みこんでいた。それに、リックは彼女の法制度に関する知識に感心していた。「信任投票をありがとう」とリックは言い、シートにもたれかかってハンドルを見つめた。

「ほかの事件はどうなってるの？」ジョージィが訊いた。「ゾーンのと……あなたのお父さんの事件は？」

リックは咳をすると、フロントガラス越しに外を見た。「明日の結果次第だ。ウォーカー郡の判事が僕たちを退ければ、ボールドウィン郡とヘンショー郡の裁判所も同じことをするのは時間の問題だ」彼はことばを切った。「最大のチャンスはジャスパーにある。君が正確に言い当てたように、僕たちの証拠は弱い。けれど略式判決を避けて陪審員に訴えるには十分だと思っている」リックは彼女を見上げた。「そして陪審員の前では何が起こるかわからない。ジェイムソン・タイラーとＪＰＳヴァン・ラインは今日、身をもってそのことを知ったはずだ。キャサリン・カルホーンもそうなるだろう。明日は負けられない」

ジョージィは彼を見てほほ笑んだ。そして何も言わずに開いたウインドウから顔を入れて、彼のほほにキスをした。「頑張って、弁護士さん」彼女はリックの耳元でそう囁いた。リックが反応する前に、レポーターはきびすを返して歩きだしていた。テレビ局のヴァンのところに着くと、肩越しに彼を見て言った。「おごってもらうのは今度にするわ」そして少し険しい顔をすると付け加えた。「連勝していようがいまいが、新しい車を買ったほうがいいわよ、リック。タスカルーサで一番魅力的な独身男性が、そんなオンボロに乗ってちゃ駄目よ」

そう言うと強がってみせるように髪をなびかせ、ヴァンの助手席側のドアを開けた。ヴァンが走り去ると、誰もいない駐車場にリックだけが残された。

リック・ドレイクは、頭を振ると、〈サターン〉のギアを入れた。が、ブレーキを踏んだままだった。彼は若い弁護士としては最大の勝利を収めたばかりだったが、マニー・レイエスのことや、明日のジャスパーの公判前審理のことを考えると、それもどこかむなしく感じていた。

ため息をつくと、アクセルを踏み込んだ。長い夜が待っていた。

14

マクマートリー＆ドレイク法律事務所は、裁判所から数ブロック離れたグリーンズボロ・アヴェニューを横道に入った場所にあった。裁判所に近いことから、いつもは歩いていたが、今回のシンプソン裁判では、メディアに注目されていたこともあり、車で行くことにしていた。車のほうが早く出られると思っていたのだ。

間違いだったな、とリックは思った。車を建物の前の縁石に止めて、時計に眼をやった。午後八時三十分。タスカルーサのダウンタウンを照らしているのは、通りを行き交う車のヘッドライトと街路灯しかないようだった。オフィスビルはその日の仕事を終え、暗くなっていた。

リックはブリーフケースを手にして車から降りると、一瞬立ち止まって、冬の冷たい空気を吸い込んだ。疲れていたが、今夜は休む暇もないだろうとわかっていた。だが、酸素を吸い込みながら、判決が読み上げられたあとのバーバラ・シンプソンの顔を思い出してほほ笑んだ。アラバマ州の裁判制度における多くの訴訟と同様に、シンプソン裁判も結論が出るまでに二年も時間がかかっていた。ジェイムソン・タイラーの思いどおりにいくなら、あと二年は続くだろう。リックはもう一度大きく息を吸うと、ゆっくりと吐き出した。勝ちは勝ちだ。ジェイムソン・タイラーに言ったことばを頭のなかで繰り返しながら、リックはそう思った。

そのとき、別のことばが頭に浮かんだ。控訴は敗者のためにある。教授は毎年、模擬裁判チームの最初の練習のときに、冗談混じりにそう言っていた。ある意味ではそのとおりだ。控訴するには、裁判で負けなければならない。一審の陪審員の前で勝つ方法を教えよう。そうすれば、君たちは控訴審では敗北を乗り越えるためではなく、勝利を守るために時間を費やすことができる。

リックは、その思い出にほほ笑みながら、階段の吹抜けに続く通路に向かって重い足取りで歩いた。だが、教授のことを考えると、いい気分は来たときと同じくらいあっという間に消えてしまった。パートナーに会いたかった。シンプソン裁判の勝利は、相手がジェイムソン・タイラーだったこともあり、とりわけうれしかった。が、その勝利も、それを分かち合う教授がいなければただほろ苦いだけだった。

それに今日は教授の誕生日だ。リックは思い出して指を鳴らし、二階に上がったらすぐに電話をしようと決めた。シンプソン裁判の勝利は、いいプレゼントになるだろうし、ジェニングスの公判前審理についても意見を聞くことができる。

リックは歩みを速めて、ラリー&バリー・インテリア・デザインのディスプレイ・ウィンドウの前を通り過ぎた。一階に構えるこの店は、数年前にリックが開業したときに依頼人を何人か紹介してくれていた。オーナーのラリー・ホロウィッツとバリー・ボストハイマーは、ミズーリ出身のゲイ・カップルで、タスカルーサの裕福な女性たちが豪華な家を飾るのを手伝って大儲《おおもう》けをしていた。彼らはリックがそのビルに入居したときから友人となり、その後、ドーンとの別れ、父の死、そして教授の病気などに直面した昨年の暗い時期も、親切にサポートと励ましを与えてくれた。そして、時折、頼まれもしないのにデートについてアドバイスをしてくれた。

リックは、疲れた笑みを浮かべながら、二階の事務所へと続く階段を上り始めた。エレベーターの設置は何年も前から検討されていたが、まだ実現していなかった。正直なところ、リックは階段を上るのは気にはならなかった。今はこれが唯一の運動だった。

「いつも暗闇のなかでこの階段を上ってんのか？」大きな声が頭上で響いた。吹抜けの天井にある電球が点灯してリックはまばたきをした。焦点を合わせると、見慣れた歓迎すべき光景を眼にした。カーキのパンツに、白のボタンダウンシャツ、消防車のような真っ赤なジャケットを着た砂色の金髪の体格のよい男が、階段の一番うえの段に坐っていた。口からは楊《よう》枝《じ》がぶら下がっていた。タスカルーサ郡地方検事、アンブローズ・パウエル・コンラッドは、ニヤッと笑ってみせた。「グレース・シンプソンは二千二百五十万ドルの金持ちになったそうだな」

「正確にはまだだ」とリックは言った。「ジェイムソンは控訴するつもりだ」

「控訴は敗者のためにある」とパウエルは言い、リックが階段を上ると立ち上がった。「少なくともおれの模擬裁判チームのコーチはそう言っていた」

「おれのコーチもだよ」とリックは言った。パウエルは教授の最後の模擬裁判チームでリックの相棒だった。この砂色の髪の検察官は、リック・ドレイクにとって一番の親友であり、今まで一緒にいたなかで一番声の大きな人間だった。

「ビールでもおごってくれて、おれがどんなにすごいか教えてくれるために来たのか？」リックはそう言うと、手を差し出した。

パウエルの笑みが消えた。「ならいいんだが」

「じゃあ、どうした」とリックは尋ねた。友人の眼に恐怖の色が浮かんでいることに気づいて、胃がぎゅっと締まるような感覚を覚えた。

「ジムボーン・ウィーラーが今朝、リバーベンドから脱獄した」

リックは胸を締めつけられるような感覚に襲われ、息苦しくなった。口を開けたが、ことばは出てこなかった。

「ナッシュビルの警察は、彼に共犯者がいたと見ている」パウエルはリックの肩にしっかりと手を置くと続けた。「彼らの説明では、日焼けをした女性ということだけしかわかっていない」

リックは息を呑んだ。口のなかがサンドペーパーのようにザラザラに乾いていた。「マニーか？」と彼は囁くように言った。

頭上の照明の鈍い光のなかで、パウエル・コンラッドの眼が怒りに燃えていた。やがて検察官は大きく頷いた。

15

トムは桜の木でできたテーブルに坐り、孫たちの歌う感動的な『ハッピーバースデー』の合唱を聞いていた。

孫娘のジェニーは、歌詞の一行ごとに「チャ、チャ、チャ」と叫んで、兄の眼を丸くさせていた。トムは、ジェニーとジャクソンのあいだに坐ったナンシーが、虚ろなまなざしでケーキを見つめていることに気づいていた。一方、テーブルの端では、息子のトミーが顎を動かして何かを食べながら、テーブルを見つめていた。

ふたりとも「パーティーは続けよう」と言い張ったが、ジムボーン・ウィーラー逃亡のニュースはすでにすべてに暗い影を落としていた。

トムはテーブルマットのうえに置かれたケーキに眼をやった。それは彼のお気に入りのジャーマンチョコレートケーキだった。毎年、誕生日とクリスマスにジュリーがよく作ってくれた。ケーキの真ん中にはロウソクが一本立っていて、トムは思わずニヤリとした。七十二本のロウソクを立てようとしたら、今の三倍の大きさが必要だろう。もちろん彼の肺活量の低下と、全般的な体力の低下を考えると、この一本でさえ吹き消すのは難しいかもしれなかった。歌が終わると、みんなが期待と、恐らくは少しの心配のこもったまなざしで彼を見た。

トムは身を乗り出すと、右側に坐っているジャクソンに向かって首をかしげた。「少し助けてくれるかな、四十九番《フォーティ・ナイン》」彼は少年に向かってウインクすると訊いた。トムは孫と一緒に一本のロウソクを吹き消した。

「願い事はしたの、おじいちゃん？」とジェニーが訊いた。トムは胃がぎゅっと引き締まるような感覚を覚えた。実際のところ、願い事をしていた。だが、六歳の少女に彼の願い事の重荷を背負わせるわけにはいかなかった。

「おじいちゃんの願い事はもう全部叶ったんだよ、ジェニー」と彼は言い、彼女にもウインクした。

トムは律儀にケーキを一口食べ、ナンシーがグラスに注いでくれた甘いアイスティーを少しだけ飲んだ。ポケットのなかの携帯電話を意識していたが、まだ震えることも、鳴ることもなかった。彼はナンシーを見て言った。「ボーから電話は？」

彼女は顔を伏せた。「いいえ。もう来ていてもおかしくないはずなんだけど……」

トムは頷いた。胃のなかがザワザワとした。十九カ月前、ジムボーンは刑務所でトムに審判を下すと約束しただけではなかった。ボーとその家族も殺すと脅したのだ。そしてリックも……パウエルと……ウェイドも。

……大切な者すべてを。

彼の視線は、すでに皿をたいらげたジャクソンから、唇と顎にチョコレートクリームをつけたジェニー、明らかに恐怖の浮かんだまなざしで彼を見つめているナンシー、いつもしているように、物思いにふけってコーヒーカップを見つめている息子のトミー、そして最後に、彼らの後ろのベビーサークルのなかで、おしゃぶりをくわえている、祖母と同じ名前を持つ一歳のジュリーへと移っていった。胸は愛と恐怖でいっぱいになっていた。彼はフォークを落としてしまった。フォークは皿のうえに落ちて音をたてたあと、床に落ちた。

「僕が取るよ」とジャクソンが言い、テーブルの下にもぐって、フォークを拾うと、テーブルマットのうえに戻した。

「おじいちゃんに代わりを持ってきてあげて」とナンシーが言い、少年は席を立ってキッチンに向かって歩きだした。

「大丈夫かい、父さん？」とトミーが訊いた。心配そうに眉間にしわを寄せていた。

トムはアイスティーを一口飲もうとしたが、口にする前に喉が詰まって咳き込んでしまった。眼を閉じてなんとかやり過ごそうとした。この数週間で、このような症状がますます頻繁に起きるようになっていた。今朝の検査から、それがよい兆候ではないことがわかっていた。腫瘍が大きくなっている。トムにはそのことがよくわかっていた。数分後、ようやく咳が治まり、こぶしを口に当てた。咳払いをすると眼を開けた。ナンシーがテーブルのうえのトム以外の皿を片付けていた。テーブルには彼とトミーしか坐っていなかった。息子はジャクソンの坐っていた席に坐って、トムの背中を叩いていた。

「よくなった？」とトミーは訊いた。

トムは頷いた。抜け殻のようになってしまった自分が嫌だった。自分は家族に何をもたらしたのだろうか？ ジムボーン・ウィーラーの銅色の眼を思い出しながら、そう思った。

「父さん、何を――？」

「わたしの散弾銃の装弾がどこにあるか知っているか？」トムはさえぎるように言った。その声は低く、あえぐようだった。

トミーはまた眉間にしわを寄せた。「もちろん。ユーティリティルームの小さな棚のなかにある鍵のかかる引出しだよね。子どもたちが生まれてから、弾薬と銃は分けて保管している」

トムは眼を閉じると、思い出したように頷いた。「鍵は洗濯機のうえのキャビネットにある。行って箱ごと持ってきてくれないか」と彼は言うと、荒々しく息を吐いた。「わたしの部屋のベッドのうえにほとんどの銃をならべておいた。それも持ってきてくれ」

トミーの眼がピクッと動いた。「父さん、ルイス検事長がここと僕たちの家の警護を固めたと言っていた。家にはまだ帰ってないけど、ここには警官がうようよしてる。本当に――」

「ああ」とトムは言い、眼を開けて息子の顔を覗き込んだ。「わたしはヘレンを信頼しているし、わたしたちを守るために配備してくれた保安官補らは優秀だと信じている。だが、ジムボーン・ウィーラーは元アーミー・レンジャーで、厳重警備の刑務所を脱獄している。彼は訓練を受けた殺人者であり、マニー・レイエスも同じだ」彼はことばを切った。「銃を持ってきてくれ、いいな？」

トミーは何か言い返そうとするかのように口を開きかけたが思いとどまった。素早く頷くと立ち上がった。「わかったよ、父さん」

16

　三十分後、トムは、トミーとナンシー、子どもたちを彼らの車までエスコートした。農場に接するアスファルトの道路にジャイルズ郡保安官事務所のセダンが三台並んで止まっていた。その向こうにはさらに二台の公用車のSUVが、一台は土地の北端に、もう一台は南端に止まっているのが見えた。だが、この警察の包囲網のなかにあっても、父と息子は、十二番径の散弾銃を手にしていた。トムにさよならを言うナンシーの声は恐怖に震えていた。

「大丈夫だ」とトムは言い、彼女の腕を軽く叩きながら、視線を私道と農場の北に移した。一時間前に検事長と一緒にいたときと同じように、彼女が厳重な警備を手配してくれていたにもかかわらず、スナイパーの標的にさらされているような感覚に襲われていた。もし誰かが今、ライフルで我々を狙っていたら……

　彼はその考えを頭から追い払い、ナンシーを息子のSUVの助手席に乗るように促した。トミーは散弾銃を後部のハッチに入れた。トムは息子に九ミリの拳銃を渡し、トミーはその拳銃をジーンズの脇に差し込んだ。トムは開いたウインドウから優しく話しかけた。

「サターファル保安官補が家までエスコートしてくれる」トムは一番近くのセダンを指さした。「家の前にはハンツビル警察の警官とマディソン郡保安官事務所の保安官補が配置されている」

トミーはわかったというように頷いた。

「子どもたちは、明日は学校を休ませるんだ、いいな？」

「わかってるよ、父さん。もう話し合っただろ――」

「ああ、わかってる」トムはぴしゃりと言った。「だが、もう一度言わせてくれ。子どもたちは学校には行かない。お前は午前中の手術をこなすが、警官のひとりが病院とのあいだを車で送り迎えする。家に帰ったら、そのあとはじっとしてるんだ。手術室の外では常に拳銃を持っていろ」彼は銃を指さすと咳き込んだ。「ナンシーはずっと家にいさせて、彼女にも散弾銃の使い方を教えると約束してくれ」

トミーはニヤニヤと笑った。「父さん、ナンシーはカルマンで育ったんだよ。僕よりも銃の扱いはうまいよ」

そのことばにトムはなんとか笑ってみせた。この一年間、化学療法と放射線治療を繰り返し受けてきたせいで、脳が疲れてしまい、息子の妻の経歴のような細かいことを覚えているのが難しくなっていた。「それはよかった」と彼は言った。「それを証明する必要がないことを願うよ」

「僕もだよ」とトミーは言い、手を差し出して父親の手を握った。「父さんはどうするの？明日の検査には誰が連れて行ってくれるの？」

「ビル・デイビスに頼んでいるが、クリアビュー癌研究所《CCI》までは警官にも付き添ってもらう」

「今夜は？　ひとりで大丈夫？」

トムはシニカルな笑みを浮かべると、銃を持ち上げた。「こいつらの使い方をまだ忘れちゃいないさ。それにひとりじゃない。検事長の騎兵隊が庭や農場を見回ってるんだから」彼はほほ笑んだ。「それにリー・ロイがここで彼らをバックアップしている。そうだろ、ボーイ？」

トムは背後に眼をやった。そこでは彼の愛犬のブルドッグがカーポートで見張っていた。リー・ロイは耳をそばだて、自分の名前を聞くと、喉を鳴らすような低いしわがれた声をあげた。保安官補らの存在には慣れてしまったようだったが、警戒は解いていなかった。

「父さんがそう言うなら」トミーは無理に笑顔を作ってそう言った。少しのあいだ、彼は眼をしばたたきながら、ハンドルを見つめていた。それからもう一度、父親の顔を覗き込むと言った。「本当にジムボーン・ウィーラーは僕たちを狙ってくると思う？」

トムは眼を細めて息子を見返した。その眼に映っていたのは、青い眼をした三十八歳の外科医ではなかった。クリムゾン・タイドは今年はオーバーン大に勝てるかな、と尋ねる十歳の少年の姿だった。自分は家族に何をもたらしたのだろう？　トムは再びそう思った。恐怖と罪悪感が押し寄せてくるのを感じていた。歯を食いしばると、苦々しい思いを振り払って、息子に真実を告げた。

「ああ、そう思ってる」

17

その後の十五分間、トムは居間のリクライニング・チェアに坐っていた。足元にはリー・ロイが横たわっている。片手には十二番径の散弾銃、もう一方の手には携帯電話を持っていた。家族に別れを告げているあいだに、ヘレンから〝大丈夫？〟という謎めいたメールが届き、トムは〝大丈夫だ〟と答えた。うそだった。大丈夫とはほど遠かった。疲れていて、不安だった。

何よりも怖かった。

トム・マクマートリーがこれまでの人生で、本当に恐怖に圧倒されたのは、片手で数えられるほどだった。一九六二年十月、キューバ・ミサイル危機の際に、国じゅうが核の大惨事に備えるなか、両親のもとへ夜通し運転して帰った。六年半前、マクファーランド通りの癌専門医のオフィスで、ジュリーのPET検査の結果を待ちながら、その判決がよいものではないという予感を抱いていた。そして二年前のプラスキでは、すべてを悟ったあとに、ウォルトン農場へ車を走らせ、手遅れにならないようにと祈った。唯一の親友、ボーセフィス・

ヘインズが生きていることを祈りながら。

ボー。

そう考えていたとき、携帯電話が鳴り、ヘレンからまたメールがあった。〃ボーからまだ連絡はない？〃

リクライニング・チェアを前後に揺らしながら、メッセージを覗き込んだ。答えたくなかった。何かがおかしいことを認めたくなかった。

だが、何かがおかしかった。

もう電話があってしかるべきだった。電話に出てしかるべきだった。トムはボーの妻のジャスミンと息子のT・Jにも電話をしたが、どちらも出ず、留守番電話のメッセージに対しても折り返してこなかった。電話を見つめながら、友人がかけてきてくれることを願った。実際に電話が鳴ったとき、体をビクッとさせ、銃がハードウッドの床に落ちた。幸いにも安全装置がかかっていたが、そうでなければ、暴発していたかもしれない。椅子の横のソファに銃を立てかけると、携帯電話の画面を見た。発信者番号には〃トミー〃と表示されていた。

〃応答〃ボタンをタップすると、息をひそめた。

「今、着いたよ」と息子が言った。「裏庭に保安官補がひとりいて、家の前にも保安官事務所のパトカーが二台止まってる。ドアはロックした。アラームはオン。僕は拳銃を、ナンシーは散弾銃を持っている。犬小屋から犬も出した」

「あのトイ・プードルをか？」とトムは訊いた。思わず笑いが漏れた。

「オスカーとマイヤーは強いんだよ」トミーは言い返した。が、その声にはふざけた調子があり、ふたりは笑った。

「電話をしてくれてありがとう」とトムは言った。「明日の朝、また状況を知らせてくれ」

「了解《テン・フォー》」とトミーは言った。「父さんもね」

ふたりはおやすみと言った。疲れと背中の痛みをこらえて、トムは家のなかを歩き始めた。時折、寂しい気持ちで電話を見つめた。ひととおり家のなかを見終わると、ソファに腰かけ、身を乗り出して両肘を膝のうえに置いた。

ボーの電話番号をクリックしたが、また留守番電話につながった。携帯電話の電源を切ってしまっているのだろうか？ それとも充電が切れたのだろうか？ なぜ電話がつながらないのか、トムはもうひとつの可能性を考えて身震いした。ジムボーンにやられたのか？

震えながらもトムは、ボーがいつもジャズと呼んでいるジャスミン・ヘインズの電話番号を画面に映しだした。その番号をクリックしようとしたとき、電話が手のなかで鳴り始めた。発信者は〝ヘレン〟と表示されていた。

トムはため息をつきながら電話に出た。「彼から電話がないんだ」と彼は言った。

「わかってる」

トムは胃が締めつけられるように感じ、ソファから立ち上がった。「なんだね？」

「ジャスミン・ヘインズとの電話を切ったところよ」

「で？　何も問題ないのか？」

「ジャズと子どもたちは無事よ。彼女は……この状況に少し動揺していた。特にパトカーが家の前に止まっていることに。近所の人たちがどう思うか心配していた。彼女は明日の午前中に、市民センターでスピーチをしなければならないそうなの」

「それは中止しなければならないだろうね」

ヘレンは鼻を鳴らした。「その議論は任せるわ。わたしは惨敗したから」

トムはうなじを撫でた。「そのための警備を手配する方法はあるのかい？」

「施設には警備員もいるし、マディソン郡の保安官事務所とハンツビル市警には連絡するつもりよ。ただ……」

「ただ、なんだね？」

「トム、わたしは管轄外の人間なのに、彼らはすでにずいぶんと協力してくれている。どちらも、あなたの息子さんの家とジャズの家に人員を配備してくれた」

「いいかヘレン、脱獄した死刑囚が逃亡して、ジャスミン・ヘインズが標的になるかもしれないんだぞ」

「その囚人はバミューダに向かう飛行機のなかかもしれない」ヘレンは割って入った。「今、マーフリーズボロの飛行場にいる。ここに放置されていた救急車が、ウィーラーを刑務所から救急病院に運んだ車であることは間違いないようよ」

「誰か彼が飛行機に乗るところを見たのか？」

「いいえ、でもだからといって乗っていないことにもならない。民間の飛行場には、国際空港のような監視や警備態勢は講じられていないの。今日は三十のフライトがあり、連邦政府はそれらを追跡してるけど、彼がその隙間にまぎれこんだ可能性はある」

「君はそれを信じていないんだろ？」

「ええ、信じていない。わたしが言いたいのは、今、別の手がかりがあり、保安官事務所、ナッシュビル警察、そしてFBIもみんな捜査中だということよ。あなたの家族と友人の安全は確保しているけど、彼らが人前に出るとなったら、安全を保証することはできない」

トムは眼を閉じた。彼女の言うことは正しかった。「ボーならきっとジャズを説得できるだろう。彼はいったいどこにいるんだ？」

電話の反対側は静寂に包まれた。

「ヘレン、ボーはどこなんだ？」

さらに沈黙が続き、ため息が聞こえてきた。

「ヘレン、何があったんだ？　ボーは大丈夫なのか？」

「彼は生きてる。安全よ、トム。そして彼がどこにいるかはわかった。でも……」

「ヘレン？」

「彼は大丈夫じゃないわ」

18

〈オールド・タウン・ビア・エクスチェンジ〉は、ハンツビルのダウンタウンにあるビールとワインの店だった。ホルムズ・アヴェニューの高級アパートメントの一階にあるこの店は、アラバマ州全体で人気爆発中のクラフトビール・ブームの波に乗って繁盛していた。二〇〇五年以降、フローレンスやガズデン、バーミングハム、フェアホープにいくつもの醸造所がオープンしていた。ハンツビルはこのムーブメントの震源地であり、〈ストレート・トゥ・エール〉や〈イエローハンマー〉が特に人気を集めていたが、数カ月ごとに新しいライバルが登場するような状況だった。〈オールド・タウン・ビア・エクスチェンジ〉は、ほとんどの地元のビールに加え、世界中のラガー、ピルスナー、エール、ポーターなどを豊富に取りそろえていた。タップルームでは三十種類以上のドラフトビールの樽《たる》やボトル、缶に入ったビールを購入することができた。客は試飲することができ、気に入ればバーで一、二杯飲んでいくこともできた。

家を警護していたシェイムスという名の保安官補が、トムをこの店まで連れてきてくれた。保安官補はリー・ロイを車に乗せることを快く思っていないようだったが、トムには議論している時間はなかった。犬を乗せないなら、自分で運転すると言い張った。自分でも馬鹿なことを言っているのはわかっていたが、この夜の騒ぎのあと、リー・ロイを家に残していく気にはなれなかった。シェイムスがリー・ロイのためにウインドウを開けてくれたのを確認すると、トムは車から降りて、杖《つえ》でバランスを取りながら四方に眼をやり、重い足取りで店の入口に向かった。街は静まり返っていたが、水曜日の午後九時ともなれば、それも当然だった。トムは、杖をついていないほうの手で、ジャケットのポケットのなかにある四四マグナムの鋼鉄の冷たさを確かめた。シェイムスは武器を持っていかないように説得したが、それを無視した。トムは、ヘレンが手配した警護ではジムボーン・ウィーラーを止められないと思っていた。あの男は、警官が取り囲んでいたジャイルズ郡裁判所の前で白昼堂々、レイレイ・ピッカルーを殺したのだ。むしろこの狂った殺人鬼は、挑戦を愉しんでいるだろう。トムはそう思った。

トムは散弾銃のほうが安心だと思っていた――拳銃で対抗できるかは疑問だった――が、十二番径の散弾銃では店に持ち込むには大きすぎたし、強盗と疑われても仕方がなかった。親指で拳銃のグリップを叩きながら、落ち着かない気持ちと少しの馬鹿馬鹿しさを感じていた。わたしは弁護士であり、教授だ。ダーティハリーじゃない。

入口にたどり着くと、緑のクリスマス・リースに飾られたドアに手をかけて息を整えようとした。朝、〈オキシコドン〉を二錠飲んでいた。だが痛みがあったのに、ジムボーンの逃亡を聞いた混乱から、夜の分を飲むのを忘れていた。背中がズキズキしていた。

扉を開けると、麦芽と大麦の芳香で鼻腔《びこう》が満たされた。タップルームのスピーカーからは、エルビス・プレスリーの歌う『ブルー・クリスマス』が囁くように流れていた。トムは痛みに耐えながらもほほ笑み、杖の助けを借りて、右手にある長い木製のバーに向かって歩きだした。すでにそこに友人がいるのを見つけていた。

トムは隣のスツールに坐り、咳払いをすると言った。「失礼、ボーセフィス・ヘインズという男を探していてね、大きくて背の高い黒人の男だ。七〇年代にベア・ブライアントの下でフットボールをしていた。プラスキで弁護士として成功していたが、しばらく姿を消している。彼を見たことはないかな？」トムはさらに話を続けようとしたが、やめて友人が気がつく様子を見せるのを待った。

トムの隣に坐っている男は、ゆっくりと顔を向けた。両肘をテーブルにつき、右手にほとんど空のジョッキを握っていた。眼は充血し、少なくとも一週間はひげを剃《そ》っていないようだった。普段は剃り上げていたスキンヘッドにも、同じように短い毛が生えていた。だが、それ以外は、さっきトムが言ったのと同じ人物だった。スツールで前かがみになって、半分酔っぱらっていても、ボーセフィス・ヘインズは百九十五センチ、百キロの堂々とした体躯《たいく》を誇っていた。

「教授？」ボーはなんとかそう言った。ことばははっきりとしなかったが、口元はほころんでいた。「どうして……？」彼はトムの後ろを見た。酔っぱらっていたにもかかわらず、スツールのうえで体をまっすぐ起こした。「どうやってここに来たんですか？」

「それはどうでもいい」とトムは言った。

ボーは眉をひそめた。「大丈夫なんですか？」

「いや」とトムは言った。「何杯飲んだ？」トムはグラスを指さした。

「四杯……かな」とボーは言った。「五杯かもしれない。もう一杯注文しようとしていたところです。どうしたんですか？」

「なぜ電話に出ない？」トムは本題に入るべきだと思っていたが、友人のこんな悲惨な状態を見て腹が立っていた。

ボーは両手でジョッキを包むと、バーの奥に並んだ長いタップの列をじっと見た。何も言わなかった。ようやく口をつけると、琥珀《こはく》色の液体を最後まで飲み干した。

「お代わりは、ミスター・ヘインズ？」バーテンダーが奥から近づいてきた。むさくるしいひげを生やし、黒い髪をポニーテールにしていた。

ボーは頷くと、空のジョッキをバーの奥に差し出した。数秒後、いっぱいにビールの注がれたジョッキが彼の前に置かれた。「どうやって、おれがここにいるとわかったんですか？」

「ヘレンがジャズと話したんだ」

ボーの腕が強張《こわば》った。彼は顔を向けるとトムをにらんだ。「検事長《ゼネラル》がおれの女房に電話して何をしようというんですか？」

「彼女は、君がわたしの誕生パーティーに現れず、誰の電話にも出なかったから電話をしたんだ。結局、彼女はジャズを捕まえ、彼女が君の新しい住所を教えてくれた。自宅にいなければ、おそらくここだろうと言ったんだ」とトムは言った。「ボー、なぜジャズが離婚を申請したことを教えてくれなかった？」

ボーはジョッキのほうに向きなおり、眼を上げてタップのうえのデジタルメニューを見た。そこにはビールの様々な味わいについての説明があった。バーのスピーカーからは、マライア・キャリーが『サンタが街にやってくる』を熱唱していた。やがてボーはため息をつくと、眼を閉じた。「誕生パーティーを欠席してすみません、教授。ただ……みんなに迷惑をかけたくなかったんです」

「なぜ言ってくれなかった、ボー？　毎週、農場にも来てくれていたし、クリアビュー癌研究所にも連れて行ってくれてたじゃないか。無駄話もしていたのに、君は問題を抱えていることを一度も話してくれなかった。なぜだ？」

「おれの問題で、あなたを煩わせたくなかったんです、教授」彼は眼を開けると、やっとトムの厳しい視線を受け止めた。「あなたは自分のことで手いっぱいだから」

「わたしは死にかけている」トムは食いしばった歯のあいだから漏らすように言った。「だがまだ死んでいない」

「すみません」とボーは言い、ため息をつくとしょぼしょぼとした眼をこすった。「結局、そのことから逃げていたんです」

しばらく沈黙が流れたあと、バーテンダーがまた近づいてきた。「ラスト・オーダーです。お客さん、何かお持ちしましょうか？」彼はトムを見た。

「水を」とトムは言った。声は疲労でかすれていた。

バーテンダーは頷くと、ボーのほうを見た。「あなたは、ミスター・ヘインズ？　テイクアウトに缶ビールでもお持ちしますか？」

ボーはトムのほうをちらっと見ると、バーテンダーに向かって眼を細めてみせた。「やめといたほうがよさそうだ」

一分後、トムはボトルに入った水をストローでかきまぜながら、ジョッキからビールを一気に飲んでいる友人を見ていた。健康だったときのことを懐かしく思うことのひとつは、喉が渇いても水を一気飲みできなくなってしまったことだった。一気に飲むと、咳き込んでしまうことから、今ではすべてストローで飲むようにしていた。

「復縁の可能性は？」とトムが尋ねた。「去年のニュートン事件のあと、君たちはとてもうまくいってるように見えた」

ボーは首を振った。「今度は無理でしょう」

トムはなんと言ったらいいか思いつかず、思いついていたとしても口にする気力がなかった。彼は咳をすると、ストローで水を一口飲んだ。

「どうしてここにいるんですか、親父《おやっ》さん」ボーはスツールを回してトムのほうを向くと、やっと尋ねた。「おれがパーティーをすっぽかしたからってだけで、検事長がおれを探すためにジャズに電話をするとは思えないし、ステージⅣの肺癌のあなたが、ビールを飲んで泣いているおれを慰めるために、わざわざこの街まで来たわけでもないでしょう。何があったんですか？」

　トムは話そうとしたが、避けようとしていた咳の発作に襲われた。スツールのうえで体をふたつに折り、こぶしをしっかりと唇に当て、咳をするたびに襲ってくる波紋のような痛みをこらえた。

「大丈夫ですか？」トムの頭のうえでバーテンダーの話す声がかすかに聞こえた。ボーがなんと答えたかは聞き取れなかったが、眼を開けると、友人が眼の前で水の入ったボトルを持っていた。

　トムは首を振り、ボーに手を振って断った。少なくとも優に二分は経ってから、やっと喉と胸が落ち着いたのを感じ、何度かぜいぜいと息を吸った。

「発作がひどくなってるんですか？」とボーは尋ねた。

　トムは頷いた。体が痛みでズキズキしていた。

「次の検査は明日ですよね？　ドクター・デイビスが今も連れて行ってくれているんです

か？」

トムはもう一度、頷いた。

しばらくのあいだ、ふたりとも何も言わず、ボーはジョッキから一口飲んだ。ようやくボーが口を開こうとした。トムは友人が気持ちの整理がつくまで、場の雰囲気を気まずくさせないように口を開いたのだとわかっていた。「教授はインディア・ペール・エールを試したことはありますか？」返事を待たずにボーは続けた。「処方箋が必要なくらいの苦みが特徴なんです。おれのお気に入りはベルの〈トゥー・ハーテッド〉です。ミシガンのブリュワリーが作っていて、ホップがたっぷり効いていて滑らかで――」

「ジムボーン・ウィーラーが今日脱獄した」トムはようやくそう言うと、ボーを見た。彼はビールを唇に当てたまま、死んだように止まった。

しばらくのあいだ、ふたりは互いに見つめ合ったまま動かなかった。トムはボーのこめかみの血管が浮き出て、腕の筋肉が強張っているのがわかった。やがて、彼は飲むことなくジョッキを置いた。

「いつですか？」とボーが尋ねた。もうろれつの回らない口調ではなかった。

「今朝早く。ジムボーンが生死に関わる病状を装い、救急車で病院に向かう際に、内通していた看護師が逃亡を助けた」トムはことばを切った。「パーティーの直前にヘレンから話を聞いた。君に連絡を取ろうとしたのはそのときだ」

ボーは顎を撫で、カウンターを見つめて何度かまばたきをした。それから、激しいまなざしでトムの顔を覗き込んだ。「何か手がかりは？」

トムは眼を細めて言った。「ああ……わたしが手がかりだ」

「どういう意味ですか？」

「看護師の死体がテネシー州トリューン郊外のガソリンスタンドで発見された」トムは一息つくと水を少しだけ飲んだ。「彼女の腹部には、ナイフでわたしの名前が刻まれていた」

ボーは首を振った。そしてこげ茶色に染まったコンクリートの床をじっと見た。口を開いたとき、その声は囁くようだった。「彼は最後の審判をもたらすと約束した」

「ああ、そうだ」とトムは言った。

ボーはスツールから下りると、二十ドル札を二枚、カウンターのうえに置いた。そしてトムをじっと見て言った。「トリューンはここから二時間弱の距離です。その看護師はいつ殺されたんですか？」

「今朝九時半頃に発見された」

ボーは両手で頭の短い髪を撫でた。「くそっ」と彼は言った。「警備を手配する必要がある」

「ヘレンがすでにジャイルズ郡とマディソン郡の保安官事務所、ハンツビル市警とも協力して取り掛かっている。君の家には二名の警官が常駐し、わたしの息子の家にも二名の保安官補と農場にも警護がついている」

ボーは安堵のため息をつき、眼を細めてトムを見た。「おれの家というのは、ジャズと子どもたちがいるところですよね？」

「そうだ。君の離婚のことは今夜まで知らなかったから」

ボーは頷いた。「わかってます。それでいいんです。おれに警護は必要ないが、ジャズとT・Jとライラには手厚い警護を手配してほしい」

「君にも警官をひとりつけるつもりだ、ボー」トムはそう言うと、友人の大きな肩をつかんだ。「だが、君にも関わってもらう必要がある。現実に戻って携帯の電源を入れ、自分を憐《あわ》れむのはやめにするんだ。ジムボーン・ウィーラーは特殊部隊の出身だ。それにマニー・レイエスが彼の脱獄を助けたようだ。マニーのことは覚えているな？」

ボーは頷き、歯がみをした。酔いの痕跡は、トムのよく知る男の血管を流れる燃えるようなアドレナリンによって消えていた。いつもならもう眠っているはずのトムも同じように感じていた。それが彼を動かしている唯一のものだった。

「彼らはふたりとも熟練の殺し屋だ」とトムは続けた。「もし彼らが、ジムボーンの約束した最後の審判をもたらしに来るのなら、保安官補の集団にも彼らを止めることは無理だろう。君もよくわかっているはずだ。レイレイに何が起きたか覚えてるな？」

ボーはもう一度頷いた。

「何があってもいいように準備する必要がある。だがそれでも十分じゃないかもしれない」とトムは言った。自分の声に恐怖の色を聞き、思わず顎を嚙みしめた。「わかったな？」

「わかりました」

トムはボーがカウンターに置いた金をちらっと見ると、友人に眼を戻した。「準備はいいか？」

ボーセフィス・ヘインズは血走った眼でトムを見ると言った。「ケツの穴、全開でいきましょう《ワイド・アス・オープン》」

19

ボーの指示に従い、シェイムス保安官補は、ビア・バーから四百メートルほど離れた平屋のコテージの私道に車を止めた。

シェイムスが車のなかで待機して、家とその周辺を監視しているあいだ、トムとボーはなかに入った。今度はリー・ロイも一緒に連れていった。ブルドッグは今、キッチンテーブルの下に横たわり、いびきをかきながら、時折喉を鳴らしていた。もう寝る時間を過ぎているな。トムはそう思った。自分の就寝時間もとっくに過ぎていた。

ボーが〈キューリグ〉でコーヒーを淹《い》れているあいだ、トムは家のなかを漂う空虚さに、悲しみを感じずにいられなかった。ダイニングには写真ひとつなく、隣の居間にも古い革製の椅子があるだけだった。壁に写真や絵はなく、クリスマスの飾りつけもなければ、ツリーもなかった。大学生かひとり暮らしの老人が借りている部屋のようだった。

「ボー、こんなところに住んで何をしてるんだ？」

ボーは肩をすくめると、湯気の立つコーヒーカップをトムの前のテーブルマットのうえに置いた。「ジャズと子どもたちに近いし、半年だけの賃貸なんです。それにお気に入りのバーまで歩いていける距離ですからね」ボーは作り笑いをした。「何が気に入らないんですか？それよりもジムボーンの逃亡について知っていることを全部教えてください」

トムはコーヒーを一口飲むと、液体の舌を焼くような熱さを感じていた。今ではコーヒーをうまいと思うことはほとんどなかった。化学療法の影響で、何もかも味気なく感じるようになり、毎朝飲んでいたコーヒーへの愛も戻ってこなかった。それでも、今はサバイバルモードにあったので、カフェインの刺激は助けになるはずだった。無理にもう一口飲むと、テーブル越しに友人の顔を見つめた。そして咳払いをすると、知っていることをすべてボーに話した。

二十分後、トムはテーブルに覆いかぶさるようにして両肘をついていた。一方でボーはタイル敷きの床のうえを行ったり来たりしていた。「じゃあ、リックやウェイド、そしてパウエルもみんな知ってるんですね？」とボーは訊いた。

トムは頷いた。「ああ、それに彼らは必要なあらゆる予防措置を講じると約束してくれた」とトムは言った。「今一番心配なのは、わたしの家族と君の家族だ。だが、ヘレンの助けもあって、彼らを守るためにできることはすべてやった」彼は咳払いをしてから、コーヒーを一口飲んだ。「ボー、ジャズは午前中にボン・ブラウン・センターでスピーチをするそうだな。行かないように説得することはできないか？」

ボーはようやく振り返ると、トムを見た。「どうしてそのことを知ってるんですか？」

「ヘレンがジャズから聞いて、キャンセルするように強く勧めたそうだ」

「どうでした？」

トムは首を横に振った。

「彼女がおれの話なら聞くとでも？」

「やってみてくれないか、ボー。ヘレンはできる限りのことをしているが、ボン・ブラウン・センターは広くて開放的な場所だ。ジャズの安全を保証するのは不可能に近い」

「救急車は飛行場で発見され、ジムボーンが高飛びした可能性もあると言ってませんでしたか？」

痛みの波が背中を走り、トムは歯を食いしばって耐えた。「わたしの直感では、救急車はジムボーンの策略のひとつだと思う。まやかしだ。当局を惑わして資源を無駄に使って行き詰まらせようとしているんだ」彼はぜいぜいと息を吐いた。「せめてジャズと話をしてくれないか？　君ならジムボーンとマニーの能力は知ってるはずだ」

ボーは顎を撫でながら言った。「検事長は本当にマニー・レイエスがジムボーンと行動をともにしていると信じているんですか？」

「ああ、そうだ。そしてそれは理にかなっている。ジムボーンは去年刑務所で、ブリー・カルホーンが新しい殺し屋を雇うのを手伝ったと言っていた。ウィルマ・ニュートンの事件で、マニーがブリーの殺し屋だったことはわかっている。君は彼女を近くで見たんだろ、ボー。彼女はフィリピン人で明るい茶色の肌をしていた。違うか？」

ボーは頷いた。

「なら、警察がつかんでいる、ジムボーンの共犯者と思われる女性の特徴と一致する」

ボーが答えないでいると、トムは低い声で続けた。「グレッグ・ゾーンに何が起きたか、覚えているだろう？　アルヴィン・ジェニングスもだ。マニーは殺し屋なんだ。ジムボーンがどれだけ危険なのかは言うまでもない。君も間近で見たはずだ。あのとき、あいつがいなかったら、君は死んでいた——」

「レイレイ」とボーがさえぎるように言った。その声はまるで彼がこの数年間の出来事を心のなかで遡っているかのように遠くから聞こえた。「レイレイ・ピッカルーがおれに向けられた銃弾を代わりに受けた」彼はポケットから携帯電話を取り出すと、ジャズの電話番号を呼び出した。数秒待ってから、彼は首を振った。「電話しても無駄だよ、教授。彼女はおれからの電話はすぐに切ってしまう」彼はため息をついた。「行って直接話さなければ駄目だ」

「わたしも一緒に行ったほうがいいか？」

ボーは首を振った。「いいえ、あなたは農場に戻ってください。明日は大事な日だから」

トムは頷くと立ち上がった。リー・ロイがごそごそと眼を覚まし、テーブルの下から出てきて尻尾《しっぽ》を振り始めた。

「これを忘れないでください」とボーは言い、トムがキッチンカウンターのうえに置いたリボルバーを取って手渡した。

トムは四四口径の銃を上着のポケットに戻した。コートは脱いでいなかった。家に入ったときに脱ぐのが面倒だったこともあったが、最近はいつも寒く感じていたのだ。銃のグリップを軽く叩くと、リー・ロイを従えて玄関に向かって歩いた。ボーもそれに続いた。

「教授、ひとつ言ってもいいですか？」扉の前でボーが尋ねた。

「もちろんだ」とトムは言い、友人の黒い瞳を見つめた。

「おれには、今度のことを額面どおりには受け取れないんです」とボーは言い、膝をついてリー・ロイの耳の後ろを掻いてやった。

「どういうことだ？」

「ジムボーン・ウィーラーもマニー・レイエスも契約殺人者です。彼らは金のために人を殺す」

「ボー、ジムボーンはわたしに言ったんだ――」

「やつがあなたに言ったことは知っています。あなたとあなたの愛する者すべてに最後の審判をもたらすと言って脅した。それはすべて知っています。それでも……おれにはそれが額面どおりだとは思えない」

「なぜだね？」

「ジムボーン・ウィーラーのような冷酷な殺人者が復讐のために人を殺すとは思えないんです。ましてや騒ぎを起こすとは」

「じゃあ、彼は逃げたと思うのかね？」トムは弱々しい声で訊いた。家に帰ってベッドに入らなければならなかった。「マーフリーズボロ飛行場からメキシコに逃げたと？　それともケイマン諸島？　カナダ？」彼はことばを切った。「逃げて戻ってこないと？」

「わかりません」とボーは言った。「ただ、虹の先に金の壺《つぼ》がなければ、ジムボーンやマニーがおれたちを追いかけてくるとは思えないんです」

トムはハードウッドでできた扉に額をもたせかけた。眼を閉じて数秒間考えた。そして、ヘレンが農場を去る前にふたりでリックのことを話していたのを思いだした。「ありうるかもしれない」とトムは言った。

20

丸太で作られたその山荘は、フリント川を見下ろす断崖絶壁のうえに立っていた。ジムボーンの推測では、夏場は周囲の木々が生い茂り、道路からも川面《かわも》からも見えないはずだった。だが、十二月初旬の今、木の枝はむきだしで、草木も枯れた状態だったので、そのロッジも周囲から見えるはずだった。もっとも、それも探していればの話だ。脱獄から半日後、ジムボーンはこれ以上の隠れ家はないと思っていた。

もちろん、この場所の持ち主がバッジをつけていることが最大の防御となるのは言うまでもなかった。

ジムボーンはそのバッジをつけている人物ではなく、金のバッジそのものを見ていた。そこには薄い金色の文字で〝保安官《Sheriff》〟という文字が刻印されていた。

「一週間分の食料がある」神経質そうな声でその男は言った。彼らはロッジの応接間で、大きな見晴らし窓のほうを向いた二脚のロッキング・チェアに坐っていた。ジムボーンがブラインドを開けたおかげで、未舗装の私道を四百メートルほど行ったところにある道路まで見通せた。午後十時、外は真っ暗で、正面に駐車している法執行機関支給の〈シボレー・タホ〉の影がかすかに見える以外は何も見えなかった。完璧だ、と彼は思った。彼とマニーが数時間前にここに到着してから、少なくとも十回目の感想だった。

「水やコーヒーも豊富にある」と男は言うと、口ひげを整えた。「それにあんたの欲しがっていたバーボンもある」

ジムボーンはほほ笑んだ。「〈ブラントン〉だな」

男は頷くと立ち上がった。「残りの武器も持ってこよう」

「ドウェイン？」ジムボーンは坐ったまま、わざとらしく椅子を前後に揺らした。

「ん？」

「今、ブリーフケースをよこせ」

保安官は、ふたりで話し始めたとき、椅子の下の床にブリーフケースを置いていた。彼は取っ手をつかむと、ジムボーンに差し出した。

ジムボーンはそれを受け取ると、保安官の手をごつごつした大きな手で包み込んだ。そして保安官が痛みのあまりうめき声をあげるまで握りしめた。「あとで数えよう。一枚でも足りなかったら、お前のチンポとタマをバターナイフで切り取って無理やり食わせてやるからな」

ジムボーンが握っていた手を離すと、保安官は数歩後ろによろめき、両手をもんでカーキのパンツにこすりつけた。「金はちゃんとある」とパタースンは言った。「前払金だ」

ジムボーンはブリーフケースの掛け金を外してなかを覗き込んだ。頭のなかで素早く金額を確認し、頷くとブリーフケースを閉じた。「よし。じゃあ残りのものを持ってこい」

ドウェイン・パタースンは、ポケットに手を深く突っ込んだまま、トラックのほうに歩いた。ジムボーンとのやりとりのあいだに両手が震えだし、今も制服のポケットのなかで指が引きつっていた。殺人犯に手を握られたときに小便を漏らしてしまい、ボクサーパンツのなかに湿った小便の筋を感じていた。おれはいったい何に巻き込まれてしまったのだろう？暗闇に眼を凝らしながらそう思った。もうひとりの殺人犯——ひょっとしたらジムボーンよりもっと危険な女——が自分の一挙手一投足を見ていることを知っていた。

「問題はない、保安官？」彼女の声は魅力的で、恐怖と欲望の両方を呼び覚ます力があった。

「大丈夫だ」とパタースンは言った。手探りでキーを取り出すと、後部ハッチを開けるボタンを押した。それが開くと、彼はジムボーンに頼まれた火器をしばし見つめた。スナイパー・ライフルが二丁、拳銃が四丁、そしてアラバマ州を含むほとんどの州で違法とされている先端を切り詰めた十二番径の散弾銃が一丁。

ライフルのうちの一丁を取ろうと、身を乗り出したとき、背後からかすかな足音が聞こえ、耳に温かい息を感じた。「考え直したりしてないわよね？」彼女は囁いた。彼女は股間に手を伸ばすと、ジッパーに沿って指を走らせ、膨らみに手をやった。「どうなの？」

「もちろんだ、マァム」とパタースンは言った。どんなに必死に膀胱《ぼうこう》をコントロールしても、また小便が漏れ出してくるのを感じていた。「引き返すには遅すぎる」

「ええ」とマニーは言い、彼の陰嚢《いんのう》から手を離した。「そのとおりよ」

パタースンは浅い息を吐くと、後部ハッチからライフルを取り出した。山荘のほうに向かって歩きだすと、彼女の声に呼び止められた。

「ジャスパーでの公判前審理は午前中だったわね？」

彼は肩越しに彼女を見ると頷いた。「午前十時からだ。十一時か十一時半には終わるはずだ」

「そして……何か悲劇でも起きなければ、月曜日から裁判が始まるのよね？」

彼女の声にはからかうような響きがあり、パタースンは気温とは関係なく寒気を覚えた。

「キャットの弁護士は略式判決の申立てを行っていて、その審理が明日行われる。その申立てが棄却されれば、そのとおりだ。月曜日には裁判が始まるだろう」保安官はことばを切ると、眼を細めて彼女を見た。「何か悲劇でも起きない限り」

マニーは月明かりのなかでほほ笑んだ。「わたしに対する捜査のほうは？」

パタースンは含み笑いを浮かべた。「タスカルーサのイカれた検事が週に二回はあんたの居場所について何か手がかりはないかと訊いてきている」

「で、なんと答えてるの？」

「ない、と答えている。ジャスパーでの殺人とあんたを結びつける証拠はないとも言っている。ヘンショーの交通事故やオレンジ・ビーチでの狙撃事件についてはなんとも言えないが、ジャスパーでの芝刈り機の爆発事件は未解決のままだ」と彼は言った。「わたしがウォーカー郡の保安官でいる限りはその状態のままのはずだ」

マニー・レイエスが保安官に近づいた。彼女は滑るように歩いた。その歩き方は砂のうえを進むサンゴヘビをパタースンに思い出させた。さらに近づいてくると、下着のなかでまた小便がしたたり落ちるのを感じた。

「わたしがジェニングスを殺したと思う？」

パターースンはまばたきをすると、赤土の道路に眼をやった。「わからない。おれに言えるのは、あんたやブリー・カルホーンをアルヴィン・ジェニングスの死に結びつける直接的な証拠はないということだけだ」彼は軽く顎を引いた。「もしあんたが殺したのなら、うまく痕跡を消したんだな」

しばらくふたりとも何も話さなかった。ロッジの周りの森は死んだように静かで、保安官には自分が呼吸する苦しげな音まで聞こえた。ようやくパターースンはゆっくりと眼を上げて言った。「ひとつ訊いてもいいかな、マァム？」

「どうぞ」

「あんたがブリー・カルホーンを殺したのか？」

彼女はほほ笑むと、さらに一歩近づいた。「あなたはどう思う、保安官？」

パタースンはゆっくりと息を吐いた。自分が危険な領域に足を踏み入れているとわかっていた。まるで氷に覆われた川のうえを歩いているようなものだ。一歩でも踏み間違えれば、彼と彼の家族を即座に破滅に導く亀裂が生じるかもしれなかった。だがマーセラス・〝ブリー〟・カルホーンの殺害事件は今も未解決のままだった。もし彼がこれからの数日間の混乱を生き延びたなら、最終的にはカルホーンの殺害事件を解決しなければならなかった。住民がそれを求めるだろう。街一番の金持ちがクリスマスイブの朝にゴルフをしていて暗殺されたのだ。人々が答えを求めるのは当然だった。「あんたが殺したとは思っていない」彼は正直にそう言った。

「なぜ？」

「あんたが殺したんだとすれば、キャットはあんたを追っていただろう」

「ブリーの娘《チカ》をずいぶんと買ってるのね」

パタースンは薄ら笑いを浮かべた。「キャサリン・カルホーン・ウィリストーンは馬鹿じゃない。彼女は逆境に強い。半年のあいだに夫と父親を殺され、ＦＢＩとタスカルーサ郡保安官事務所から捜査を受けている。そしてアラバマ州のあちこちで個人としても父親の遺産管理人としても訴えられている。だがどういうわけか、それらすべてから逃れて億万長者でいる」彼は親指を唇にあて、痛みを感じて手を引くまで噛んだ。親指をシャツで拭うと、眼を細めて殺人犯を見た。「キャットはあんたがブリーを殺したとは思っていない。だからおれもそう思う」

「なら疑問が残るわね」とマニーは言った。さらに一歩保安官に近づくと、彼の胸を人差し指で軽く叩いた。「誰が彼を殺したの？」

パタースンは一歩あとずさると、森のなかに眼をやった。「わからない、マァム。キャットは自分の夫と父親が殺されたことを、これから我々が宣戦布告をしようとしている連中のせいにしている。それにミスター・ウィーラーにも彼らの死を望む理由がある。だが……」

「だが、なんなの、保安官？」

「おれは彼らを過小評価するつもりはない。マクマートリーに会ったことはないが、リック・ドレイクは近くで見たことがある。あの野郎は怖い」

「それはなぜ？」

「あんたがやつの父親を殺したかどうかにかかわらず、ドレイクはあんたがやったと信じているからだ」

「信念だけではそこまでね」とマニーは言い、滑るように近づくと、保安官が肩からかけているスナイパー・ライフルの銃床に指を走らせた。「我々を倒すには行動が必要よ。くだらない訴訟を起こしたり、法執行機関に捜査を求めるといったことじゃない。弁護士や刑事が束になっても、わたしとロッジにいるあの男には勝てないわ」

パタースンは頷いた。「あんたの言うとおりだ、マァム。だが、こうも考えている」彼はそう言うと、足元の土を蹴った。「おれたちはまだ質問に対する答えを見つけていない」

「なんのことを言ってるの？」

「ブリー・カルホーンを殺したのは誰だ？」

マニーは鼻で笑った。「まさかドレイクが引き金を引いたって言うんじゃないでしょうね？」

ドウェイン・パタースンは顎を撫でると、殺人犯の顔を覗き込んだ。「わからないさ。そうだろ？ だが、あの男の眼にはあんたやミスター・ウィーラーと同じものがある」

「で、それがなんなの、保安官？ 彼は恐れを知らない子《チコ》だとでも言うの？」

パタースンは首を振った。「恐れを知らないというだけじゃない」と保安官は言った。「ドレイクはもう何も気にしていない。やつは血を求めてプレイをしている……そして、誰が邪魔しようが気にしていない」

マニー・レイエスは保安官の腕をつかむと、きつく握り締めた。そしてほほ笑んだ。「明日以降、彼がどう思うか見てみましょう」

21

午後十時、リックは疲れから眼がしょぼしょぼしていたが、体のほかの部分はアドレナリンと欲求不満が互いに音をたててせめぎ合っているようだった。

「本当にそれでいいのか？」パウエルはそう尋ねると、ボトルを口元に運び、残っていたビールを一気に飲み干した。「それでも行くのか？」ふたりは、リックの事務所の会議室に向かい合って坐っていた。ふたりのあいだには、食べかけのポテトチップス――〈ゴールデン・フレーク〉のソルト&ビネガー味――と、一本しか残っていない、〈ミラー・ハイライフ〉六本パックのカートンが置かれていた。パウエルはリックのシンプソン裁判の勝利を祝うという口実で〝差し入れ〟を持ってきたのだが、会議室のなかには笑い声も笑顔もなかった。緊張感が眼に見えるようだった。リックが返事をせず、眼も合わせないでいると、パウエルは最後にため息をつき、部屋のなかのもうひとりの男に向かって言った。「ウェイド、おれたちの友人に明日、自分が何に足を踏み入れようとしてるのか思い出させてやってくれ」

テーブルの端に坐っていたウェイド・リッチーは、白髪混じりの口ひげをたくわえ、同じ色の豊かで扱いにくそうな髪の毛に手をやった。法廷に出ていないときに着る黒のＴシャツと黒のジーンズ姿だと、映画『ロードハウス／孤独の街』のサム・エリオットにそっくりだった。彼はビールを一口飲むと、ボトルを横に置いた。両肘をテーブルにつき、両手を合わせて尖塔《せんとう》の形を作ると、タスカルーサ郡保安官事務所で三十数年間にわたって、何百件もの殺人事件を捜査してきた青い瞳でリックを見つめた。「ひとことで言えば……」ウェイドは笑みを浮かべながら口を開いた。「無理だ。クソ無理だ。保安官補をひとり、警護につけることはできるかもしれないが、ひとりの警官にできることには限りがある。裁判所に入るときも出るときも無防備な状態になる。入口に金属探知機があってもあまり信用できない」ウェイドはひと呼吸置くと続けた。「明日の審理は中止して、ジムボーンとマニーが逮捕されるまで、裁判の延期を申し出たほうがいい」

「明日の朝一番に延期の申立てをすればいい」パウエルが割って入り、椅子から立ち上がると部屋のなかを行ったり来たり歩きだした。「マニー・レイエスがジムボーン・ウィーラー死刑囚の脱獄に関与していると思われ、自分が標的になる可能性があると、法執行機関の人間から警告されたと言えばいい。判事の担当官に電話をして、事情を説明するんだ。おれも電話する。コナー判事もそんな脅しを法廷に持ち込みたくないはずだ。この状況を考えれば、きっと申立てを認めてくれるだろう」

リックは首を横に振った。「それはどうかな。コナーはすでに審理を二回も延期している。また、裁判地をフローレンスに変更し、ローダーデール郡とは、来週、係争中のほかの裁判に優先して裁判を始めてもらうことで合意している。おれが脱獄犯に狙われているというわずかな可能性を理由に、すべて延期してくれるとは思えない」とリックは言った。「明日の朝、ジャスパーに行かなければならないんだ」

「駄目だ！」パウエルは、リックが思わず耳に手を当てそうになるほどの大きな声で訴えた。

リックは弱々しい笑みを浮かべると、反対側の壁の前に立つ相棒に眼をやった。「いや、行く。お前とウェイドがプラスキに行かなければならなかったのと同じだ」

「それは違う」とパウエルは言い放った。「そもそもウェイドとおれはやつを追っていた。おれたちは法執行機関の人間だ。それが仕事だったんだ」

「なら、アルヴィン・ジェニングスの遺族の代理人を務めるのがおれの仕事だ」とリックは言い、両手をテーブルに叩きつけて立ち上がった。「もう夜も遅い。それに十時には裁判所に着いていなきゃならない。ジャスパーまでは六十九号線で一時間はかかる」

　パウエルはもう一度ため息をつくと、ウェイドに視線を送った。「それだけじゃない。彼らが道中で襲ってくる可能性もある。六十九号線は州内で最も安全な道とは言えないからな」

「馬鹿げてる」とリックは言った。

「そうか？」パウエルはリックをにらんだ。その眼は激しい炎に満ちていた。ロースクールで、リックとパウエルは一緒に試験勉強をした。パウエルのこういった面が出てくると、リックは彼のことを〝超集中男《ウルトラ・インテンス・ガイ》〟と呼んだものだった。普通の状況なら、リックはほほ笑むか、友人の顔が真っ赤になっているのを笑っていたかもしれない。しかし今は違った。

　パウエルはゆっくりとテーブルを回り、リックの前に立った。「やつらがお前のお父さんにしたことを忘れたのか？」と彼は訊いた。

リックは腕を組み、胸に強く押しつけた。何も言わなかった。

「マニーが彼を道路から追いやって殺したんじゃなかったか?」パウエルは眼を細めた。「彼女が六十九号線でお前に同じことをすると考えるのは、それほど馬鹿げたことじゃないだろう?」

リックは唇を舐めた。冷静になろうとした。いつもカッとなりやすく、感情をコントロールできないことが、キャリアの浅い時期には多くの問題の原因となっていた。だが不思議なことに、今はそれほど怒りを感じていなかった。何か別なものが彼のなかに生じていた。

おれはやつが脱獄したことを喜んでいる。リックは心の声がそう言うのを聞くと、その考えを抑えることができなかった。パウエルがナッシュビルの刑務所で起きたことを説明しているあいだも、その感覚はずっと心のなかに居坐っていた。ジムボーンがシャーロット・トンプソン看護師の力を借りて脱獄したこと……、救急車のなかで目撃されたマニー・レイエスに似た女性……、テネシー州トリューン郊外のガソリンスタンドでのトンプソン殺害……、そして彼女を発見した者のために残されたメッセージ。

M……C……M……U……R……T……R……I……E。

自分は喜んでいる。

リックは肩を強くつかまれるのを感じた。ありがたいことに思考を中断させられ、パウエルの心配そうなまなざしを見た。「今回は見合わせてくれ、兄弟《ブラザー》。少なくとももっと情報が入ってくるまでは」

リックは検事の向こうのウェイドに眼をやった。彼はまだテーブルに坐ったままだった。両手を合わせてリックをじっと見ていた。「悪魔を誘惑したってなんの得にもならないぞ、坊主《サン》」ウェイドはしわがれた声でそう言った。「パウエルの言うとおりだ。今回は見合わせるんだ」

リックはウェイドとパウエルを交互に見た。そしてため息をつくと腕を組んで言った。

「すまない、君たち。だができない。明日の朝ジャスパーで公判前審理がある。それに出席するつもりだ」

事務所の外の通りで、パウエルとウェイドは、パウエルの黒の〈ダッジ・チャージャー〉の助手席側のドアにもたれかかり、最後のビールを分け合った。ふたりの男は、マクマートリー&ドレイク法律事務所の二階のオフィスを見上げていた。最後に、ぐいっと一口飲んだあと、ウェイドはボトルをパウエルに渡すと言った。「おれたちはできる限りのことをした」

検察官の答えはうなり声だけだった。

「コナー判事のことは、彼の言うとおりだと思うか？」とウェイドは訊いた。「裁判を延期しないというのは？」

パウエルは一口飲むと、またうなり声をあげた。「たぶん」それから敗北感のにじんだ声で付け加えた。「おそらくそうなるだろう。フローレンスへの裁判地変更のことを忘れていた」そう言うとビールを持ち上げて残りを飲み干した。飲み終わると、空のボトルを歩道に置いてある緑色のごみ箱に向かって投げつけた。ボトルはごみ箱の内側に当たって音をたてた。

「ナイスショット」とウェイドは言った。

パウエルは彼を無視し、車の前を通って運転席側に回り込んだ。「明日の朝、あいつに護衛をつけてもらえるか？」

ウェイドは助手席側のドアの取っ手をつかんで開けた。「わかった」

「じゃあ、頼む」とパウエルは言うと、運転席のドアを開けた。「時間の無駄かもしれないが、少なくともできることはやっておきたい」

ふたりが車内に収まると、パウエルがイグニションを回した。スピーカーから『ママ・トライド』を歌うマール・ハガードの心に染みる歌声が流れてきた。

「好きな曲だ」とウェイドは言った。「ベスト盤に入ってたかな？」

パウエルはほほ笑むと頷いた。「一枚目だよ」

しばらくのあいだ、ふたりはフロントガラスの外を眺めながら、マールの歌に耳を傾け、それぞれの思いにふけっていた。タスカルーサ郡裁判所とそこに併設された保安官事務所の影が遠くにぼんやりと見えた。やがて、ウェイドは咳払いをすると、低くゆっくりとした声で話した。「ジムボーンとマニーは本当にやると思うか?」

パウエルはまだガラス越しに外を見つめていた。話し出すと、力強さがその声に戻ってきた。「わからない。だが、おれたちが最初にジムボーンを追いかけたローレンスバーグの夜と同じ感じがするんだ」

「それはなんだ?」

パウエルは振り返ると捜査官を見た。「何かが起きようとしている」

第三部

22

二〇一三年十二月五日午前三時五十九分、ジムボーン・ウィーラーは眼を開けるとベッドのうえで体を起こした。手を伸ばして目覚まし時計を手に取ると、四時にセットしてあったアラームを切った。笑みを浮かべながら、最後に目覚まし時計のけたたましい音を聞いたのはいつだっただろうかと思った。彼はこれまでにもずっと、起きなければならない時間——刑務所での昨日の朝……、殺人を請け負ったとき……、そしてアーミー・レンジャーとして偵察任務についていたとき——に、正確に起きることができた。そういう体内システムが備わっているようだった。どんな仕事であれ、ジムボーン・ウィーラーの体は行動するべき時間を知っていた。

彼は足をベッドから滑らせて下ろすと、肩越しに振り向いた。マニー・レイエスが裸のまま、彼に背中を向けて寝ていた。彼女はまだ動かなかったが、ジムボーンはパートナーももう目覚めていることを知っていた。その考えを裏付けるように、彼女は、優しく囁くような声で言った。「時間ね」

ジムボーンはほほ笑みながらベッドから立ち上がると、空に向かって大きく伸びをした。彼も裸だった。マニーがバスルームに入っていくのを見ながら、股間に別の刺激を感じていた。ジムボーンがとことんまでセックスを愉しんだのは数年ぶりだった。昨日シャーロット・トンプソンをレイプしたのはあくまでビジネスなのでカウントしていなかった。ボーセフィス・ヘインズをジャイルズ郡裁判所で殺そうとし、代わりにレイレイ・ピッカルーを墓場に送ることになった日の数週間前、テネシー州エスリッジのアーミッシュの集落でマーサ・ブーハーとしたセックス以来、これほど満足したことはなかった。いつものように自分に正直であれば――ボーンは自分にうそをつかなかった――、昨晩のセックスが生涯で最高だと言ってもよかった。

　彼はベッドを回ってバスルームまで歩くと、なかを覗き込んだ。シャワールームを覆うガラス越しに、マニーが胸や足に石鹸《せっけん》を塗っているのが見えた。彼は頭を振って、やめておこうと思った。迷うまでもなかった。

　ジムボーンは、パタースン保安官が物資を調達した際に用意してくれた下着とジーンズを穿《は》くと、上半身は裸のまま、ベッドルームから出てキッチンに向かった。廊下にはできたてのコーヒーの香りが漂っており、ジムボーンはそれを吸い込んだ。

「期待してるぞ、ドウェイン」キッチンのテーブルの椅子に体を投げ出すように坐るとそう言った。朝になればフリント川が見える大きな出窓からは、今はブラインドの隙間越しに暗い影しか見えなかった。

　ドウェイン・パタースンはキッチンのシンクの前に立ち、湯気の立ったマグカップからコーヒーを飲んでいた。ウォーカー郡の保安官は、制服に身を包み、腰にはガンベルトをつけていた。数秒ごとに右足から左足、そして右足へと体重移動を繰り返していた。

「コーヒーは？」とパタースンは訊いた。

「頼む」とジムボーンは言うと、空いている椅子に足を乗せて伸ばした。

保安官がカップをテーブルのうえに置くと、ジムボーンが彼の腕をつかんだ。「リラックスしろよ、ドウェイン。おれまで緊張するじゃないか」

パタースンがつかまれた腕を振り離そうとした。ジムボーンが手を離すと、保安官は後ろにのけぞった。キッチンの真ん中にある調理台がなければ、転んでいただろう。「くそっ」とパタースンは言った。「今日のことを考えて、少しも不安じゃないのか？　つまり……おれたちがやろうとしてることは……」パタースンのことばは次第に小さくなっていった。ジムボーンは砂のような金髪の胸毛を撫でた。

「おれは不安になることはないんだ、ドウェイン。そんなものはおれのＤＮＡにはない。不安を感じる男はペニスを勃《た》たせることもできない。達成できないんじゃないかという不安のあまり、まともに仕事もできなくなっちまう。女を喜ばせるにしろ、ライフルを撃つにしろ、心配するあまり仕事が手につかなくなる」彼はそう言うと、無精ひげに手をやった。「あててみようか。勃たせるのにバイアグラが必要なんだろ、違うか？」

パタースンは質問を無視した。「時間どおりに着くには三十分後には出なければならない」

ジムボーンはマグカップから一口飲むと、眼を細めて保安官を見た。「今日のイベントのための衣装は用意してあるんだろうな？」

パタースンは顔をしかめた。「居間のソファのうえにある。アイロンをかけて準備してある」

「帽子は？」

「シャツとパンツのうえだ」

ジムボーンは顎をさすった。「素晴らしい」そう言って、もう一口コーヒーを飲むと、立ち上がって保安官のほうに歩いた。「神を信じるか、ドウェイン？」

保安官は打ちひしがれたように床を見つめていた。

「おれは信じる」とジムボーンは言った。その声は囁くようだった。「だが、イスラエルの神でも、ジーザスでも、聖書に書かれているようなくだらない話でもない。あんなのは、人々に自分自身の神のような力に気づかせないように、女々しい連中が書き留めたくだらない迷信に過ぎない」彼はことばを切った。「力が何かわかるか、保安官？」

ドウェイン・パタースンはまだ床を見ていた。

「自由意志だ」とジムボーンは言った。「自由意志の行使が歴史を変える。それが、おれたちがこの数時間でやろうとしていることだ。おれたちは歴史を作ろうとしているんだ」彼はほほ笑むと、保安官の耳元に顔を寄せた。「その瞬間を味わうんだ、ドウェイン」と彼は囁くように言った。「おれたちは今日、神になる」

ジムボーンは保安官の背中を叩くと、廊下を歩いていった。「さあ、朝食を作ってくれ。空腹じゃ神も仕事に取り掛かれないからな」

ドウェイン・パタースンは、サイコパスが眼の前で話しているときに、また少し漏らしてしまった。だがその事実をもはや気に留めていなかった。胸のなかで心臓の鼓動が高鳴るのを感じていた。今にも爆発しそうだった。本音を言えば、爆発してほしいと思っていた。素早くきれいに死ぬことこそが、今の彼にとって、一番の人生の終わり方だった。

おれたちは今日、神になる。

保安官は、この狂った男が計画を変更するかもしれないとかすかに期待していた。一晩寝れば少しは躊躇《ちゅうちょ》するだろうと思っていた。無駄だった。むしろ、ジムボーンは一層決意を固めたようだった。この狂人が今言ったことには何か意味があるのだろうか、それとも自分を怖がらせようとしただけだったのだろうか？

パタースンはシャツからバッジを外すと、金色で刻まれた文字を見つめた。〝保安官〟。彼は自分の郡の罪なき人々の保護者のはずだった。法の番人であり、真実と正義の探究者だった。パタースンは苦々しげに笑った。あと数時間で、彼は法を守るのではなく、地獄の扉を解き放とうとしていた。

おれたちは今日、神になる。

パタースンは震えながら、親指でバッジに触れた。彼は昔から汚かったわけではなかった。保安官事務所内での出世を目指す一介の保安官補だった時代もあった。七年前、ジャスパー・カントリー・クラブからの帰路、七十キロ制限の区域を百六十キロで走っているマーセラス・〝ブリー〟・カルホーンを止めた。助手席に坐っていた女性は全裸で、パタースンが車に近づいてもフェラチオをやめようとしなかった。「何か問題でも、お巡りさん？」ブリーはうなるように言い、ウインドウから十枚の百ドル札をちらつかせた。

パタースンは少なくともためらった。彼はブリーに免許証と車検証の提示を求め、〈キャデラック・エスカレード〉から降りるように礼儀正しく要求した。

「今、忙しいんだよ、坊や《サン》」とブリーは言い、彼の膝のうえで上下に揺れている女の頭を指さした。そして運転席から手を伸ばして、グローブコンパートメントを開けた。彼が財布を取り出したとき、パタースンは彼が自分の要求に従ったのだと思った。だが、ブリーは免許証の代わりにベンジャミン・フランクリンをさらに五枚取り出し、最初の十枚と一緒に、パタースンの差し出した手のなかに押し込んだ。そのときには、ブリーの同乗者も膝から顔を上げて煙草に火をつけていた。

「もういいかな……」ブリーはパタースンの襟の名札を読みながら言った。「パタースン保安官補？」

パタースンは再びためらった。魂を売るのは、少なくとも初めての場合は、難しかった。

「わしが誰なのかわかってるよな、坊や」ブリーが眉をひそめて訊いた。

パタースンは頷いた。が、話すことはできなかった。上司のローソン・スノー保安官からマーセラス・〝ブリー〟・カルホーンのことは聞いていた。ウォーカー郡の半分の土地を所有し、少なくとも十二以上の様々な事業を展開していた。そしてアラバマ州のメタンフェタミン王だ。ロー――保安官は事務所内ではそう呼ばれていた――は、眼を輝かせてそう言うと、それを証明することはできないし、証明したくもないと付け加えた。パタースンはなぜ保安官事務所がブリーのしてるような大がかりな麻薬取引を見て見ぬふりをするのか理解できなかった。だが、保安官に質問することはなかった。

「じゃあ、行くぞ」とブリーは言い、パタースンの思考を中断させた。「ここにいるレイラが」彼は肩越しに助手席の女性を指さした。「始めたことを終わらせる必要がある。そしてお前はパトロールに戻るんだ」彼はそう言ってほほ笑んだ。「このあたりには危険な犯罪者が山のようにいる」そう言うと彼は笑い、ウインドウを閉める前に付け加えた。「自分によくしてくれた人たちのことは忘れないよ、パタースン保安官補。君はおれの友人だよな？」

パタースンが答える前に〈エスカレード〉は走り去ってしまい、彼は千五百ドルを握りしめたまま、七十八号線にひとり取り残され立ち尽くしていた。

翌朝、パタースンは事務所でさらに五百ドルの入った封筒を受け取った。封筒のなかにはナプキンに青インクで同じ質問が書かれていた。〝君はおれの友人だよな？〟

ウィンストン郡で育ち、高校時代の恋人――アニーという名の出っ歯の田舎娘――と結婚したドウェイン・ロデリック・パタースンは、その後、やはり出っ歯のふたりの娘をもうけ、二〇〇四年にジャスパー郡に引っ越してきた。それまでは、月曜から金曜の九時から五時まで八時間働いて稼いだ金を切り崩す人生で、千ドルの現金すら見たことはなく、まして二千ドルなどとんでもなかった。それを自分のものにするのに、しなければならないことは見て見ぬふりをすることだった。ブリー・カルホーンの〈エスカレード〉に乗っていた裸の女と、金持ちの男の眼に宿る徹底的なまでのあけっぴろげな様子を思い出しながら、パタースンは決心した。

答えはイエスだ。おれはブリー・カルホーンの友人だ。

その選択は、パタースンが予想もしていなかった結果をもたらした。当初はすべてがよい結果だった。彼は一年以内に保安官事務所の首席保安官補に昇進した。やがてブリーが彼をメタンフェタミンの取引に取り込み、パトカーで麻薬を配達するようになってからは、十分な軍資金を貯め込むのに、そう時間はかからなかった。二〇一〇年、スノー保安官が再選を断念したことにより、その後継者に抜擢《ばってき》された。ブリーの資金援助もあって、彼は地滑り的な勝利を収めた。

パタースンが保安官になってからは、すべてが申し分なく進んだ。ただしそれも、二〇一二年五月、ブリーの娘婿で、タスカルーサのトラック運送業界の大物であるジャック・ウィリストーンがブラック・ウォリアー・リバーの川岸で殺されるまでのことだった。タスカルーサ郡保安官事務所によるその後の捜査で、ブリーと、さらにはブリーから金を受け取っていた者全員に光が当てられた。二〇一二年八月にアルヴィン・ジェニングスが自宅の前庭で殺されたことにより、保安官事務所の監視の眼がさらに厳しくなった。だが、昨年のクリスマスイブにブリー自身が暗殺されたことでその圧力も和らぎ、パタースンはすべて元に戻るかもしれないと思った。ブリーはタスカルーサ郡の保安官事務所とＦＢＩに眼をつけられていたが、彼の死によって、ふたつの法執行機関の風向きも変わったようだった。さらによいことに、ブリーの娘であるキャサリン《キャット》・カルホーン・ウィリストーンはパタースンの関わっているあぶく銭を稼げる仕事をそのまま続けるつもりのようだった。

その後、リック・ドレイクが、アラバマ州のあちこちでブリーの遺産に対して訴訟を起こし、キャットが父親の死によって受け取った一千万ドルの生命保険金が危険にさらされることになった。

当初は、訴訟――特にオレンジ・ビーチとヘンショーでの訴訟――は、法的にも事実上も実体がなく、根拠のない訴訟のように思われていた。

ところがアルヴィン・ジェニングスの遺族のために起こされたジャスパー郡の訴訟で進展が見られたことから、キャットは、リック・ドレイクが陪審員を説得して自分の財産を奪い、ジェニングスの遺族に渡してしまうのではないかと恐れるようになった。昨晩の、ドレイクがＪＰＳヴァン・ラインを相手取って二千二百五十万ドルの陪審評決を得たというタスカルーサからの報告を考えると、パタースンにはキャットの心配が杞憂《きゆう》であるとは言い切れなかった。陪審員の前では何が起こっても不思議ではなかった。

　キャットの略式判決の申立てが棄却されれば——約六時間後には決定することになっていた——、ドレイクは陪審員の前で訴えるチャンスを得ることになるだろう。キャット・ウィリストーンはそうさせるつもりはなかった。そして今は亡き父親と同様、彼女も自分の思いどおりにすることに慣れていた。

　キャットがジャスパーのダウンタウンにある〈ブラック・ロック・ビストロ〉でランチを取りながら、ジムボーン・ウィーラーとマニー・レイエスを巻き込む計画を提案してきたとき、パタースンは断った。もちろん、できる限り彼女に協力するつもりだったが、複数の殺人を犯したふたりの逃亡者を幇助《ほうじょ》することはできなかった。どこかに一線があり、それを越えることはできなかった。

　それでも彼女は引き下がらず、驚いてさえいない様子で、机のうえにマニラ封筒を置いた。

「考えておいて、明日の朝に電話をちょうだい」パタースンは保安官事務所に戻り、扉の鍵をかけてから大きなマニラ封筒を開けた。なかには、ＵＳＢメモリーが入っていた。自分のコンピューターのＵＳＢポートに差し込むと、そこには〝パタースン保安官〟というタイトルのフォルダーがひとつだけあった。フォルダーをクリックすると、七枚の画像と一本の動画が現れた。最初の画像を見た。残りの画像は見るまでもなかった。彼女に電話をする代わりに、彼はシップジー・ワイルダーネスの端にあるカルホーン邸へ車を走らせた。警備員に案内されてフィットネスルームに入ると、そこではキャットがトレッドミルのうえを一定のペースで走っていた。

「もう気が変わったの、ドウェイン？」

彼女の向かい側には天井の高さまでの鏡が張ってあった。パタースンは鏡に映った彼女と眼を合わせ、ただ頷いた。

アラバマ州メイズビルのフリント川沿いのロッジで、これまで四年間身に着けてきたバッジを見つめながら、ドウェイン・パタースンは、自分の選択肢についてもう一度考えた。今、手を引けば、車道に止めてある〈シボレー・タホ〉にたどり着く前に、いやそれどころかこの家を出る前にジムボーンに殺される可能性が高かった。もしロッジから逃げ出すことができたとしても――昨日の晩、ふたりがセックスにふけっているあいだに逃げ出せたかもしれなかった――、ふたりが計画を続行することはわかっていたし、自分の関与がリークされるのは間違いなかった。土壇場で手を引いたと主張したところで、誰も信じてくれないだろう。任務を投げ出してもなんにもならない。そしてキャットは彼女が〈ブラック・ロック・ビストロ〉で渡したＵＳＢメモリーのなかに入っていた写真と動画を、間違いなく公開するだろう。この写真に写っている女性が当時二十五歳に見えたものの、実際には今でも十九歳であることは関係なかった。ドウェイン・パタースンが彼女と三十日間にわたる密会を続けていたとき、彼女は十五歳だったのだ。法定強姦を犯していたことになり、その罪と有罪判決は彼のキャリアと人生を台無しにするだろう。

ハメられた。この八時間で少なくとも百回はそう考えていた。バッジをシャツにつけ直し、キャビネットからシリアルボウルを三つ取り出した。その手は震えていた。数時間のうちに、彼はふたりの契約殺人者に手を貸して、アラバマ州のいたるところで虐殺を繰り広げようとしているのだ。

そしておれにできることは何もない。パタースンはコーンフレークの箱を開け、ボウルにシリアルを入れるとミルクを注いでキッチンテーブルのうえに置いた。食器棚の引出しからスプーンを三本取り出すと、咳払いをしてから叫んだ。「朝食の用意ができたぞ」

そして席に着き、スプーンでフレークを口に運びながら、胸のなかで祈りを捧げた。神よ、お赦《ゆる》しください。

素早くシャワーを浴びたあと、ジムボーンは、バスルームの鏡の前でパタースンが用意した服に着替えた。マニーは腕を組んで彼を見ていた。口元に笑みを浮かべていた。「保安官はどうだった？」

「怖がっている。ずっと小便を漏らさないようにするのが精一杯というところだ」

「ちゃんと約束を果たすかしら？」

ジムボーンはシャツの最後のボタンを留めると、鏡に向かって襟を整えた。「やつに選択肢はない。未成年の少女に手を出したことをウォーカー郡じゅうに言いふらされたくなかったらな」ジムボーンは自分の姿から、鏡に映ったマニーに眼を移した。「自棄《やけ》になった男は危険だ。やつは女々しい男だが、自分のケツを守るために自棄《やけ》になっている」ジムボーンはそこまで言うと、櫛《くし》で髪を梳《と》かし始めた。「あいつはやるさ」

「ひとつ質問していい？」

ジムボーンは鏡に映った彼女の視線を捉えた。「どうぞ」

「なぜわたしをジャスパーに送らないの？　裁判を止めることが第一の目的なら、ドレイクを殺すことが最優先じゃない？」

「ふたつの質問だな、マニー」とジムボーンは言い、彼女に顔を向けた。「だが答えよう。まず、ジャスパーのほうは中止になるかもしれない。コナー判事が、ブリーの遺族が提出した略式判決の申立てを認めて訴訟を中止すれば、ドレイクを殺す必要は——少なくとも今すぐには——なくなる。お前をジャスパーに送ることは無駄になる。今日、お前をサイドラインの外で傍観させておくわけにはいかない。第二に、もしコナー判事が申立てを棄却し、行動を起こさなければならなくなったとき、必要なのは裁判を延期させるための事件を起こすことだ。お前のメキシコ人の友人がドレイクを殺しそこなったところで、銃撃戦と――」彼は一瞬ことばを切ってほほ笑んだ。「――このあと何時間かのうちに起きるそのほかのすべてのことが裁判を遅らせることになるだろう」

しばらくのあいだ、寝室は沈黙に包まれた。そしてジムボーンは彼女の手が肩に置かれるのを感じた。彼女が耳元で囁いた。「どうして彼をそんなに憎むの？」

ジムボーンは顔をしかめた。「誰を？」

「マクマートリー教授」

「やつのせいで五十万ドルも損をした。それにやつとやつの仲間のせいで死刑囚監房に送られたんだ。それまでおれを出し抜いたやつは誰ひとりいなかった」

「すべて復讐のためだって言うの？　悪いけど、そんなことは信じられない」

ジムボーンは鏡から離れると、ベッドの端に坐った。ブーツを履き始めると、笑いながら言った。「まあ、カネのこともあるがな。百万ドルをふたりで山分けすれば、お前も故郷でいいスタートが切れるだろう」

彼女はベッドに近づくと、彼の横にひざまずいた。「それだけじゃないわよね」

ジムボーンはブーツの紐《ひも》を締め終わると、彼女をにらんだ。「ああ」

「じゃあ何？」

「この世界には、夢を叶えるチャンスのない人間がいる。父親のいないまま育ち、食べるために母親が毎日、朝から晩まで田舎者に体を売るのを見てきたような連中。生き延びることしか知らない連中」彼は一瞬、間《ま》を置いた。「おれのようにな」

「じゃあ、マクマートリーは？」

「やつはこのロッジからおよそ三十キロ離れたヘイゼル・グリーンの農場で育った。やつのことを愛する母親《マンマ》と父親《ダッド》がいた。アメリカン・フットボールが得意で、奨学金を得て、全能の神ベア・ブライアントのもとでプレイした。全米チャンピオンになった。弁護士になった。そして教授にもなった。それからまた弁護士になった。その間に結婚し、息子をもうけ、その息子は整形外科医になった。三人の孫に恵まれ、支えてくれる友人もいる」ジムボーンはことばを切ると、歯を食いしばるようにして続けた。「その友人のうちのふたりに、数年前、プラスキの広場で倒された」

「人生は公平じゃなく、あなたは貧乏くじを引かされた。そう言いたいの、セニョール？」

「いや違う。そうじゃない。ボーン様は三歳の頃から、人生が公平じゃないことを知っていた。この世界に夢など持ったことはない。生き延びるために生きてきた。そのおかげで子ども時代を生き延び、アーミー・レンジャーになって、ジャック・ウィリストーンやブリー・カルホーンのために働いた。自分を憐れむことはないし、マクマートリーのようにあらゆる恩恵を受けて、アメリカン・ドリームを実現させた連中を羨むこともない。だが――」彼はそこまで言うと窓の外に眼をやった。「――あの男はおれを出し抜きやがった。プラスキのダウンタウンで一度はやつを殺すチャンスがあった。だが、雇い主の命令で傷を負わせただけにした。たいていのやつはおれに殴られれば手を引くが、マクマートリーは違った。やつは戻ってきて裁判に勝ち、おれがやつの黒んぼ《ニガー》の友人ヘインズの命を奪う邪魔をした」彼は唇を舐めるとマニーに向かって言った。「そしておれはナッシュビルの死刑囚監房に入った。ボーセフィス・ヘインズを殺すことができずに逮捕され、初めてやろうとしたことに失敗した」

「でもあきらめなかった」

ジムボーンは怒りの熱い波が胸と足に伝わってくるのを感じた。「ああ。あの砂色の髪の検事とその友人の捜査官は、おれを殺すチャンスがあったのに、法を信じておれを取り押さえた」彼は鼻で笑った。「やつらは今日、その過《あやま》ちを知ることになる」

「じゃあこれは本当に仕返しのためなの？」

「それ以上だよ、ハニー」とジムボーンは言い、衣装の最後のひとつ――キッチンで保安官が身に着けていたのと同じガンベルト――を装着した。「これは審判だ」彼は腕時計を見ると頷いて言った。「そして今から始まる」

23

幻覚は数週間前から始まっていたが、トムはそのことを誰にも話していなかった。〝幻覚〟ということばはおおげさかもしれないが、ほかになんと呼んだらいいのかわからなかった。そこにあるはずのないもの、いるはずのない人を見ていた。

いつもは居間でうつらうつらしているときに現れた。彼の知る限り、そのことを知っているのはボーだけだった。トムが眼を覚ましたとき、ボーはトムに寝言を言っていたことに気づいていたかと訊いた。トムは知らないとうそをついた。親友に頭がおかしくなったと思われたくなかったのだ。

今、浅い眠りの名残から覚めると、寝室の片隅に人影を見ていた。その男は、無地のグレーのTシャツとカーキ色のショートパンツ姿で、正面に白でAの文字が刺繍《ししゅう》された深紅《クリムゾン》のサンバイザーをかぶっていた。壁にもたれて腕組みをしていた。トムが最後に見たときよりも十五歳は若く見えた。肌は黄金色に焼けていて、足元にはビーチサンダルを履いていた。十二月には珍しい格好だったが、もちろん、その男は実際には存在しなかった。

「玄関まで迎えに来てくれたのか、トミー爺さん？」と男は言った。笑うと、唇がめくれあがってほお骨が見えそうだった。ブライアント・コーチはその笑い方からレイモンド・ジェイムス・ピッカルーのことを〝ジョーカー〟と呼んでいた。トムを含めたその男の友人や家族は、彼を〝レイレイ〟と呼んでいた。

「生きてたときよりも幽霊のほうが似合ってるじゃないか、レイレイ」とトムは言った。背景ではくぐもった聞き取れない音が聞こえていた。

「お前は小便とゲロをかけられて温かくなった犬の糞《くそ》みたいだぞ」とレイレイは言った。遠くで聞こえていた音が次第に大きくなり、よりはっきりとしてきた。誰かが釘《くぎ》を打っているのだろうか？

「起きろよ、トミーボーイ。大事な日だ」音はさらに大きくなっていた。「さあ、大将。次のプレイだ」

　トムはまばたきをして、ベッドのうえで起き上がった。今も音が聞こえていた。誰かがドアをノックしている。ベッドから脚を投げ出して立ち上がろうとしたときに、リー・ロイの後ろ足を踏んでしまい、犬が悲鳴をあげた。「ごめんよ、ボーイ」と彼は言った。トムは数秒前に、レイレイ・ピッカルーの幽霊を見たのと同じ壁に手をついて寄りかかった。繰り返し幻覚で見るのが、死者のなかでなぜよりによってレイレイなのだろうか？　どうしてジュリーじゃないのか？　父でも母でもなく。あるいはブライアント・コーチでもなく。癌でこの世を去るときに、神と話し合う必要のある不平のリストがまた増えていた。

「今、行く！」トムは一息ついて、昨晩のハンツビルへの往復で生じた背中の痛みと折り合いをつけてから叫んだ。廊下を進み、居間を通り抜けてキッチンに入りながら、無茶をしたと思った。扉を開けて隙間からロックチェーン越しに覗き見た。

「誰かほかのやつだと思ったのか？」とドクター・ビル・デイビスが言った。〈マクドナルド〉の白い包みを掲げて、柔和な笑みを浮かべていた。若い頃のビルは赤毛だったが、かつては真っ赤だったその髪も、両脇の白髪を残して禿《は》げあがっていた。赤みがかった顔に眼鏡をかけていた。七十五歳のビルは、トムよりも年上だったが、十歳は若く見えた。泌尿器科医の仕事をセミリタイヤし、月に一回、週末の診察を一件と、訪問診療を一件こなしているだけだった。金のためだったらそんなことはしていない。断り切れない仕事だけしているのだと言っていた。仕事をしていないときは、タスカルーサ湖畔の家で八人の孫たちを遊ばせたり、共同経営しているノースポートの射撃場でコレクションの拳銃を撃ったり、たまにトムを診察に連れて行ったりして過ごしていた。

ふたりが出会ったのは、一九六〇年代の後半だった。トムが鼠径《そけい》部の痛みを訴えてビルのもとを訪れたところ、長いあいだ発見されていなかったヘルニアであることがわかり、ビルが治療したのだった。その後、四十年にも及ぶ友人としての付き合いのなかで、ふたりは様々なことを経験してきた。ビルには三人の娘がいたが、今は全員が成人しており、トムはそれぞれの結婚式に出席していた。同じように、ビルと彼の最初の妻のトリシュは、トミーとナンシーが結婚したときにパーティーを開いてくれた。トリシュが十年前にALSでこの世を去ったとき、トムは葬儀で棺《ひつぎ》をかついだ。そしてビルも、ジュリーの葬儀ではボーセフィス・ヘインズと、一九六一年の全米チャンピオンとなった七人のチームメイトとともに、棺をかついでくれた。

三年前、トムの尿に血が混じっていたことから、膀胱癌と診断したのもビル・デイビスだった。そして二〇一二年十月下旬、〝チャンピオンの歩道《ジ・ウォーク・オブ・チャンピオンズ》〟にあるブライアント・コーチの銅像の前で、肺癌のステージⅣであることをトムに伝えたのも彼だった。

トムはほほ笑みながら、錠前のラッチを外した。

「おれのためにわざわざドレスアップしてくれなくてもいいぞ」ビルは玄関から入ってくるとそう言った。トムは自分がTシャツとボクサーパンツしか着ていないことに気づいた。

「すまん、寝過ごした」とトムが言うと、ビルは食べ物の入った袋を台所のテーブルのうえに置いた。

「洒落《しゃれ》にならないくらいパトカーが来てるぞ」とビルは言い、窓の外を指さした。昨晩、ハンツビルに行く道中で、トムはビルに電話をして事情をすべて説明していた。トムは旧友に今回は同行を見合わせ、警官にクリアビュー癌研究所《CCI》に連れて行ってもらうと提案したが、ビルは拒んだのだった。トムはそれ以上、この問題について議論するのはやめた。

ガラス越しに眼を凝らすと、昨日の夜と同じように私道の端にパトカーが三台止まっているのが見えた。首を振って顔をしかめると椅子のひとつにゆっくりと腰を下ろした。自分を保護してくれることはありがたかったが、今日は息子の家と、ボーとジャズに多くの人員を割いてほしかった。保安官補にそう伝えたものの、彼は肩をすくめて「命令なので」と言うだけだった。「あなたが標的ですから」

自分が標的なのだ、とトムは思った。疲れ果てた、七十二歳になったばかりの、ステージⅣの癌と戦う死にかけの男が。その事実は気に入らなかったが、言い争っても仕方がなかった。

「昨日の晩、ボーは見つかったのか？」とビルが尋ねた。まだ扉のそばに立っていた。「無事だったのか？」

「イエスでもあり、ノーでもある」とトムは言った。ため息をつき、眼を拭って眠気を取り払おうとした。「長い話になる。ＣＣＩに行く道中で話すよ」

「オーケイ、早速だが」とビルは言った。「最初の検査は八時三十分からだ」ビルは眼鏡を外して時計を見た。「今は七時十五分」

トムは敬礼するふりをし、重い足取りでキッチンから出た。寝室に入ると、レイレイ・ピッカルーの幽霊を見た壁を叩いた。

「次のプレイだ、ジョーカー」と彼は囁いた。今日受ける三つの検査のことを考えると、不安から悪寒を覚えた。八時三十分に胸部のＣＴ。九時三十分に脳のＭＲＩ。十時三十分には

PET検査。それから一時にドクター・メイプルズの診察を受け、判決が下される。腰痛がひどくなっており、頭痛が頻繁に起きて幻覚も見るようになっていたことから、よい結果にならないことはわかっていた。ベッドサイドテーブルから携帯電話を取ると、寝ているあいだにリックやボー、パウエル、ヘレンから電話かメールが来ているかもしれないと思い、スクリーンをクリックした。

来ていなかった。スクリーンには不在着信もメールのメッセージも表示されなかった。トムは電話を置いてため息をついた。ジムボーン・ウィーラーは今も捕まっていない。そのことは友人や家族がまだ危険にさらされていることを意味していた。

トムは眼を閉じ、愛する人たちを見守ってくれるよう、静かに神に祈りを捧げた。「アーメン」と言ったあと、まぶたを開くと、シャワーに向かって無理やり足を動かした。

「次のプレイだ」ともう一度言った。

24

ボーセフィス・ヘインズは〈セコイア〉の運転席から家を見ていた。ダッシュボードの時計に眼をやった。午前七時二十分。そのうちキッチンの灯りがつくことがわかっていた。

「ほら」キッチンの天井の灯りがつくと、ボーは無精ひげの残った顔を撫でながらそう言った。やがてジャズはいつものようにキッチンとリビングルームのブラインドを開けた。太陽の光がブラインド越しに注ぎ込んでいる。ボーは、もうすぐ元妻になってしまう女性が、自分が結婚一年目に誕生日プレゼントとして贈ったピンクのローブを着て、家のなかを歩いているのを見ていた。家の外からその儀式を見ていると、もうチャンスがないことに心が痛んだ。

　もうやり直しは無理だ。ボーは思った。ドアを開けて無理やり車から出ると、二階建ての褐色砂岩を張った建物に向かって重い足取りで歩きだした。その家は、ハンツビルで新生活をスタートさせるジャズのために昨年購入したものだった。プラスキでの二十年以上もの生活で経験した苦難を消し去ってくれることを願ってのことだった。

　そうはならなかった。むしろ、新しい家ができたことで、長年抱えてきた問題にスポットライトを当てただけだった。ボーは歯がみをしながら歩道を進んだ。

　その家は、ハンツビルのダウンタウン、アダムス通りのトゥイッケナムとして知られる地域にあった。ハンツビル北部の中流家庭で育ったジャズは、街で最も古い地区にある邸宅に住むことをずっと夢見ていた。そして今、その夢が叶ったのだ。

　ボーはこの家が嫌いだった。外部の柱、高い天井、寒々とした上流階級の香りなど、見た目も雰囲気も南部の農園のようだと思っていた。隣人たちも気に入らなかった。多くは彼らを宇宙人であるかのような眼で見た。時折、腹立ちまぎれにこの地域にほかに黒人の家族はいないのかとジャズに尋ねると、彼女は眼を丸くしてあきれてみせ、プラスキでもアフリカ系アメリカ人の隣人はいなかったと言った。あのときだって、わたしたちを追い出せなかったんだから、今だって追い出せないわ、というのが彼女の言い分だった。だが、ボーは近隣とのそんな戦いを再び繰り広げる気にはなれなかった。プラスキでの過去はトラウマになるほど悲惨なものだったが、ボーはテネシー州ジャイルズ郡の丘陵地帯の風景や、小さな街の雰囲気を恋しく思っている自分に気づいていた。そこは故郷であり、つらい経験にもかかわらず、どこか懐かしかった。

彼は玄関前の階段に着くと、立ち止まってマホガニーの扉を見つめた。昨晩、教授と話したあと、急いでここまで車を走らせ、ジャズが寝る前に到着しようと思った。だが間に合わなかった。玄関のチャイムを鳴らして、別居中の妻だけでなく、ふたりの子どもも起こしてしまった。彼を見たときのジャズの表情に浮かんだまなざしは、氷をも溶かすほどだった。彼が質問をする前に、ジャズは午前中にスピーチをすることになっていて、誰であれ邪魔をさせるつもりはないと言った。家を警護している警官であれ、ボーであれ。「誰にも邪魔はさせない」彼女はそう言うと、彼がジャケットを脱ぐ前に扉の外に追い出した。

ボーは彼女と争わなかったが、立ち去りもしなかった。〈セコイア〉のフロントシートに坐ったまま、私道に駐車していた。彼が立ち去るつもりがないとわかった頃、ジャズから電話がかかってきた。彼女は、五分以内に立ち去らなければ、縁石にパトカーを停めている警官に頼んで、ボーに立ち去るよう忠告させると言った。

「やってみろ」とボーは言った。「ここはおれの家だ。おれは君を殴っちゃいないし、イライラさせる以外何もしちゃいない。刑法からはしばらく離れちゃいるが、こういったことが逮捕の根拠になるとは思わない」

彼女は電話を切り、ボーはその夜を車のなかで過ごした。

八時間後の今、ボーはドアベルすら鳴らさなかった。鍵を差し込むと扉を開けた。「ハニー、ただいま」と言って、博物館のような家の玄関に入っていった。階段脇の大きなクリスマスツリーの前で足を止め、見慣れたオーナメントに指を走らせた。T・Jが幼稚園のときに塗り絵をした段ボール製のキリスト降誕シーンがあった。T・Jはヨセフの衣を深紅《クリムゾン》に塗って十二番の背番号を描き、先生に笑ってしかられた。ボーは段ボールを触りながら、その思い出にほほ笑んだ。彼のお気に入りのオーナメントは、砂浜の絵が描かれた水晶球《だま》で、砂に〝セントルシア２００５〟と描かれていた。結婚二十周年の記念にジャズを連れてカリブ海の島に行き、四泊三日を泳いだり、シュノーケリングをしたり、〈ピトン・ビール〉を飲んだり、愛し合ったりして過ごした。

もっとこういうものがあってもよかったのにな。ボーは親指で砂浜を撫でながらそう思い、ツリーのてっぺんの天使を見上げた。最後のオーナメントを置くのはいつも彼の仕事だった。だが、今年は違った――そしてもう二度と。

手を脇に下ろすと、罪悪感と悲しみに包まれた。やがて自分が時間稼ぎをしていることに気づき、なんとか足を動かしてキッチンに向かった。

近づくと卵とコーヒーのいい香りがして、また悲しい気持ちになった。知り合ってからずっと、ジャズはいつも朝食にスクランブルエッグを食べていた。キッチンに入ると、大きな部屋の真ん中にある調理台の前に置かれた三つのスツールのひとつに彼女が坐っていた。かつて――そんなに遠くない以前――は、そこには四つのスツールがあったのに。また後悔の有刺鉄線がボーの心に絡みついた。が、それを振り払った。

ジャズは食事をしながら、iPhoneで何かを読んでいた。彼が近づいても、顔を上げず、彼の存在を認めようともしなかった。

「フェイスブックに何かいいことでも書いてあるのか？」とボーは訊いた。「我らが新しき隣人たちはベイルでスキーでも愉しんでるのか？　ケイマン諸島でスキューバ・ダイビングでも？　それともアパラチアン・トレイルでハイキングとか？」ボーはその声に皮肉を隠そうともしなかった。彼はいっときフェイスブックを試したことがあったが、政治的な投稿や〝自分のために祈ってください〟的な漠然としたアップデート、さらには異国情緒あふれる写真で互いにマウントを取り合う人々にうんざりしてしまった。

ジャズは何も答えず、顔も上げなかった。ただフォークでスクランブルエッグを食べ、コーヒーを飲んでいた。古びたローブをまとい、化粧もせず、不機嫌な顔をしているとはいえ、旧姓ジャスミン・ヘンダーソンは今も美しかった。ミルクチョコレートのような肌、ちょうど首の下で切ってあるウェーブのかかった茶色い髪、そして四十九歳にもかかわらず、引き締まった体つきは、アラバマ大学で陸上競技のスター選手として活躍していた頃の長くしなやかな筋肉を維持していた。

「ジャズ――」

「もう出るから、何を言っても無駄よ」と彼女は言い、そのままiPhoneに指を走らせた。ボーを見ようともしなかった。

ボーはカウンターから携帯電話を奪い取り、頭のうえに掲げた。ジャズは、まるでケープカナベラルの発射台から打ち上げられたように、スツールから飛び出した。「すぐに返しなさい、ボーセフィス・ヘインズ。さもないと警察を呼ぶわよ。ここに入ってきて携帯電話を取り上げることはできない。それは暴行になるはずよ。『インヴェスティゲーション・ディスカヴァリー』を見てそのくらいのことは知ってるのよ。警官が来るわよ。あなたにもわかってるんでしょ」

ボーはニヤッと笑った。「君は『ヒストリー・チャンネル』しか見てないと思っていたよ」

「わたしがテレビで何を見ようと、暇なときに何をしようと、もうあなたには関係ないわ。さあ、わたしの携帯電話を返して」

ボーはため息をつき、彼女に携帯電話を返そうとした。だが、ジャズはすでに電話に向かって飛びかかろうとしていた。そのとき彼女の人差し指がボーの左眼をしっかりと突いた。ボーは痛みに悲鳴をあげ、持っていた携帯電話を落としてしまった。手で眼を覆って彼女から離れ、自分のなかで高まっていく怒りを抑えようとした。手を離すと、指には血が数滴ついていた。キッチンの反対側にいるジャズを見ると、両手で口を押さえて彼を見つめていた。

「大丈夫？」と彼女が訊いた。

「ああ大丈夫だ」とボーは言い、シンクに向かって歩くと、ラックからペーパータオルを取った。ペーパータオルに水をかけて眼に押し当てた。ひどく染みた。眼をしばたたくと、なんとか見ることができた。

「ごめんなさい、ボー」とジャズは言った。そして泣き始めた。

「警察を呼ぶべきかな」とボーは言ったが、その声にはからかいが含まれていた。「人の眼を突くことが暴行にあたることは十分知っているからね」

　ジャズはにっこりと笑った。もう怒りのまなざしではなかった。

「だけど、今日のスピーチをやめて、ジムボーン・ウィーラーの状況がわかるまで、子どもたちと一緒に家にいてくれるなら警察は呼ばないよ」彼はほほ笑んだが、ジャズは同じ仕草を返さず、タイルの床に眼を落とした。

「ずっと、あなたのために犠牲になってきたの、ボー。あなたが父親を殺した男たちを追いかけているあいだに二十八年も経った。あなたは残りの時間を弁護士としての仕事に費やした。あなたが強迫観念に取り憑《つ》かれているあいだ、わたしは自分のキャリアを捨てて子どもたちの世話をしてきた」

「頼んでいるのは今日だけだよ、ジャズ。もう一日だけ、お願いだ」

「無理よ。このイベントのために一年前から準備してきたの。大学が美術史プログラムのために、新しい施設の建設資金を集めようとしている。これまでに寄付をしてくれた人や、多くの影響力のある卒業生、街のリーダーたちも参加する」彼女はそう言うと、シンクのほうに向かって歩きだした。そこではボーがまだ濡れたペーパータオルで眼を拭っていた。「わたしは資金調達委員会の議長なのよ。これはわたしのロデオなの。もう招待状は出してあって、後戻りはできない。あなたのおかしな予感のために、欠席するわけにはいかないの」

「おれの予感が間違っていたことがあるか？」とボーは訊いた。胸のなかに新たな怒りの泡が浮かんでくるのを感じていた。

　ジャズは唇を歪めて、疲れた笑みを浮かべた。「ボー、あなたのこれまでの人生はずっと間違った予感に基づいていたのよ。父親を殺した男を裁くことに自分のすべての存在をかけて生きてきたのに、殺された男はあなたの父親でもなんでもなく、そのリンチ集団を率いていた男が父親だと知った」

「それは予感じゃない、ジャズ。母さん《マンマ》はルーズベルト・ヘインズがおれの父親だと言っていたし、ロープで吊《っ》るされて死ぬまで父さんもそう言っていた。おれは父さんが小屋から連れ出され、白いフードとロープをまとった男たちに吊るされたのを見たんだ」彼はそこまで言うと呼吸を整えた。「おれに何を信じてほしいんだ？　おれは何をすればいいんだ？」

ジャズの眼に涙が浮かび彼女はそれを手で拭った。「どうしようもなかったのよね？　あなたはベストを尽くした。あなたを責めないわ、ボー。あなたがしたことに対してあなたを責めるつもりはない。ルーズベルト・ヘインズのために正義を求めたことを。あなたにはそのことに執着する権利があった。そして二年前、それを果たした。ルーズベルト・ヘインズを殺した男たちは全員、死んだか、刑務所で朽ち果てようとしている。あなたは勝った。ただひとつの問題は、その勝利が、あなたが自分自身について信じてきたすべてを打ち砕いてしまったことよ」

「過去を蒸し返すためにここに来たんじゃない。おれはただ――」

「黙って最後まで聞きなさい！」ジャズは叫んだ。こぶしを固めるように両手を強く握っていた。「ルーズベルトが本当の父親じゃないと知って、ショックを受けたことは知ってる。あの狂った魔女に、ク《K》ー・ク《K》ラックス・ク《K》ランのクソ最高指導者《インペリアル・ウィザード》アンディ・ウォルトンがあなたの父親だと言われたとき、あなたがどんな気持ちだったかは、想像もつかない。つらかったでしょうね。だから、弁護士業務に戻るのも大変だった。去年、マクマートリー教授を助けて殺人事件の調査員を務めたことで立ち直って前に進んでくれるものと思っていた」彼女はそこまで言うと、両手をボーの肩に置いた。「でも、そうはならなかったわ、ボー。業務停止処分は解除され、いつでも業務を再開できるようになった。わたしが望んでいたようにここハンツビルでも。あるいはプラスキに戻ってもよかった。ここからなら車で四十五分しかかからない。でも、あなたは何もしていない」

「それは違う」とボーは言い、首を振って床を見つめた。「おれはリック・ドレイクのために、アルヴィン・ジェニングス不法死亡訴訟を手伝っている。裁判は月曜日にフローレンスで始まることになっている」彼は眼を上げてジャズを見た。彼女の口は開いていたが、すぐにはことばを発さなかった。

　自分が聞いたことを理解するために数秒間かけたあと、ジャズは眼を細めてボーを見た。

「アルヴィンの事件がどうしてフローレンスで裁かれるの？　ジャスパーで殺されたと思ってたのに」

「ああ、そうだ。だが、判事が裁判地をフローレンスに変更した。アルヴィンの遺族もブリー・カルホーンの遺産管理人もウォーカー郡では公平な陪審員を得ることができないからな。郡の半分はブリーのことを嫌い、残りの半分は彼のために働いている」ボーは弱々しい笑みを浮かべた。「だから、また弁護士業務を始めてるんだ、ハニー」

「そう……それはよかった。うれしいわ」そう言うと彼女の表情は硬くなった。「でも、何も変わらない。それでも、今日はスピーチをする」

「そして君はまだ離婚しようとしている」

ジャズの眼には涙が浮かんできた。「あなたのために自分の人生を犠牲にすることに疲れたのよ、ボー。あなたは、ここ何年も、わたしと子どもたちが寝静まるまで働いて、朝はわたしたちが起きる前にはいなくなってしまう。最後に家族で休暇を過ごしたのはいつ？　夫婦で旅行したのは？　わたしが離婚を申し出る前に最後にデートをしたのはいつだった？　一生懸命働いてお金を稼いだのに、それを使って愉しんだりリラックスしたりすることもできない。わたしたちの人生は、あなたがいつも言っていたように、〝ケツの穴全開《ワイド・アス・オープン》〟で生きてきた。一秒一秒をほぼずっと〝ケツの穴全開《ワイド・アス・オープン》〟でいないと、落ち着かなくてイライラして、一緒にいて不愉快な人になってしまう。去年の業務停止であなたが落ち着きを取り戻し、自分の本当の家族の出自を知ることでわたしや子どもたちへの接し方も変わるだろうと思っていた。でも事態は悪くなるばかりだった。今、あなたは、かつてアンディ・ウォルトンを憎んでいたよりもっと、自分自身を憎んでいる。そしてそのイライラのはけ口を見つけられないでいる」彼女はそう言うと、両手をボーの肩に置いた。「ボー、わたしたちが最後に真剣に話し合ったのはいつ？　本当はもう何年も話していないし、セックスは月二回だけ。いつもしてるからという理由だけで。それはわたしが朝、スクランブルエッグを食べるのと何も変わらない、ただの習慣よ」

「そんなおおげさな」とボーは言うと、彼女の手から体を離した。「セントルシアを覚えてるかい？」

「ええ、覚えてるわ」とジャズは言った。「素晴らしかった。でも八年も前のことじゃない！」

そう言うと、彼女は片手で口を覆った。声を荒げたあとにいつもする仕草だった。それから、不機嫌そうに両手を胸の前で組んだ。「あなたは危機的な状況のなかでしか生きられないようね、ボー。それしか知らないのよ。今のように。サイコ野郎が刑務所を脱走した。そしてボーセフィス・ヘインズが立ち上がってみんなを救う。もう疲れたの。あなたのやり方には疲れたわ。わたしには欲しいものがある。それがわからない？　今、もう一度教師としての仕事を経験して、ずっと住みたかったハンツビルで暮らしている。もう元には戻れないの」彼女は一瞬、間《ま》を置いた。「そしてあなたは今の状態を嫌っている。あなたのことは手に取るようにわかる。あなたはこの家を嫌っている。隣人たちを嫌っている。わたしの仕事も同僚たちも。そしてわたしのような女性のことも憎んでいる」

「それは違う」とボーは言った。だが、口から出てきたそのことばは虚ろに響いた。

「いいえ、違わない。それにあなたはそのことがわかってる。あなたは、わたしがずっとしてきたようにわたしを自分に従わせたいのよ。でも今回はそうするつもりはないの、ボー。できないし、するつもりもない」と彼女は言った。「わたしを見て」

彼はそうした。涙が彼女のほほを伝って落ちていた。

「ひどい事実だけど、ボー、離婚したほうが互いのためになるの」

「だけど……愛してるんだ」とボーは言った。

「わたしもよ」とジャズは言った。その声は震えていた。「これからもずっと」彼女は嗚咽《おえつ》を漏らした。「でも、もうあなたとは一緒に暮らせない。もう……できないの」

ほぼ一分間、キッチンは沈黙に包まれた。ボーはこれまで愛してきた唯一の女性を見つめていた。最後に濡れたペーパータオルでもう一度眼を拭うと歩きだした。キッチンのタイルと居間のハードウッドの床の境目で立ち止まると、肩越しに彼女に眼をやり言った。「せめておれか外の警官に会場まで送らせてくれないか？」

ジャズは首を振った。「いいえ、自分で運転する」

ボーは歯がみをした。「おれはついていく。市民センターの内外は警官が監視しているはずだ」

ジャズは胸の前で腕を組んだ。「どうぞ、ここは自由の国よ」

「子どもたちは学校には行かせず、家にいさせてくれないか？」

彼女が返事をしないでいると、ボーは一歩前に出て続けた。「お願いだ、ジャズ。今日と明日だけだ。週末までにはウィーラーも逮捕されているか、警察が行き先を把握しているだろう」彼はそう言った。ジャズは床を見つめていた。

「お願いだ」ボーは懇願した。「おれはふたりの父親だ。それに――」

「わかったわ」とジャズは言った。「でもバスケットボールの練習も休むことになったら、T・Jは怒るわよ」

「乗り越えるさ」とボーは言った。「ソーントン・コーチも自分のチームのベストプレイヤーに何かあってほしくないと思っているはずだ」

これにはジャズも思わず笑みをこぼした。「でしょうね」

「アラバマ大からはまだ手紙は来てないのか？」とボーは尋ねた。T・Jはヴァンダービルト大学、ミドル・テネシー州立大学、オーバーン大学から奨学金のオファーを受けていたが、アラバマ大学からはまだだった。彼らの息子にとって、両親の足跡をたどってクリムゾン・タイドでプレイすることがずっと夢だった。

「まだよ」とジャズは言った。「でも来るでしょう」

「そうだな」とボーは言った。そして頷くと続けた。「今日は気をつけてくれ、ジャスミン」

結婚しているあいだ、ボーが彼女を正式な名前で呼ぶことはほとんどなかった。ジャズは頷き返した。昨晩、口論を始めてから初めて、ボーは彼女の眼に何か違うものを見ていた。

恐怖だ、とボーは思った。そして背を向けて立ち去った。おれはとうとう彼女を怯えさせてしまったのだ。

25

タスカルーサからジャスパーまで続く六十九号線は、長く曲がりくねった二車線の道路だった。午前七時三十分、リックは古びた愛車の〈サターン〉でアスファルトの道路を走っていた。バックミラーを見ると、タスカルーサ郡保安官事務所のパトカーが後ろからずっとついてきていた。ウェイドが護衛をつけてくれたのだ。リックはそのことに感謝していた。もし、ジムボーン・ウィーラーかマニー・レイエスがリックの父親が殺されたのと同じ方法――車をぶつけて道路からはじきだす方法――で彼を殺そうとするなら、六十九号線は最適な道路だった。誰かに命を狙われずに、この道路を走り続けるのは大変なことだった。

だが、アパートメントの外の駐車場でパトカーを見て安心したものの、警官にできることは少ないということもわかっていた。裁判所に入るときと出るとき、リックは危険にさらされることになるだろう。それに誰かがこのハイウェイで殺そうとしたなら、パトカー一台の護衛では足りないはずだ。

それでも〝ジャスパーまで七十キロ〟の看板が見えたときには、なんとかなりそうだと思った。

アパートメントを出る前に、リックはヘンショーの母親に電話をかけていた。農家の嫁である母は、いつも日の出とともに起きていた。それはリックの父が死んだ今も変わらなかった。アリー・ドレイクは、ドアにはすべて鍵がかかっており、キーウィン・ブラウンと愛犬がラップアラウンドポーチで守ってくれていて、ジミー・バラード保安官も農場の入口にパトカーを止めて見張っていると息子に言った。「この家に入るには州兵が必要よ」と母は言った。「もし入って来れたとしても、わたしはあなたのお父さんのレミントンを持っているし、使い方もわかってるわ」

リックは母の図太いほどのタフさに思わずほほ笑んだ。それに父の十二番径の散弾銃の話にも。それは昨年、ガルフ・ショアーズの〈ピンク・ポニー・パブ〉の駐車場でボーセフィス・ヘインズを救うために使ったものだった。「いいね、母さん《マンマ》」と彼は言った。「何かあったら連絡して。僕がいいと言うまでは気を抜かないで」

「わかったわ、でもあなたも自分のことを気をつけるって約束して。本当なら家にいてほしかった。パウエルが電話をしてきて、あなたに、今日ジャスパーに行かないように懇願したって言ってたわ」

リックは眼を閉じると歯を食いしばった。「あいつ、余計なことを」

「彼はあなたのことを愛してるのよ、リック。友人というよりも兄弟のように。あなたのことが心配なのよ」

「わかってる。でもやらなきゃならないんだ。怖がって逃げ出すわけにはいかない」

そのとき、母はリックを驚かせた。議論を続けるのではなく、笑ってこう言ったのだった。

「お父さんにそっくり。あの人はラバみたいに頑固だった。蛙《かえる》の子は蛙ね。間違いないわ」

リックは涙をこらえながら、母に愛してると言って別れを告げた。

今、十五年落ちの愛車で六十九号線を走りながら、リックはやっと自分の感情を解放した。今まで母や友人の前で泣くことを自分自身に許さなかった。だが、ひとりで〈サターン〉を運転していると、父のことを思い出して油断してしまった。特に懐かしかったのは、この車のなかで交わした父との会話だった。法廷弁護士である彼は出張も多く、旅の単調さをまぎらすために、よく父に電話をして無駄話をしたものだった。会話の内容は、いつも父ビリー・ドレイクが夢中になっていたアラバマ大のフットボールやゴルフの話などが中心だった。ときには農場のことを話すこともあり、互いに相談に乗ってもらったりもした。「ヘイ、ビッグボーイ」というのが、リックが電話をしたとき、父が電話を取るといつも最初に言うことばだった。リックが八歳だったときと同じように。ヘイ、ビッグボーイ。

「寂しいよ、父さん」リックは声に出してそう言うと、手のひらでダッシュボードを叩き、それから涙を拭った。「絶対にやり遂げてみせる」歯を食いしばりそうつぶやいた。

助手席に置いた携帯電話の着信音に驚き、思い出から呼び覚まされた。発信者ＩＤに眼をやると、〝教授〟という文字が表示されていた。思わずうなり声をあげた。昨日の晩、パウエルがジムボーン・ウィーラーの件で爆弾を落としたあと、パートナーに電話することを忘れていたのだ。電話をつかむと、〝応答〟のアイコンをクリックした。

「遅ればせながら、誕生日おめでとうございます」リックはそう言いながら、バックミラーを見て、パトカーがついてきているかどうか確認した。ちゃんといた。

「今どこだ？」教授の声はしわがれ、リックが以前聞いたときよりも弱々しかった。

「六十九号線です。ジャスパーに向かっています。ジェニングスの件で略式判決に関する公判前審理が十時から開かれるんです」

「パウエルは警官の護衛を手配したか？」

「ええ。保安官補が僕の後ろをしっかりとついてきてます」

「よかった」一瞬の間《ま》があり、電話の向こう側から咳き込む音がした。「シンプソンの評決、おめでとう。バーバラとグレースも喜んでることだろう」

車が急カーブに差しかかり、リックは眼をしばたたかせた。ちょうど十二時間前にシンプソン裁判の評決が読み上げられてから、もう百年も経ったような感覚だった。

「ありがとうございます」とリックは言った。「あなたが基礎を固めてくれたおかげです、教授。僕はただ仕上げただけです」

「馬鹿を言うな。わかってるだろう」とトムは言った。「わたしからのほんのわずかのアドバイスで君は裁判に勝った。証拠開示から評決まですべてひとりでやってのけた。あの勝利は君のものだ、リック。君が勝ち得たものだ。誇りに思うぞ」

リックは顔が熱くなった。パートナーからの称賛を聞いて恥ずかしくなった。「ジェイムソンは控訴するでしょう」

「控訴は敗者のためにある」とトムが言い、ふたりは笑った。

「今日は検査でしたよね？」とリックが尋ねた。胃のなかを緊張が走るのを感じていた。

「今、向かっている」

「ボーが一緒ですか？」

「いや、ビル・デイビスだ。ボーには自分の家族の様子を見てもらっている」また間《ま》があり、咳き込む音がした。「君は今日の審理の延期を申し出て、ヘンショーに向かっていると思っていた。お母さんには話してあるんだろうね」

リックはほほ笑んだ。「農場はヘンショー郡の保安官が守ってくれています。母は家に入るには州兵が必要だと言ってました。それに……」リックは笑みが消えるのを感じていた。「今日は行かなければならないんです、教授。判事は裁判地を変更したあとに、裁判を延期するつもりはないでしょうし、この審理も延期するつもりはないでしょう。裁判の四日前に略式判決の審理が行われることがどれだけ異常かおわかりですよね」

「確かに異常だが、例がないわけじゃない。判事のなかには、原告から裁判を受ける機会を奪うことになるという理由から、申立ての裁定を嫌がる者もいる」彼はもう一度咳をした。「だからぎりぎりまで先延ばしにするんだ」

「コナー判事もそう考えていることを願いますよ」

「コックは、ウォーカー郡ではコナーは当たりくじだと言っていた。タフで、フェア、何よりも頭がいいそうだ」

リックは思わず笑った。〝コック〟とは教授の友人でアート・ハンコック元判事のことだった。今はバーミングハムの巡回裁判所判事を引退していたが、教授がロースクールで教えていたときに、リックやパウエルを始めとする模擬裁判チームで判事の役を務めてくれていた。アラバマ州の法曹界における指導的立場にあり、ほかの郡の判事についても詳しかった。

「彼ならよく知ってるでしょうね」とリックは言った。

「そのとおりだ。コナーは裁判地を変更した。正しいことだが、簡単な決断ではなかっただろう。今日は我々にもチャンスがあるはずだ」

リックは〝我々〟ということばを聞いて胸が熱くなった。ステージⅣの肺癌と診断されてから十四カ月が経過し、引退して一年経った今でも、教授は事務所の現役のメンバーのように話していた。リックはこれからもずっとそうであってほしいと祈った。「あなたが正しいことを願っています」リックは一瞬、間《ま》を置いた。「検査、頑張ってください」

「ありがとう、坊主《サン》。気をつけるんだぞ、いいな？　油断するなよ」

「わかりました。パウエルから連絡ありましたか？」

「ああ、少し前に〈ウェイサイダー〉から電話があったよ」

リックはまたほほ笑んだ。パウエルとタスカルーサのレストランで何度も朝食を食べたことを思い出していた。「どんな様子でしたか？」とリックは訊いた。

電話の向こう側で一瞬の間《ま》があった。が、今度は咳き込む音はしなかった。

「教授？」

「ああ、聞いてる」

「どうしたんですか？」

「なんでもない。ただ……パウエルはどこか様子がおかしかった。ぶつぶつ言うことが多く、今日はプラスキに向かうことになっていて、近くに着いたら電話をするということ以外はあまり話さなかった」

「あいつは、何かに集中しているときはしばらく周りが見えなくなるんです」とリックは言った。「考えに没頭して何も見えなくなる。それが彼を優秀な法律家にしてるんですが、慣れていないと少し不安になるかもしれませんね」

「そうかもしれない」と教授は言ったが、どこか納得していないようだった。

「全員の心配をしても仕方ありません」とリックは言った。声は大きくなっていた。「ジムボーンに刑務所で脅されたことは知っていますが、できることは限られています。あなたはあなたのできることをしてください。検査を受けて、しっかりと用心してください。僕たちは自分でなんとかできます」

しばらく沈黙が続いた。リックはパートナーがずっと心配し、考え抜いているとわかっていた。トムは、最後にひとつ咳をすると、リックに弁護士としてのすべてを教えてくれたしわがれた声で話し始めた。会話を始めたときよりもさらに弱々しく聞こえた。「君を信頼しているよ、坊主《サン》」それからもう一度咳をしてから付け加えた。「だが、公判前審理で君が受ける警護が警官のエスコートだけなら、ガンファイトにナイフを持っていくようなもんだ」

「持っていくのはそれだけじゃありません」とリックは言い、ハンドルを握りしめた。〝ジャスパーまで四十五キロ〟という緑の看板が見えた。

「何を――?」と教授が言いかけたが、リックがさえぎった。

「教授、もう切らなければなりません。あなたはあなたで気をつけてください。僕もそうします。検査の結果が出たら電話してください」

ふたりは互いに別れを告げた。〈サターン〉がもうひとつの看板を通過したとき、リックは胸の奥深くに決意を秘めていた。看板には〝ここよりウォーカー郡〟と書かれていた。数分後には、〈ブル・ペン・ステーキハウス〉で有名なアラバマ州の小さな都市オークマンを通過するだろう。そしてその十分後にはジャスパーに着くはずだ。リックは助手席に携帯電話を戻すと、グローブ・コンパートメントを開けた。なかにはグロックが入っていた。それを取り出し、ハンドルを太ももで押さえながら、ケースから出すと、携帯電話の横に置いた。銃弾はすでに装てんされており、必要に応じて発砲する準備ができていた。もちろん、ウォーカー郡のダウンタウンの広場に車を止めて降りれば、銃を携行することはできない。銃を持って裁判所に入るのは嫌だったし、たとえ持っていたとしても、金属探知機を通れば手放さなければならなくなる。〈サターン〉の慣れ親しんだ車内から一歩踏み出せば、丸腰になり、自分を守ってくれるものは、タスカルーサ郡の制服を着た保安官代理と自分の本能、そして……

……いや、それだけじゃない。彼は数分前にパートナーに言ったことばを心のなかで繰り返した。今日、自分を見守ってくれる人物がほかにもいると考えることは愚かなことだろうか。

いや、そんなことはない。リックは自分に言い聞かせて頷くと、裁判所に行く前に立ち寄らなければならない場所のことを考えて、歯を食いしばった。「そんなことはないさ」と彼は声に出してつぶやいた。アクセルを踏み込み、セダンの車輪がアスファルトを捉えるのを感じた。別の看板が見えてきた。″ジャスパーまで二十四キロ″。

26

クリ《C》アビュ《C》ー癌研《I》究所は、ハンツビルの西、十四丁目通りのはずれ、かつてのバトラー高校の裏手にある要塞のような医療施設だった。午前八時二十三分、画像診断エリアにチェックインし、待合室の椅子に座ってからわずか数分後、トムは、奥に続く木製の扉が開き、技師が出てくるのを見た。

「ミスター・マクマートリー」彼女はそう言うと待合室を見回してから、トムと眼を合わせた。ＣＣＩのスタッフ全員の顔を知っているわけではないが、十四カ月の治療期間を経て、多くのスタッフと顔見知りになっていた。この技師は、笑顔が素敵な明るい肌をした二十代のアフリカ系アメリカ人女性で、名前をケイシャといった。

トムは立ち上がると、〈ＵＳＡトゥデイ〉を読んでいるビル・デイビスを見下ろした。「数時間後に会おう」トムはそう言うと、友人の肩を叩いた。手順を知り尽くしているビルはトムを見て頷くと、新聞の見出しに視線を戻した。ケイシャのほうにゆっくりと進みながら待合室を見渡すと、いつもの憂鬱な気分が襲ってきた。木曜日の朝、この小さな棟には少なくとも十人の人々がいた。少し前に、トムとビルが駐車場に着いたときには、駐車スペースを探すのに数分かかった。トムは様々な人々がＣＣＩに治療に訪れていることに驚き、悲しみを覚えた。若者も老人もいた。金持ちも貧乏人も。黒人、白人、アジア系、メキシカンなど様々な人種がいた。アラバマ大のＴシャツを着ている者もいれば、オーバーン大のＴシャツを着ている者もいた。民主党員も共和党員も。

人間と違って、癌は差別をしない。この恐ろしい病気にかかると、肌の色や政党、宗派などにかかわらずひとつのクラブに属することになる。癌患者やその家族に共通した特徴は、常に恐れや絶望、不安の組み合わさったものであり、トムはそれらを人々の眼に見ると同時に、自分の眼にも浮かんでいることを知っていた。中年の黒人夫婦の脇を通り過ぎるとき、ふたりに会釈をした。さっきまで、彼らは車椅子で奥に連れて行かれた十代の娘のほほにキスをしていた。以前にも何回か会ったことがあった。

「今日は、娘さんの具合はいかがですか？」とトムは訊いた。

父親の眼は充血していた。寝不足なのか、泣いていたのか、それともその両方なのかわからなかった。彼が妻のほうに眼をやると、彼女はトムを見て言った。「いつもより痛みがあるようなので……」彼女の声は次第に小さくなっていった。その先を聞く必要はなかった。だからさらに検査をすることになったのだ。「お加減はいかがですか？」彼女はなんとかそう言った。

トムは無理に笑顔を作ると言った。「もうすぐわかると思います」

その女性は何かを言おうとするかのように口を開きかけたが、結局口を閉じ、無理に笑顔を作った。検査の結果次第で人生が永遠に変わってしまう人々にかけてやることばを見つけることは難しい。トム自身も、ことばを探したものの見つからず、代わりに頷いたり、握手をしたり、肩を抱いたりすることが何度かあった。弁護士として、また大学教授として、トムは最も効果的なコミュニケーションの手段はことばではなく、非言語的な仕草である場合もあると学んでいた。ＣＣＩにいるすべての患者やその家族が同じようなやり方でそれを表すわけではなかったが、ことばの壁を越えて伝わってくるもうひとつの感情がそこにはあった。

断固たる決意。トムは、その女性の強張った笑顔と、夫の充血した眼にそれを見ていた。その感覚は、トムの父サットが第二次世界大戦から帰還した数年後に話してくれたことをトムに思い出させた。父はマコーリフ将軍の下でバルジの戦いを経験しており、バストーニュで降伏を拒否した大隊の一員だった。戦闘で重傷を負ったものの、多くの戦友たちのように命を落とさなかったのは幸運だった。父は言った。大隊が多くの死傷者を出したとき、指揮官のひとりが静かに四つのことばを繰り返し口にしていたのを聞いた。おれたちならできる《ウィ・キャン・ドゥ・ディス》と。父は若き日のトムに、このことばを繰り返し唱え、耳にすることで、死が確実だと思ったときにも助けになってくれるのだと教えてくれた。そして、何年か経ったあと、作物の収穫が思わしくないときや、ローンの支払いに不安を覚えたときは、いつもこのことばを口にしたと言っていた。

トムは戦争を経験したことはなかったが、これまでの人生で多くのフットボールの試合や裁判、危機に瀕したときに、負けを覚悟したこともあった。ステージⅣの肺癌との戦いは、究極の苦しい戦いであり、気がつくとその指揮官がトムの父に言ったことばを繰り返し、自分自身やほかの人々の慰め、モチベーションにしていた。トムはかがみこんで眼の前の父親の肩に手を置き、最初に彼を見て、次に母親を見てつぶやくように言った。

「わたしたちならできます《ウィ・キャン・ドゥ・ディス》」

その女性は唇を噛んだ。眼は涙で潤んでいた。彼女は頷き、彼女の夫はトムの手に自分の手を重ねてぎゅっと握った。

やがて涙を拭いながら、トムは、画像診断の技師のほうに向かって歩きだした。彼女は、一連の検査をトムに受けさせるために我慢強く待っていた。その検査は、トムに悪いニュースを伝えることになるかもしれなかった。歩きながら、トムは逃亡中のジムボーン・ウィーラーとマニー・レイエスが自分を追ってきているかもしれないことを考えた。ドアにたどり着くと、できるだけ深く息を吸い、ゆっくりと吐き出した。

「やあ、ケイシャ」となんとか言った。

「マクマートリー教授、具合はいかがですか？」彼女の声は温かく、明るかった。

トムは正直に本当のこと——死ぬほど怖くて疲れ果てている——を言おうかと一瞬考えたが、ただほほ笑むだけにした。「最高だよ。この厄介ごとをさっさと終わらそうじゃないか」

27

ジャスパーに入ると、六十九号線沿いの退屈だった風景も一変し、ショッピング・センターやファストフード・チェーンが次々と現れるようになった。ほとんどの店やレストランではクリスマスの宣伝をしており、〈ジャスパー・モール〉の看板には、サンタがやって来ると書かれていた。いろいろなことがあったせいで、リックはクリスマスのことをゆっくりと考える余裕もなかった。

リックは、ジェニングスの訴訟を提起して以来、何度かそうしてきたように、ダウンタウンへ向かう曲がり角を通り過ぎ、一マイルほど走ったあと、〈ワッフル・ハウス〉に車を止めた。〈サターン〉に鍵をかけ、入口に向かって歩きだした。胃が痛くて何も食べられそうになかったが、今回ここに立ち寄った目的は食事ではなかった。

ドアを開けると、ベーコンとコーヒーの入り混じった香りが漂ってきた。これまでにも訪れたことのある〈ワッフル・ハウス〉のほかの店舗と同じように、すぐ眼の前にカウンターがあり、十個ほどスツールが置かれている。カウンターの両脇と奥には、多くのブースが並んでいた。

木曜日の午前八時三十五分、店は混んでいたものの満席ではなかった。リックは長いカウンターのスツールに空席を見つけ、レーズントーストとコーヒーを注文した。そして待った。

十分後、黙々と料理を口に運んでいると、〝ジル〟という名札をつけたウェイトレスがやってきて、頼んでいないにもかかわらず、ナプキンをリックに手渡した。リックはその紙を受け取ると、あえて口を拭いてみせてから広げた。なかに書かれたメッセージはいつもと同じで、違っていたのは、ジルがその日伝票を書くために使っているペンの色だけだった。今日は、この日にふさわしく、ダークレッドだった。

〝今、着いた〟。リックはそのことばを声に出さずに読んだ。ナプキンをくしゃくしゃにすると、皿のうえに置いた。

「ほかにご注文は、お客さん？」ジルが訊いた。彼女は肩越しにリックをちらっと見たあと、白いマグカップにコーヒーを注ぐのと、バーナーのうえのフライパンでフライ返しを使ってベーコンのスライス何枚かをひっくり返すのとを同時にやってのけた。ジルは骨ばった女性で、リックは三十代後半から四十代前半と見ていた。リックが来るたびに、髪の毛の色を茶色かブロンドのどちらかに染めていた。今日はミディアムの長さの髪をいつもより明るめにしている。リックは、彼女の透けるように白い肌と黄色がかった灰色の歯を考えると、今日の髪色のほうが似合っていると思った。

「いや、もういい」と彼は答えた。スツールから下りると、五ドル紙幣を皿の脇の伝票のうえに置いた。「釣りは取っといてくれ」

「ありがとう、お客さん」とジルは言った。が、リックはすでに去っていた。

出口に向かう代わりに、リックは奥のトイレに向かった。扉を開けてなかに入ると、鍵をかけた。いつもと同じように灯りはついておらず、振り向くと、リックに見えたのは小さな部屋の隅にいる大きな男の影だけだった。

「今日の色は？」

「ブロンド」とリックは言った。「あのほうが似合ってると思う」

男は笑ったが、リックにはそれが無理に作ったものだとわかっていた。「おれは茶色がお気に入りだ。ジルがあと七キロ太って、まともな髪形にして、歯のホワイトニングに投資すれば、男たちを追い払うのに苦労するだろうに」

「よほど彼女のことがお気に入りみたいだな」リックはからかった。男が答えなかったので、やりすぎたかなと思った。

「贅沢《ぜいたく》は言えんさ、坊主《ボーイ》。それに、おれくらいの歳《とし》になれば、外見より大事なものがある。ひとつは忠誠心……」彼はことばを切ると、リックに数歩近づいた。ふたりの距離は一メートルにまでなり、リックには男の眼の白さまで確認することができた。ヘアジェルとシナモンガムの混じったにおいが狭い空間を満たしていた。「そして粘り強さ」と彼は付け加え、大きな手をリックの肩に置き、ぎゅっと握りしめた。「ここまで来てくれてありがとう」

「お礼はまだ早いよ」とリックは言った。自分の声に緊張が聞いて取れた。「一時間くらいした頃には、コナー判事に、法廷から蹴り出されているかもしれない」彼はことばを切った。「それに、あんたの助けがなければ、今日のかすかなチャンスさえ得ることはできなかった」

しばらくのあいだ、ふたりとも無言のままだった。暗いトイレのなかに閉じ込められて、リックは少しのめまいとかなりの恐怖を感じていた。「ジムボーンのことは聞いてるか？」リックはようやく囁くように言った。

男が頷いた。「昨日の朝、リバーベンドを脱走した」

「僕の情報源によると、マニーが彼を助けたらしい」

「おれの情報源も同じことを言っている」

リックは腕を組むと、タイルの床を見下ろした。「何が狂ってるかわかるか？」と彼は訊いた。「彼女が関与してると聞いたとき、僕は――」一瞬ことばを呑み込んだ。罪悪感に包まれていた。「僕はうれしかった」彼は無理やりそう言った。「間違っているのはわかっている」

「いや、そんなことはない」男は大きな手をリックの肩に置いた。「それは……自然なことだ」

「どうして？」

男はリックから離れ、トイレのなかを歩き始めた。「あの女は一年以上も幽霊のように姿を消していた。ジムボーンの脱走を助けることで、手のうちを明かし、表に姿を現した。自分をさらけだしたんだ」彼はそう言うと、リックの見えるところまで戻った。「おれもうれしいよ」

「殺人者が逃亡するのを喜ぶのは間違っている」とリックは言った。自分の声に罪悪感と苛立ちを聞いていた。

「おれたちと同じような経験をしていなければな」と男は言った。「自分の肉親を埋葬した者にとっては違う。おれたちが失ったものに対して正義をもたらすには、マニー・レイエスを見つけるしかなかった。彼女は、ジムボーンの脱獄を助けることで、その仕事を容易にしてくれた」

リックはため息をつき、胸のなかで心臓の鼓動が速くなっているのを感じていた。ポケットから携帯電話を取り出すと、画面をクリックした。今は午前八時五十五分。九時三十分には裁判所で依頼人と会うことになっていた。「駐車場にタスカルーサの警官がいる。ここまでついてきてくれた。裁判所まで護衛して、審理が終わるまで外を見回ってくれることになっている」

「役に立つとは思えんな」と男は言った。「何もないよりはましと言うかもしれないが、おれはそうは思わん」

「どういう意味だ?」

「おれは警察を信用していない」

「あの警官はタスカルーサ出身だ。ウェイドとパウエルは、彼のことを信用していなければ、僕の警護に指名しないだろう。それにパタースン保安官が我々の事件に協力的でないことは知っているが、それでも彼が裁判所の自分の眼の前で殺人事件が起きることを望んでいるとは思えない」そう言うとリックはうなじを撫でた。「特に、昨年のブリー・カルホーン殺害が未解決とあっては」

男は冷ややかに笑うと、また歩きだした。「そうかもしれない。が、おれはドウェイン・パタースンを信用していない。あいつはアルヴィンを殺した犯人を探すのにやる気があるようには見えなかった。あいつは……」男は口ごもると、立ち止まった。肩を落として床を見つめた。

「あいつは、なんだ？」

「なんでもない。少なくとも今日はやめておこう」

「オーバーンの男から何か聞いたのか？」

「言わないでおこう、いいな、坊主《キッド》？　なんでもないかもしれない。これまでにも結局進展のない手がかりがいくつもあったからな」

いっとき、沈黙がトイレを支配した。暗さに眼が慣れてきて、リックは、男の痩せた二メートルの体格を確認することができた。かつてフィラデルフィア・セブンティシクサーズでプレイしていた姿を想像するのは難しくはなかった。リックは咳払いをすると言った。「パウエルとウェイドは、ジムボーンとマニーが今日、僕に対して何か仕掛けてくると心配している」

男は頷いた。が、下を向いたままだった。「ジムボーンが去年、刑務所でマクマートリー教授に話したからだ」と彼は言った。「ジムボーンはそのとき約束した審判を下そうとしている」

「そんなところだ」とリックは言った。「被告側は今日の審理と来週からの裁判を延期するよう求めてきた」

男は首を振った。「だが、お前はそうしなかった」

「この裁判はもう十分に長引いている。このままいくべきだ。ハーム・ツイッティの宣誓供述書があれば今日は生き延びることができる。コナー判事は申立てを棄却するに違いない。月曜日には、フローレンスで裁判を始めることができるだろう」

男は床を見つめたまま、顎の無精ひげを撫でていた。最後に彼はリックに眼をやった。男のぼんやりとした大きな影が背後の壁に不気味に映っていた。「坊主《キッド》、お前はひとつだけ正しい」

「何が?」

「今日は生き残りをかけた日になる」

リックは冷たい身震いが胸を走るのを感じた。「一緒にいてくれるのか?」男がすぐに答えないでいると、リックはためらいがちに数歩前に進んだ。「あんたが身をひそめていたいのはわかるし、これまではそれが適切な方法だったと思う。陰で手がかりや証拠を追ってもらうのはとても有効な戦略だった。だが——」リックは顎を引いた。「もし今日、僕が殺されたら、この一年間、我々が取り組んできたことはすべて無駄になってしまう。もうひとつの事件……僕の父親の事件も……負けてしまう」彼は男の履き古したローファーを見ながら言った。「アルヴィーの死もすべて無駄になってしまう」

優に十秒間、ふたりとも口を開かなかった。ようやくリックが囁くような声で言った。

「だが、今日生き延びれば、来週はきっと勝つことを約束する」彼は男の眼を見て言った。

「で、どうする？ 今日は来るのかい、レル」

サントニオ・〝レル〟・ジェニングスは笑いながら、二メートルの体を起こした。「ボーの言うとおりだな、坊主《キッド》」彼はようやくそう言った。「お前は勝利の信奉者《ビリーバー》だ。弟はお前に家族の代理人を務めてもらって幸運に思っているだろう」彼はことばを切った。顔から笑顔が消えた。「近くにいよう」

28

トムは金属製のテーブルのうえに横たわり、両手を頭のうえに伸ばした。コンパクトな検査室の壁に掛けられた時計に眼をやった。午前八時五十九分だった。ゆっくりとときを刻む秒針に意識を集中させながら、造影剤の注入によっていつももたらされる温かい感覚に身構えた。

「オーケイ、教授、いきますよ」とケイシャが言った。すぐに股間に熱を感じ、いつものようにパンツのなかで小便を漏らしてしまったのではないかと思った。漏らしていないことはわかっていたが、そんな風に感じるのだ。数秒後、円柱形のＣＴ装置のなかをテーブルが進み始めた。すでに造影剤を使わずに十五分ほど撮影しており、今度はその放射性医薬品を使って撮影していた。造影剤を使うことで視認性が高まり、放射線科医が肺の腫瘤《しゅりゅう》の状態を読み取りやすくなるのだ。

肺癌と診断された場合、胸部ＣＴは最も一般的な診断検査であり、トム自身もこれまでに数えきれないほどこの検査を受けてきた。だが、慣れているからといって、検査が快適になるわけではなかった。岩のように硬いテーブルの表面に敷かれたクッションは、白の薄いシーツと膝の下に置かれたくさび形の枕だけだった。どちらも背中のズキズキする痛みにはほとんど役に立たなかった。朝にオキシコドンを二錠飲んでいたが、金属製のテーブルに二十分間も横になっていたあとでは、その効果もすでに薄れてきていた。しかも、これは三つの検査のうちの最初のひとつに過ぎないのだ。トムはそう考えて歯を食いしばり、農場からの道すがら交わした会話に無理やり意識を集中しようとした。

ジャスパーでの公判前審理の際に、警察の警護以外にも身を守る手段があるというリックのことばの意味はよくわからなかったが、パートナーがバックアッププランを用意していることをうれしく思った。リック・ドレイクは、ふたりでともに弁護士業務を行っていくなかで、機略とタフさの両方を兼ね備えた人物であることを証明していた。トムは電話をしたあと、リックの状況については気が楽になり、安心した。

だが、パウエル・コンラッドとの会話が気になっていた。トムの元教え子であるこの検察官は、生まれつき危険を察知する感覚を持っているようだった。その直感が彼の法廷での強力な武器となっていた。彼は法廷の外でもこの力を発揮していた。特に二年前にプラスキで、彼とウェイドがジムボーン・ウィーラーをジャイルズ郡裁判所前広場で逮捕したときにその直感が大いに役に立ったのだ。不安なんです、教授。パウエルは電話での短い会話のなかでそう言っていた。できることはすべてやりました。ジムボーンの脱走を知る必要のあるすべての人に知らせ、予防措置を講じました。ですが……。彼のことばは次第に小さくなり、やがてうなり声になった。

だが、なんだ、とトムは訊いた。

何かが起きようとしている気がする、と検察官は言った。そのときトムは、ビル・デイビスのピックアップトラックの助手席で思わず寒気を感じたのだった。パウエルにそのことばの意味を尋ねそうになったが、口先まで出かかったことばを呑み込んだ。

彼の言いたいことはわかった。テーブルが丸いCT装置のなかを行ったり来たりしているあいだ、トムはそう思った。

トムは、ジムボーン・ウィーラーと最後に会ったときのことを思い出して、ため息をついた。殺人鬼の銅色の眼が、リバーベンド最高警備刑務所の机越しに、強烈な憎しみを込めて自分を見つめていた。ジムボーンの脱走から二十四時間が経過していた。途中でヘレンから受け取った報告によれば、捜査の一番の手がかりは、いまだにこのサイコパスを手引きした看護師の腹部に刻まれたメッセージしかなかった。

わたしだ。トムはそう思った。わたしとわたしの愛する者すべて。

トムは両手を握りしめた。昨日の朝まで死刑囚監房に閉じ込められていた男の姿が潜在意識のなかで蘇《よみがえ》ってきた。パウエル・コンラッドとの電話での最後のひとことが考えたくもない疑問を生じさせていた。

何かが起きようとしているのか？

29

ウェイド・リッチーは八番街の平屋の賃貸住宅に住んでいた。その家はブライアント－デニー・スタジアムから数ブロックのところにあり、パウエルは秋のフットボールの試合が行われる日には、いつもウェイドの家に駐車させてもらっていた。

午前九時過ぎ、パウエルは〈チャージャー〉を私道に止めると、軽やかに車から降りた。右手には湯気を立てている〈ウェイサイダー〉のテイクアウト用の袋――バターミルク・ビスケットがふたつ入っていた――、左手には新品のCDを持っていた。玄関までの石畳の道を大股で歩きながら、道中聴いていたロバート・アール・キーンの『メリー・クリスマス・

フロム・ザ・ファミリー』を口ずさみ、ひとり笑みを浮かべていた。本当ならクラクションを鳴らすところだったが、プレゼント――ウェイドはこの旅には持っていかないだろう――を持ってきていたので、直接、扉をノックすることにした。歩いていると、右側のほうで動きがあり、北からパトカーが近づいてくるのに気づいた。それは白いＳＵＶで、サイドに保安官事務所の金の紋章が描かれていた。応援だ、とパウエルは思い、その車に向かって頷くと、階段を三段上って玄関の前に立った。こぶしが木枠に触れる直前に扉が開いた。

ウェイドが充血した眼で見つめ返してきた。昨日と同じ黒いＴシャツとジーンズを着ているように見え、そのうえに黒い革のジャケットを着ていた。

「ひどい顔だな」パウエルはそう言うと、白い紙袋を手渡した。

「ありがとう」とウェイドは言うと、袋に鼻をあてて息を吸い、ビスケットの香りを嗅いだ。玄関から出ると扉を閉め、鍵をかけようとした。

「鍵をかける前に、これをなかに入れておきたいんじゃないかな」とパウエルは言い、ニヤッと笑ってＣＤを渡した。「ちょっと早いがクリスマス・プレゼントだ。ハーグローブ・ロードの〈シェブロン〉のガソリンスタンドで見つけた。五ドルだ。お買い得だろ」

ウェイドはＣＤをちらっと見たが受け取らなかった。「マール・ハガードのベスト盤か？」と彼は尋ねた。が、その眼はパウエルの向こうの道路を見ていた。

パウエルは頷いた。「さあ、受け取ってくれ。おれの車のなかのｉＰｏｄにはこの曲はもう全部入ってる。リッチ――」

「伏せろ！」ウェイドはそう叫ぶと、パウエルの前に進み出て、ジーンズの前から拳銃を抜いた。彼が引き金を引く前に、セミオートマチック・ライフルの素早くパタパタという音が、朝の空気を呑み込んだ。

パウエルが身をかがめて振り返ると、ウェイドが眼の前で膝をついていた。刑事の伸ばした手から銃が落ち、袋からこぼれたビスケットが階段に落ちた。

「ウェイド！」

パウエルは友人をかばおうと前に出ようとしたが、その前に膝に爆発するような痛みが走り、さらに右肩にも激しい衝撃を受けた。本能的に両手を上げ、胸を貫く弾丸を防ごうとした。左手に持っていたCDケースが銃弾に吹き飛ばされ、鋭いプラスチックの短剣のシャワーを顔面と両眼に浴びた。

パウエルは痛みに悲鳴をあげ、横によろめき、階段から落ちてうつぶせに倒れた。胸から息が漏れていくのを感じ、頭のなかが星でいっぱいになった。

そして世界が真っ暗になった。

30

ジムボーン・ウィーラーは、冷静にAK－47をケースに戻した。「ウインドウを上げていいぞ、ドウェイン」

運転席のパタースン保安官は震える手でハンドルを握っていた。殺人犯を見ることなく、ドアの内側のボタンを押すと、後部の助手席側ウインドウがゆっくりと上がっていった。「や、やったのか？」

「刑事のほうは確実に死んだ。少なくとも五発、たぶん七発、胸に食らったはずだ」

「検察官は？　コ、コ、コンラッドは？」

「膝と腹と肩を撃ち抜いた。一発は頭を狙ったが、やつが持っていた何かに当たってそれた。当たらなかったようだ」ジムボーンはそう言うと顎を撫でた。ダメージを計算していた。

「すぐには死なないかもしれんが、生き延びるのは無理だろう」

「じゃあ、に、任務は、か、完了だな」保安官はなんとかそう言った。ジムボーンは運転席からかすかに尿のにおいを嗅ぎ取っていた。

「ああ、おれたちの任務は終了だ。正確に思ったとおりにはいかなかったがな」パタースンが十五番街に向けて左折すると、彼は保安官に聞かせるというよりも、自分が愉しむためにそう言った。「コンラッドがクラクションを鳴らして、刑事が車に向かって歩いてくると思っていた。そうすれば、検察官が降りてきたところを撃つか、フロントガラス越しに撃つかのどちらかになっていただろう」ジムボーンはほほ笑んだ。「コンラッドが玄関まで迎えに行ってくれたおかげでかえってやりやすくなった」

「並みの成功よりも幸運なほうがまだましだというからな」とパタースンは言った。ジムボーンは保安官の手がまだ震えていることに気づいた。

「いや、違う」ジムボーンは言った。彼は身を乗り出すと、保安官の頭の横を平手で叩いた。「お前は間違っている。おれは優秀なのさ。そして優秀な者が……幸運をつかむ。聞いてるか、ぼんくら？」

ドウェイン・パタースンは左手をハンドルに置いたまま、右手で頭をさすった。「すまない、おれは――」

「黙って運転しろ」とジムボーンは言った。「一時間以内に着かなきゃならない」

「ドレイクはメキシコ人に任せると言ってなかったか？」パタースンはもう一度左折してマクファーランド・ブルヴァードに入ると哀れっぽい声でそう言った。「うちの警官の助けを借りて」

ジムボーンは答えなかった。代わりに彼はタスカルーサの見慣れた風景を眺めていた。SUVが旧ウルトロン・ガソリン工場の前を通り過ぎると、四年前にジャック・ウィリストーンのために焼き払った倉庫に代わる新たな建物に向かって敬礼をするふりをした。おれの最高の仕事のひとつだ、と彼は思った。

五分後の午前九時十五分、保安官の車は六十九号線への分岐点を示す白と黒の標識を通過した。パタースンは右のウインカーを点滅させた。「ミスター・ウィーラー、ドレイクはうちの保安官補とパスコに任せるんじゃなかったのか？　そういう計画だったはずだ」

〈シボレー・タホ〉が六十九号線に入っても、ジムボーンはバックミラーから眼を離さなかった。「そのとおりだ、ドウェイン。だが、計画はときには調整が必要だ」と彼は言った。「お前の部下がおじけづかなければいいがな」

「だ、だ、大丈夫だ」とパタースンは言った。道路をちらっと見て、それからミラーのなかのジムボーンを覗き見た。

フロントガラス越しに、殺人犯は緑の看板を見ていた。〝ジャスパーまで七十七キロ〟。そしてアサルト・ライフルのケースに指を走らせながら言った。「見せてもらおうじゃないか」

31

正気に戻してくれたのは、口のなかの味だった。鉄。血……ウェイド……

パウエルは左眼を開けた。右眼も開けようとしたが、まぶたが動かなかった。顔は何かごつごつとしたものに押しつけられ、耳がガンガン鳴っていた。「ウェイド」ことばを発しようとしたが、ちゃんと出たかどうかわからなかった。甲高い音以外には何も聞こえなかった。かつてテレビが通常の番組を中断して鳴らすときのアラームのようだった。そのあと、モノトーンの女性の声で、〝これは緊急放送システムのテストです。これはあくまでもテストです〟と続くのだろう。だが、ここでは慈悲深い声によって、アラームが中断されることはなかった。それどころか、その音は執拗《しつよう》なまでにパウエルの鼓膜を激しく叩き続けた。

　パウエルは眼をしばたたいて開けると、あらん限りの力を振り絞って頭を地面から数センチだけ上げた。彼は落ち葉のベッドのうえに横たわっていた。右腕はねじれるようにして体の下にあった。なんとか右腕を動かそうとして、痛みに悲鳴をあげた。手足は動かなかった。折れている、と彼は思った。左手を落ち葉に沿って動かし、まだなんとか動く腕があることにほっとしながら、コンクリートの玄関階段を手探りで探した。それをつかんで、体を起こそうとしたが、力が足りなかった。左足は曲げることもできなかった。視線を落とすと、膝頭が血まみれになっていて、焼けるような痛みを覚えた。右足と左腕を使って、階段のうえに体を起こした。

　ウェイド・リッチーが彼の隣に横たわり、虚ろな眼で見ていた。うそだ。パウエルは思った。歯を食いしばって血まみれのコンクリートのうえを友人のほうに這って進んだ。そのとき、まだ機能している眼の隅に、三台のパトカーが縁石に沿って止まるのが見えた。青と赤のライトが点滅していた。パウエルにはわかっていた。サイレンの音が鳴り響いているのだろう。だが、彼に聞こえるのはアラームの音だけだった。これはあくまでもテストだ。彼はそう思った。パトカーの前で、年配の女性が手を振ってこの家のほうを指している。涙が彼女のほほを伝っている。その隣では、太った男がしっかりと愛犬のリードを握っていた。足元では彼の愛犬がポーチに向かって走って来ようとしていたが無駄だった。

パウエルは左腕を使い、階段に沿ってウェイドから三十センチのところまで近づいた。彼の友人は右肩をうえにして横たわっていた。右手を伸ばし、何かパウエルにはわからないものをしっかりと握っていた。刑事の足はまっすぐに伸びていて、ほほはコンクリートについていた。体の下に血だまりができ、それがゆっくりと広がっていた。

震える唇を嚙みしめながら、パウエルは友人の顔に触れた。

ウェイドの眼が揺らめき、口が動いた。

「どうした？」とパウエルは言い、さらに近づいた。耳のなかのアラーム音は次第に小さくなっていたが、それでもそれ以外の音は聞こえなかった。

ウェイドの口がまた動いたが、パウエルには聞き取れなかった。相手の男の口元から数センチのところまで顔を寄せた。「どうした？」ともう一度尋ねた。

ウェイドの眼がぐるりと回って、眼窩《がんか》に収まった。パウエルは彼のほほをつかんだ。「ウェイド？」パウエルは自分たちのうえで動きがあるのが見えた。人々が近づいて来て、アラーム音も消えていた。声を聞いた気がした。男の声だ。そのことばは、周波数の合っていないラジオのようにとぎれとぎれだった。「歩いていて……マシンガン……パトカー」

パウエルは友人のほほを両手で強く押さえた。涙で眼が熱くなるのを感じていた。「死ぬなよ、兄弟《ブラザー》」

ウェイドはまばたきをすると、パウエルに視線を戻した。左手を胸の下から抜き出すと、血のついた人差し指を歩道のうえに置いた。彼は震える指で階段のうえになんとか四つの文字を書いた。

W……C……S……O。

パウエルはいいほうの眼を凝らして、そのメッセージを見たが、理解できなかった。頭がクラクラして、体からアドレナリンが流れ出していくのを感じていた。このままでは死んでしまう。初めて彼はそう思った。出血が多すぎる。おれは――

動きがその考えを中断させた。ウェイドが血まみれの指でパウエルに近寄るように示していた。パウエルが刑事の顔から数センチまで近づくと、ウェイドがパウエルのほほにキスをした。そして右手を差し出した。パウエルは刑事が何を持っていたのかわかった。それはパウエルがプレゼントとして持ってきたCDだった。ケースは壊れていたが、ディスクはなんとか残っていた。

「ママ《ママ》は……頑張ったよ《トライド》」とウェイドが言った。パウエルはそのことば――CDのタイトル

――をかろうじて聞き取ることができた。ディスクはウェイド・マイケル・リッチーの指から滑り落ちた。

そして命も彼の体から抜け落ちていった。

32

耳のなかで鳴り響く音は最悪だった。

耳栓をしようが、ヘッドフォンをしようが、あるいはその両方をしても、ずっと鳴り響く機械音――芝刈り機のエンジンのような音――は、あまりにも大きかった。脳のMRI検査はトムの大嫌いな、そして最も恐れる検査だった。

午前九時三十分、トムはMRIルームに連れてこられた。再び硬いテーブルのうえに横たわり、狭い円柱形のトンネルに向かってゆっくりと近づいていくと思わず体がすくんだ。頭が筒状の部分を通過したところで、テーブルが止まった。鼓膜にエンジンのような音が鳴り響き、検査が始まったことを知らされた。わかってはいても思わずたじろいでしまった。検査中、トムがすることは、できるだけ動かないようにしていることだけだった。少しでも動くと画像の質が損なわれてしまうのだ。

ときおり機械音が一瞬和らいだと思うと、鋭いクリック音が三回鳴った。カチッ、カチッ、カチッ。そして大きなエンジン音がまた戻ってくる。その後の四十五分間で、このパターンが数えきれないほど繰り返される。そしていつものようにトムは、カチッ、カチッ、カチッという音の聞こえる貴重な時間を待ち望んでいる自分に気づいていた。

脳のＭＲＩ検査でもうひとつ嫌なのは閉塞感だった。顔と頭が完全に覆われ、機械の四つのサイドしか見えないのだ。もともとトムは狭い空間も気にならなかった。閉所恐怖症を意識したことはなく、エレベーターや飛行機も問題はなかった。だが、なぜか頭が筒のなかに入ると、閉じ込められたような気がして怖くなるのだった。

そんなとき、彼はこれが死というものだろうかと思った。心臓の鼓動が止まった人が、医師に助けられて、息を吹き返すまでのあいだに、鋭い閃光《せんこう》を見たという話を聞いたことがあった。自分が死ぬときも、その光が見えるのだろうか？

それとも今のようになるのだろうか？　耳をつんざくような死の音が鳴り響くなか、身動きをすることもできず、閉じ込められたような気持ちになるのだろうか？

トーマス・ジャクソン・マクマートリーは、子どもの頃と十代になるまでは、ヘイゼル・グリーン・ユナイテッド教会に通い、成人してからは、タスカルーサのファースト・ユナイテッド・メソジスト教会に通うなど、ずっとメソジストを信仰してきた。父と子と精霊を信じていた。福音書も読んでいたし、聖書にあるように天国があると信じていた。

だが、こういったことは、ほかの人々のこととして考えるほうが理解しやすかった。愛する人たちが亡くなったあとに待っている場所があると信じたかったのだ。美しい場所。光と愛に満ちた安全で平和な場所があると。

　自分自身に対し、容赦ないほど正直になって言えば、彼は疑念を抱いていた。そしてその疑念は、死後の世界に少しずつ近づいていくにつれ、大きくなっていた。そして今、友人と家族が脱走した殺人犯に脅《おびや》かされているなかで、頭のなかは、疑念でいっぱいになっていた。

　じっとしているために息を止めていたことに気づき、ゆっくりと息を吐きだした。ゆっくりとまばたきをしたが、頭のなかのイメージは変わらなかった。ジムボーン・ウィーラーの銅色の眼。

　思わずたじろぐと、機械音に混じって声が聞こえてきた。「動かないで、教授」

「わかった」とトムは言ったが、彼らに自分の声は聞こえないのだと思い出した。もう一度、荒々しく息を吐きだし、心臓の鼓動が高まるのを感じていた。そのとき、ありがたいことに轟音《ごうおん》が三秒間だけ和らいだ。

　カチッ、カチッ、カチッ。

33

　ボン・ブラウン・センターは、ハンツビルの主要なイベント会場のひとつだった。ホッケーやバスケットボールの試合が行われる一万人収容のアリーナを始めとして、舞台芸術の行われる公会堂と、学校のプロムや結婚披露宴、講演会が行われるふたつのホールがあった。屋内駐車場があるほかに、ノースホールとサウスホールそれぞれに隣接した屋外の駐車スペースもあった。

午前十時五分、ボーセフィス・ヘインズは、クリントン・アヴェニューに面したノースホールの駐車場で待っていた。約束したとおり、イベント会場までジャズの後ろをついていき、彼女の抗議にもかかわらず、一時間半前に建物のなかに入っていった彼女を、ハンツビル市警の私服警官ふたりとともにエスコートしたのだった。そのうちのひとりは、建物のなかに入って彼女の周囲を見張った。正面玄関を見張るために残った警官によると、ホール内にはほかに四名の警官がいるほか、ボン・ブラウン・センターの警備員が総勢十名以上で警備にあたっているとのことだった。

そんな大勢の警官が警備しているにもかかわらず、ボーは、スピーチが終わったら車までエスコートするのでメールをしてほしいとジャズに言っていた。彼女はあきれたように眼を丸くしてボーを見た。

朝食会は八時半からで、ジャズのスピーチは九時に始まることになっていた。閉会は十時の予定だった。

ボーは〈セコイア〉のダッシュボードの時計に眼をやった。午前十時六分。ジャズからのメールはまだ来ていない。はたして自分の指示に従ってくれるだろうか。

怪しいものだと思い、首を振りながら、ドアを開けた。車から降りて駐車場を見回すと、そこは満車状態だった。このエリアだけで五十台以上の車があるはずだ。ゲートでは警備員が入りきれない車を隣のサウスホールの駐車場に誘導していた。彼女は望むものを手に入れた。ボーはそう思い、笑みを浮かべながらホールの入口に向かって歩きだした。

十二月にしては、爽やかで暖かい日だった。気温は二十度近くあった。これはアラバマ州の北部やテネシー州の南部では冬によくみられる気候で、この時期は二十度を超えることもあれば、零度を下回ることもあった。ボーは頭のうえに載せていたサングラスをかけ、太陽の光をさえぎった。携帯電話を取り出し、画面に眼をやった。十時八分。

眼の前で、人々が建物から出てきだしたのを見て、ボーはほっとした。ドアの前の私服警官は、携帯電話を耳に当てて誰かと話していた。ほかの三名の警官は、駐車場をカバーするために広がって配置についていた。肩越しに駐車場の先のクリントン・アヴェニューを眺めながら、ボーは自分がジムボーン・ウィーラーの脱走を深刻に考えすぎているのではないだろうかと思った。彼は冷酷な殺し屋だ。復讐のために暴れ回るというのは、彼のプロファイルにはフィットしなかった。

ボーは建物の前にあるコンクリートの柱のひとつにもたれかかり、ほとんどがアフリカ系アメリカ人である後援者たちがイベント会場から出てくるのを見て頷いた。アラバマＡ＆Ｍ

大学は、歴史的に見ても黒人の多い大学であり、ボーはずっとこの大学に強いあこがれを抱いていた。彼のフットボール・ヒーローのひとりが、アラバマA&M大学の卒業生で、ピッツバーグ・スティーラーズで活躍し、殿堂入りしたワイドレシーバーのジョン・ストールワースだった。ボーは、ハンツビルに住むストールワースにこの数年で何度か会ったことがあり、ビジネスの世界でもフットボールの世界と同様に素晴らしい人物であることを知っていた。彼の子どもの頃のヒーローもこのイベントに参加しているのだろうか。そう思いながら、ボーは、人々に眼をやり、ロビーで周りに集まった人たちと話している女性——もうすぐ元妻となってしまう女性——をやっと発見した。

ため息をつき、もう一度、携帯電話に眼をやった。十時十分。駐車場のほうに何歩か進むと、右手を額にかざして、不審な点がないか確認した。クリントン・アヴェニューを挟んで、右側のはす向かいにいくつかビルがあった。ボーは眼を凝らしてそのビルを見たが、特に異状はなかった。駐車場の車。ビルのなかに入っていく人々。クリスマスのデコレーション。ふと見上げると、一番近いビルの屋上に双眼鏡でこちらのほうを見ている警官の姿が見えた。ボーは深く息を吸うと、急な要請にもかかわらず警備を整えてくれた警察に感謝した。ジャズと一緒にノースホールに入った警官によると、マディソン郡の保安官補のひとりがクリントン・アヴェニューで異状がないか監視しているとのことだった。

出口のほうに眼をやると、ジャズが、完璧に仕立てられたネイビーのスーツを着た、肌の色の薄い黒人男性に伴われて出てくるのが見えた。その男は百八十センチを超える長身で、ランナーのように引き締まった体つきをしていた。

ボーはその男のことを知っていた。ジャズに誘われて行った大学の行事で一度会ったことがあった。美術史学部のトッド・アーウィン学部長。ボーはすぐにアーウィンのことが嫌いになった。この男が妻をじっと見ている様子が気に入らなかったのだ。

ジャズよりも先にアーウィンがボーに気づき、肘でつついてジャズに合図した。その仕草を見て、ボーは激しい嫉妬の念を覚えた。ボーは自分の服に眼をやった。昨晩、車のなかで寝たときと同じジーンズ、ブーツ、そして白のボタンダウンシャツといういでたちだ。到着してから初めて、人目が気になり、自分をだらしないと感じた。

「ミスター・ヘインズ」とアーウィンが言って、手を差し出してきた。ボーは渋々その手を握った。いつもより強く握り、アーウィンがそのうち眼をそらすほど鋭い視線で見つめ返した。

「なぜ、まだここに？」とジャズが訊いた。彼女はエレガントなクリーム色のドレスを着ていた。ボーはそれが、彼女の肌の色と美しく調和していると思った。彼女は腕を組んで答えを待っていた。

「理由はわかってるだろう」と彼は言った。「君が安全に家に帰るのを確認したいんだ」

「何かあったのかね？」とアーウィンが尋ねた。

「君には関係ないことだ」とボーは言い、もう一度彼をにらんだ。

アーウィンは眼を細めた。ボーは一歩踏み出すと、アーウィンの間合いに侵入した。「ふざけているわけじゃないんだ、いいか？　テネシー州で有罪判決を受けた死刑囚が脱獄して、おれの家族を傷つけようとしている。君にとって最良で安全な方法は、さっさと自分の車に乗って逃げ出すことだ。わかったか？」

アーウィンはジャズに眼をやった。ボーは視界の片隅でジャズがアーウィンに素早く頷いているのが見えた。

「なるほど、わかったよ」とアーウィンは言った。「君はわたしを怯えさせようというんだな」

「君は怯えるべきなんだ」とボーは言った。

アーウィンが行こうとしたとき、ボーにはクリントン・アヴェニューの向かい側のビルの屋上にいる警官が、正面を見てから、真下を見ようとするかのように身を乗り出したのが見えた。何か見つけたのだろうか？　ボーは不思議に思い、心臓の鼓動が高鳴るのを感じた。胸に痛みを感じて、集中が邪魔された。振り向くとジャズが彼をつねっていた。「なんだったの、あれは？」彼女は食いしばった歯の隙間から囁くようにそう言った。

「君の友人に、おれたちと一緒にいると危険が及ぶかもしれないと警告しただけだよ」とボーは言い、無理に笑みを浮かべた。「それが親切というものだと思ってね」

「クソみたいな振る舞いだったわ」

ボーは顔を強張らせた。「離婚書類のインクも乾かないうちに、ああいった小うるさい野郎が君に誘いの電話をかけてくるんだろうな」彼は一瞬の間《ま》を置いてから言った。「あいつがまだしてないならの話だが」

「だから嫉妬のあまり、過保護で頑固に振る舞ってる。そうなの、ボー？　わたしはトッドと一緒に仕事をしてる。彼はわたしの上司よ。その意味では、彼のことは好きじゃない」

ボーが駐車場に眼を向けると、トッド・アーウィンがえび茶色の〈エスカレード〉に乗ろうとしていた。その車越しに、ボーはもう一度、向かいのビルの屋上にいる警官に眼をやった。その警官は、今は立ち上がって、眼下のクリントン・アヴェニューを行き交う車を眺めているようだった。

ボーはジャズのほうに向きなおると言った。「なるほど、アーウィン学部長は君のそういうところが好きなんだな。見え見えだったじゃないか」

「馬鹿なこと言わないで」ジャズはそう言うと、彼を押しのけて駐車場のほうに向かった。

ボーが手を伸ばし、彼女の腕をつかんで引き戻した。「ジャズ、なかで待っていてくれ。車で迎えに来るから。いいね？　頼む、ハニー」彼が彼女の肩越しに眼をやると、ふたりの制服警官が向かってくるのが見えて、安堵のため息をついた。彼はもう一方の手で警官に手を振った。

「手を離して、ボー。さもないと大きな声を出すわよ。聞いてる?」

ボーはさらに強く握った。「頼む、ジャズ。今日だけはおれの言うことを聞いてくれないか。それだけでいいんだ。君を守るために警官がいるが、用心に越したことはない」

一瞬、ジャズの眼が和らいだ、ボーは思いが届いたのだと思った。そのとき、彼女が大きくしっかりとした声で叫んだ。「助けて!」

ボーが握っていた手をゆるめると、ジャズが彼から離れた。そのとき、彼女のドレスの袖が破れた。

彼女は口を開けて、破れた服を見つめた。そしてボーをにらみつけると涙を眼に浮かべながら言った。「大嫌い」腕を組むと太陽の下へ歩きだした。


通りの向かいの銀行の屋上で、マニー・レイエスは背後に手を伸ばすと、一年ちょっと前にアラバマ州オレンジ・ビーチでグレッグ・ゾーンを殺すのに使ったスナイパー・ライフルを取った。一時間前、支店長に〈スミス・ルーフィング・カンパニー〉の社員だと言って銀行に入ったとき、彼女は道具袋にこの銃を隠していた。一週間前に電話をしたときに、どの会社が屋上の管理をしているかを訊きだしてあった。彼女は支店長に、スミス氏から屋上の調整のために立ち寄るように指示されたと伝え、屋上に案内してもらった。

ときには驚くほど簡単に進むものだ。彼女は思った。とは言え、十分ほど前、屋上に保安官補がいることに驚かされたが、その結果、この任務はより大胆なものになった。幸いなことにその警官はそれほど警戒していないようだった。身分証の提示を求められたときに、財布を探るふりをし、警官が眼をそらしたすきに股間に膝蹴りを入れた。そして素早く拳銃を取り出し、側頭部を撃った。サイレンサーを装着していたため、銃声は下のクリントン・アヴェニューを行き交う車の音にかき消されてくぐもったポンという音にしか聞こえなかった。警官の遺体を屋上の小さな電気室に引きずっていくと、彼の制服を脱がして着た。警官は細身だったため、彼女の新しい服は、疑われない程度によくフィットした。

警官がいないことに誰かが気づかない限り、完璧な偽装だった。気づいたときには、もう彼女はいない。風のなかの塵《ちり》のように。

ジャスミン・ヘインズが朝食会でスピーチをすることは、フェイスブックの検索を通じて簡単に知ることができた。マニーはいつも驚いていた。フェイスブックを調べることで対象の人物について実に多くのことを知ることができるのだ。ウィルマ・ニュートン事件でブリー・カルホーンのために仕事をして以来、およそ一年間身を隠していたが、そのあいだ、フェイスブックのページを調べ、対象の人物がどこに住んでいるのか、そしていつ街を出るのかを知ることで、十件以上の強盗を成功させていた。

この一週間、ジャスミン・ヘインズは、自分のページにノンストップで投稿を続け、朝食会の参加を募り、自身の大学の美術史学部の資金調達を成功させようとしていた。マニーは文字どおり、このイベントの詳細をすべて知り尽くしていた。

彼女はうつぶせになって、ライフルのスコープを覗き込んだ。十字線にボーセフィス・ヘインズの顔が現れた。ほんの一瞬、マニーは引き金を引くことを考えた。最終的にはこの弁護士も殺すはずだ。今殺して何が悪い？

だが、それは自分が受けた命令ではなかった。そう思いながら、右手の人差し指を引き金にあて、スコープをヘインズが口論している女性に向けた。

「痴話げんかね」その女性が弁護士の手から逃れるのを見ながら、マニーはつぶやいた。その数秒後、ジャスミン・ヘインズは開《ひら》けた場所に飛び出し、駐車場に向かってキビキビとした足取りで歩きだした。

マニー・レイエスはほほ笑んだ。ときには驚くほど簡単に進むものだ。

ジャズが歩きだすと、ボーはため息をつき、私服警官に手を振って彼女を追いかけるように合図した。ふたりの保安官補は、方向転換してジャズに向かって駆けだすと、すぐに追いつき、彼女の両脇に並んで歩いた。ホールの扉のほうに眼をやったボーは、男女の一団が自分を見ていることに気づいた。彼らの眼には明らかに嫌悪感が浮かんでいた。歩道を歩きだすと、警備員のひとりが、ボーのほうを指さしている女性に先導されて、走ってきた。

まいったな、と彼は思った。駐車場のほうを向くと、ジャズとふたりの警官が、彼女の車に向かっている途中だった。ボーは屋根に覆われた部分から出て、彼らのあとを追いかけた。

「待ちなさい」背後で警備員が声をかけたのが聞こえた。が、ボーはそのまま歩き続けた。通りの向こうに眼をやり、屋上のうえにいるあの警官を……

彼はどこに行った？

ボーは歩みを速めながらも、ビルの屋上にできるだけ集中した。視線をせわしなく動かすと、ようやく男を見つけた。その男はうつぶせになって、何かを――

「ジャズ！」ボーは叫んだ。同時にライフルの銃声を聞いた。

「駄目だ！」

彼女に向かって走り、彼女が自分のほうを振り返るのが見えた。一瞬、眼が合った。右袖の破れたクリーム色のドレスの前に血が飛び散った。彼女は両手を胸にやった。その手を離すと、血まみれの指を見つめ、そして夫の眼を見た。

「ボー」彼女は叫んだ。

彼は全力で走り、彼女のすぐそばまで近づいた。

ボーが手を伸ばしたそのとき、二発目のライフルの銃弾が空気を切り裂いた。

34

最後の検査はPETスキャンだった。

PETはポジトロン・エミッション・トモグラフィ――陽電子放出断層撮影法――の略で、三つの画像検査のなかでは間違いなく最も快適な検査だった。トムは、硬いテーブルではなく、数ヵ月前に化学療法を受けたときに治療エリアにあったのと同じリクライニング・チェアに横たわっていた。受けていた指示は、ただじっとしていることだけだった。

明るさも違っていて、スキャンが始まる前に部屋の灯りが消された。

身体的には快適だったが、最も不安を感じさせる検査だった。PET検査は、癌が広がっているかどうかを判断するものだった。

暗い部屋にひとりでいなければならなかったが、スキャナーが魔法をかけているあいだ、ひとりの人間として快適に過ごすことを認めてもらえた。携帯電話を持って入ることを許され、今、右手に持っていた。画面をちらっと見ると、十時二十分だった、最初の検査が始まってから、二時間近く経っていたが、メールも不在着信もなかった。

便りがないのはよい知らせだ、とトムは思った。この場合にもあてはまるのだろうかと思いながら。

その答えが待ちきれず、パウエルとウェイド、そしてボーにメールを送った。できるだけ動かないようにして親指で文字を打った。リックは法廷にいることを知っていたので、パートナーへの連絡は控えることにした。審理が終わったら電話をしよう。

トムは眼を閉じた。またもや、リバーベンド最高警備刑務所で向かい合って坐っていたジムボーン・ウィーラーの姿が心に浮かんできた。すぐに眼を開けたが、見える光景は同じだった。

まったくの闇。死のことをまた考えていた。息を引き取ったとき、自分に見える光景は変わるのだろうか、それともこの小さな部屋のなかと同じなのだろうか？

永遠の闇のなかで、自分ではコントロールできないものに苦しめられるのだろうか？

もしそうなら、たぶん地獄に堕《お》ちたということかもしれない。トムはひとりそう思いながら、電話に眼をやり、メッセージが点滅するのを待った。

だが、メッセージはなかった。小さなスクリーンには時間しか表示されていなかった。午前十時二十五分。

35

アルヴィン・ラモント・ジェニングス——生後二週間ですでに〝アルヴィー〟と呼ばれて

いた――は、昨年八月に早すぎる死を迎えるまで、ジャスパーにあるブラック・ウォリアー・バプテスト教会に熱心に通っていた。ジャスパー中学校でバスケットボールのコーチを務めるかたわら、教会のユースディレクターもしていた。彼はコーチをしていないときは、生活費を稼ぐために、長年ウォーカー郡に暮らしているハーム・ツイッティが経営する地元企業〈C&Gセキュリティ〉で運転手をしていた。二〇一二年春、ツイッティは、マーセラス・〝ブリー〟・カルホーンの運転手をアルヴィーに担当させた。その数カ月後、アルヴィーは見てはいけないものを見てしまい、その不運に対する究極の代償を支払うことになる。

新学期が始まる一週間前の二〇一二年八月四日、アルヴィーは、庭の芝刈りをしようとしていた。芝刈り機のエンジンがかからず、六歳の息子ラビロンが様子を見に出てきて、代わろうかと言ってきた。彼は断り、その代わりにエンジンがかかったら裏庭を手伝ってもらうと約束をした。

四回目にエンジンをかけようとしたとき、イグニション・スイッチに仕掛けられた爆弾が爆発した。爆風によってアルヴィーは即死し、遺体は庭じゅうに散乱した。数メートルの距離からこの恐怖を見ていた少年は、父親の血と脳漿《のうしょう》を浴びてしまった。爆発による炎はアルヴィーの家にも燃え移り、消防車が到着した頃には、ガレージやキッチンも炎に包まれていた。家は全焼は免れ、アルヴィーの妻ラシェルとラビロンはその年の終わりまでそこに住んでいたが、結局、ラシェルの両親に近いバーミングハムに引っ越した。夫が死亡した時点でラシェルは妊娠しており、十一月に男の子を出産した。その子はアルヴィン・ラモント・ジェニングス・ジュニアと名付けられた。

ラシェル・ジェニングスと、今は七歳になったラビロンのふたりは、リックの隣の原告側席に坐っていた。その後ろの傍聴席最前列には、八十歳になるラシェルの母親が胸に赤ん坊を抱き、優しくその背中を撫でていた。十三ヵ月の赤ん坊が哺乳瓶をくわえ、ゴム製の乳首を吸う音が法廷のなかに響いていた。その後ろの列には、多くの黒人と白人が並び、そのなかにはブラック・ウォリアー・バプテスト教会のタイソン・ブラックウェル牧師の大きな体もあった。彼は九〇年代にウォーカー・カウンティ高校で自らバスケットボールをプレイしていた。残りの傍聴人は、教会の信徒とジャスパー中学校の生徒やスタッフだった。

被害者の人気の高さと彼の命を奪った犯罪の凶悪性のふたつが、この裁判で有利に働くとリックにはわかっていた。そして彼はこの略式判決に関する審理で手加減をするつもりはなかった。コナー判事があくまでも法に基づいてこの申し出を判断するのはわかっていたが、予想どおりの接戦となった場合には、落胆する有権者の数を判事に見せておきたかったのだ。アラバマ州では巡回裁判所判事は、任命ではなく選挙で選ばれる。今回の判断がコナー判事にネガティブなイメージを植え付ける可能性があり、有権者の眼は、政治家の候補者だけでなく、判事にとってもできれば避けたいと思わせるような効果があった。

リックはポケットから携帯電話を取り出した。裁判所に到着してから四十五分間で何度目かわからなかった。端末はマナーモードになっていた。素早くセキュリティ・コードを打ち込んだ。メールはなし。電話もなし。時間は午前十時三十分だ。審理は十時に始まることになっていたが、コナー判事が母親を白内障の手術のために病院まで送らなければならなくなったために開廷が遅れていた。

リックはため息を抑えると、ポケットに手を入れなくていいよう、携帯電話を机のうえに置いた。依頼人に眼をやると、坐ってからずっと足で床を叩いていた。「大丈夫ですか？」ラシェル・ジェニングスは素早く頷いたが、何も言わなかった。彼女はラビロンの手をしっかりと握っていた。リックは少年に眼を移した。「君はどうだ、ビッグマン？」ラビロンはほほ笑んだが、やはり何も言わなかった。母親によると、少年は事件以来、ほとんどことばを発しておらず、バーミングハムのカウンセラーに診《み》てもらっているそうだった。幸いにも眼の前で目撃してはいなかったものの、自分も父親を殺されているリックは、少年に親近感を覚えていた。テーブルのうえで手を伸ばしてこぶしを差し出すと、少年がこぶしをぶつけてきた。

リックは法廷の反対側のもうひとつの弁護士席を見た。到着してから今まで、被告側の弁護士とはひとこともことばを交わしておらず、彼らのほうもリックのことを認める素振りすら見せていなかった。打ち解ければ少しは情報を得られるかもしれない。「すぐに戻ります」リックはラシェルにそう囁いた。

リックは大きな足取りで法廷を横切り、被告側の弁護士席に向かった。そこには三人の弁護士が坐っていた。そのうちのふたりは、バーミングハムではジョーンズ&バトラーに次ぐ規模のアッシュ&ロウ法律事務所の弁護士だった。ジョエル・アクソンは、中肉中背、白髪混じりの人当たりのよさそうな中年男性で、チャコールグレーのスーツにワインレッドのネクタイをしていた。彼の隣、三人の真ん中にいるメロディ・タネルは、三十代の魅力的な女性で紺色のスーツを着ていた。ふたりともスマートフォンを見つめながら、ひたすら親指を動かし、テーブルの前に立っているリックに気づいていなかった。最後のひとり、リックに一番近い席に坐っていたのは、小柄で骨ばった男で、頭の両サイドに乱れた白髪があり、真ん中の部分は禿げあがっていた。袖に肘当てのついたストライプのスポーツコートに黒いスラックスを合わせ、ほこりで汚れた傷だらけの茶色いローファーを履いていた。同僚のふたりとは異なり、彼は携帯電話を見ていなかった。代わりに彼は、〈デイリー・マウンテン・イーグル〉を持ち、老眼のせいで見えにくい小さな文字を見えやすくするために、思い切り腕を伸ばしていた。リックの気配を感じて、新聞から眼を上げた。

「ドレイク、昨日は素晴らしい勝利だったそうじゃないか?」

「ヴァージル、お元気ですか?」

ヴァージル・レナード・フラッドは、新聞を置いて立ち上がると、いつもどこか愉しんでいるような青い眼を細めてリックを見た。ふたりは握手をし、リックはいつものように相手の紙のように薄い肌に驚いた。自分の握る力が強すぎて、老弁護士にあざを残してしまうのではないかと思った。

「二千二百五十万ドルだって？」とヴァージルは言い、唇を舐めて首をかしげた。「いったいいくら請求したんだ？」

「正義を果たすよう頼んだだけです」とリックは言い、にっこりと笑った。「来週、フローレンスのこの裁判でやるのと同じです」

ヴァージルはまだ首をかしげたままだった。「フローレンスは素敵な街だ。あそこに行くときはいつも、裁判所から数ブロックのところにあるイタリアンレストランに行くことにしている。〈リカトーニ〉だ」彼は鼻で笑った。「略式判決の申立てでジョエルとメロディがこんなに素晴らしい仕事をしたのが残念だよ」そう言って肩越しに後ろを見た。そこではふたりがまだ携帯電話を操作していた。「来週、君と戦うのを愉しみにしていたのに。判決を待つのは久しぶりだったんだ」

リックは身に着けていない時計を見る素振りをした。「来週の今頃は判決を待っているんじゃないかな」

「夢でも見てろよ、坊や《キッド》。だが、君には感謝してるよ。素晴らしいショーを見せてくれた」

彼は傍聴人に向かって頷いた。後ろのほうでは立ち見が出るほどだった。「略式判決の審理にこんなに傍聴人が押し寄せるのは見たことがない。君もわたしも、同情では勝てないことを知っている。ロイド・コナーは、決してわたしのお気に入りの裁判官とはいえないが、法律に基づいてボールとストライクをコールする人物だ。ニック・セイバン・コーチ（アラバマ大学アメリカン・フットボールチームのヘッドコーチ）がよく言っているように、周囲の騒音には耳を貸さずに判断するだろう」

「あなたが正しいことを願ってますよ」とリックは言った。

ヴァージルは冷ややかに笑った。「何がだね？」

「コナーが法律に基づいて判断することです」

ヴァージルは答えようとして口を開いたが、判事室の扉がきしみながら開き、バタンと閉まる音を聞いて思わずたじろいだ。ふたりが眼を向けると、ロイド・コナー判事が判事席に向かって歩いていた。ヴァージルの隣ではふたりの弁護士が電話を置いて慌てて立ち上がった。

「遅れて申し訳ない」判事はそう言うとどすんと椅子に腰掛け、判事席から覗き込むように見ながら、眼の前のマニラ・フォルダーを開けた。リックは、アルヴィン・ジェニングスの遺族が正義を勝ち取るチャンスを生かすか殺すかの判断をしようとしている男を見上げ、胃が締めつけられるように感じた。

ロイド・クリスチャン・コナー判事は四十代だったが、後退しつつあった生え際を隠すために頭を剃り上げていた。ウィンストン郡で育ち、奨学金を得て、バーミングハムのサムフォード大学でアメリカン・フットボールをプレイしていた。コナーは、かつてと同じようにいかにもオフェンスガードのようながっしりとした体格をしていた。白いシャツとネクタイのうえから黒い法服をまとった姿は、いつも以上にたくましく見えた。「原告アルヴィン・ジェニングスの遺産管理人たるラシェル・ジェニングス対被告マーセラス・カルホーンの遺産管理人たるキャサリン・カルホーン・ウィリストーンおよびマヘリア・ブレシカ・レイエス事件」コナーはそこでことばを切ると、リックとヴァージルを見た。ふたりはまだその場に留《とど》まっていた。「審理に入る前に、ミズ・レイエスへの訴状の送達に関して何か進展はあったかね？」コナーはそのまなざしをリックに向けた。

その質問に驚いたリックは、咳払いをしてから考えをまとめた。「正確にはありません、裁判長。我々は、テネシー州の死刑囚ジェイムズ・ロバート・ウィーラーが昨日脱獄し、ウィーラーの仲間として知られているミズ・レイエスがこれを幇助《ほうじょ》したと考えられていると聞いています」

裁判官は顎を撫でた。「昨晩、君がタスカルーサで受けたテレビのインタビューについてはどうかね？　それに対する反応はあったのかね？」コナーのことばからは何も伝わってこなかったが、リックはその厳しいまなざしから、リックが報道陣に対して言ったことに彼が苛立っているのだとわかった。

「いいえ、裁判長」

「本当かね？　君の〝人生の使命〟というたいそうなことばに立派な市民が名乗り出てくる

と思っていたがね。特に君が約束した謝礼のことを考えれば」

リックは足から顔まで熱くなるのを感じていた。コナー判事はまっすぐな人物だったが、皮肉っぽいところもあった。リックは、判事という人種は、例外なく大事な審理や裁判の前に自分の案件がマスコミに取り上げられるのを嫌がるということを知っていた。冷静になるんだ。リックは自分に言い聞かせた。発言したときには、はっきりとした落ち着いた口調で話していた。「残念ですが、そううまくはいきませんでした、裁判長」

コナーは自分のフォルダーに眼を落とした。「いいだろう。それでは何度も延期されていたミズ・ウィリストーンの略式判決の申立てについて審理を始めよう」コナーはそう言うと、最初にリックを見て、それからヴァージルを見た。「準備はいいかね？」

「はい、閣下」とヴァージルは言った。

「はい、閣下」とリックも同意した。

「クリスマスの奇跡だな」とコナーは言った。その口調には明らかに皮肉が込められていた。

「ヴァージル、君からの申立てだ。始めたまえ」

「はい、裁判長」と老弁護士は言い、机のうえから黄色いノートパッドを手に取った。「裁判長、我々の申立てがすべてを物語っていると思います。本件は、原告がマーセラス・カルホーンの遺産管理人を不法死亡で訴えたもので、ミスター・カルホーンが、アルヴィン・ジェニングスを不法に死に至らしめるために、マヘリア・ブレシカ・レイエスという名の契約殺人者を雇い、ミズ・レイエスが実際にミスター・ジェニングスを不法に死に至らしめたと主張するものであります。裁判長、原告側は、この殺人とミスター・カルホーンおよびミズ・レイエスを結びつける直接的な証拠を持っていません。もし証拠があれば、パタースン保安官はこの事件に全力で取り組み、ミズ・レイエスを殺人容疑で指名手配していることでしょう。しかし、そういった事実はないのです、裁判長。ミスター・ドレイクが起こした訴訟は茶番です」

「ミスター・ドレイクが最近提出した証拠についてはどう考えるのかね、ヴァージル？」コナーの口調はどこか挑戦的で、そのことがリックを少しだけ気分よくさせた。

「裁判長、彼らが提示したのは、ミズ・レイエスがミスター・カルホーンのために働いていたという証拠と、彼女がアルヴィン・ジェニングスの家の近くで目撃されたという証拠だけです。それだけでは適切な裏付けのある略式判決の申立てを棄却するのには十分ではありません。原告側は、事実に関する争点を示す実質的な証拠を提示する必要があります。彼らがミスター・ツイッティ、ミスター・コーリュー、そしてミズ・パーディの宣誓供述書によって提示した状況証拠はあまりにも弱いと言わざるをえません」ヴァージルは一瞬ためらったが続けた。「これは茶番です、裁判長。ミスター・ドレイクはそれを知っています。彼はなぜ、依頼人とその息子とともに、ウォーカー郡の半分もの住民をこの法廷に連れてきたのでしょうか？　彼はこの裁判で勝ち目が薄いことを知っていて、本件を陪審員にゆだねるように裁判所に圧力をかけようとしているのです。わたしはリンドン・ジョンソンが大統領をしている頃からこの郡で弁護士をしていますが、こんな光景は見たことがありません」

コナー判事はヴァージルに向かってほほ笑んだ。きっと、リンドン・ジョンソンのくだりは前にも聞いたことがあるのだろう。そしてリックのほうを見て言った。「反論は、ミスター・ドレイク？」

「はい、裁判長」リックはコナー判事が、自分の後ろに坐っているラシェル・ジェニングスとラビロンを見なければならなくなるよう、効果を意識しながら自分の席の前に進み出た。

「裁判長、これは略式判決の申立てです。ご存じのとおり、事実に関する争点は、被申立人であるミスター・ジェニングスに有利に決定されるべきです。我々はジェニングス夫妻の隣人であるカーメラ・パーディの宣誓供述書を提出しており、ミズ・パーディは、爆発のあった日、ミスター・ジェニングスの家の前の通りでマニー・レイエスの人相と一致する女性を目撃したと証言しています。また、その前の週にも同じ女性がミスター・ジェニングスの家の私道を歩いているのを見たと証言しています。ミズ・パーディはその女性をマニー・レイエスだと特定し、さらに彼女の知る限りでは、それまでに彼女を見たことはないと証言しています。我々はさらにミスター・カルホーンのゴルフ仲間であるロナルド・コーリューの宣誓供述書も提出しています。ミスター・コーリューは、ジャスパー・カントリー・クラブの三番グリーンの裏で、ミスター・カルホーンがマニー・レイエスと確認された女性と何度も会っているのを目撃したと証言しています。最後に、最も重要なことですが、〈C&Gセキュリティ〉のオーナーであるハーム・ツイッティの宣誓供述書も提示しています。ミスター・ツイッティは二〇一二年の春に、アルヴィン・ジェニングスを雇い、彼がほとんどミスター・カルホーン専属の運転手だったと証言しています。二〇一二年五月八日の夜にジャック・ダニエル・ウィリストーンがタスカルーサのブラック・ウォリアー・リバーの岸辺で殺害されて以降、ミスター・カルホーンは、ミスター・ツイッティに別の運転手を割り当てるように指示しました。ミスター・ツイッティは、ミスター・カルホーンが〈C&Gセキュリティ〉の最大の顧客だったため、ほかの者には任せられないと思い、自ら仕事を引き継ぎました。彼は、アルヴィン・ジェニングスが死亡する前の数週間で、少なくとも三回はミスター・カルホーンを空港のそばにあるジャスパー・ファーマー・マーケットに連れて行き、その都度、ミスター・カルホーンがマニー・レイエスの人相と一致する女性と長いあいだ会話をしているのを目撃したと証言しています」リックはそこまで言うと、法廷を見渡した。傍聴席のあちこちから〝アーメン〟と言う声が聞こえた。「またハーム・ツイッティはミスター・カルホーンがミズ・レイエスに札束を渡すのを目撃しており、その金額はミスター・カルホーンが車に持って帰った袋に入ったトマトどころか、マーケット全体が買えるほどの金額でした」

傍聴席からさらに多くの〝アーメン〟が聞こえた。今度はさらに大きく強い口調だった。

コナー判事が小槌《こづち》を叩き、判事席から立ち上がった。「傍聴人のみなさん、ここは法廷です。教会ではありません。静粛にするように。さもないと裁判所職員に命じて法廷から出て行ってもらいます。よろしいですか？」

誰もことばを発しなかったが、リックはブラックウェル牧師を始めとする傍聴人の何人かが判事に向かって頷くのを見た。

「ミスター・ドレイク、これは最終弁論ではありませんし、そこにいる人々――」判事は傍聴人に向かって手で示した。「――は陪審員ではありません。あなたの主張は傍聴人ではなく、わたしにするように。今日の意思決定者はわたしです」

リックは判事を見上げると言った。「はい、閣下。重要なのは、我々がこの訴訟で提起した事実に関する争点を示すための実質的な証拠を提示しているということです。準備書面で引用した判例にもあるように、状況証拠は直接証拠と同様に考慮することができます。この裁判の陪審員は、もちろん状況証拠に関する陪審説示を受けることでしょう。このパズルのピースのすべてが、マニー・レイエスがブリー・カルホーンの指示でアルヴィン・ジェニングスを不当に殺害したことを示しているのです」リックはそう言うと、背後のラシェルとラビロンを見た。そしてテーブルを回り込むとふたりの後ろに立った。「コナー裁判長、もうひとつの重要な点は、二〇一二年八月四日にこの女性の夫であり、この少年の父親である人物が殺されたということです。ウォーカー郡の保安官でさえ、これを殺人事件として捜査しています。パタースン保安官と地区検事はどうやらミズ・レイエスを殺人罪で起訴するつもりはないようです。それが彼女を見つけることができないからなのか、そうしたくないからなのかはわたしにはわかりませんが。しかし、我々はこの事件の不法死亡の主張について、事実に関する十分な争点を提示しています」リックは両手をラビロンの肩に置いた。「裁判長、謹んで申し上げます。アラバマ州最高裁判所の判決においては、このような場合被告の申立てを棄却し、本件を陪審員にゆだねることを命じています。法は明確です。そしてこの家族には、陪審員裁判を受ける権利があります」

コナー判事は判事席を見下ろしていた。傍聴人に静粛を求めて以来、ずっと立ったままだった。そしてヴァージル・フラッドを見て言った。「何かあるかね?」

「裁判長、ミスター・ドレイクは素晴らしいショーを見せてくれましたが、現段階ではその責任を果たしたとは言えません。我々の申立てを認めてくださるようお願いします。そして……月曜日に設定された公判まで時間がないことを考慮して迅速な裁定をお願いします、閣下」

コナーはリックのほうを見た。「ドレイク、君はどうかね?」

リックはまだラビロン・ジェニングスの後ろに立っていた。「我々も迅速な裁定を希望します、閣下」

コナー判事は顎を撫でると、ゆっくりと腰掛けた。優に五秒間、法廷は沈黙に包まれた。

聞こえてくるのは幼いアルヴィン・ジェニングス・ジュニアが一生懸命哺乳瓶を吸う音だけだった。ようやく判事は咳払いをひとつすると、ヴァージルに眼をやった。「被告側の申立てを棄却する」判事はリックをちらっと見ると、再び立ち上がって言った。「原告および被告双方とその代理人とは、月曜日の朝八時三十分にフローレンスのローダーデール郡裁判所で会いましょう。そのときに証拠排除の申立てについて協議します。午前九時ちょうどに、陪審員に対する予備尋問を開始します」コナーは一瞬の間《ま》を置いた。「みなさん、理解しましたか?」

「はい、閣下」とヴァージルが言った。リックは老弁護士の声に敗北の色を聞いて取った。ヴァージルはアッシュ&ロウ法律事務所が選んだ地元ジャスパーの弁護士だった。彼らの切り札的存在で、地元の裁判官や陪審員を熟知していた。だが、略式判決の申立てに敗れ、裁判は彼の縄張りから離れつつあった。ウォーカー郡の陪審員は、ヴァージル・フラッドの弁護士としての伝説的な経歴を知っていて、それに左右されるかもしれないが、フローレンスではその優位性も失われるだろう。

「はい、閣下」とリックは言い、ラビロンの肩を握った。傍聴席からは鼻をすする音が聞こえてきた。

「よろしい」とコナーは言い、ふたりの男に向かって頷いた。「月曜日に会おう」

36

「棄却された」パタースン保安官はパトカーの運転席でそう言った。自分の携帯電話を見つめていた。そして囁くように付け加えた。「くそっ」

「じゃあ行くぞ」とジムボーンが言った。少なくとも保安官にとっては、この殺人犯が喜んでいるように見えた。

彼らは裁判所の地下駐車場に車を止めていた。保安官が一階まで上がるのには三分もかからないだろう。「わかった。行こう」とパタースンは言った。「メキシコ人の準備は？」

「心配いらない。お前とお前の部下はドレイクを地下の出口から出させることに専念しろ」

「あんたは何をするつもりなんだ？」パタースンは震える手でドアのハンドルを握りながら訊いた。

「しっかりと見ているだけだ」とジムボーンは言った。「万が一に備えて、おれのための車は用意してあるな？」

「二番街に。ピナクル銀行のすぐ裏だ」

「いいだろう。じゃあかかってくれ、保安官。ドレイクに我々が用意したパーティーに欠席してほしくないからな」

ドウェイン・パタースンは深く息を吸うと、パトカーから飛び出した。神よ、わたしをお赦しください。そう思いながら、ロイド・コナーの法廷に運んでくれるエレベーターに向かってゆっくりと歩いた。

37

リックはハグと背中を叩く人々の嵐に呑み込まれた。ラシェル・ジェニングスは人目もはばからず泣いており、リックはなかなか彼女の抱擁を解くことができなかった。「ありがとう、ありがとう、ありがとう」と彼女は言い、リックはそのすすり泣く声に彼女の心臓の鼓動を感じていた。

「まだ勝ったわけじゃないよ、ラシェル」リックは彼女に思い出させるようにそう言った。

「でも負けなかった」と彼女は言った。「そしてチャンスをつかんだわ。本当のチャンスを。ここ、ブリーの世界ではなく、フローレンスで」彼女は一歩下がると、涙を浮かべた眼でリックを見た。「わたしが望んでいたのは、アルヴィーをフェアに扱ってもらうこと。今それを手に入れた」

リックは頷くと、ラビロンを見下ろした。少年はこぶしを突き出していた。リックは自分のこぶしを少年のこぶしにぶつけた。被告側の弁護士席に眼をやると、ヴァージル・フラッドとふたりのバーミングハムの弁護士はさっさと逃げ出していた。来週、〈リカトーニ〉で何を注文するのか訊きたかったのに。リックは傍聴席を見渡しながら、笑みを抑えることができなかった。審理に勝てたことで、数秒間くらいは満足感に浸っていたかった。

だが、ドウェイン・パタースン保安官が部下を伴って法廷に入ってくるのを見て、いい気分も吹き飛んでしまった。保安官の歩くスピードから判断して、リックには彼がおめでとうを言いに来たのではないとわかっていた。パタースンは野次馬の群れをかきわけてリックのところまで来た。

「ミスター・ドレイク」と保安官が言った。その声は鋭くピリピリとしていた。

「なんですか、保安官？」

一瞬、針金のように痩せたその男は、心配そうなまなざしでリックをじっと見た。「タスカルーサで銃撃戦があった。一時間半ほど前、ブライアント－デニー・スタジアムの近くだ」彼はことばを切った。リックは足の力が抜けていくような感覚を覚えていた。「詳しいことはまだわかっていないが、タスカルーサ郡保安官事務所からの情報によると、被害者はふたり。君の知っている人物だと思う」

うそだ。リックは思った。

「ウェイド・リッチーという名の刑事が複数回撃たれた。現場で死亡が確認された。もうひとりの男は地区検事だ。名前はど忘れしてしまったが。そう、コンラッドだ」

リックは口を開いた。が、ことばは出てこなかった。なんとか絞り出すように言った。

「彼も死んだのか？」

「わからない」と保安官は答えた。

「大丈夫、リック？」ラシェル・ジェニングスが尋ねた。リックは彼女が自分の腕を強く握っていることに気づいた。めまいがしたが、なんとか平静を保とうとした。眼に熱い涙が浮かんできた。手でそれを拭った。

「ジムボーンなのか？」リックは保安官に尋ねた。パタースン保安官は無表情だった。「そうなのか」リックは声を荒げて問い詰めた。

「知っていることはすべて話した」と保安官は言った。「だが、リッチーとコンラッドのふたりがジムボーンを逮捕していることから考えて、彼が第一容疑者だろう」

「で、何をしに来たんだ、保安官？」とリックは言い、男をにらんだ。

パタースンは視線を返した。「このことを君に知らせて、同じことが起きないようにするためにここに来た。君もジェイムズ・ロバート・ウィーラーを刑務所に入れるのに一役買っている。それに昨日発せられた広域指名手配によると、君とマクマートリー教授は、ジムボーンが計画している復讐《ヴェンデッタ》の対象となる可能性がある」

「復讐《ヴェンデッタ》じゃない」リックは歯がみをしながらそう言った。「審判《レコニング》だ。ジムボーンは僕たちを追い詰めると約束し、自分が約束を守る男だということを証明しているんだ」

「リック？」ラシェル・ジェニングスがもう一度、彼の腕を握った。リックは彼女を見た。

「大丈夫です、ラシェル。ここに着いたときに、昨日刑務所を脱獄した男がいて、マニー・レイエスがその手助けをしたかもしれないと話したことを覚えてますか？」

　彼女は頷いた。眼を大きく見開き怯えていた。

「彼がタスカルーサで僕の友人のひとりを殺し……」リックは口ごもった。唇を舐め、なんとか声がかすれないように努めた。「もうひとりも殺したかもしれない。タスカルーサはここジャスパーから車で四十五分です」

「その男がここに来るかもしれないと思ってるのね？」ラシェルはリックと保安官を見てそう言った。

「ミズ・ジェニングス、まだわかりませんが、万が一に備えて、あなたとあなたのお子さん、そしてミスター・ドレイクが地下から裁判所を出られるように手配しました」とパタースンは言い、隣に立っているもうひとりの制服警官をちらっと見た。「モリス巡査部長とわたしが地下まで案内します。ミスター・ドレイク、タスカルーサ郡保安官事務所のウェインライト保安官補にはもう話してある」彼は法廷の外に通じる両開きの扉を肩越しに親指で示した。リックは自分をここまでエスコートしてきたタスカルーサ郡の保安官補が外で待っていることを思い出した。「ウェインライトはパトカーを地下に回して、そこで君とジェニングス一家を車に乗せることになっている。その後、彼が君を君の車のあるところに連れて行くか、君たちの家まで送ることになる」とパタースンは言った。「状況に応じて、君が最も安心できる方法で」

リックの全身がアドレナリンでうずいた。すべてを受け入れようとしていた。ウェイドは死んだ。パウエルも死んだかもしれない。パタースン保安官は自分たちの安全を心配し、わざわざここまで来て、安全に脱出するよう約束してくれた。

おれはドウェイン・パタースンを信用していない。リックは心のなかでレル・ジェニングスのことばを思い出し、保安官の眼を覗き込んだ。

「準備はいいか？」と保安官が尋ねた。

リックは頷いた。

「じゃあ」とパタースンは言った。「ついて来てくれ」

38

彼らはエレベーターで地下に向かった。ムッとする箱のなかには、リックとともにラシェル・ジェニングス、ラビロン・ジェニングス、そしてみんなから〝ミミ〟と呼ばれているラシェルの母親イヴリンが乗った。彼女の腕のなかには赤ん坊のアルヴィンがいた。彼らの前にはパタースン保安官、モリス巡査部長、ウェインライト保安官補が立っていた。エレベーターの扉が開いたときに誰かが発砲してきても、三人の警官が防いでくれる。

ここまでは問題ない。扉が開いたときにリックはそう思った。地下の踊り場に着いたとき、銃声の代わりに聞こえてきたのは、二台の天井型扇風機の音だけだった。長い廊下が彼らを出迎え、その先には出口を示す標識を頭上に掲げた扉があった。

リックとジェニングス一家は警官のあとについて狭い廊下を足早に進んだ。「あの出口の先は配送トラックが荷物の積み下ろしをするポートになっている。ウェインライト保安官補がそこにパトカーを回してきて、君たちを乗せる」パタースンはそう言うと、肩越しにリックを見た。「いいか？」

リックは無理に頷いた。心のなかではまたあのことばが聞こえていた。ドウェイン・パタースンを信用するな。

「よし、じゃあ行くぞ」パタースン保安官はそう言うと、扉に手をかけた。「ウェインライト、先に行って車を回してきてくれ」

「了解しました」とタスカルーサ郡の保安官補が言った。彼は扉を開けると出て行った。パタースンは扉を開けたまま、外に眼をやった。リックが扉の隙間から見ると、あたりには何もなかった。車もなければ、人もいない。

「もっと警官を配備するべきじゃないのか？」とリックは言った。

パタースンはリックをにらんだ。眼には苛立ちが表れていた。「騒ぎが大きくなれば、君たちを保護するのが難しくなる。自分が何をしているかはわかっている」

リックは、保安官がポケットから携帯電話を取り出して見つめているのを見た。その後ろの扉の隙間から、ウェインライトのパトカーが停車するのが見えた。タスカルーサ郡の保安官補は車から飛び出してきて、助手席側に回ると前後のドアを開け、右手を振った。

「オーケイ、みんな」と保安官が言った。「ぐずぐずするなよ。全速力で車に乗ってくれ。わかったか？」

「はい」とラシェル・ジェニングスは言った。

「ドレイク？」パタースンがリックをにらみつけた。

「これが本当に安全な方法なのか？」とリックは訊いた。

「おれはこの郡の保安官だ」とパタースンは言った。「約束する」

リックはパウエル・コンラッドのことを考えた。タスカルーサに戻らなければならなかった。どちらかはっきりと決めなければならなかった。「わかった」とようやく言った。「先導してくれ」

39

〝パスコは準備万端で待機している〟。パタースン保安官の新しい携帯電話にメールが届いていた。それは彼の知らない番号からだった。保安官が持っている携帯電話とともに一時間以内には破壊されるはずのものだった。

神よ、お赦しください。彼はリック・ドレイクに約束したとき、あらためてそう思った。弁護士が「先導してくれ」と言うのを聞いて、もう躊躇しなかった。彼は扉を大きく開けると、さっさと片をつけたいと思い、すでにドレイクが殺された直後に取るべき行動のことを考えていた。だが、扉を通り抜けると、巨大な影が現れ、大きな男が行く手をさえぎった。

その男は少なくとも二メートルはあるはずで、パタースンは最初、彼が誰なのかわからなかった。が、すぐにピンときた。「ここでいったい何をしてる?」

サントニオ・〝レル〟・ジェニングスは大きく一歩踏み出し、保安官を廊下に押し戻した。そのとき、彼の背後で銃声が聞こえた。大きな男は扉をバタンと閉めると保安官をにらみつけた。「これ以上、お前におれの家族を傷つけさせない」

40

レル・ジェニングスは狭い廊下の出口の扉の前に立ち、その巨体で通路を塞いだ。彼は保安官とモリス巡査部長越しにリックを見て言った。「このイタチについてなんと言った?」

リックは何も言わなかった。レルの出現に驚いたのか、たった今、ポートに続く扉の向こう側から聞こえてきた銃声に驚いたのか自分でもわからなかった。パン、パン、パンと素早く三発の銃声がし、リックにはリボルバーのもののように聞こえた。

「ミスター・ジェニングス、君を逮捕する」保安官がホルスターに手をかけて言った。

「外で銃声がしたぞ、ドウェイン」とレルは落ち着いた声で言った。「お前とお前の部下はまず、そっちに対処すべきじゃないのか？」

ドウェイン・パタースンはモリス巡査部長に眼をやった。彼は眼を大きく見開いていた。

一瞬、沈黙が廊下を支配した。

「彼の言うとおりです、保安官」モリスがやっと言った。厳しいまなざしで上司を見つめ、ホルスターから銃を出すと、レルを見た。「どいてくれ、レル」

「もちろんだ」とレルは言い、体をくるっと回して、ふたりの法執行官が通れるように道を空けた。

モリスは扉に向かって動いたが、保安官は動こうとせず、レルをにらんでいた。

「保安官」モリスは哀れな声でそう言った。「行きましょう」

「巡査部長の言うとおりだ」とレルは言った。

「お前を牢屋にぶちこんでやる」パタースンはやっと言った。

「やってみろ」とレルは言った。「さあ」

パタースンはリックに眼をやると、「自分でなんとかしてくれ」と言い放った。そして、素早くベルトから銃を取り出すと、モリスのあとに続いて扉の外に飛び出した。

　異様な光景を目の当たりにし、リックはショックのあまり声が出なかった。いったい何が起きてるんだ？　背後から赤ん坊のアルヴィンの泣き声が聞こえてきた。ラシェルに眼をやると、恐怖で唇を震わせていた。だが、ラビロンは怯えていなかった。好奇心に満ちた表情をし、一歩前に出ると言った。「やあ、レル伯父《おじ》さん」

それはリックが少年から初めて聞いたことばだった。

レルがひざまずいて、甥《おい》っ子をきつく抱きしめた。ラビロンもそれに応えた。

「どこに行ってたの？」ラビロンが尋ねた。

「近くにいたよ」とレルは言い、リックを見て続けた。「ここから出なければ」

「どうなってるんだ――？」

「説明している時間はない」とレルは言った。「すぐにここから出なければならない」

「どうやって？」廊下を階段のほうに向かって歩きながらリックは訊いた。

「ほかのみんなと同じ方法で」とレルは言った。「正面玄関から」

　ジムボーン・ウィーラーは軽い驚きとともに携帯電話を見ていた。〝トラブル発生。ドレイクは地下から出てこない。メキシコ人はかまわず発砲を始めた。誰にも当たってないが、混乱している。中止だ〟。

ジムボーンは頭を振って、携帯電話をポケットに突っ込んだ。彼はピナクル銀行から一ブロック離れた二番街の路地――ウォーカー郡裁判所の真正面――に立っていた。右手にはギターケースを持っていたが、なかに入っているのは楽器ではなかった。ジムボーンはすでに逃走用の覆面パトカーの場所を確認していたが、保安官からのメールに反して、今日このまま中止するつもりはなかった。それどころか、彼はこのような緊急事態を想定していた。残酷だが本音を言えば、ジムボーンは保安官が失敗することを期待していた。

ときには自分の手でやらなければならないこともある。

41

階段を上がりきると、二番街に面した出口にたどり着いた。レルが先頭に立ち、リックとジェニングス一家がすぐ後ろに続いた。「扉を出れば、車が待っているはずだ。何も訊かずに乗ってくれ」

「レル――」ラシェルのことばはすぐに元義理の兄にさえぎられた。

「安全な場所で全部説明する、いいね、ラシェル？　だがまだ危機を脱したわけじゃない」

彼女は頷いた。彼らは両開きの扉に近づき、警備員の前を通った。扉にたどり着くと、レルはガラス越しに外を見た。「おれの合図で」と彼は言い、リックに眼をやった。「いいか、弁護士先生？」

「ああ、いいぞ」

十秒後、レルは大きな澄んだ声で言った。「今だ」

42

扉を抜けて、階段に向かおうとするとき、リックには、空色のミニヴァンが縁石に停まって彼らを待っているのが見えた。運転手の顔はよく見えなかったが、あえて訊かなかった。地下で聞いた銃声から考えて、レル・ジェニングスが今日すでに自分たちの命を救ってくれていることがわかっていた。

階段に差しかかったところで、レルが急に立ち止まった。「やつは屋根のうえだ！　伏せろ！」大きな男は振り向くと、両足を広げ、さらに両腕を広げた。リックは、ラシェル、ラビロン、ミミ、そして赤ん坊を覆うように身をかがめた。すぐにセミオートマチックの銃声が矢つぎ早に聞こえた。リックは頭上から息を呑む音とあえぎ声を聞いた。だが、レルはそれでもまだ立っていた。リックが顔を上げると、金属探知機の前にいた警備員が銃を抜いて、裁判所から飛び出してきた。その後ろには何人かの警官が続き、そのなかにドウェイン・パターンス保安官の姿もあった。アサルト・ライフルの銃声が響き渡るなか、全員が銃を手にしていた。

「屋上だ！」とリックは叫んだ。裁判所から出てきた警官全員が頭を上げて見上げた。そのうちのふたりが応戦した。数秒後、銃声がやんだ。聞こえてくるのは幼いアルヴィン・ジェニングスの泣き声と銃撃が始まったときに歩道を歩いていた男女の叫び声だけだった。リックは振り向くと、頭上のレルを見上げた。

長身の男の胸は血まみれで、両方の耳から血が流れだしていた。腕は横にまっすぐ伸ばしたままだった。「父なる神よ！」彼は空を見上げて叫んだ。「なぜ、わたしを見捨てるのですか？」そして膝から崩れ落ちた。

彼はリックと眼を合わせると言った。「終わらせるんだ、坊主《サン》」そう言うと仰向《あおむ》けに倒れた。リックは這《は》うようにして彼のほうに近づいた。サイレンが鳴り響き、二番街から救急車が近づいてくるのが見えた。

「レル！」リックは男の顔を平手で叩いた。元探偵の眼が開いた。リックはレルに覆いかぶさり、彼の腕を揺すった。

サントニオ・〝レル〟・ジェニングスはまばたきをしながら、リックにほほ笑みかけた。息を引き取る前に、彼はなんとか最後の指令を繰り返した。

「終わらせるんだ」

43

ジムボーン・ウィーラーはＡＫ－47をギターケースにしまい、素早く非常階段を下りた。ケースをごみ箱に捨てると、ヘッドフォンを耳に当て、足早に歩道を歩いた。フリースのスウェットシャツにベースボールキャップ、サングラスという姿の彼は、携帯電話を取り出し、裁判所の階段を指さした。まるでたった今見たものを電話で友人に話しているかのように。周りでは、人々が四方八方に走っていた。彼らは頭を巡らして殺人犯がどこに行ったのか探し、次に狙われるのは自分じゃないのかと恐れていた。

ジムボーンは歩道を小走りで進んだ。銀行に着くと裏の駐車場に回って、黒の〈シボレー・タホ〉の運転席に乗り込んだ。キーはすでにイグニションに差さっていた。車の屋根にサイレンを取りつけると、スイッチを入れてからエンジンをかけた。そしてアクセルを踏み込むと、タイヤをきしらせて駐車場をあとにした。

五分後、彼はアラバマ州カルマンに向けて六十九号線を北上していた。スミス湖に向かう最初の分岐点に着く頃には、サイレンを切っていた。

やつを殺せなかった。ジムボーンはそう思った。リック・ドレイクを狙った銃弾がアルヴィン・ジェニングスの兄に阻まれたことはわかっていた。だが、最後にはバックミラーに映る自分自身にほほ笑んだ。それでも十分だ。

彼は最後に見たトム・マクマートリー教授の姿を思い浮かべていた。リバーベンド最高警備刑務所の面会室で、気取った顔で自分の向かいに坐っている老人の姿を。そして今日、自分とマニーがやってのけた大虐殺に思いをはせ、思わず笑った。

「今のおれをどう思う、爺さん？」彼は声に出して言った。

だがまだ終わっていない。ジムボーンはそう思った。まだまだだ。

44

午前十一時四十五分、トムは足を引きずりながら画像診断エリアから出てくると、待合室に戻った。検査もやっと終わり、あとはクリアビュー癌研究所《CCI》の別の棟にあるドクター・メイプルズの診察室で午後一時に下される判決を待つばかりとなった。トムがビル・デイビスを探すと、友人はテレビの前に立って、画面を見つめていた。トムがテレビを見上げると、タスカルーサのドルイド市立病院と思《おぼ》しき場所の前で、レポーターが話をしていた。

「何があった？」とトムは訊いた。が、ビルは何も言わなかった。代わりに前に進み出て、テレビのボリュームを上げた。

「本日未明、八番街でふたりの男性が、走行中の車からの発砲と思われる銃撃に襲われました。ひとりはタスカルーサ郡保安官事務所の刑事と思われ、もうひとりはタスカルーサ郡地方検事のパウエル・コンラッド氏との情報が入っています」

「ああ、なんてことだ」トムはつぶやいた。近くの椅子をつかむと、足がくずおれる前に倒れ込むように坐った。PET検査中に何度も確認していた携帯電話を取り出した。検査中は電話もメールも入って来ず、画面には何も表示されなかった。便りがないのは悪い知らせだった。トムはそう思った。とんでもない知らせだ。眼を閉じ、胸の高鳴りを落ち着かせようとした。

「大丈夫か、トム?」と頭上からビルが訊いた。

「いや」とトムは言うと、前かがみになって、なんとか息を整えようとした。

ビルは彼の横にしゃがみ込んだ。「トム、まだ彼らが撃たれたというだけだ。ほかには何もわかっていない。あのふたりはタフだ。早まった結論を出すのはやめよう」

「ビル、すぐにここを出なければならない」トムはそう言うと立ち上がって扉のほうに歩きだした。廊下に出ると、彼女が見えた。駐車場から青ざめた顔に険しい表情を浮かべて近づいてきた。自動ドアをくぐると、彼女のハイヒールがタイルの床を蹴る音が聞こえた。トムは壁際に長椅子を見つけて坐りこんだ。自分の足じゃないようだった。頼む、生きていると言ってくれ。彼は祈った。

ヘレン・ルイス検事長は、トムに向かって歩いてくると、長椅子から一歩離れたところで立ち止まった。胸の前で腕を組み、数秒間、ただトムを見つめていた。

「彼らは生きてるのか？」やっとトムは尋ねた。

「知ってるの？」

トムは頭を待合室のほうに傾けた。「テレビで見た。ヘレン……彼らは生きてるのか？」

彼女は顔をしかめ、隣に坐るとまっすぐ前を見た。ふたりの向かいにある画像診断エリアの待合室のガラスに自分たちの姿が映っていた。「ウェイドは死んだ。七発撃たれ、現場で死亡が確認された。パウエルは……まだ息がある。四発撃たれて、今はドルイド市立病院の集中治療室にいる。二発はかすり傷だったけど、残りの二発が当たっていた。銃弾を除去するための手術を受けたけど、大量に出血している」彼女はことばを切った。「意識を取り戻してなくて……医師はその見込みは薄いと言ってる。予後はかなり悪いわ」

トムは眼を閉じ、両手で顔を覆った。背中にヘレンの手が置かれるのを感じた。

「それだけじゃないの、トム」

トムは全身が冷たくなるのを感じた。「それだけじゃない？」

ヘレンは再び向かいのガラスに眼をやった。「ジャスパーでも銃撃戦があった。裁判所の前で」

「リックは――？」

「わかっているのはそれだけなの」

トムは立ち上がったが、足が力を失った。ビル・デイビスが彼の腕をつかんで席に戻してくれなければ倒れていただろう。

「落ち着くんだ、トム」とビルが言った。

「ヘレン、わたしの家族は？」

「彼らは無事に家にいるわ」

トムは床を見下ろし、感謝の黙とうを捧げたが、すぐにそのことに対して罪悪感に襲われた。そして彼はこれまでの人生で一度も聞いたことのないものを耳にしていた。検事長が泣いていたのだ。

トムはヘレンの眼を覗き込んだ。「まだ話してないことがあるのか？」

彼女はエメラルド色の瞳で彼を見つめた。「ジャスミン・ヘインズが今朝、ボン・ブラウン・センターでスピーチをした」

トムはパニックの短剣に心臓を貫かれるのを感じた。

「建物の内外には少なくとも六名の保安官補が警備していて、さらに十数名の警備員がバックアップしていた」彼女は続けた。声が震えていた。「ハンツビル市警もクリントン・アヴェニューを監視していたけど、すべてのエリアをカバーするのは不可能だった」

トムは息を呑んだ。口のなかが渇いていた。「ヘレン、何が？」

「一時間半前、ボン・ブラウン・センターを出たところでジャズが撃たれた。スナイパー・

ライフルから三発」ヘレンは唇を噛んだ。「現場で死亡が確認された」

トムの手が震えだし、足や腕も震えていた。うそだ、とトムは思った。うそだ、うそだ、うそだ。

彼は眼を細めてヘレンを見上げると言った。「ボーは――?」

「彼は無事よ」ヘレンがさえぎるように言った。「でも、トム……彼は現場を目撃していたの。その場にいたのよ。……悲嘆に暮れている」

「今、どこに?」

「マディソン郡拘置所」

「なんだって?」とトムは訊いた。

ヘレンはため息をついた。「銃撃のあと、彼は……我を忘れて暴れたの」彼女はそこでひと息ついた。「できる限りのことはしたけど、一晩かもっと長く、拘留されることになると思う」

いっとき、ふたりはただ見つめ合った。「トム、ごめんなさい」ヘレンはようやくそう言うと、視線を外してまた胸の前で腕を組んだ。「ごめんなさい」

トムは力を振り絞って、もう一度立ち上がった。ウェイド、パウエル、ジャスミン・〝ジャズ〟・ヘインズ、そしてリックの姿が脳裏に浮かんだ。息をするのも苦しかった。

「彼は自分がすると言ったとおりのことをやっている」とトムは言い、ヘレンを見た。涙で顔にマスカラの跡が残っていた。

「警察に言って……法執行機関が関与したのに……何も変わらなかった。ウェイドとジャズは……」トムは下唇を震わせて、一九七〇年代初めに親しくなった若き日の刑事のことを思い出していた。彼はその人生とキャリアを殺人事件の捜査に捧げてきた。四十年来の友人だった。そしてジャズ。二年前にプラスキで行われた裁判で表情ひとつ変えずに夫を支えていた美しくカリスマ的な妻の姿が心に浮かんだ。ふたりの子どもの母親だった。まさに人生の最盛期を迎えていた。

「ふたりとも死んだ」トムの呼吸は浅くなり、声もしゃがれていた。パウエルとリックも死んでしまうかもしれない。そしてボーも……。トムは、昨夜の〈オールド・タウン・ビア・エクスチェンジ〉での親友のやつれた姿を思い出していた。結婚に失敗したことで、ボーの眼には敗北の色が映っていた。トムは、ボーが自分の人生以上にジャズのことを愛していたことを知っていた。そんな彼が彼女の死を目の当たりにしたのだ。

トムの口から嗚咽が漏れ、喉が締めつけられた。咳き込んでしまい、発作を抑えようとしたが、うまくいかなかった。もう一度、より激しく、長く咳き込んだ。さらにもう一度。

「トム、お願い、坐って」とヘレンは言った。トムは咳き込み続け、ヘレンの声もほとんど聞こえていなかった。彼がビルに眼を向けると、赤く縁どられている眼で心配そうに見つめ返してきた。

「落ち着くんだ」とビルは言い、トムの背中に手を置いて軽く叩いた。後ろに別の男の姿があった。壁にもたれかかっている男がそこにいるはずがないと思い、眼をしばたたいた。それでもまだ見えていた。その人物はその日の朝と同じ服を着ていた。ショートパンツにビーチサンダル、そしてサンバイザーといういでたちだった。

「レイレイ」トムは咳の合い間にすすり泣くように言った。「なんでこんなことになったんだ?」

トムは自分の胸を押さえた。世界がぼんやりとしてきた。

「トム!」ヘレンが叫ぶ。が、その声は一マイル先から聞こえてくるようだった。

「どぶ川のなかでナイフを振り回して戦ったんだ、トミー」レイレイ・ピッカルーの声はヘレンの声よりも近くから聞こえてくるようだった。「次のプレイはどうする、爺さん?」

「黙れ」とトムはなんとか言った。

「トム!」ヘレンの顔が浮かんでは消える。もう何も聞こえなかった。レイレイの声さえも。

トムはヘレンの眼を覗き込んだ。だが、その瞳はもう緑色ではなかった。

銅色をしていた。

おれの言ったことを忘れるなよ、爺さん。お前の審判の日がやがて来る。

殺人鬼の声がトムの耳のなかにこだまする。その声の後ろから水の流れる音が聞こえてきた。大きな音で次第に大きくなっていく。

「トム！」

轟音は耳をつんざくまでになっていた。足の感覚がなくなっていた。何も感じなかった。意識が遠くなった。何も見えないはずだったのに、彼には見えていた。

ジムボーン・ウィーラーが自分をあざ笑うように狂った笑みを浮かべていた。

「全部、わたしのせいだ」トムは囁いた。そして、ありがたいことに、視界が真っ白になった。

そこには何もなかった。

第四部

45

殺害から十日後の二〇一三年十二月十五日の日曜日、ウェイド・マイケル・リッチー捜査官は、タスカルーサのメモリーヒル・ガーデンズ墓地で安らかに棺《ひつぎ》のなかに横たわっていた。彼は亡き妻のリタと母のロイスの隣に埋葬されることになっていた。葬儀にはタスカルーサ郡保安官事務所のすべてのメンバーと、ひとりを除いて地区検事局のすべての職員が参列した。

ひとりだけ欠席した地区検事本人は、ドルイド市立病院の集中治療室《ICU》で危篤状態が続いていた。葬儀が終わったあと、リック・ドレイクは遺族が集まっているテントに歩みよった。お悔やみのことばを告げたいと思ったのだ。棺のそばにウェイドの姉のエレノア・リッチーが立っていた。銀色の髪をした背の高い女性で、おそらく七十代前半だろう。

「ミズ・リッチー、リック・ドレイクです。このたびはなんと言ったらいいか……」

「ドレイク?」

リックは頷いた。

「弟があなたのことを話しているのを聞いたことがあるわ。ウェイドは数年前、プラスキであなたとマクマートリー教授の力になった」彼女はことばを切った。「プラスキでウェイドが逮捕した男が、弟を殺したというのは本当？」

ジムボーン・ウィーラーがウェイドの殺害犯であるといううわさがこの数日流れていたが、保安官事務所からの公式発表はなかった。手続きに従っているのだ、とリックは思った。百パーセントの確信がない限り、法執行機関は、銃撃とジムボーンを結びつけることでパニックを引き起こしたくないのだ。

リックにそのような制約はなかったので、ウェイド・リッチーの姉に真実を伝えることにした。「はい、マァム。間違いありません。彼はジャスパーで僕も殺そうとしました」

「でも、殺さなかった」

「いいえ、マァム。友人が僕の代わりに凶弾に倒れました」

エレノアは悲しそうに笑みを浮かべた。「あなたのお友だちは？」

リックは首を横に振った。

「ミスター・コンラッドのお見舞いに伺ってもいいと思う？」とエレノアが尋ねた。「彼とウェイドはとても親しかったので。わたし……」彼女の唇が震えだし、リックは胸の痛みを感じた。

「是非、そうしてください。ただパウエルはまだＩＣＵで意識がありません。家族と友人のお見舞いは許可されていますが一度に数分間だけです」リックはそう言うと、歯を食いしばった。「あまり具合はよくありません」

「助かりそう？」

「わかりません」とリックは言った。

「マクマートリー教授は？　ウェイドは彼とも長年にわたって親しかったと聞いてるわ。彼は大丈夫なの？」

リックは首を振った。「いいえ、マァム」

もはやエレノア・リッチーは激しく泣きだしていた。「本当にひどい話ね。弟は引退しておくべきだった」

「彼は仕事を愛していました」

「そしてその仕事が弟を殺した」エレノアはそう言うと、リックの肩をつかんだ。「あなたは死なないで」

リックが彼女に頷くと、別の参列者が彼を押しのけて、エレノアに抱きついた。リックはしばらくのあいだ棺の前に立ち、マホガニーでできた棺の表面に手を置いた。

涙があふれてきて、一年前にドレイク農場で父を埋葬したときの同じような光景を思い出していた。リックは自分の手にキスをすると、棺のうえに置いた。「あのクソ野郎を捕まえるぞ、ウェイド。神が証人だ。必ず捕まえてやる」

46

タスカルーサでウェイド・リッチーの葬儀が行われているのと同じ頃、ジャスパー聖公会では、教会の案内係が献金を集めていた。キャサリン《キャット》・カルホーン・ウィリストーンの坐っている信者席でプレートが止まると、彼女は千ドルの小切手が入った封筒を置いた。故郷に戻ってきてから毎月一回行ってきたように。そして彼女の父、マーセラス・〝ブリー〟・カルホーンが生涯にわたって、毎月一回行ってきたように。教会に気に入られるのはいいことだし、年一万二千ドルの寄付は税金対策にもなる。

キャットはプレートを受け取った案内係に頷いた。が、彼女が考えていたのは、神のことでも、教会や税金のことでもなかった。考えていたのはジムボーン・ウィーラーのことと、一カ月前、リック・ドレイクが自身の聖戦を陪審員裁判にゆだねようとしていることがわかったときに行った取引のことだった。

金を持っている者がルールを作る。彼女の父親はいつもそう言っていた。

ブリー・カルホーンの人生哲学が間違っていたことはほとんどなかった。だが、今回はそのひとつになるかもしれない。キャットはそう思い、閉会の讃美歌を歌うために、会衆と一緒に立ち上がった。

この十日間、彼女はウォーカー郡、タスカルーサ郡、そしてマディソン郡による長時間の尋問に耐えてきた。彼女はそれぞれに対し、サントニオ・ジェニングス、ウェイド・リッチー、ジャスミン・ヘインズが殺害された時刻には自宅にいたこと、ジムボーン・ウィーラーと連絡を取ったことはなく、それどころか一度も話したことはないと証言していた。同様に、マヘリア・ブレシカ・レイエスとは話したことも、会ったこともないと証言した。それは事実であり、そう主張することにまったく問題はなかった。

彼女の連絡相手は昔も今もドウェイン・パターースンだった。彼女はマニーとジムボーンと取引をするためにパターースンに頼った。父親から相続した一千万ドルを失うのを恐れたのだ。亡き夫の生命保険金は、夫の前妻であるバーバラが起こした裁判の和解により、前妻と自閉症の息子と分けなければならなかった。これ以上トム・マクマートリーとリック・ドレイクのせいで父親の金を失うわけにはいかなかった。夫と父親の破滅は、このふたりの弁護士のせいだと彼女は思っていた。

ドレイクとハーム・ツイッティを殺しさえすればよかった。

それでこの訴訟は終わるはずだった。主任弁護士と花形証人がふたりとも死ぬ。訴訟はコナー判事によって延期されるだろうが、ドレイクとツイッティが死んだあとに引き継ごうとする馬鹿はいないはずだ。まして、末期癌と戦っているマクマートリーは、すでに死んだも同然だ。

だが、実際にはそうはならなかった。ジムボーンが脱獄した。彼はドレイクを殺すのに失敗し、彼女の知る限り、ツイッティを殺そうとさえしていなかった。代わりに彼は、二年前にプラスキで自分を逮捕した検事と捜査官を撃ち、マニー・レイエスがボーセフィス・ヘインズの妻を暗殺したようだった。

とんでもないことになっている。キャットは祝福を受けるために立ち上がると、そう思った。

何人かの信徒の男性と握手をし、知り合いの女性とハグを交わすと、ストレッチ・リムジンに乗り込んだ。シップジー・ワイルダーネスの端にあるカルホーン邸に向かう途中、心を落ち着けようとしたが駄目だった。状況が制御不能になっているとしか考えられなかった。

しかも、裁判は引き続き行われる。最悪の結果だ。銃撃の翌朝、コナー判事は緊急の電話会議を設定し、リック・ドレイクに継続の必要性と要望を尋ねた。キャットはヴァージル・フラッドの法律事務所で電話の内容を聞いており、ドレイクの狂ったような声を耳にしていた。「月曜日に裁判を行うことを希望します、裁判長。わたしの依頼人も前に進むことを希望しています。この事件が裁判まで進まなければ、サントニオ・ジェニングスの死は無駄になってしまいます」キャットはヴァージルに刺すような視線を送り、両手を広げて差し出し、なんとかするようにと示した。そして老いた化石はそれに応えて全力を尽くした。

「裁判長、被告側は延期を希望します。少なくとも脱走犯のジムボーン・ウィーラーが警察に逮捕されるまでは。聞くところによると、その男は昨日タスカルーサとジャスパーで人を殺し、ハンツビルでの殺人にも関与しているそうじゃないですか。もし、ミスター・ドレイクがこのサイコパスのターゲットなら、我々全員もターゲットだということになります。ここだけの話、裁判長、わたしは今年のクリスマスには自宅にいたいのです。棺桶《かんおけ》のなかではなく」

コナーは優に一分間熟慮した。そして、ようやく長いため息をつくと言った。「ローダーデール郡の判事に確認しましたが、彼らは我々のために二週間予定を空けてくれているそうです。なので、月曜日に裁判を開始しなかったとしても、五日間で終えることができると全員が考えるなら、十二月十六日まで一週間は延期することができます。さもなければ、最も早くても、六月まで待たなければなりません。彼らはそこまで予定がいっぱいなのです」コナーはことばを切った。「ミスター・ドレイク、起きたことをすべて考えると、あなたが六月まで裁判の延期を希望すると思っていました」

「いいえ、裁判長」リックはためらうことなくそう言った。「依頼人とわたしは裁判の継続を希望しています。月曜日に開始していただければベストですが、起きたことすべてを考えると、一週間の猶予がいただけると助かります。この裁判が四日もかかるとは思いません。ましてや五日などありえません」

再び、コナーは時間をかけて熟考した。話し始めたとき、その声には断固とした決意がにじんでいた。「わかりました。では、裁判を一週間延期することにします。十二月十六日の月曜日にフローレンスで会いましょう」

リムジンが、彼女が少女の頃に暮らし、今はひとりで暮らしている邸宅の車寄せに停まったとき、キャサリン・カルホーン・ウィリストーンは、いまだに信じられない気持ちのまま、現在の状況を頭のなかで整理していた。

この裁判を避けるために五十万ドルも費やした。三人が死に、さらにふたりは入院している……

……なのに裁判はまだ続いている。

車から降りると、長い私道を警察のセダンが入ってくるのが見えた。キャットが手を振って指示すると、リムジンの運転手――アンソンという名の小柄で筋肉質な赤毛の男――が車をガレージに入れた。

キャットは腕を組み、パトカーが彼女のすぐそばに停まるまで待った。ウインドウが下りると、ドウェイン・パタースン保安官が彼女を見上げた。「話をする必要がある」と彼は言った。

「そのようね」

彼は邸宅のほうを顎で示しながら言った。「なかでいいかな?」

キャットは大きな音をたてながら足早に家に向かった。自分のなかで怒りがふつふつと湧いてくるのを感じていた。

なんとか家に入ると、キャットは針金のように痩せた保安官のほうに向きなおり、固く握りしめた右こぶしを保安官の顔に振り下ろした。骨に当たる感触がし、パタースンの鼻から血がほとばしった。

「いったいどうなってるの、ドウェイン？」彼女は問い詰めた。保安官が両手を顔に持っていくと、キャットは真正面から股間を蹴り上げた。保安官は痛みにうめきながら、膝をついた。

キャサリン・カルホーン・ウィリストーンは小柄で痩せていたが、毎日のトレーニングで筋肉は引き締まっていた。さらにこの家に戻ってからは、テコンドーの練習も再開していた。この男のケツをずっと蹴っていたいと思ったが、情報が必要だった。「話すのよ、この間抜け」

「ミスター・ウィーラーはすべて順調で、契約もちゃんと履行するつもりだと言っている」

「そうしたほうがいいわ」キャットは吐き出すように言った。「彼はドレイクとツイッティを殺すことになっていたのよ。なんでカウボーイみたいなまねをして、無差別に人を殺し始めるのよ？」

パタースンは咳き込み、血の混じった唾を床に吐いた。

「もし今度、この床に唾を吐いたら、この革靴があんたのクソまみれになるまで蹴ってやるからね、この間抜けが。わかった、ドウェイン？」とキャットは足元を指さして言った。保安官は頷いた。

「すまない」と彼は言った。「ウィーラーは刑務所でマクマートリーと彼の大切にしている人に最後の審判を与えると約束した。彼はこれらの殺人は復讐殺人であり、君とは関係ないと解釈されるはずだと言っている」

「だったらどうして警察がわたしを尋問するのよ？」

「念のためだよ、キャット。それだけだ。君はレーダーには引っかかってないが、警察はあらゆる可能性をつぶしていかなければならない。それがうちの捜査官が君を尋問した理由だ」

「たわ言よ、ドウェイン。もううんざり。五十万ドルも払ったのに、どうでもいい死体の山ばかり見せられてる。その一方でリック・ドレイクとハーム・ツイッティはまだ息をしてるじゃない」

「ハームは消えた」とパタースンは言った。「生きてはいるだろうが、銃撃のことを聞いて死ぬほど怖くなったんだろう。もっと長生きしたいと思ったようだ」

「どこに消えたの？」

パタースンは肩をすくめた。「わからない。だが家は荒れ果てていて、電話にも出ない。友人も彼がどこに行ったか知らないそうだ。C&Gのマネージャーによると、最後に彼から連絡があったのは、銃撃のあった木曜日で、電話では長期の休暇を取ると言っていたそうだ」

しばらくのあいだ、キャットは足元の血まみれの弱々しい男を見下ろしていたが、最後にはなんとか笑みを浮かべた。「ドレイクは彼を裁判に召喚したの？」

パタースンは頷いた。「ああ、した。だが……」保安官は口を閉ざすと、なんと笑いだした。キャットはもう一度蹴ってやりたい衝動に駆られたが、なんとかこらえた。

「だが、なんなの？」

「ハームは戻ってこないと思う。彼があの宣誓供述書にサインしたのは、ブリーの死によってもう影響はないと思ったからだ。ハームにはジャスパーに家族はいない。アルヴィーのことは好きだったろうが、彼のために死ぬほどじゃない」パタースンはキャットに向かってほほ笑んだ。「ハームはずらかったのさ。Ｃ＆Ｇを長年経営してきて、十分な資金も得ているから、ケイマン諸島かカリブ海のどこかに行ったに違いない」彼はことばを切った。「来週、フローレンスには現れないよ。賭けてもいい」

「そのことばを忘れないわよ」とキャットは言った。今は心から笑っていた。保安官は、ゆっくりと立ち上がると、ズボンのほこりを払った。

「じゃあ、ミスター・ウィーラーはどうやって契約を履行するというの？」とキャットは訊いた。

パタースンはため息をついた。「正直なところ、わからない。本音を言えば、知らなくて喜んでいる」彼はそう言うと、鼻から血を拭った。「君もおれも知りたいとは思っていないはずだ」

47

金色の太陽がフリント川の黒い水面に沈む頃、ジムボーン・ウィーラーは、湯の泡立っているバスタブに入っていた。裏のデッキにあるこのジャグジーはドウェイン・パタースンの山荘の自慢であり、ジムボーンはようやくそれを愉しむことができた。両腕を背後のバスタブの縁にかけ、右手には冷えたビールを持っていた。ボトルを唇まで運ぶと、デッキの木製の床をマニー・レイエスが彼のほうに歩いてきた。シルクのバスローブを着ていたが、バスタブの数メートル手前でローブを脱いだ。「どう？」と訊くと、くるっと回ってみせた。そして、胸のうえの部分だけが水面から出るようにしてバスタブに入った。

「ビールは？」とジムボーンが訊き、クーラーのなかに手を入れて、〈クアーズ・ライト〉のボトルをもう一本取り出した。

「いいえ、結構よ」とマニーは言った。

「好きにしろ」とジムボーンは言い、それまで飲んでいた自分のボトルを飲み干す前に、新しいビールのふたを開けた。最初のボトルが空《から》になると、川へと続く草むらに投げ捨てた。そして新しいボトルからぐいっと飲んだ。

「じゃあ、今夜は酔っぱらうのね、セニョール？」

ジムボーンは首を振った。「いや、ほろ酔い程度だ。これを飲んだら、もう一本だけ飲む」彼は両手を大きく広げた。「ここ、神とみんなの前で」

彼女はニヤニヤと笑った。「セックスばかりで飽きない？　この十日間、やってることと言えばそれだけよ」

「マニー、この世界でおれが飽きないのはそれだけだよ」そう言うと彼女にウインクをしたが、すぐに冷たい眼になった。「街に行って何かわかったか？」

「マクマートリーはまだ生きている。ハンツビル病院の四階で厳重に警護されている」

「ヘインズは？」

「まだ拘置所のなかよ」彼女はそう言うと、鼻にしわを寄せた。「でも、今夜には釈放されるはず」

「やつの妻の葬儀はいつだ？」

「まだ決まってない」

ジムボーンは称賛の眼で彼女を見つめた。「最高の仕事だったよ、ダーリン。あの哀れな男の妻を殺すだけでなく、うまい具合に警察の眼を彼に向けさせることに成功した」

「あれは運がよかっただけ。彼らは離婚調停の真っ最中だった。タイミングがよかったのよ」彼女はそう言った。「それに彼は妻が殺されて、おかしくなってしまった」

ジムボーンはニヤリと笑うと、ビールをぐいっと飲んだ。「検事のほうは？」

「まだ生きている。けど意識は失ったままよ。予後は悪いまま」

しばらくのあいだ、ふたりとも無言だった。やがてジムボーンが自分の足で彼女の足を軽くつき、爪先で彼女の足を撫で始めた。

「裁判についてはどうするつもり？」マニーがようやく尋ねた。「保安官から電話があったわ。わたしたちのスポンサーはここまでの結果に怒っているそうよ。あなたの好きな表現は何？　彼女は……パンティを丸まったまま履いている（怒り狂っているという意味）？」

ジムボーンは笑った。「それがいいな、ダーリン。この宣戦布告が全体のマスタープランのなかでどういう位置づけにあるのかドウェインに話してくれたか？」

彼女は眼を細めて言った。「全体像は説明してみせたけど、彼は細かいことまで知りたがらなかった。彼が言っていたのは、ミセス・ウィリストーンは裁判の延期とドレイクの死に大金を払ったのに、そのどちらもまだできていないと言って怒ってるそうよ」

ジムボーンはデッキを覆っている屋根を見上げた。「短気だな。まあ、彼女の父親と彼女の夫の最大の長所のひとつではあったが。それに彼女は間違っている。裁判は一週間延期された」

「そのとおりよ」とマニーは言った。「でもミセス・ウィリストーンはもっと長い延期を望んでいた。裁判は明日始まる」

「そして我々には計画がある」とジムボーンは言った。

再び、沈黙が流れた。最後に、ジムボーンはビールを床に置き、バスタブのなかを移動してパートナーの隣に来た。黒髪を撫でると、彼女を自分のうえに持ち上げた。鍵を鍵穴に差し込むように、彼女のなかに入った。挿入したとき、聞こえたのはマニーのあえぎ声だけだった。「頼んだことはやってくれたか？」

彼女は頷き、彼のうえでゆっくりと前後に体を動かし始めた。「マクマートリーには午前十時と午後四時に来客があった」

「家族か？」

「それと友人の医師」

「ドレイクは？」

マニーは首を振り、動くペースを上げた。「彼は、今日はタスカルーサにいた」彼女はうめき声をあげた。「刑事の葬儀に」

ジムボーンが彼女の唇に手をやると、彼女は彼の指を舐め、今度は彼のうえで激しく動いた。「メキシコ人から何か連絡は？　マクマートリーの息子の車に追跡装置はつけたのか？彼らを監視してるのか？」

彼女は頷くと、自分の髪に手をやり、背中を反らせた。「金曜日に病院に老人を見舞いに来たときに、息子の妻のヴァンに追跡装置をつけたそうよ。駐車場に張った氷を割っている管理人を装って」彼女はそう言うと喜びの声をあげた。「パスコによると、金曜と土曜に出かけたのは病院との往復だけだったそうよ」

「で、今日は？」

マニーは顔を歪めた。「今朝、病院に行って、それから……」彼女の唇からまたあえぎ声が漏れ、よだれが流れ落ちた。ジムボーンは親指でそれを拭った。「それから、なんだ？」

「それから、マクマートリーの息子が少年をハンツビルの南にある、ファーン・ベルと呼ばれるレクリエーションセンターに連れて行ってバスケットボールをした」

「チームの練習だったのか？」

「いいえ」マニーの息は、今は浅くなっていた。達する寸前だ、とジムボーンは思った。

「少年と父親だけ」

「警護は？」

「ふたり。ひとりは彼らと一緒に体育館のなかに入って、もうひとりが駐車場を見張っていた。もうひとりの警官は家に残って家族を見張っていた」

「その子のチームは明日も試合があるのか？」

眼を閉じたまま、マニーはうなるように、「ええ」と言った。「彼のチームのフェイスブックによると、午後六時から」彼女はことばを切った。「オークウッド・アヴェニューのはずれにあるオプティミスト・パークで」

「彼は、ここ三試合は欠場している」ジムボーンはマニーの乳房に手を添えて激しく突いた。

「どうやら家族も落ち着かなくなってきているようだ」

マニーは口を開いたが、何も言わなかった。代わりに、かろうじて聞こえる程度の声をあげて絶頂に達した。

数分後、彼女の震えが治まると、ジムボーンが彼女の耳元で囁いた。「この戦争を終わらせる覚悟はあるか？」

彼女は体を離すと、黒い瞳で彼をじっと見た。「ええ、でも……」彼女の声は小さくなっていった。ジムボーンが厳しいまなざしで彼女を見た。

「でも、なんだ？」

「やりすぎだと思わない？　本当ならもう彼らを殺せていた。わたしの祖国でお金を数えていたり、こんな蛇の穴みたいな山小屋じゃなくて、太平洋を見渡すジャグジーでセックスをしたりしていたかもしれない」そう言うと彼女はフリント川の暗い水面を指さした。

「おれが狂ってると思うか？」とジムボーンは訊いた。

彼女は数秒間黙っていた。やがて言った。「いいえ。でも、マクマートリーを苦しめたいというあなたの願望が判断を曇らせていると思う。息子と妻は、子どもたちを危険にさらすつもりはないわ」ひと息つくと続けた。「あの少年は明日も試合に出ない」

ジムボーン・ウィーラーは、後ろに手をやると、置いてあったビールを手に取った。ぐいっとあおると、げっぷをした。「たぶんそうだろう」とジムボーンは言った。「だが、おれの直感は、彼らもそろそろ失敗をしでかす頃だと言っている。試合じゃなくても、別の何かが起きるはずだ。旦那のほうは息子を連れて出かけた」彼は、親指を彼女の顎と唇のあいだのくぼみに押し当てた。「妻のほうもそろそろ出かけてもいいんじゃないか、違うか？」

マニーはその親指を払いのけると、胸の前で腕を組んだ。「確かに」

「そうなったとき、おれたちには準備ができている」

「警備はどうするの？」

「家のなかなら、三人の警官に阻止されるだろう」彼はビールの瓶をゆっくりと傾けて飲んだ。「少なくとも応援が来るまで」彼は歯の先に舌を這わせた。「だが、外ではそうはいかない」

彼女は彼に近づくと言った。「どうしてこんなことをするの？　なぜ今すぐドレイクを殺さないの？　そうすれば依頼人の裁判も終わる。ミセス・ウィリストーンが気にしてるのはそれだけよ。そして、マクマートリーが退院したら——つまり病院で死ななければ——、そのとき彼も殺す。なぜ、ひとりずつ殺さないの？」

「なぜなら、これは金のためだけではないからだ、ハニー。マクマートリーはおれを刑務所に入れた。やつはまだ十分苦しんでいない」彼はビールを一口飲むと、彼女を見つめた。「この仕事を引き受けたとき、お前は究極の目的を知ったはずだ。それは決して金のためだけじゃない」そう言うと夜の空を見上げた。「おれたちはやつらを引きずり出す。マクマートリー、ドレイク、ヘインズ」彼は指を折って彼らを数えた。「そうすれば、樽《たる》のなかの魚を撃つように絶対に失敗しない」

いっとき、山荘のデッキのうえで聞こえるのは、裸の木の枝のあいだを吹くかすかな風の音だけだった。そしてマニーが彼の耳元で囁いた。「もし、あなたの直感が間違っていたら？もしターゲットをおびき出すことができなかったら？」

ジムボーンは口元までビールを持ってきた。が、飲まなかった。パートナーをじっと見てから、ようやく素早く頷いた。「二日間、やつらを監視しよう。火曜の夜までにチャンスがなかったら、そのときはお前のアイデアに従って、ドレイクからひとりずつ始末する」彼はボトルに口をつけ、ビールの残りを飲み干すと、ほかのボトルと同じように草むらに投げ捨てた。「だがな、マニー、ボーン様の直感は決して外れない」

彼女は身を乗り出すと、湯のなかに手をやり、彼の太ももに指を走らせた。「マクマートリーを過小評価していると思ったことはない？」

ジムボーンは再び空を見上げた。彼女の指の感触を愉しんでいた。「以前はそうだった。だがそのときは、他人のルールでプレイしていた」彼は視線を下ろすと彼女を見た。「今は自分自身のルールでプレイしている」

「あなたのターンってわけね？」と彼女は訊いた。

「そうだ」と彼は言い、自分のうえに乗ってくるブロンズの体を感嘆の眼で見た。そして彼が死刑囚監房で過ごした二十六カ月間、トム・マクマートリーにこの十日間で味わわせた地獄、そしてすぐにさらにヒートアップしていくことを考えながら、満足げにほほ笑み、小声でつぶやいた。「おれのターンだ」

48

日曜日の午後六時四十五分、独房の鉄扉がガシャンという音とともに開いた。「よし、出ていいぞ」と看守が言った。

ボーセフィス・ヘインズは背中をシンダーブロックの壁にもたせかけ、コンクリートの床に坐っていた。眼は開いていたが、何も見ていなかった。十日前に収監されたときに渡されたオレンジのジャンプスーツを着ていた。

「ヘインズ、さあ出ろ！」

ボーは軽蔑のまなざしで男を見上げていたが、壁を利用して立ち上がった。「誰が保釈金を払ったんだ？」とボーは尋ねた。

看守はその質問を無視し、独房の長い廊下を先に歩くよう、ボーに手で示した。出口に向かうあいだ、ほかの囚人の野次が聞こえてきた。ボーはこの場所のすえたにおいを吸い込んだ。自分も同じようなにおいがしているに違いないと思いながら。

待機房に連れて来られると、看守がランドリーバッグをボーの足元に投げた。「お前に返せる服はこれだけだ」彼はそう言うと、腰に手を当てた。「着替えが済んだらノックしろ」そう言うと看守は扉をバタンと閉めた。

ボーはランドリーバッグの置かれたほうに重い足取りで進んだ。あの朝の市民センターでのスナップショットが頭のなかに浮かんできて、心臓の鼓動が高鳴りだすのを感じていた。血まみれの指を彼のほうに伸ばし、もう少しで彼の指に触れそうになりながら、彼の名前を叫ぶジャズ。そして彼女の頭が……

ボーはバッグのなかに手を入れ、ボタンダウンシャツとジーンズを取り出した。シャツの前身頃には妻の血がついており、一週間半のあいだに生地が濃いピンク色に変色していた。彼はそのシャツに鼻を押し当て、思わず顔をしかめた。あのときの映像が蘇ってきた。

ライフルの銃弾に額を撃ち抜かれ、後ろに倒れるジャズ……

耳と顔から血の気が引いていく音が聞こえるような気がするなか、死んだ妻の腕を揺さぶって、彼女を生き返らせようと無駄な努力をした……

顔のない警官の一団が向かってくると背を向けた……

一番近くにあった車――SUVか何か――に体をぶつけ、こぶしをフロントガラスに打ちつける。やがてガラスの砕ける音が周囲に響いた。

膝をついて、傷ついた指で無精ひげや顔、頭を触ると、ガラスの破片が肌に刺さり、チクチクと痛んだ。

妻の遺体を前に、顔のない警官たちが彼女の遺体を袋に入れるのを見ていた……

そして……何も見えなくなった。

次にはっきりと覚えていたのは、眼を開けると拘置所の硬い床のうえに坐っていたことだった。夜勤の看守は、銃撃のときにジャズの隣にいた保安官補から事情を聞いていた。その看守によると、ボーは、まず病院に運ばれて傷の手当てを受けたあと、拘置所に運ばれて来るまで、呆然自失として、何も話さなければ、まばたきすらしなかったという。彼は一晩留置され、銃撃後の異常な行動に関する尋問を受けた。殺害の直前に被害者と口論になり、被害者のドレスが破れていたとの目撃証言もあった。質問にまったく答えなかった彼は、翌朝、器物損壊と家庭内暴力の容疑で起訴された。

ボーはそのうつ状態から七十二時間、抜け出ることができなかった。その三日間で彼にわかったのは、頭のなかで鳴り響く、決して絶えることのないジャズの最後のことばだった。

「大嫌い」

何度も何度も何度も繰り返された。

「大嫌い」

「大嫌い」

「大嫌い」

　ようやくいくらか自分の感覚を取り戻したとき、一度だけ電話をかけることのできる権利を使って義理の父親であるエズラ・ヘンダーソンに電話をした。会話は緊張をはらんだ、短いものとなった。エズラは娘の死をボーのせいだと言い、家庭内暴力の告発を取り下げさせることも、T・Jとライラの親権を渡すこともありえないと言った。また今回のボーの一件を人材開発省《DHR》に報告したとも言った。最後に彼は、ボーにジャズの葬儀には来ないでほしいと言い、もし来ようとしたらまた警察に逮捕させると言ったのだった。

　ボーは老人の暴言にも何も反論しなかった。エズラが話し終わると自分の要望を言った。

「子どもたちをお願いします、エズラ。ふたりに愛していると伝えてください。警官はあなたの家を警護してますか？」

　エズラはいると答えた。

「よかった」とボーは言った。「注意してください。警官の警護なしにはどこにも出かけないように」

「わしがお前のような馬鹿だと思ってるのか？」エズラはそう言った。「T・Jとライラは大丈夫だ。お前が近づかない限りはな」老人はそう言うと電話を切った。

ボーは汚れたシャツに袖を通し、ジーンズを穿くと待機房の扉を内側からノックした。受付で財布と車のキーを渡された。彼の〈セコイア〉は収用されていたため、係員は車の置かれた市営駐車場のチケットを渡すとともに、そこへの行き方を教えた。

その一分後、ボーセフィス・ヘインズはマディソン郡拘置所から釈放された。

ボーは、彼の保釈金を払った人物が、拘置所の駐車場の錆びたセダンの運転席側のドアにもたれかかっているのを見た。重い足取りでその人物のほうに向かって歩いた。十日間ほとんど寝ていないため疲労を感じていた。車のボンネットのところまでたどり着くと言った。

「なぜ保釈金を払った？」

リック・ドレイクはおずおずと一歩前に出ると言った。「僕じゃない。ルイス検事長だ。彼女が、あなたがまだ支払っていないと言って、それで……」

「それで彼女が余計なことをしたというわけか」

リックはさらにもう一歩近づくと言った。「ボー、奥さんのことはなんと言ったらいいか……」

ボーは彼をにらんだ。「パウエルは死んだのか？」

リックは首を横に振った。「彼はまだＩＣＵで危険な状態にある」

「教授は？」

「ボー、家まで送るから、着替えないか？」とリックは訊いた。

ボーはリックから眼を離さず、車の助手席側に回った。そこでやっと、ガラスに映った自分の姿を見た。血まみれのシャツを見て、思わず顔をしかめた。ランドリーバッグのなかのボタンダウンシャツを見るのと、実際に自分が着ているのを見るのは別ものだった。

大嫌い。心のなかでジャズの張り詰めた声を聞きながら、自分自身を見た。それから、かさぶたに覆われた両手に眼をやった。看護師がガラスを取り除いてくれ、レントゲンで調べても骨折はしていなかった。

「おれの質問に答えろ、坊主」とボーは言い、車越しにリックを見た。「教授の具合はどうなんだ？」

「病院にいる。ジャズとウェイドにあったことを聞いたあと気を失い、疲労と脱水症状で入院した」リックはことばを切った。再び口を開いたとき、その声は感情の昂《たかぶ》りに震えていた。「癌は脳にも転移していて、幻覚を見ている」彼は地面に眼を落とした。「あまりいい状態じゃない」

ボーは苦々しげに笑った。「いいことなんて何もない」

いっとき、ふたりとも何もことばを口にしなかった。「ボー、何かできることはあるかい？」リックがようやく尋ねた。

ボーは彼をにらむと言った。「何もない。すべて終わってしまった」

49

リックは午後九時に、フローレンスの〈マッスル・ショールズ・マリオット〉にチェックインした。移動中に、パウエルの母親と話したが、特に変化はないと言っていた。トミーにも電話をしたが、教授も依然として同じ状態だった。「だいぶ弱っている。点滴が効いているようだが、まだ本来の状態ではない」最後に彼は検事長に電話をした。

「ボーはどう？」とヘレンは尋ねた。

「彼は……まともじゃなかった」とリックは言った。市営駐車場で降ろしたときに見た、ボーの取り憑《つ》かれたようなまなざしを思い出し、思わず震えた。リックが別れを告げても、ボーは反応しなかった。ただしばらくリックを見たあと、車を降りた。

「彼は地獄を見てきたのよ」

リックはまた震えを覚えた。「まだ地獄にいるようだった」

「彼がどこに行ったかわかる？」とヘレンは尋ねた。

「いいえ、でも裁判のことは彼には話さなかった。助けてくれることになっていたけど――」

「無理でしょうね」ヘレンがさえぎるように言った。

「そうですね」

ヘレンはボーの様子を見に行くことを約束し、リックには裁判での幸運を祈ると言って電話を切った。

幸運が待っているはずだ。リックはそう思いながら、エレベーターに乗って自分の部屋に向かった。キーを差し込んで部屋のなかに入るとすぐに、ホテルの電話のライトが点滅し、メッセージがあることを示しているのに気づいた。胃がぎゅっと引き締まった。頼む、今夜はもう悪いニュースは勘弁してくれ。

電話のボタンを押してから、荷解きを始めると、スピーカーから震える声が聞こえてきた。

「ミスター・ドレイク、ハーム・ツイッティだ。す……すまない。おれにはできない。あんたには行くと言ったが、やはり証言はできない。先日の銃撃戦やらなんやらが起きたあとでは……。やつらに殺されちまう。だから言ったんだ」一瞬の間《ま》があった。背後から別の声——一本調子な女性の声——がした。なんと言った？「ダラス行きに搭乗のお客様」と言ったような気がした。さらに雑音がした。そして再びツイッティの声。「すまない。あんたが勝つことを祈っている。だが、人生は短いし、おれはレルみたいにはなりたくない。さようなら」

リックはベッドの縁に坐り、電話をにらみつけていた。さらに二回、メッセージを聞いた。ハーム・ツイッティは彼の切り札だった。彼はマニー・レイエスがブリー・カルホーンと雇用関係にあったことを証明する証人だった。ふたりの関係を証言するはずだったのだ。ロナルド・コーリューの証言も役に立つが、コーリューが証言できるのは、マニーとカルホーンがゴルフ場で一緒のところを何回か見たということだけだった。ツイッティはもっと見ていた。彼は、アルヴィー・ジェニングス殺害の何日か前に、マニーとカルホーンのあいだで大金がやりとりされているところを目撃していたのだ。

なのに今、彼はダラスに向かっている。その先は、誰にもわからない。リックは彼に罰則付召喚令状を送っていたが、メッセージの声を聞く限り、彼が召喚令状に違反することを気にしているようには聞こえなかった。彼は消えた。リックはそう思った。

そしてこの裁判も終わりだ。

「くそっ！」リックは叫ぶと、手のひらが痛くなるまで右のこぶしで左の手のひらを何度も叩いた。髪に手をやり、この数日に起きたことをすべて考えた。先日のコナー判事との電話会議で、裁判を来年の六月まで延期することもできた。だが、レルの死が、彼が集めた証人にどんな影響を及ぼすか気づかなかったため、頑《かたく》なに進めることにこだわったのだった。

それにツイッティとは話していた。銃撃のあとに彼と話していたのだ。くそっ、判事との電話会議のあとに二時間も話をしたときには来ると言っていたのに。召喚令状に従うと言っていたのに。三日前にもう一度話をしたときも、彼は同じことを言っていた。

「うそだったのか」リックは声に出して言うと、ホテルの部屋のカーペットのうえを歩いた。

それともやつなのか？　誰かが彼に接触したのだろうか。あるいはキャサリン・カルホーン・ウィリストーンが断れない提案をしたのかもしれない。リックは立ち止まると、天井を見上げた。わからなかった。今重要なのは、彼が消えたということだけだった。

リックは携帯電話を取り出すと、ロナルド・コーリューの番号にかけた。彼は最初の呼び出し音で出た。「やあ、ロニー、リック・ドレイクだ」

「やあ、リック。今週は予定どおりなのか？」

リックは安堵のため息を漏らした。「ああ、予定どおりだ。火曜日の午前中までは必要ない。〈マリオット〉に部屋を取ってあるから」

「いいね。明日そっちに行って、ショールズのファイティング・ジョー（アラバマ州マッスル・ショールズにあるゴルフ場ＲＴＪゴルフ・トレイルのこと。ファイティング・ジョーとスクールマスターのふたつのコースがある）で十八ホール、プレイするつもりだ。そのあと、ホテルの回転レストランで食事をする。そこで会って、一杯飲みながら作戦会議といこう」

リックはほほ笑んだ。「いいね、ロニー。ありがとう」

「ハームからは連絡があったか？」とロニーが訊いた。「一緒に車で行こうと思って電話をしたんだが、つながらないんだ」

リックは自分の花形証人ふたりが同じ車に乗っているところを想像して思わずゾッとしたが、もうそんな心配をする必要はないのだと悟った。「ひとりで来てくれ、いいなロニー。弁護側に僕らが共謀していると言われたくないからな」

「わかった、すまない」

「気にするな」

「じゃあ、火曜日の朝に」

「ああ」とリックは言い、ふたりは別れを告げた。

よかった。リックはそう思い、〝エンド〟ボタンを押すと、そのままカーメラ・パーディの番号にかけた。彼女はマニー・レイエスがジェニングス家の私道を歩いているところを目撃した隣人だった。ミズ・パーディも電話に出て、火曜日に来ると言ってくれた。再び、リックは安堵のため息を漏らした。明日は陪審員を選び、冒頭陳述を行う。それから、最初の証人として、ラシェル・ジェニングスを証人席につかせる。

火曜日には、ロナルド・コーリューとカーメラ・パーディに証言させる。それで尋問を終えなければならない。

リック・ドレイクは眼を閉じた。コーリューとパーディがまだチームに残っていることにほっとしたものの、うまく陪審員を選べたとしても、このわずかな証拠だけでは、アルヴィン・ジェニングスの不法死亡訴訟に対し、ブリー・カルホーンを有罪にすることはできないとわかっていた。

「くそっ！」リックはまた叫ぶと、マットレスを蹴った。が、ベッドの金属製のフレームを蹴ってしまい痛みにうなり声をあげた。痛みから逃れるために歩きだそうとしたとき、ドアを四回ノックする音がして足を止めた。

リックはポケットのなかのグロックに手をやるとためらうことなく取り出した。ドアに向かって爪先で歩きながら、できるだけ低い声で言った。「誰だ？」

「友人よ」声は女性のもので、どことなく聞き覚えがあった。

リックはチェーンが伸びきるまでドアを開けた。眼を細めて、外に立っている赤毛の女性を見た。「ジル？」と彼は訊いた。ジャスパーの〈ワッフル・ハウス〉のウェイトレスだった。

その女性は頷くと、おどおどとした笑みを見せた。「制服を着てないからわからなかった？」

リックは「それに新しい髪の色」と言いかけてやめた。「レルのことは残念だった。君とレルは……」リックの声は次第に小さくなった。彼はよくは知らなかった。ジルとレルのあいだになんらかの関係があるという推測だけしかなかった。

ジルは唇を噛んだ。「ありがとう」

「どうしたんだ？」とリックは訊いた。

彼女は深く息を吸い、そしてゆっくりと吐いた。「助けてあげたい。できれば」

「どうやって？」

「レルはオーバーンで取り組んでいた件をあなたに話した？」

リックの胸のなかで温かいうずきを感じた。ラッチを外し、ドアを開けた。「ああ、マァム、聞いてるよ」

50

サンドラ・コンラッドはドルイド市立病院の集中治療室《ＩＣＵ》で、息子のベッドの脇にあるゴム製の椅子に坐っていた。息子が撃たれたことを知ってからの十日間というもの、ほとんど寝ていなかった。夫のジョン・デイヴィッドは外の待合室にいた。チューブにつながれた息子をこれ以上見ていられないと言って。彼女は涙を拭い、パウエルがＩＣＵに運び込まれてから、千回は言ってきたに違いないことばを繰り返した。

「起きて、坊や《サン》」その声は疲れと、自分の息子——たったひとりの息子——が眼を覚まさないかもしれないという恐怖からかすれていた。

この三日間、サンドラは息子のｉＰｏｄを彼の胸のうえに置き、彼が好きだと言っていた曲をかけていた。

彼女はウィリー・ネルソンが口ずさむ『ウィスキー・リバー』や『オールウェイズ・オン・マイ・マインド』を一緒に歌い、パウエルのほほにキスをした。音楽が流れているあいだにも、彼女の携帯電話からさらに二通のメールの着信音がした。苛立ちから思わず歯を噛みしめた。ディケーターの誰もが一時間おきに彼女の息子の状態を知りたがっているようだった。そうやって気遣ってくれる友人たちに感謝するべきだとわかっていたが、すべてのメッセージに返信しなければならないと思うと煩わしかった。

サンドラは椅子のうえで体を前後に揺らしながら、泣くまいとした。葬儀の準備をしなければならないという考えが頭をよぎり、それを振り払った。違う、違う、違う。この子は生きようとしている。生き延びるわ。

そんな拷問のような思いに苛《さいな》まれながら、彼女はｉＰｏｄのボリュームを大きくした。今度はスピーカーからエラ・フィッツジェラルドのジャズナンバーが流れてきて、サンドラは思わずほほ笑んだ。彼女は息子の音楽の趣味が好きだった。アウトロー・カントリー、ミシシッピ・ブルース、そしてジャズ。体を揺らしながら何度も何度も優しく囁いた。「起きて、坊や《スウィート・ボーイ》、起きて、起きて」

やがて、看護師がドアをそっとノックして入ってきた。「ミセス・コンラッド、面会時間は終わりです」

マール・ハガードの心に響く歌声が小さな病室に響き渡るなか、サンドラは新たな涙を拭った。それは母親を歌った曲だったが、サンドラはあまり好きではなかった。ベッドに身を乗り出すとｉＰｏｄを手に取った。

そのとき、息子の手が伸び、彼女の手をつかんだ。

サンドラ・デイル・コンラッドは、自分の指にかかる圧力を感じながら、心臓が締めつけられるように感じた。息子を見た。まだ眼を閉じたままだった。「パウエル！　坊《サン》や！」彼女は息子がもう一度彼女の手を握るのを感じた。そしてどんなに小さな声で話すように諭してもいつも大声で話す、砂色の髪の毛をした彼女の息子は、神が創造した最も美しいことばを口にした。

「マンマ」

51

ローダーデール郡で唯一の〈ワッフル・ハウス〉はダウンタウンからおよそ一・二キロのフローレンス大通りにあった。リックとジルはブースに坐った。ジルは横を向き、坐っていないほうの席に足を伸ばしていた。

「ホテルのバーじゃ話せない理由でもあるのかい？」とリックは訊いた。「最上階のレストランは回転して、テネシー川のいろいろな景色を愉しむことができるんだ」

「素敵そうね、ハニー。でもここのほうが落ち着くの」

リックは頷いた。苛立ちを見せないよう努めた。今は夜の十時過ぎ、翌朝の八時半には裁判所に出廷しなければならない。四時には起きて、冒頭陳述の準備と練習をする必要があった。ホテルからこの店まではジルのミニヴァンで移動した。リックはすぐに気づいた。このミニヴァンは、銃撃が始まる直前に裁判所の外で彼らを待っていた車だった。車のなかでは何も話さなかったが、今、ジルが〝落ち着く〟と言ったので、リックは自分から切り出そうと思った。

「君は銃撃を見た」と彼は言った。「僕らが乗って逃げようとしたのは君のヴァンだったんだね」

彼女は頭を上下にひょいと動かすと、ハンドバッグのなかの煙草の箱から一本取り出した。火をつけると、空《から》になったコーヒーカップを通りかかったウェイトレスに差し出した。「お代わりをもらえる？　砂糖も」とジルは言い、ウェイトレスがほほ笑んだ。しばらくすると、ジルの顔の前には、淹れたてのコーヒーから立ち上る湯気と煙草の煙が混ざった雲ができていた。彼女は手で雲を払うとリックにほほ笑んだ。「ごめんなさい」そしてため息をついた。「ええ、あそこにいたわ。全部見ていた」彼女はことばを切った。「レルがあなたたちを守って死ぬところを見ていた」

リックは喉にしこりがあるように感じ、手つかずのコーヒーカップを見つめた。ホテルに着いたらすぐに寝ようと思っていたので、カフェインを取るのは今一番避けたいことだった。カップのなかの液体をかき混ぜながら、ようやく彼女と眼を合わせて言った。「すまない」

「レルは弟の死にひどく罪悪感を覚えていた。彼は……自分に責任があると思っていた」

リックは首を振った。「そんなことはない。アルヴィーは見てはいけないものを見てしまったんだ。有力な人物の死と関係して行われた取引を。ブリー・カルホーンはアルヴィーを生かしておくつもりはなかった」

ジルはテーブルに眼を落とした。「あたしはブリー・カルホーンが殺される一カ月前にレルと出会った。彼は郵便局の仕事のあとにやって来てコーヒーを飲んでいた。ある夜、あたしは彼に家まで送ってもらってそれからふたりで……」彼女はほほ笑みながら煙草をふかした。「まあ、わかるでしょ。それからもっと頻繁に来てくれるようになって、週に二回くらい彼の家に行った」彼女は煙草を吸うと、店内を見回した。「とんでもない話、聞きたくない?」

「なんだい」とリックは訊いた。さらに苛立ちが募ってきた。

「ブリー・カルホーンを殺したのはレルだと思う」

「うそだろ」リックは首をかしげながら言った。

「真面目《まじめ》よ。レルは郵便局の仕事をする前は、〈マクドナルド〉の経営をしてたって言ってた。経営者の収入をもらってた人がなんで辞めて郵便配達員になるの? しかもレルは私立探偵でもあった。辞めるなら元の仕事に戻ればいいのに」彼女は首を振った。「でも彼は郵便局に入って、たまたまジャスパー・カントリー・クラブのすぐそばを通るルートの担当になった」

リックは背筋が寒くなるのを感じた。彼女が言っていることには真実の響きがあった。ジャスパーの〈ワッフル・ハウス〉で最後にレルと会ったときのことを思い出した。そのとき彼はこう言っていた。おれは蛇の頭を切り落としたが、尻尾はまだだ。リックはどういう意味かと尋ねたがレルは口を閉ざしてしまった。だが、今なら……腑《ふ》に落ちた。

「彼はブリーが死んだ一カ月後に郵便局の仕事を辞めた。そして、アルヴィーの家族のために、陰であなたと一緒に仕事をするようになった」

「彼には金を払ってないんだ」とリックは言った。「彼が金はいらないと言って」

ジルの眼が輝く。「さっき言ったように、真実かどうかはともかく、レルはアルヴィーの死に罪の意識を感じて自分を責めていた」

リックはコーヒーカップに眼をやった。なかの液体がもう冷めてしまっているだろうとわかっていた。まだここに来た目的について聞いていなかった。「オーバーンの件について教えてくれ、ジル。レルはリー郡で何をしていたんだ？」

ジルは煙草を吸ってから、コーヒーを飲んだ。ウェイトレスがワッフルの皿を置き、ジルは時間をかけてバターとシロップを塗った。〈キャメル〉を灰皿でもみ消すと、フォークを使ってワッフルを一口食べた。食べながら、フォークをリックに向けた。「ずっと、そのことがわからなかった。週末になると出かけていて、どこに行ってるのかって訊くと、アルヴィーの事件の捜査とだけ言っていた。一カ月ほど前、彼が口を滑らせてオーバーンに行くと言った。なんでそんなド田舎に行くのって訊いたら、そこに事件の全貌を明らかにできる人物がいると言っていた。そのクソ野郎に口を割らせることができればと」

「誰？」とリックは訊いた。

ジルはワッフルをもう一口食べてから、コーヒーを飲んでそれを流し込むと、ハンドバッグから何かを取り出した。どうやらナプキンのようだった。ジルはそれをテーブルのうえに差し出した。

リックはその紙を手に取り、黒いインクで書かれた文字を見た。それはジルの文字ではなかった。間違いなく今は亡きレル・ジェニングスの悪筆だった。リックはナプキンに書かれた名前と番号を読んで、首をかしげた。そしてジルを見た。

「この名前に見覚えは？」彼女は満足げに眼を輝かせてそう言った。

「ローソン……スノー」リックはゆっくりとそのことばを言った。以前どこで聞いたのか思い出そうとして。だが思い出せなかった。「駄目だ、マァム。思い出せない。知ってるはずなのか？」

ジルは〈キャメル〉の箱を取り出すと、煙草に火をつけた。素早く一服すると言った。

「ジャスパーやオークマン、カーボン・ヒルの出身ならね」彼女はさらに吸った。「あるいはパリッシュの」

「どうして？」

「なぜなら、ローソン・スノーは三十年間、ウォーカー郡の保安官だったから」彼女は鼻で笑うと、〈キャメル〉をさらに吸ってから言った。「皮肉はお好きかしら、ミスター・ドレイク？」

リックは眉をひそめて、オチの台詞を待った。

「ローソン・スノーは史上最低の悪徳保安官だった。ブリー・カルホーンの懐に深く入りすぎて、毎日の小銭の額も正確に言えるほどだった」彼女はひと息つくと、物語を絞り出した。「でも、街の連中が彼のことをなんて呼んでたか知ってる？」

リックは手のひらを上に向けた。

「法律《ロー》よ」とジルは言った。「みんな彼のことをローと呼んでた」

52

ビープ音が鳴り、トムは眼を開けるとベッドのうえで起き上がった。まばたきをしながら病室のなかを見回し、自分がどこにいるのか確認していると、またビープ音が鳴った。左側に眼をやると、点滴のポールがあり、薬や液体のバッグがいくつもぶら下がっていた。さらにビープ音が鳴り、トムは点滴バッグのひとつが空《から》になったのだとわかった。ため息をつくと、うなじをさすった。

ここに来てもう何日になる？　数えられなかった。それに今は何時だろう？　窓を見たが、ブラインドが閉まっていた。ベッドのうえの彼の傍らには、リモコンの横に携帯電話が置いてあった。それを手に取ると、セキュリティ・コードをクリックした。不在着信はない。メールもない。彼が入院して以来、誰もが彼に何かを伝えることを恐れているのだ。彼は苛立ちから歯がみをした。画面には十二時五分と表示されていたが、それが午前なのか、午後なのか、携帯電話は教えてくれなかった。

トムは、汗をかいた額を拭った。ひどく喉が渇いていた。リモコンを取ると、赤い〝ヘルプ〟ボタンを押した。

「はい、ミスター・マクマートリー、どうしました？」リモコンのマイクから女性の声が響いた。

「痛み止めの点滴が切れたようだ」トムは左側のポールを見ながらそう言った。ビープ音がまた鳴った。

「わかりました。すぐに誰か行かせます」

「水も持ってきてくれないか？」とトムは頼んだ。

「わかりました」

五分後、マイケルという名の看護師が部屋に入ってきた。夜勤だっただろうか？　そう思ったが、口には出さなかった。彼が水の入ったコップを差し出すと、トムは両手で受け取った。

「ゆっくり飲んでくださいね、ミスター・マクマートリー」マイケルはモルヒネをもう一袋点滴のポールにぶら下げながらそう言ったが、そのアドバイスは無駄に終わった。水を一気に飲むと、喉があっという間に詰まってしまった。トムは水の半分をベッドの脇に吐き出して咳き込んだ。背中に看護師が手を当てるのを感じ、叩かないようにと言いたかったが、声が出なかった。

マイケルが背中に手を下ろすと、トムは痛みから悲鳴をあげた。骨まで達した肺癌の場合、背中を叩かれるほどひどい痛みはなかった。覚悟していても、筋肉や関節に刺すような痛みが波紋のように広がるのだ。トムは咳をしながらも、片手を上げて、マイケルに触れないように伝えた。ようやく発作が治まり、トムは眼を細めて看護師を見た。「今、何時かな？」

「夜中の零時十分です。もう一口飲みますか？　今度はもう少しゆっくりと」

トムが頷くと、マイケルはコップをトムの唇に押し当てた。

「ありがとう」とトムは言った。

「どういたしまして。ほかに何か必要なものはありますか？」

「今はいい」とトムは言った。

「わかりました。少し休んでください」マイケルはそう言うと去りかけた。

「待ってくれ！」とトムは叫んだ。そのせいで肺が痛んだ。マイケルが振り向き、トムは必要以上に大きな声を出さなくていいように体を乗り出した。「メイプルズ先生の回診は何時だったかな？」

「この三日間は六時半頃でした」

「そのときは君も？」

「シフトは終わってますが、その辺にいるはずです」

「そのとき起こしてもらえるかな？　これまでの回診では彼と話す機会がなかったんだ」それは必ずしも正しくはなかった。トムは少なくとも一度はメイプルズ医師と話した記憶がかすかにあったが、鎮痛剤を大量に投与されていたため、何もかもぼんやりとしていたのだ。ここ数週間、レイレイ・ピッカルーの幻覚に悩まされることが多くなり、その時間も長くなっていた。トミーから聞いてわかっていたのは、癌が脳にまで転移しているということだった。トムはどれくらい悪いのかと訊いてみたが、息子ははっきりとは答えなかった。専門家から聞くことになるのだろう。トムはそう覚悟を決めた。

　マイケルは頷いた。「もちろんです」

「ありがとう」とトムは言った。マイケルは部屋を出ると扉を閉めた。

　トムはベッドに横になり、眼を閉じた。この三分間のやりとりですっかり疲れてしまった。彼はクリアビュー癌研究所での一日のことを思い出していた。検査のこと。そのあと、ヘレンと画像診断エリアの外で会ったこと。ヘレン・ルイス検事長は、泣きながらウェイド・リッチーが死んだことを彼に伝えた。パウエル・コンラッドも撃たれ、死ぬかもしれない。ジャスミン・ヘインズも死んだ。そしてジャスパーでも銃撃があった。

トムはため息をついた。今は、彼のパートナーのリック・ドレイクがウォーカー郡裁判所であった騒動から無傷で戻ったことを知っていた。昨日、リックと話したが、フローレンスでの裁判はまだ続いているという。トムはリックの頑張る姿を心に浮かべ、誇りに思った。彼はあきらめない。

決してあきらめるな。あきらめることは一番簡単な逃げ道だ。ブライアント・コーチはよく言っていた。トムにはそのことばが聞こえた。まるでそのしわがれ声の持ち主がこの部屋のなかにいるかのように。

「決してあきらめるな」トムはそう繰り返すと、体を動かそうとした。だが、その考えが心に浮かんだとき、モルヒネが効き始めた。無理やり眼を開けた。家族は自分を必要としている。友人たちも。「決して……あきらめるな」もう一度つぶやいた。が、また意識が薄らいでいく。塩のにおいがし、深紅の四十九番のユニフォームが自分のうえに倒れ込んでくる幻覚を見る。そのとき、またあのしわがれ声が聞こえた。より大きな声で、より若く、そして興奮していた。

ビンゴだ！

トムはモルヒネが血流に流れ込むのを感じながら眼を閉じた。五秒後、ブライアント・コーチの声がショルダー・パッドのぶつかりあう音とともに耳のなかで響くなか、彼は意識を失った。

53

月曜日の午前八時五十五分、コナー判事が陪審員候補を法廷に招き入れた。リックは、様々な年齢、性別の四十数名の男女が、ローダーデール郡裁判所の巡回法廷に入ってくるのを見ていた。ほとんどが、自分が何をしているのかさっぱりわからないというような、おどおどとした表情をしていた。リックは、陪審員を務めることを、他人の教会に出席するようなものだとトムが言っているのを聞いたことがあった。いつ立ったらいいのか、いつ坐っていいのか、いつ祈っていいのか、そして声に出して「アーメン」と言っていいのかどうかもわからない。

　リックはうまいたとえだと思った。陪審員になるということ――裁判のために選ばれ、意思に反して、会ったこともない十一人の人たちと一週間をともに過ごし、この見知らぬ人々と一緒になって、人の有罪か無罪、あるいは人や会社が金銭的な賠償責任を負うべきか否かを判断しなければならないこと――は、人が耐えることのできるなかでも最も異常で、厄介な経験のひとつだからだ。

だが、これこそがこの国を世界で最も偉大な国にしているのだとリックは思った。毎年、模擬裁判チームの初日に教授が言っていたことばを思い出していた。我々は、民事と刑事の両方の裁判を、陪審員制度で解決している世界で最後の国だ。

リックはほほ笑みながら、自分のローファーに眼を落とした。そして、ラシェル・ジェニングスのほうを見た。彼女は緊張した面持ちで彼に向かって頷いた。今週は、ラビロンと幼いアルヴィンは、ミミと一緒にバーミングハムに残ったので、ラシェルひとりだった。彼女は〈マッスル・ショールズ・マリオット〉のリックと同じ階に部屋を取り、ふたりはこの朝、緊張した面持ちで朝食をともにしていた。昨晩ジルと会ったことは彼女には話していなかった。実現しないかもしれないことに期待を抱かせたくなかったのだ。彼は今朝、レルがナプキンに書き留めたローソン・〝ロー〟・スノーの電話番号に二回電話を入れ、留守番電話にメッセージを残した。今のところなんの反応もなかった。携帯電話の番号かどうかわからなかったが、このウォーカー郡の元保安官にメールも送っておいた。

リックはラシェルに頷き返すと、陪審員候補を見渡し、できるだけ多くの陪審員候補と眼を合わせようとした。彼らが席に着くと、コナー判事が陪審員に向かって言った。

「みなさん、あなたたちはこれから予備尋問《ヴォア・ディーア》と呼ばれる手続きを受けることになります。原告および被告双方の弁護士が、誰がこの事件の陪審員になるかを決定するために、みなさんにいくつかの質問をします。訊かれた質問の答えがわからない場合、はっきりとそう言って、弁護士に判断してもらうのがよいでしょう。理解できましたか？」

判事のことばを聞いても、誰も何も言わなかった。いつもと同じだった。

「ミスター・フラッド、被告側は準備できていますか？」

ヴァージル・フラッドは、脚を組んで坐り、いつもの愉しそうなまなざしを輝かせて、リックを見てから、裁判長を見た。「はい、閣下」とヴァージルは言った。狡猾《こうかつ》そうな弁護士は、椅子を陪審員候補のほうに向けると、両手でテントのような形を作って人々を見渡した。その隣には、キャサリン・カルホーン・ウィリストーンが葬儀で着るような黒いドレス姿で坐っていた。彼女も、ヴァージルと同じように、その場にふさわしい厳粛な表情で陪審員候補を見ていた。その日の朝、裁判所に到着したリックは、この女性に自己紹介しようとしたが、彼女はまるで彼がそこにいないかのように背を向けた。被告側弁護士席の端にはバーミングハムの弁護士であるアクソンとタネルの姿があった。彼らも今日はどうやらスマートフォンをしまったようで、同じように陪審員候補を見つめていた。

「ミスター・ドレイク、準備はよろしいですか？」コナーの大きな声が空気を切り裂いた。その質問を予想していたにもかかわらず、リックはアドレナリンが湧き出てくるのを感じていた。

彼は静かに立ち上がると言った。「はい、閣下」

54

キャットは、リックが陪審員候補に話しかけるのを見ながら、体中に憎しみの炎が燃え盛るのを感じていた。お前は死んでいるはずだった。心のなかでジムボーン・ウィーラーを罵りながら、そう思っていた。今頃は家でバミューダでの休暇の計画をしているはずだった。こんなひどい場所ではなく。

なのにここにいる。彼女は深呼吸するように自分自身に言い聞かせた。前日のドウェイン・パタースンとの会話を思い出していた。ミスター・ウィーラーはすべて順調で、契約もちゃんと履行するつもりだと言っている。

キャットは息を吐き、胸の高鳴りを落ち着かせようとした。リック・ドレイクを見た。彼は陪審員候補に、マーセラス・カルホーンの名前を聞いたことがあるかと尋ねていた。いくつかの手が戸惑い気味に上がり、若い弁護士はさらに質問を続けた。

ヴァージルは、裁判所に到着したときに、予備尋問の手続きは午前中いっぱい続く可能性があると彼女に言っていた。キャットは歯がみをした。が、陪審員候補のひとりが彼女のほうを見ているのに気づいた。最前列の中年男性。彼女がほほ笑むと、彼も笑みを返してきた。その男は顔を赤らめた。彼女は〝当たり〟を見つけたと思った。ヴァージルが眼の前に置いた表に眼をやると、人差し指をそのページに沿って走らせ、名前を見つけた。陪審員番号七番。ピート・クリガー。

彼女は表のなかのクリガーの名前に星印をつけ、残りの陪審員候補も詳しく観察し始めた。彼女は裁判を最後まで見たことがなかったので、参加してみようと思った。

少なくとも、ミスター・ウィーラーが約束を果たすまでは。彼女はリックを見上げてそう思った。お前はもう死んでいる。

55

パートナーがフローレンスで陪審員の評決を得るための手続きを始めていた頃、トム・マクマートリーは違う種類の判決に備えていた。

トレイ・メイプルズは、トムの前のスツールに坐り、両手を交互に回していた。メイプルズは丸みを帯びた大柄な男で、黒い髪をして、いつもきれいにひげを剃っていた。クリアビュー癌研究所での診察中は、トムとコンピューターを交互に見ながら、診察の記録、検査の指示、患者への報告を同時に行い、常に動き回っていた。

だが今は、いつもは忙しくさせるコンピューターがないためか、どこかそわそわとしていた。午前九時三十分。いつもの回診の時間よりも遅かった。その日は緊急事態があり、三時間も遅れたのだ。メイプルズは、いつもはうっとうしいほどにポジティブだったが、今日、彼の大きな眼は猟犬のように悲しげだった。

「じゃあ」とトムは言った。「言ってくれ」

「脳に腫瘍があります。大きさは一センチ半くらい」メイプルズは人差し指と親指で大きさを示した。

「だから、夜中に眼が覚めて、二年前に死んだ友人と話をしてるんだな？」トムはほほ笑んだ。が、メイプルズは笑わなかった。代わりに、医師は顎を撫でながら言った。

「可能性はあります。脳腫瘍の患者は幻覚を訴えることがあります」彼はことばを切った。

「この病気は認知症になることもあります」

トムは冷ややかに笑った。「つまり、わたしが狂っているということだな」

「いいえ、そうじゃありません。あなたはステージⅣの肺癌で、すでに骨まで転移しています。脳にも病変が見られ、放射線で治療することはできますが……」彼はそこまで言うと両手を上げた。

「だが、何が言いたいんだね？」とトムは尋ねた。

メイプルズは顔をしかめると、胸の前で腕を組んだ。「脳に放射線を当てることが現段階で有益だとは思えないとだけ言っておきましょう」

しばらくのあいだ、医師は床を見つめていた。「マクマートリー教授、あなたのようなステージⅣの癌患者の余命は六カ月とされています」彼はそう言うとトムを見た。「あなたは十四カ月生き抜いている。化学療法と放射線治療で平均の二倍以上を生きている」

トムは彼にほほ笑んだ。「あなたのおかげだ、先生。わたしは……」トムは眼の奥に熱いものを感じながら、医師の手を取った。「あなたが与えてくれた時間を大切にしてきた」

メイプルズは静かに笑った。「わたしは何も特別なことはしてません。あなたがとても強い人なんです」医師の声はほんの少しだけかすれていた。トムは彼の手を握った。一年以上のあいだ、彼は自分の主治医が優しいユーモア以外の感情を表に出すのを見たことがなかった。

「これ以上、お役に立てずに申し訳ありません」とメイプルズは言い、立ち上がった。

「先生」

医師は扉のところで立ち止まると振り向いた。

「あとどれくらい？」

メイプルズは首を振った。「あなたについて予測しようとするのはやめました」

「先生？」トムは迫った。自分の声に必死さがにじんでいるのが嫌だった。

「検査結果がもう少し安定すれば、今週末には帰宅できるでしょう」

「そういう意味じゃない」

「わかってます、マクマートリー教授」と彼は言い、天井を見上げた。「わたしがいつも言っていることを覚えていますか？」

「食べて、歩いて、祈る」とトムは言い、メイプルズはほほ笑んだ。

「それを守ってください。誰にもわかりません。あと一カ月？　いや二、三カ月かもしれない」

トムは震え始めていた唇を噛んだ。「ありがとう、先生」

メイプルズは、しばらく戸口で立ち止まり、最後にこう言った。「ありがとう、教授」

56

サンドラ・コンラッドはＩＣＵの息子の病室を歩きながら、自分の馬鹿正直さを呪っていた。息子が昨晩眼を覚ましたあとに最初に訊いたのが、「ウェイドは大丈夫か？」だった。どうしてうそをついて、無事だと言わなかったのだろう？　代わりに彼女は、息子に真実を告げた。「彼は死んだわ、ハニー。なんて言ったらいいか」

パウエルは顔を引きつらせたあと、また眠りに落ちた。その後、何度か体を動かした――よい兆候だった――が、何も話さなかった。サンドラにできることは、看護師に指示してｉＰｏｄの音楽をかけ続けることだけだった。

今、面会時間が終わろうとし、待合室に出て、夫を落胆させる報告をしなければならないと思ったとき、息子の片方の眼がまばたきをしながら開いた。

アンブローズ・パウエル・コンラッドは眼をしばたたくと、病室の天井を見上げた。サンドラはそっと彼のもとに近づきながら、かかっている曲が、マール・ハガードとウィリー・ネルソンのデュエット『パンチョと左きき』だと気づいた。

「パウエル、大丈夫？」

彼女の息子はまだ天井を見つめていた。左眼は開いていたが、右眼は固く閉じられたままだった。医師は、たとえ生き延びても、右眼の視力は永久に失われるだろうと言っていた。彼が手に持っていたCDケースのプラスチックの破片が角膜を傷つけたのだった。

サンドラは手のひらを彼の額に当てた。「パウエル、話してちょうだい」

しばらくして、彼はゆっくりと彼女に顔を向けた。何か言おうとしたが、ことばが出てこなかった。彼女が身を乗り出すと、息子がすべてのエネルギーを使って話そうとしているのがわかった。

「リック」と彼は言った。「リックに……会う……必要がある」

サンドラは頷くと、息子のほほにキスをした。「わかったわ、ハニー。彼はフローレンスで裁判の最中のはずよ」

パウエルは顔をしかめた。

「どうしてリックに会う必要があるの、ハニー？」

だが、息子は答えなかった。彼の眼は再び閉じてしまった。今、サンドラ・コンラッドに聞こえるのは、彼の浅い寝息だけだった。

サンドラは、息子がさっきまで見つめていたのと同じ天井を見つめた。主イエスよ、どうかわたしの息子を死なせないでください。お願いです。

そして彼のほほにキスをして病室を出ると、ハンドバッグから携帯電話を取り出した。数秒後、彼女はリック・ドレイクの番号を押していた。

57

午後五時過ぎ、コナー判事がこの日の審理を終えた。予備尋問は午後二時半までかかり、陪審員の選定が終わったあとは、冒頭陳述しか行われなかった。審理の遅れに加え、コナーは、ジャスパーで一方的緊急差止命令の緊急要請を処理しなければならないため、火曜日のスタートが遅れることを告げた。「明日の午後一時には戻ってきてください。これ以上の遅れはないことを約束します」

十二人の陪審員が法廷を出て行ったあと、リックはポケットから携帯電話を取り出した。午後の審理中はずっとサイレントモードにしていたが、何度か震動し、新しいメールか電話があったことを知らせていた。

サンドラ・コンラッドからの不在着信を見て、胸が締めつけられる思いがした。頼む、死なないでくれ。そう思いながら、不安げに息を吐いた。ほかにも多くのeメールが届き、秘書のフランキーからも何度か確認のメールを受け取っていたが、ローソン・スノーからは何もなかった。電話も、メールもなかった。

くそっ。リックはそう思いながら、サンドラの番号を押し、鼓動が高まるのを感じていた。

「もしもし、リック？」パウエルの母親が出た。

「ええ、マァム」とリックは言い、息を止めて眼を閉じた。

「眼を覚ましたわ」とサンドラは叫んだ。その声には安堵がにじんでいた。

リックは肺いっぱいに酸素を取り込んだ。「ああ、よかった。ミセス・コンラッド」

「まだ危険な状態だけど、意識を取り戻したのは大きな一歩だって先生も言ってた」

「彼が生きているだけでもうれしいです」とリックは言った。

「わたしもよ。ところで今、どのくらい忙しいの？」

「裁判の最中です、ミセス・コンラッド。でも何かご用ですか？」

「そうね……なんとかならないかしら……？」彼女の声は小さくなり、リックはよく聞こうと首をかしげた。

「ミセス・コンラッド、どうしました？」

「なんとか来てもらえないかしら？　パウエルは意識のはざまをさまよっているけど、眼を覚ましているときはずっと同じことを言い続けているの」

「なんて？」とリックは尋ねた。

「あなたに会う必要があると」

リック・ドレイクは、最後に見たときの親友の姿を思い浮かべていた。その彼は今、集中治療室のベッドに横たわり、チューブにつながれている。ほとんど誰もいない法廷を眺めながら、コナー判事に明日の午前中に予定があることに感謝し、電話に向かって言った。「伺います」

58

「タスカルーサに行かなければならない」とリックは言った。彼は依頼人とともに法廷をあとにしようとしていた。

ラシェルは疲れた眼で彼を見つめ返した。「え、どうして？」

リックは廊下にある木製のベンチに腰掛け、隣の席を叩いて、ラシェルにも坐るように促した。「ラシェル、レルが殺された日、タスカルーサでも銃撃戦があった。僕の親友が撃たれたと話したのを覚えてる？」

彼女は頷いた。

「今、彼の母親と話をしたところなんだが、友人のパウエル・コンラッドは生きている。眼を覚まして、僕に会いたがっている」リックはことばを切った。「行かなければならない」

「わかった」とラシェルは言った。「明日には戻ってくる？」

「もちろん」リックはさらに何か言おうとしたが、携帯電話がポケットのなかで鳴った。取り出してスクリーンを見ると、三三四のエリアコードで始まる見知らぬ番号が表示されていた。一瞬、何かの勧誘だと思って、出るのをやめようと思った。が、電話が五回鳴り続けたあと、クリックした。

「もしもし」とリックは言った。

返事はなかったが、電話の向こう側で息をする音が聞こえた気がした。「もしもし」と彼は繰り返した。

甲高く、すすり泣くような男の声がした。「リック・ドレイク？」

「ええ、どなたですか？」

「ローソン・スノーだ」と声が答え、何度か咳き込んだ。「メッセージを聞いた」

「なんであなたの携帯で折り返してくれなかったんですか？」

「そうしたくなかったからだ」と男は言い放った。「おれと話がしたいんじゃなかったのか？」

「ええ、そうです」とリックは言った。

「明日の午前九時にオーバーンに来れるか？」

「ミスター・スノー、僕は今、裁判中で――」

「いいだろう、じゃあ、邪魔をしてすまなかった。よい一日を――」

「午前中は無理ですが、今晩なら行けます」リックは懇願した。

しばらくのあいだ、電話は沈黙した。リックは携帯電話を耳に強く押し当て、何も聞き逃すまいとした。

ようやくローソン・スノーが咳払いをした。「一番早くて何時になる？」

リックは携帯電話の時刻を見た。午後五時二十分だった。オーバーンまでは四時間以上かかるだろう。パウエルにも会う必要がある。「十時」とリックは言い、応じてくれるよう祈った。

さらに沈黙が続いたあと、咳き込む音が聞こえてきた。それから、ようやくスノーの声が割り込んできた。「トゥーマーズ・コーナーという場所を聞いたことがあるか？」

リックはなんとか引きつった笑みを浮かべた。オーバーン大学のファンが大勝利のあとにトイレットペーパーを巻くというその有名な場所には行ったことはなかったが、聞いたことはあった。「ええ」

「そこで十時ちょうどに会おう」

「ありがとう、ミスター・スノー」

「まだ礼を言うのは早い、若いの」と彼は言った。「それからおれのことはローと呼んでくれ」

十分後、リックは〈サターン〉に乗り、七十二号線を西に向かっていた。テネシー川にかかる橋を渡ってコルバート郡に入ると、十五分後には百五十七号線をカルマン方面に向かっていた。

その一時間後の午後六時四十五分、州間高速道路六十五号線の入口に着いた。モンゴメリーまで二時間、その後オーバーンまでは少なくともさらに四十五分はかかるだろう。リックはそう考えながら、時代もののセダンのアクセルを踏んだ。彼はサンドラ・コンラッドに電話をし、裁判に関して急用ができたため、明日の朝まで病院に行けないことを伝えていた。彼女はわかったと言い、いつでも歓迎すると言った。

今、車で高速道路を走りながら、リックはアドレナリンが血管を流れているのを感じていた。食事はしていなかったし、眼の前に出されても食べられるかどうか疑わしかった。オーバーンで何が待っているのかわからなかったが、自分の事件のすべてがそれにかかっているとわかっていた。

リックはその皮肉に気づいていなかった。今、彼はここにいた。生まれながらのアラバマ大のファンで、彼のパートナーであるトム・マクマートリーはアラバマ大フットボールチームの伝説的選手であり、ポール・″ベア″・ブライアント・コーチの下でプレイしていた。
そしてこの事件のすべて、おそらくは生死までもが、オーバーンを故郷だという元保安官の手にゆだねられていた。

「ウォー・イーグル（オーバーン大のスポーツチームを応援するときの掛け声）」リックはそうつぶやくと、アクセルを踏み込んで百三十キロまでスピードを上げた。

59

ザ・ギャラクシー・オブ・ライツは、ハンツビル植物園が毎年ホリデイ・シーズンに開催している、活気に満ちた光のショーだった。ライトアップされたクリスマス・ディスプレイのあいだの曲がりくねった道を車で走り、通り過ぎるシーンに合わせたホリデイソングをカーラジオから聴いて愉しむことができた。庭園を一周する四キロのコースには百以上の展示物があった。このショーはサンクスギビング・デーに始まり、大晦日《おおみそか》まで続いた。毎年、アラバマ州内外から何千もの人々がこの伝統行事のためにハンツビルに集うのだった。

ナンシーとトミーのマクマートリー夫妻は、ジャクソンが赤ん坊だった頃から十三年間、ホリデイ・シーズンになると、少なくとも一度は幼い子供たちを連れてこのイベントを訪れていた。

ナンシーはドキドキしていた。眼の前の車に続いて、左ウインカーを出し、光のショーに入るのを待っていた。車を運転するのは十二日ぶりだった。義理の父のお見舞いに二回病院を訪れたときも夫のトミーが運転していた。彼は怒るだろうな、とナンシーは思いながら、バックミラーを見た。ジェニーの脚が興奮に震えていた。ふたりの眼が合い、ジェニーは最高に甘い、感謝の笑顔を見せた。「ありがとう、ママ」

「どういたしまして、ハニー」娘の隣の席に眼をやると、ジャクソンが腕を組んでまっすぐ前を見つめていた。バスケットボールの試合に出られなかったことにまだふてくされているようだった。ナンシーはため息をつくと、道路に視線を戻した。

「大丈夫ですか、奥さん《マァム》」

右側に眼をやると、ブラッド・オンキー保安官補が助手席に坐っていた。ブラッドは二十代半ばの痩せたひげ面の男だった。一日中家のなかで警備を続けるうち、何日かするとブラッドは家族と食事をともにするようになっていた。家の外を見張っている、年上でよりストイックなソーヤーやドーソンとは違って、ブラッドは子どもたちと仲良くするのが好きで、自分の仕事を愉しんでいるようだった。

「大丈夫よ」と彼女は言った。「ちょっと緊張しているだけ。家を出るのは十二日ぶりだから」

「まあ、選んだなかでは一番安全なイベントです」とブラッドは言った。「ギャラクシーのなかは、いたるところに警備員もいますし、月曜の夜なら通り抜けるのに三十分もかからないでしょう」

「家で母と赤ちゃんと一緒にいるふたりの警官は大丈夫かしら？」

「彼らは優秀です、マァム」とブラッドは言った。「ドーソンが家のなかにいて、ソーヤーが外で見張っています。セキュリティ・システムも装備しているので、ドアが破られたり、窓が割られたりすればアラームが鳴り、五分もしないうちに警察署の全員が駆けつけます」

ナンシーは短く息を吸った。

「ママ、ラジオをクリスマス・ソングを流す局に合わせてくれる？」とジェニーが頼んだ。

ナンシーがダッシュボードのボタンを押すと、『きよしこの夜』を歌うビング・クロスビーの歌声が車内に響き渡った。後部座席に坐っていた娘も一緒に歌い出し、しばらくするとナンシーも歌っていた。これなら大丈夫ね、とナンシーは思い、ブラッドにほほ笑みかけた。彼も一緒に歌い出していた。ジャクソンだけが黙ったまま、不機嫌そうに窓の外を見つめていた。

必要だったのよ。ナンシーは自分にそう言い聞かせた。

一日のほとんどの時間を、家のなかを歩き回って過ごしているうちに、壁が迫ってくるように感じ始めていた。子どもたちはこのあと三週間は学校を休むことになっていたので、それだけでも大変だった。この休みのあいだ彼らはずっと退屈していたが、家を出ることができないせいでその単調さに耐えられなくなっていた。映画や屋内トランポリンパーク、YMCAなどにも行くことができず、家のなかに閉じ込められていた。ジャスミン・ヘインズが殺されたあとの数日間は、家のなかにいることを喜んでいた。死ぬほど怖くて家のなかに閉じこもっていることしかできなかったのだ。だが、それも十二日間になっていた。もうすぐ二週間だ。ジャズには何度か会ったことがあった。そんな彼女の身に起きたことは恐ろしいことだったが、永遠に閉じこもっているわけにはいかない。昨日、きまぐれに夫がジャクソンをファーン・ベルに連れて行ってバスケットボールの練習をさせたことで、ナンシーは眼に見えない鎖が緩みだしたように感じていた。そして今朝、夫はこれ以上ほかの医師に患者を任せるわけにはいかないので仕事に行くと言った。

　ナンシーは心配でもあったが、トミーが医師としての仕事に戻るのを見てうれしくもあった。生きることはやめられない。彼女は朝食のとき、夫にそう言い、夫もこれに同意した。だが、次の瞬間、夫はジャクソンに今晩の試合に出ることはできないと告げた。「一歩ずつだ」ナンシーががっかりした表情をすると、彼はそう言った。

「練習と試合の違いは何？」と彼女は尋ねた。

「人が多すぎる」トミーは首を振りながら言い返した。「まだそんなリスクは冒せない」隣のテーブルにいたブラッド・オンキーも同じ意見だった。

「あまりにも、予測不可能なことが多いんです、奥さん《マァム》。十分にはコントロールできない」

ナンシーは渋々、負けを認めた。

だが、その後の八時間、ジャクソンは耳元で哀れな声で愚痴をこぼすのだった。このままじゃ、シーズンまるごと逃しちゃうよ、ママ。お願いだから……。壊れたレコードのように繰り返すのだ。何度も、何度も、何度も。お願いだよ、ママ。お願い……お願い。

さらに悪いことに、ジェニーとジャクソンは数分おきにけんかをする始末で、おとなしく『クリスマス・ストーリー』（一九八三年製作のクリスマス・コメディ映画。毎年、クリスマス・シーズンに繰り返し放映される）を見ている回数も限られてきた。

午後になると、ナンシーの七十六歳になる母親がやって来て、事態はさらに悪化した。ナンシーの母が赤ん坊のジュリーを見ているあいだ、うえの子ふたりをザ・ギャラクシー・オブ・ライツに連れて行ってはどうかと、ナンシーが持ち出したところ、マミー――子どもたちはナンシーの母のことをそう呼んでいた――が厳しく言い返したのだった。この家を出るなんてとんでもない。あの殺人鬼が捕まるまでは。

「彼が捕まらなかったらどうなるの、母さん？　ずっとこのままなの？」

母親は、ただ眼をぱちぱちとさせるだけだった。ナンシーの何かしなければ、いや、なんでもしてやろうという決意は深まるばかりだった。

部屋のなかをうろうろと歩き回っていないときは、フェイスブックを眺めて、友人たちの子どもがショッピングモールでサンタの膝に乗っている写真を見ていた。今年は、サンタクロースと一緒にマクマートリー家の写真を撮ることはできそうもない。レク・リーグ・パークでのバスケットの試合が危険なら、パークウェイ・プレイス・モールは危険度マックスだ。ナンシーは隣人に頼んでクリスマスの買い物をしてもらわなければならなかったが、幸いなことに子どもたちのクリスマス・プレゼントはジムボーン・ウィーラーが脱獄する前にほとんど買ってあった。だが、それでも……サンタに会いにショッピングモールに行けないクリスマスなんてありえなかった。

あさはかな考えだろうか？ 彼女は自分自身に問いかけた。やがてフェイスブックからサインオフし、もう二度とログインしないと誓った。

ううん、あさはかなんかじゃない。だが、彼女は恐怖で身動きが取れない自分に嫌気がさしていた。

午後五時三十分、彼女は意を決して、ブラッドにそのアイデアを伝えた。ブラッドはほかのふたりの警官と相談したあと、その案に賛成した。彼はトミーに電話をしてこのことを伝えようとしたが、ナンシーがしないでくれと頼んだ。「彼は遅れを取り戻そうと遅くまで仕事をしているから、こんなことで煩わせたくないの。あなたたちがいてくれれば、きっと彼もオーケイするわ」

ナンシーは今、興奮と罪悪感、吐き気、恐怖、そして不安が入り混じった奇妙な感覚を覚えながら、ヴァンを止めて係員に二十五ドルを手渡していた。一分後、ラジオ局からは、通り過ぎる展示物をテーマにした曲が流れ始めた。ナンシーのお気に入りは『クリスマスの十二日間』で、曲のそれぞれの歌詞にあわせて様々な展示が披露されていた。ジェニーが、そして最後にはジャクソンまでもがその歌を歌い始めると、ナンシーも落ち着き、温《ぬく》もりを感じていた。

ここ数日で初めて生きていることを実感していた。

女が移動中だというパスコからのメッセージを受け取って五分も経たないうちに、ジムボーンとマニーは〈タンドラ〉に乗って街に向かっていた。彼らは家から八百メートルほど離れた教会の駐車場でパスコと合流した。ジムボーンは彼に包みを渡した。

「これは？」とパスコは訊き、箱を開けてドウェイン・パタースン保安官がこの仕事のために数週間前に入手した茶色いＵＰＳ《ユナイテッド・パーセル・サービス》の制服を取り出した。

「それを着ろ」とジムボーンは言うと、ジャケットを脱いで、自分も同じ服を着ていることをパスコに見せた。「カモフラージュだ」それからマニーを見て言った。「準備はできたか？」

彼女はレギンスとスウェットシャツを着て、ベースボールキャップをかぶり、近所を走るのが好きなママさん連中のひとりといういでたちをしていた。

「オーケイよ」と彼女は言った。

「これでもおれの直感を疑うか？」

マニーは眼を細めて彼を見た。「いいえ」

彼はトラックの運転席で着替えているパスコのほうを向くと言った。「彼らはまだ光のショーにいるのか？」

「いや、もうボブ・ウォレス・アヴェニューに戻った」

「家までの距離は？」

「八キロ」とパスコは答えた。

「オーケイ、それじゃあ」とジムボーンは言った。「それぞれ自分の役割はわかってるな？」

マニーとパスコが頷いた。

「いいだろう」と彼は言うと、マニーの背中を軽く叩いた。「さあ行け、相棒」

彼女は、ためらうことなく、キビキビとした足取りで歩道を歩きだした。

ソーヤー・デヴィッドソン巡査は、トミーとナンシー・マクマートリー夫妻の家の外の縁石にパトカーを止め、携帯電話をちらっと見て、『マンデーナイトフットボール』のスコアをチェックしていた。ペイトリオッツがドルフィンズと対戦しており、トム・ブレイディが素晴らしいプレイを披露していた。ソーヤーが第一クォーターバックの数字《スタッツ》を確認しているとき、視界の片隅に動きを感じ取った。ベルトに留めた銃に手をやり、バックミラーを見ると、西のほうから女性がパトカーに近づいて来るのが見えた。体にぴったりとしたジョギングウェアを着て、ベースボールキャップをかぶっていた。

セクシーだな。ソーヤーは人差し指で銃を叩きながらそう思った。近づくにつれて彼女はスピードを落とし、やがて歩きだした。しばらくして、彼女がパトカーのフロントガラスをノックした。

ソーヤーはホルスターから銃を取り出し、膝のうえに置いた。それからウインドウを下ろすためのボタンを押した。ガラスが下りていくなか、彼はその女をじっと見た。ジムボーン・ウィーラーの共犯者の女の写真を思い出していた。この女なのか？

可能性はあった。が、夜だったのと、女がベースボールキャップをかぶっているためはっきりとはわからなかった。ナンシー・マクマートリーの隣人が同じような服装で夜に走っているのを見たことがあった。そのひとりなのだろうか？

「何かご用ですか？」

「ええ」とその女は言った。「この通りの先に住んでいて、夫と子どもは留守にしてるの」

彼女は、左手でゆっくりと服を胸までたくし上げた。

ソーヤーはその女性のむき出しの乳房と茶色い乳首に眼を奪われ、思わず息を呑んだ。

「奥さん――」

彼が女の右手に握られたグロックに気づいたときにはもう遅かった。

マニー・レイエスは銃の先端を警官のこめかみに押しつけて二発発射した。どちらの音も銃に取り付けられたサイレンサーによって消された。彼女はパーカーのフードを下ろすとピストルをポケットに戻した。そしてまたジョギングを始めた。

後ろから、〈タンドラ〉のエンジン音が近づいて来るのが聞こえた。

60

家を出てからちょうど一時間後の午後七時五分、ナンシーは左折して私道に車を入れた。ラジオからはボビー・ヘルムズが歌う『ジングル・ベル・ロック』が流れ、ナンシーは指でハンドルを叩いていた。

「ママ、ジャクソンがおならをしたよ」ジェニーがヴァンの後部座席から叫んだ。

「ジェニー！」ナンシーは振り向くと娘をにらんだ。そして恥ずかしそうにブラッドのほうを見た。「ごめんなさい」

「気にしないでください」とブラッドは言った。「わたしも昔は子どもでしたから」

そのとき、ブルートゥースを通じてヴァンのスピーカーが、モノトーンの声で、ナンシーの携帯電話にジャクソンからのメールの受信があったことを伝えた。ナンシーがニヤニヤしながらダッシュボードの〝メッセージを読み上げる〟のアイコンを押すと、同じモノトーンの声が、「オナラヲシタヨ」と言った。

「もう、ちょっと！」笑いをこらえて携帯電話に眼を落としている十三歳の息子をバックミラー越しににらみつけ、自分も思わず笑ってしまった。事態は正常に戻りつつあった。

彼女はガレージに近づくと、ヴァンのスピードを落とし、自動扉の開閉装置に手をやった。ボタンを押すと、車内の笑い声は爆発音にかき消された。

ナンシーと子どもたちが恐怖の叫び声をあげるなか、オレンジ色の炎が家の正面玄関を覆った。

61

「なかに行かなきゃ！」防犯ベルの耳をつんざくような音が鳴り響くなか、ナンシーがブラッドに叫び、ヴァンから飛び出した。

「赤ちゃんと母がなかにいるの。ジャクソンとジェニーを見ていて！」彼女は後ろに向かってそう叫ぶと、家の裏手に向かって走り出した。

　ブラッド・オンキー保安官補は、彼女を止めようとはしなかった。子どもたちのためにスライドドアを開けた。ジェニーは泣き叫び、兄のジャクソンが彼女に腕を回していた。ふたりは慌てて車から降りた。

「なかに入ってママを助けて！」ジャクソンは警官に叫んだ。が、ブラッドはその場に留まり、燃え盛る建物の周りに眼をやった。

ソーヤーはいったいどこにいるんだ？ ドーソンは？ セダンが縁石のうえに止まっていて、運転席に警官が坐っていた。なぜあいつは動かないんだ？

そのとき、東から明るい色の〈トヨタ・タンドラ〉が近づいてくるのに気づいた。数分前に私道に入ったときからいただろうか？ ブラッドは頭が混乱するなか、何をすべきか必死で考えようとした。「一緒に来るんだ！」子どもたちにそう叫ぶと、パトカーに向かって走った。パトカーのドアを開けると、運転席からソーヤー・デヴィッドソンの死体が崩れ落ちてきた。

「ああ、神様」とブラッドは言い、振り向くと、ジェニー・マクマートリーがまさに死体に気づいたところだった。彼女の叫び声は爆発音とそのあとの防犯ベルの音と同じくらい大きかった。ジェニーは兄に駆け寄り、その腕のなかに飛び込んだ。

ふたりの後ろに、ナンシー・マクマートリーが家の裏手から現れた。母親の肩に腕を回し、もう片方の手で赤ん坊を抱えていた。

「ママ！」ジェニーが叫び、兄の腕のなかから身をよじらせて抜け出すと、母親に向かって走った。

タイヤのきしむ音を聞き振り向くと、〈タンドラ〉のヘッドライトがブラッドの顔を横切った。手をかざしてまばゆい光をさえぎると、助手席に制服を着た男の姿が見えた。ドライバーも同じ服を着ているようだった。

　非番のUPSのドライバー？　ブラッドはけげんに思い、そのトラックに向かって歩いた。

「どうしました……？」

　ブラッドはことばを呑み込んだ。助手席からAK-47アサルト・ライフルを持った男が飛び出してきた。

「逃げろ！」ブラッドは、ジャクソンのほうを振り向いて叫んだ。

「逃げたら殺す」とジムボーン・ウィーラーが言った。アサルト・ライフルをトム・マクマートリーの孫に向けていた。「お前のマンマ、おばあちゃん、それとお前のふたりの妹もだ。それでもいいのか、少年《ボーイ》」

　ジャクソンは首を振った。

「なら、トラックに乗るんだ」

「ジャクソン、駄目だ……」

　ブラッドのことばはAK-47のパタパタという音にさえぎられた。ジムボーンが振り向きざまに発砲し、少なくとも五発の銃弾をブラッド・オンキーの胸と肩に撃ち込んだ。保安官補は膝をついた。「逃げろ」彼はあえぐように、固まったままのジャクソンに向かって叫んだ。ブラッドが横向きに倒れると、ドライバーが少年に近づき、テーザー銃のようなもので彼を撃った。少年は地面に倒れた。

「やめろ」ブラッドはドライバーが少年のぐったりした体を肩に背負うのを見て、囁くように言った。

そして耳にライフルが押し当てられるのを感じ、ブラッドは眼を閉じた。

62

「ジャクソン！」ナンシーは、息子が縁石に止められたトラックの助手席に放り込まれるのを見て叫んだ。そのトラックに向かって走ったものの、すでに走り去ったあとだった。

彼女は再び息子の名前を叫ぼうとしたが、そのときアサルト・ライフルのパタパタという音が響き渡った。草むらにかがみこんで転がると、彼女のミニヴァンの窓ガラスが粉々になった。息苦しくなり、狂ったように庭を見回した。母親とふたりの娘は、燃えている家から十分離れた安全な距離にある木のそばで身を寄せ合っていた。彼女たちは大丈夫だ。だが、ナンシーのすぐそばには、ブラッド・オンキー保安官補が横たわり、じっと彼女を見つめていた。後頭部からは血が流れていた。

悲鳴が出かかったが、なんとか押し殺して道路に眼を戻した。

トラックは消えていた。ジャクソンも……行ってしまった。

「嫌よ」両手を顔の横に押し当てながら、すすり泣くようにそう言った。遠くで物悲しいパトカーのサイレンの音が聞こえた気がした。もう遅い。

恐怖とショック、苦痛に苛まれながら、ナンシー・マクマートリーの喉はようやく緩んだ。

そして叫んだ。

63

リック・ドレイクは、アメリカン・フットボールのテレビ中継で、アラバマ州オーバーンのことを〝平原地帯で最も美しい村〟と呼ばれるのをよく耳にしていた。午後九時三十五分、カレッジ通りを〈サターン〉で走っていると、その理由がよくわかった。暗闇のなかでさえ、街灯と信号の光だけに照らされた、オレンジ色のれんが造りの建物が並ぶこの地域はとても美しかった。歴史的な時計のある象徴的なサムフォード・ホールを左に見ながら走っていると、腹の虫が鳴った。昼にハンバーガーを食べてから何も口にしていなかったので、腹がペコペコだった。食べている時間はない、と思いながら、眼をしばたたいて集中しようとした。しばらくすると、マグノリア・アヴェニューとの交差点に、〈トゥーマーズ・ドラッグス〉と書かれた緑と白の看板が見えた。

リックは店の前に駐車スペースを見つけて車を止めた。ダッシュボードに表示された時間をちらっと見た。午後九時三十七分。早いな、と思いながら、深呼吸をして眼をこすった。

車から降りて脚を伸ばした。一瞬、ふくらはぎが強張り、けいれんしそうになったが、すぐに脚の力は抜けていった。リックはドラッグストアの入口に向かってゆっくりと歩きだした。扉には〝CLOSED〟のボードがぶら下がっていた。店の周りを一周して、周囲の状況を確認した。

彼は、トゥーマーズ・コーナーについてはテレビでしか見たことがなかった。オーバーン大学が勝利したあと、通りが人々であふれ、ファンがトイレットペーパーでこの地域を覆っている様子を映した映像を思い出した。今年の春までは、象徴的な二本のオークの木があり、馬鹿騒ぎのなかでもいつも一番目立っていた。だが、二〇一〇年十一月にハーヴェイ・アップダイクという名の不満を抱いたアラバマ大のファンがこれらの木に除草剤をかけ、ポール・ファインバウムのラジオ番組でそれを自慢したことで、すべてが変わってしまった。二年ほどのあいだ、大学側はこれらの木を存続させようと努力してきたが無駄に終わり、ついに二〇一三年四月に二本の木は撤去され、現在もまだ植え替えられていない。

「木があったときのほうがきれいだったよ」かすれた声がリックの背後から聞こえた。振り向くと、〈フォードF-150〉ピックアップトラックの窓から頭を出している男がいた。茶色いカウボーイ・ハットを目深にかぶり、口の端に煙草をぶら下げていた。「だが、あのキックシックスのあとは、またみんながここに繰り出した」

リックは三週間前のアイアン・ボウル（ライバル関係にあるアラバマ大とオーバーン大のアメリカン・フットボールの試合を指す呼び方）を締めくくった

プレイのことを聞いてうんざりしたように顔をしかめた。アラバマ大は同点のまま、時間切れが迫り、五十七ヤードのフィールド・ゴールにチャレンジした。だがそのキックは失敗し、オーバーン大のクリス・デイヴィスがエンドゾーンの奥でそのボールをキャッチして、百九ヤードを走って勝ち越しのタッチダウンを決めたのだ。「あれはすごいプレイだったよ」とリックは言い、無理に笑顔を作った。そして車に近づくと、男から一歩離れたところで立ち止まった。「ミスター・スノー」

「ローと呼ぶように言ったはずだ」

「ロー」とリックは言い直した。

「腹はすいてるか?」

リックはほほ笑んだ。「どちらかといえば」

ローは頷いた。「じゃあ、乗ってくれ。反則かってくらいうまいサンドイッチを食わせてやる」

二分後、ふたりはマグノリア・アヴェニューとドナヒュー・ドライブの角にある〈マンマ・ゴールドバーグズ・デリ〉のテーブルに向かい合って坐っていた。リックは元保安官にふたり分の注文を任せ、ローはウィートのママズ・ラブとレギュラー・チップ、〈ブルームーン〉の生ビールをふたつずつ頼んだ。

料理がテーブルに運ばれてくると、ローはリックが一口食べるのを待った。

「うまいだろ、どうだ？」と彼は訊いた。ひとつ咳払いをしてから自分のサンドイッチにかぶりついた。

リックも認めざるを得なかった。ハム、スモークド・ターキー、ロースト・ビーフにレタスとトマト、マヨネーズ、それにリックのわからないソースを加えたサンドイッチは素晴らしかった。「うまい」と彼は言った。

「ソースが決め手なんだ」とローは言うと、霜のついたジョッキからビールをぐいっと飲んだ。

リックも同じようにし、男をじっと見た。レストランに入ってきたときにカウボーイ・ハットは脱いであった。ローの銀色の巻き毛は帽子に押しつぶされていて、こめかみの部分が少し薄くなっていた。瞳はグレーで、トムの瞳を彷彿《ほうふつ》とさせた。「ごちそうさま」とリックは言った。「ペコペコだったんだ」

「どういたしまして」とローは言った。それから口元を拭くと低い声で続けた。「レルのことは本当に残念だった」

リックはジョッキのなかの黄金色の液体をじっと見た。「彼は僕の命を救ってくれた」

いっとき、ふたりは無言のまま食べた。サンドイッチを五口ほどで平らげたあと、ようやくリックは相手の男を見た。ここまでの四時間の道中、彼は会話をどう切り出すかずっと考えていた。そしてよい方法も完璧な方法もないことを悟った。シンプルにいこう。「ロー、どうして僕に今晩ここに来るように言ったんだ？」

引退した保安官は、口元をナプキンで拭うと、右足を左の膝のうえに乗せて組んだ。彼は誰もいないレストラン——ディナー・タイムはとうに過ぎていた——を見渡した。ウェイトレスが料理をテーブルに置いたときの苛立たしそうなまなざしから、閉店間近であることをわかっていた。

「腹もいっぱいになったことだし、散歩でもしないか？　あんたはどうか知らんが、おれは動いているときのほうが頭が働くんだ。今から話す話は長くなるから、これ以上長居をするとここの連中が嫌がると思うんでな」

「わかった」とリックは言い、ビールの残りを飲み干して立ち上がった。「案内してくれ」

数分後、ふたりはオーバーン大学のキャンパス内にある、街灯に照らされた小道を歩いていた。ローはカウボーイ・ハットをかぶり、〈レッドマン〉を口のなかの片側でかんでいた。噛み煙草の汁を吐き出すとまっすぐ前を見て話し始めた。「これから話すことでおれたちふたりとも殺されることになるかもしれない。だが、あんたはいずれにしろ殺されるかもしれないし、おれはリンパ腫と診断されたばかりだから、チャンスに賭けるべきだと思う」彼はそう言うと、噛み煙草の汁を歩道の脇の草むらに吐き出した。遠くでサムフォード・ホールの時計の音が聞こえた。午後十時だった。

「おれは三十年間、ウォーカー郡の保安官を務めてきた。おれとおれの努力のおかげで多くの悪党どもが刑務所に入った。おれの仕事の九十九パーセントは正直で誠実なものだった」

彼はため息をついた。「ひとつの大きな例外を除いて」

「ブリー・カルホーン」とリックが言った。

ローは鼻で笑った。「人はみな弱点を持ってるものだ」そう言ってため息をついた。「おれの場合はカネだ。保安官の給料では妻を満足させることはできないとわかっていた。だから、ブリーが法を必要とするたびに、金を受け取るようになっていた……」彼はことばを切った。「文字どおり、見て見ぬふりをした」彼は咳をすると、両手をジャケットにやり、寒そうに袖を上下にさすった。リックはその朝、法廷で着ていたスーツのままで、寒さには気づいていなかったが、急に気になるようになった。腕を組み、気温は五度を超えていないだろうと思った。

「そう、見て見ぬふりをした」とローは言った。「そして少しばかりの金を稼いだ」彼はため息をついた。「だが、山荘を買ってからは大きな金を手にするようになった」元保安官は突然立ち止まって首をかしげた。リックは眼を凝らしてジョーダン－ハーレ・スタジアムの影を見た。「おれの人生で一番幸せな日はいつだったと思う？」

核心に近づいてきたところでの話題転換に、リックは思わず歯がみをした。が、老人のするがままにさせた。「いつだい？」

「一九八九年十二月二日」と彼は言った。その声は懐かしげだった。「アラバマ大が初めてオーバーンに来てアイアン・ボウルを戦った日だ。それまでは、ゲームはすべてバーミングハムのレギオン・フィールドで行われていた。中立な場所だと言われていたが、事実上はアラバマ大のホームグラウンドだった。それではフェアじゃないということで、ダイ・コーチがようやくここにゲームを持ってきたんだ」彼はそう言うと、ジョーダン－ハーレ・スタジアムのコンクリート造りの正面を見上げた。「あの日のようなスタジアムの歓声を聞いたことはないし、これからも聞くことはないだろう。アラバマ大がニューヨーク・ジャイアンツのユニフォームを着ていたとしても、やつらを打ち負かすことができた。だからダイ・コーチはオーバーンではこれからもずっと最も偉大なコーチであり続けるだろう。彼がライバルをうちに連れてきて、おれたちはそのケツに火をつけたんだ」彼は嚙み煙草を地面に吐き出すとため息をついた。「人生で二番目に幸せだった日は保安官を引退した日だ。一週間後にはここに引っ越してきて、それからは一度も戻っていない」

「山荘を買ってから大金を稼ぎだしたと言ってなかったか？」

ローは頷いた。「おれはずっと釣りが好きだった。今でも、チャンスがあれば、マーティン湖にちょっと行って釣りをしたいと思っている。ナマズでもクラッピー、バス、トラウトでもなんでもいいんだ」そう言って彼は笑った。「午後に船着場でブリーム（コイ科の淡水魚）を釣るのもいいな」そう言うとまた嚙み煙草を吐き出した。「山荘は自分のために買ったんだが、ブリーが覚醒剤《メス》に深く関わるようになってからは、彼に〝貸し出す〟ようになった」ローは両手の人差し指と中指でクォーテーション・マークを作ってそう言った。「おれの山荘が彼の主要な売人の組織の近くにあったんだ。中立的な場所だったし、おれという存在があったから、誰も疑わなかった。大きな取引のときにはおれ自身が行って、前にパトカーを止めていた」ローは頷くと、笑みを浮かべながらスタジアムを見上げた。「そうさ、ロー爺さんはそうやって大金を手にしたんだ」彼はため息をついた。「だが、そのときには金はもうどうでもよくなっていた。カミさんとは離婚していて、彼女は娘ふたりを連れてカルマンに住んでいた。もうそんなカネは必要じゃなかった。だが、わかるだろ……もう抜けられなかった」

「どのくらい続いたんだ？」

「ああ、少なくとも十年。もっとかもしれない。覚えてない」そう言ってクスッと笑った。「面白いことに一九八九年のフットボールの試合は昨日のことのように覚えているのに、ブリー・カルホーンの覚醒剤ビジネスの手伝いをした十年間は長い夢のように混じり合ってはっきりしないんだ」

「自分で覚醒剤をやったことは？」

ローは笑った。「おれが？　ノーだ。若いの、おれには悪癖がふたつある。ひとつはテネシー・ウィスキーだ」

「もうひとつは？」

ローは振り向くとリックの眼を見た。「もうひとつはカミさんがおれを捨てた理由だ」彼はことばを切った。「そしておれがサントニオ・ジェニングスと出会った理由でもある」

リックは待った。すべては今、このときのためにあったのだと感じていた。引退した保安官がようやく再び口を開いたとき、その声は感情で震えていた。「おれは女が苦手だったんだ。ほら、その……おれのハードウェア《ナニ》は、ソフトウェアと言ったほうがよかったってことだ。言いたいことはわかるだろ?」

わかったと思ったが、あえて口にはしなかった。息を吸って、我慢強く話を聞こうと思った。

「離婚する一年ほど前のある晩、おれはタスカルーサで開かれた警察官の宴会で酔っぱらってしまった」彼は笑った。「立っていられないくらい酔っちまったんだ。そのあと、ストリップに出て、何軒かはしごをした。〈ギャレッツ〉、閉店する前の〈ブース〉。〈ハウンズ・トゥース〉。一緒にいた連中が帰ったあとも、おれはダウンタウンをうろつき、見知らぬバーにたどり着いた」彼はことばを切った。「なかに入ると〈ジャックダニエルブラック〉のロックを注文した。するとひとりの男がおれの隣に坐って話しかけてきた。あまり覚えてないんだが、ソフトウェアがハードウェアに戻ったことだけは覚えている」ローはため息をついた。「その夜はタスカルーサで過ごし、そのあと、おれは月に一回、同じバーに通うようになった。カミさんが何かおかしいと思っているのはわかっていたがやめられなかった」彼は地面に唾を吐くと、手の甲で口を拭った。「ある晩、おれがノースポートのモーテルをあとにしようとしたとき、大きな黒人の男がおれのトラックにもたれかかっていた」

「レル」とリックは言った。

「ああ、そうだ」とローは言った。「カミさんがやつを雇って調べさせたんだ。やつはおれが何をしているか知っていると言った。そしておれがホモセクシャルで、妻を騙《だま》して男と浮気をしていることが郡の住民に知れたら、保安官の座にはいられなくなると言った。何が望みだと訊くとふたつのことを言った。おれから妻のキャシーに浮気をしていると伝えること、伝えさえすれば、相手が男だということを言うかどうかはどちらでも構わない。そして口止め料として一万五千ドルを払うことだ」

　リックは胃が痛くなった。レル・ジェニングスと知り合って一年、彼のことを尊敬するようになっていた。保安官を脅迫することは、自分が知っていると思っていた彼とは一致しないように思えた。「払ったのか？」

「ああ、そうさ」とローは言った。「どちらもすぐにやった」彼は地面に唾を吐いた。「キャシーは一カ月後に離婚を申請した。そのことはふたりにとって幸運な結果となった。彼女はカルマンの小児科医と再婚し、おれは離婚の四年後、ここに引っ越してきた。〈マンマ・ゴールドバーグズ〉の向かいの〈ゲームデイ・コンド〉のひとつに住んで、もうひとつの愉しみをひっそりと続けた」彼は続けた。「そしてレルは誰にも話さなかった。やつはおれを脅

を正しく評価してくれたと思った」
が、そうはしなかった。金を払わなければならなかったとはいえ、おれはやつがおれのこと
迫した。だが、約束を守った。キャシーに真実を告げ、すべて台無しにすることもできた。

リックは歩道を少し離れて歩いていた。ローはいろいろと話してくれていたが、元保安官がなぜ彼に電話をしてきたのか、まだわからなかった。聞かされたことは衝撃的だったが、あまり助けにはなっていなかった。彼は次第にイライラしてきた。「ロー、なぜレルはこの数カ月間、あんたのことを調べてたんだ？　何を求めていた？　そして僕をここに呼んだ理由は何だ？　まさか、自分がゲイであることや、レルが探り当てた不倫を告白するためじゃないだろう」

ローの顔は半月の光に照らされて赤く輝いていた。リックは自分がこの男を怒らせたことがわかった。構わないさ。そう思った。お遊びの時間はもう終わりだ。

「レルはおれとブリーとの取り決めを知っていた。そしてブリーのフィリピン人の始末屋についておれが何か知っているはずだと考えた」

リックは胃が落ち着かなく動くのを感じた。やっと、何かに近づいてきた。「何を知っていると思ったんだ？」

ローはリックに一歩近づくと言った。「おれがふたりが一緒のところを見たと思っていた」

リックは呼吸を整えようとした。「見たのか？」

ローは頷いた。「もちろんさ。それどころか何度もな」彼は草のうえに唾を吐いた。「さっきあんたに話した山荘で、おれはブリーを裏切った覚醒剤《メス》の売人ふたりをマニー・レイエスが拷問するのを見た。彼女は凄腕《すごうで》のスナイパーだが、あの痩せた体で、素手でも戦うことができる。ふたりのクソ野郎を泣かせて、頭に銃弾《たま》を撃ち込んでくれと懇願させていたよ」

リックは眼を見開いた。「本当にマニー・レイエスだったのか？」

「身長百六十センチ、四十五キロといったところか。薄茶色の肌に黒髪。そして鋭いまなざし。フィリピン語、英語、スペイン語を流暢《りゅうちょう》に話す」

リックはマニーを捉えた唯一の写真を取り出した。昨年、マニーがボーセフィス・ヘインズを殺そうとしたときに、ガルフ・ショアーズの〈ピンク・ポニー・パブ〉の監視カメラが捉えたものだった。その写真では、マニーは黄色いサンドレスを着て、白いベースボールキャップをかぶっていた。「誰かわかるか？」リックは写真を差し出して尋ねた。

ローはそれを彼の手から取り上げ、頷いた。「ああそうだ。彼女だ。マヘリア・ブレシカ・レイエス。フィリピンのマニラ出身。偉大なフィリピン人ボクサー、マニー・〝パックマン〟・パッキャオにちなんで、ブリー・カルホーンからマニーと呼ばれていた」

「どうして彼女のことをそんなに知ってる？」

ローはもう一歩リックに近づくと、眼を細めて言った。「忘れてもらっちゃ困るな。若いの。おれはウォーカー郡で三十年間保安官を務めたんだ。街で最も危険な人物を知ることがおれの仕事だったんだ」

「ブリーがマニーに金を払っているところを見たことがあるのか？」

「ああ」ローはためらうことなく答えた。

リックは深く息を吸った。ローは金の受け渡しや、マニーがブリーの指示でふたりの覚醒剤の売人を拷問するところを目撃していた。彼がそのことをフローレンスの法廷で証言してくれれば、自分たちは勝つだろう。リックはそう思い、激しい高揚感を覚えていた。

「ロー、今僕に話してくれたことを証人席で証言してくれないか？」

「いや駄目だ、若いの」

リックは腹にパンチを食らったように感じた。「でも……」ほかに何も言えなかった。

「もしおれが、アラバマ州ウォーカー郡の保安官として、マニー・レイエスがふたりの麻薬の売人を拷問しているところに進んで立ち合い、傍観していたことを証言したなら、おれはその売人がおれの眼と鼻の先でブリー・カルホーンに覚醒剤を売るのを意図的に認めていたことになる。そうなったら、おれは火あぶりにされるだろう」彼は唾を吐いた。「おれが気が狂ったとでも？」

「じゃあ、僕をからかってるのか？」リックは苛立ちも露《あら》わに尋ねた。「レルに六カ月ももったいぶっていたくせに、今度は裁判の真っ最中に僕をオーバーンまで呼び出しておいて、ご褒美を取り上げようってのか？」

「レルはおれがあんたの裁判で証言するかどうかは気にしていなかった」

「でたらめだ」とリックは言った。「彼は僕の調査員で、ここオーバーンで手がかりを追っていた。彼はあんたが知っているはずの情報を訊き出そうとしていた。そしてあんたは今それを僕に話してくれた。ブリー・カルホーンがマニー・レイエスに金を払っていたことや、誰かを拷問しているのを目撃していることをレルには話したのか？」

ローは首を振った。「いや、話していない」

「じゃあ、あんたはそのことを彼には話していないが、彼が死んだので罪の意識を感じて僕をここ平原地帯まで招待して教えてくれたというのか。ところがその舌の根も乾かないうちに証言する度胸はないと言う。違うか、ロー？」リックは吐き出すように彼の名前を言い、数センチまで顔を近づけた。「くそくらえだ、ロー。僕の相棒はハンツビルで死にかけている、親友はタスカルーサで死ぬかもしれない。レル・ジェニングスは十日前に撃たれて死んだ。友人のボーセフィス・ヘインズの妻も十日前にスナイパーに狙撃されて死んだ」リックは息を整えるためにことばを切った。「これらの死や銃撃はすべて、マニー・レイエスとジムボーン・ウィーラーの手によってもたらされたものだ。あんたはマニーを裁くことができる情報を持っているというのに、黙って見て見ぬふりをするというのか？」

ローは口をつぐんだまま、リックを見つめていた。

「なんとか言えよ」

「わかった」とローは言った。「話そう。レル・ジェニングスはおれにあんたの裁判で証言させたいとは思っていなかった」

リックは額にしわを寄せた。「なんだって？　じゃあ、ほかにここに来る理由があったと言うのか？」

ローは引きつった笑みを顔に浮かべた。「レルはアルヴィーの裁判に勝つこと以上の何かに関心を持っていた。彼はマニー・レイエスを見つけ出そうとしていた」

リックは両手を宙に投げ出すように上げ、歩きだした。「そうさ、僕もだ。だが、彼女は訓練を受けた殺人者で見つけるのは難しい」

「おれは彼女の居場所を知っている」

そのことばにリックの両腕の毛が逆立った。「なんだって？」

「少なくとも……知っていると思う」

リックは元保安官に向かって首をかしげた。そして待った。

「山荘のことを言ったのを覚えているか？　おれが保安官を引退すると伝えたとき、ブリーは覚醒剤取引の隠れ家を失いたくないと言った」

リックは脳がうずく感覚を覚えていた。パズルのピースが正しい場所に収まり始めていた。

「で、どうしたんだ？」

「売った」

「誰に？」だがリックはすでにその答えを知っていると思っていた。

「ほかに誰がいる？　おれのあとを継いだ男だ」とローは言うと、噛み煙草の汁を草のうえに吐き出した。口元を曲げてニヤリと笑ったが、眼は氷のように冷たいままだった。「アラバマ州ウォーカー郡保安官、ドウェイン・パタースン殿だ」

64

リックはローの車に走って戻りたい衝動を必死でこらえ、老人と並んで歩いた。「山荘はどこだ？」

「アラバマ州メイズビルのフリント川沿いだ」

「というと？」

「ハンツビルの東、八キロのところだ。ブリーがそこを気に入ったのは、彼の住んでいるジャスパーと主要な売人の組織があるサンド・マウンテンのあいだにあるからだ」

「どうしてもっと早く話さなかった？」

「自分を危険にさらしたくなかったからだ。ブリーはおれがあの山荘を知っていることを当然知っていた。あれはおれのものだったんだからな」

「どうしてブリーが殺されたあとに言わなかった？」

「マニーが本当にそこにいるとは思わなかった。可能性は低いと思ったし、保安官時代のことをどんな捜査であれ調べられたくないと思ったんだ」

「じゃあ、なぜ今？」

　ローは、彼のピックアップトラックにたどり着くとため息をひとつついた。「あのろくでなしのレル・ジェニングスはおれを脅迫したが、それ以外は正直で公正な男だった。やつはマニー・レイエスのことを訊くために、おれのところに五回来た。だが、弟を殺した犯人を見つけ出すことに必死だったにもかかわらず、おれの……性的な指向のことを誰かに話すと言って脅すことは一度もなかった」

「彼を聖人に仕立て上げるな」とリックは言い返した。「あんたはもう保安官じゃない。自分が誰と寝ようと、もう誰も気にしないと言っていたじゃないか」

　ローは渋々ながら同意するように肩をすくめた。

「なぜ今なんだ、ロー？」

「脱走犯だ」ローはやっと言った。グレーの眼でリックをじっと見た。「ジムボーン・ウィーラーが海外に逃亡しないのなら、隠れ家が必要だ。ニュースで聞いた銃撃事件のことを考えれば、やつはその近くにいるようだ」

「で、あんたの古い山荘が彼らの隠れ家だと？」

「完璧な設定だ。彼らが襲撃したすべての場所の中心にある。タスカルーサから二・五時間、ジャスパーから二時間、ハンツビルのダウンタウンからは十五分だ」

トラックに乗り込むと、リックは同意するように頷き、アドレナリンと恐怖が血管のなかを駆け巡るのを感じていた。「本当にそこにいると思うか?」

「金貨を賭けてもいい」ローはイグニションを回しながらそう言った。

「そうなると、パタースン保安官は複数の重罪の共犯者だということになる」

「そうだな」

トラックはマグノリア・アヴェニューに向かって走り出した。「信じがたいな」

ローソン・スノーは笑って言った。「おれにはそうでもないがな」

65

十五分後、リック・ドレイクは州間高速道路八十五号線をモンゴメリーに向かっていた。州都に着いたら、そこから八十二号線でタスカルーサに向かうつもりだった。心のなかでは母親に会いたいと思っていたし、故郷のヘンショーもその途中にあった。だがもう遅すぎるし、時間もなかった。パウエルにも会わなければならなかった。

ダッシュボードの時計を見た。もうすぐ真夜中だ。ローソン・スノーとの会話は、〈マンマ・ゴールドバーグズ〉での夕食を含めると二時間近くもかかっていた。

そして助手席に置いた折りたたんだ紙に眼をやった。トゥーマーズ・コーナーでリックを降ろしたときにローから渡されたものだった。「山荘の住所だ」とローは言った。

「ありがとう」とリックは言い、男と握手を交わした。

「死ぬなよ、坊主」とローは言い、リックが答える前に走り去って行った。

今、リックは〝モンゴメリーまで四十八キロ〟と書かれた緑色の標識を通り過ぎた。携帯電話を手に取り、紙を膝のうえに置いて書かれてある内容が見えるように広げた。

いつもなら、パウエルかウェイドに電話をしてこのニュースを伝えていただろう。パウエルは地方検事、ウェイドは殺人課の刑事だった。彼らのどちらかがいくつか電話をかけて、フリント川沿いのドウェイン・パタースンの山荘に警官を派遣することができたはずだった。だが、今はいつもとは違う。ウェイドは死に、パウエルもドルイド市立病院で危篤状態にあった。考えた末、リックはひとつしか選択肢がないと悟った。

それはすべてのなかでおそらく最善の選択肢だろう。片方の眼で道路を見て、もう片方の眼で携帯電話を見ながら、連絡先を探してその番号を見つけた。ダッシュボードを見た。深夜零時ちょうどだった。リックは画面に表示された名前をクリックした。

最初の呼び出し音で相手が電話に出た。

「お願いだからいいニュースだと言って」その声は鋭く、警戒心に満ち、緊張していた。

「大丈夫ですか、検事長？　何が――？」

何度か短い呼吸の音がしたあと、ヘレン・ルイスのしゃがれ声が聞こえた。「聞いてないの？」

「何を？」

「トムのお孫さんのジャクソンが今夜、ハンツビルのトミーとナンシー・マクマートリー夫妻の家で誘拐された。家を警護していた三人の警官のうち、ふたりが射殺され、ひとりは火災で命を落とした」

「火災？」

「ええ」とヘレンは言った。「あのクソ野郎どもは家まで燃やしたのよ」

「なんてこった」とリックは言った。十三歳のジャクソン・マクマートリーを頭のなかで思い浮かべていた。

「いったいどこにいるの？」とヘレンが訊いた。

「オーバーンにいました、検事長。手がかりを追って」

しばらく、沈黙が流れた。そして穏やかな口調でルイス検事長が尋ねた。「で、あなたから電話をかけてきたのよね、ドレイク。何かわかったの？」

「彼らの居場所を知っています」とリックは言った。「ウィーラー、マニー、ジャクソン。全員の」彼はローソン・スノーが渡してくれた紙に眼をやると、その住所を読み上げた。そして、次の五分間で彼は、ジョーダン-ハーレ・スタジアムの陰でウォーカー郡の元保安官と交わした会話を要約した。

「ぴったりだわ」数秒間の沈黙のあと、ようやくヘレンが言った。

「それ以上です」とリックは言い、ローがこの山荘のことをどう表現していたかを思い出して言った。「完璧です」

66

リックは八十二号線の分岐点に差しかかったところで、一瞬躊躇《ちゅうちょ》したが、結局ウインカーは出さなかった。パウエルならわかってくれるだろう。彼も同じことをするはずだ。リックはそう思った。今はジャクソンを探すことを最優先にすべきだ。山荘の強制捜索に間に合うようにハンツビルに戻れるかは疑問だったが、できるだけ早く着きたいと思っていた。

夜遅かったが、サンドラ・コンラッドに電話をして予定が変更になったと伝えようとした。検事長のときとは違って、今度は呼び出し音が七回鳴ってからやっとつながった。リックは電話を切ろうとしていたところだった。

「ヘイ、ブラザー」その声は弱々しくリックにはほとんど聞き取れなかった。

「パウエル？」

「マンマは眠っている。おれも眠ってたが、携帯の着信音がクソうるさくて眼が覚めちまった」

「すまない」とリックは言った。「お前の声が聞けてうれしいよ、相棒。おれは……」リックの声が震えだした。疲労と感情が体中にあふれていた。

「わかってる」とパウエルは言った。「今はまだ半分あの世にいるが、明日にはもう少しよくなってICUから出られるはずだ。なんとかなるさ」

「お前のお母さんからおれに会いたがってると聞いたが」

「ああ」とパウエルは言った。リックの間違いでなければ、彼の声のボリュームがかすかに上がったような気がした。「撃たれる前に、八番街をパトカーがやって来るのが見えた。おれは警察の護衛だと思った」

「ウェイドが手配したんだろう。理屈は合っている」

「そのとおりだ。だが、彼は手配していなかった」パウエルは咳き込んだ。リックは発作が治まるまで電話を耳から離した。「撃たれたあと、おれはポーチを這って、ウェイドが死ぬ前に話そうとした」

リックはまた眼の奥が熱くなるのを感じた。友人の弱々しい声に苦悩を聞いて取った。

「彼はなんと？」

「いろいろ言ってたが、耳鳴りがひどくて、最後のことばしか聞き取れなかった」

「なんと？」

「ママ《ママ》は……頑張った《トライド》よ。あいつに贈ったマール・ハガードの曲のタイトルだ」

リックはハンドルを握りしめ、友人のリッチー・ウェイドのことを思い出していた。二年前のボーの裁判の捜査の過程で、フロリダ州デスティンの〈ボートハウス・オイスター・バー〉で自分の命を救ってくれたことを。「あいつらしい」なんとかそう言った。

パウエルはうなった。「ほかは何も聞き取れなかったが、ウェイドは死ぬ前にポーチに血で何か書いていた。病院に入ってからも頭が少し混乱していたが、今朝早くにそのメッセージを思い出した」

リックは老刑事が死の直前に自分の血で何かを書き残した姿を想像して身震いした。「何を思い出したんだ、パウエル？」

「Ｗ……Ｃ……Ｓ……Ｏ」

「なんだって？」

「Ｗ……Ｃ……Ｓ……Ｏ」パウエルは繰り返した。「わかるか？」パウエルの口から恐ろしく激しいトーンで発せられたその質問を聞き、リックはまたハンドルを強く握りしめた。パズルの最後のピースがスロットに収まった。

「ウォーカー《W》郡《C》保安官《S》事務所《O》」リックは指をパチンと鳴らし、そう言った。ローソン・スノーが賭けた金貨はまだ無事なようだ。

「パウエル、そのことを誰かに話したか？」

電話の向こう側で咳き込む音がし、それからパウエルの声が響いた。ことばを重ねるごとに声が大きくなっていくようだった。「三時間前にうちの保安官に話した」

「それで？」

「今まさに、ドウェイン・パタースンに地獄の猟犬を解き放とうとしている」

67

ジムボーン・ウィーラーは、保安官の〈シボレー・タホ〉が私道に入ってくるのを見た瞬間、何かおかしいと気づいた。ちょうど深夜零時を過ぎた頃だった。ジムボーンは道路に面したリビングエリアに坐り、トム・マクマートリーにきっぱりと借りを返すための計画の最後のピースについてじっくりと考えているところだった。老人の孫の誘拐は、このうえなくうまくいった。彼らは今、トムたちをおびき寄せるための餌を手に入れたのだ。

「マニー、ガキはまだ意識はないのか？」と彼は訊いた。

奥の部屋から、マニーが叫んだ。「ええ、〈ディローディド〉を打ったから四、五時間は眠ってるわ」小さなリビングに入ってくると、彼女の口調が変わった。「あの馬鹿、何をしに来たの？」と彼女は尋ねた。その声には苛立ちと驚きがこもっていた。

ふたりは保安官が玄関前にトラックを止め、車から飛び出して慌てて山荘のほうに向かってくるのを見ていた。顔に何かつけているようだったが、ジムボーンにはそれが何かわからなかった。マニーが扉のところに着いたとき、パタースンがノックした。

「保安官」と彼女は言い、右手で彼を招き入れた。「あなたがつけてるのはノーズガード？」

「彼はどこだ？」パタースンは彼女の質問を無視して、自分の顔を覆う珍妙な器具を調整しながら尋ねた。その声には明らかにパニックが表れていた。

「おれはここだ、ドウェイン」とジムボーンは言うと、両手をテントの形に組み、ロッキング・チェアに坐って前後に揺らしていた。数秒間、保安官をじっと見てから、窓に眼をやった。「お前はここにいるべきじゃない」

「わかってる」

「じゃあ、なぜ来た？　それになぜ誰かに殴られたような顔をしている？」

パタースンが唾を飲んだ。三十センチ離れた位置から、保安官の息と服から酸っぱいにおいがした。この日、パタースンはこれまでに何度吐き、小便でズボンを濡らしたのだろうか。

「キャサリン・カルホーンに鼻を折られた」憔悴《しょうすい》しきった声でパタースンは言った。「彼女は」彼はため息をついた。「あんたが台本を無視して、ドレイクとツイッティを殺さなかったことにひどく腹を立てている」

ジムボーンはニヤッと笑った。「おれの話した理由を伝えろと言っただろうが」

「言ったさ、だが、その前にキレられたんだ」パタースンは顔を覆っているグラスファイバー製の器具を指さしながら言った。

ジムボーンはようやく保安官に視線を戻した。保安官の顔はノーズガードの下で青ざめていた。「キャットは父親の忍耐力のなさを受け継いだようだな」そう言うと彼はロッキング・チェアから身を乗り出した。「で、いったいなぜここにいる、ドウェイン？」

保安官は慌てて息を吸うと言った。「あの検察官……コンラッドが……」

「彼がどうした？」

「眼を覚ました。あんたは四発撃ったが、あの頑固なクソ野郎はまだ生きている」

ジムボーンは肩をすくめた。「だからなんだ？　彼は生きている。だが、すぐに動き出せるとは思えん」

「やつは我々のパトカーを見たのを覚えていた」

「そんなはずはない。わかってるだろうが」ジムボーンは保安官をにらみつけた。「お前のパトカーはタスカルーサ郡のものとほとんど同じだ。ありえない」ジムボーンは唇を舐めた。「それにコンラッドは刑事の家の私道を歩いているとき、おれたちに背を向けていた。銃弾を浴びせたときも、刑事の後ろにいた」

ドウェイン・パタースンは一歩近づくと、ジムボーンと眼が合うようにしゃがんだ。「見たのはコンラッドじゃない。あんたが撃ったときに、刑事がおれたちを見ていたんだ」パタースンが息を吐くと、胆汁の刺激的なにおいがジムボーンの鼻孔のあたりに漂い、殺人鬼の眼を潤ませた。「彼は死ぬ前に自分の血でコンラッドにメッセージを書いた」

ジムボーンは頭を後ろに反らせて、激しく笑った。「今まで聞いたなかで一番馬鹿げた話だ」

「W……C……S……O」

ジムボーンは眼を細めて彼を見た。「わけのわからんことを言うな。何を言ってる？」だが、やがてジムボーンも理解した。あのクソ野郎。彼は思った。サム・エリオットに気味が悪いほど似た死んだ刑事のことを思い出しながら。

「パトカーに書いてある文字だ」とパタースンは言い、身を乗り出して近づいた。嘔吐と小便のにおいがジムボーンにも耐えられないほど強くなった。「つまり……」

ジムボーンは保安官の喉元をつかんだ。

「おれの……せいじゃ……ない」と保安官は言った。喉を締めつけられ、苦労してなんとか声を出した。

ジムボーンが握っていた手を離すと、保安官は床に崩れ落ちた。仰向けになって両手を広げ、息を切らした。なんとか体を起こせるまでに落ち着くと、怯えた眼でジムボーンを見た。

「なぜわかった？」ジムボーンはパタースンを軽蔑するように見下ろして言った。「もし、本当なら、タスカルーサの警察はそのことを秘密にして、お前に尋問するまでは何も言わないはずだ」彼はことばを切った。「それにお前のところには多くの保安官補がいて、同じパトカーを運転している。もしやつらが来たとしても、誰が運転していたか、お前自身で捜査すると言ってはぐらかすことができただろう」

パタースンはまばたきをして彼を見上げた。「タスカルーサ郡保安官事務所のなかにスパイがいるんだ。そいつが三時間前に電話をしてきて、クロウ保安官がパトカーを引き連れてこちらに向かっていると連絡をしてきた」彼はため息をつくと、首を振った。「それにうちの人間も、先日の広場での銃撃戦以来、おれのことを疑い始めている。あの狂ったメキシコ人は、レル・ジェニングスが現れてドレイクを誘導したせいで、地下では誰も殺さなかったが、弁護士が出る前に、出口の扉に向かって二、三発発砲しやがった」パタースンは首をさすった。ジムボーンに絞められ、赤くなってヒリヒリしていた。「副官のロジャー・ヒリスは、おれがドレイクとジェニングス一家を誘導して出るはずだった数秒後に、誰かがその出口に向かって発砲したのはおかしいと思っている」彼はそう言うと、顔を覆っている器具に手をやった。「そして鼻を折られたことでさらに疑われることになった」

ジムボーンは眼の前の弱々しげな男をにらみつけた。ヘイゼル・グリーンにあるトム・マクマートリーの農場から三十キロほどのところにある、このフリント川のほとりの山荘が、隠れ家として最高だということを彼は知っていた。「それで逃げてきたのか？」とジムボーンは訊いた。

パタースンはハードウッドの床をじっと見ていた。「ほかに方法がなかったんだ。それに誰かがこの山荘と結びつけて考えた場合に備えて警告しておきたかった」

「クソが」とジムボーンは言った。ロッキング・チェアから立ち上がると、パタースンに覆いかぶさるようにした。「パニックになったんだろうが、ドウェイン。じっと耐えてりゃよかったんだ。お前がおれの指示に従っていれば、お前とおれを直接結びつけるものはなかったんだぞ」

「あんたはおれの山荘にいるじゃないか」

ジムボーンはほほ笑んだ。「ここは前はローソン・スノーのものだったし、マニーは以前から鍵を持っていた。うまくごまかしてすべてお前の前任者のせいにすることもできたはずだ」と彼は言った。「もし少しでも脳細胞があればな」

「選択肢はなかったんだ」パタースンは哀れな声でそう言った。

「おれもだよ」とジムボーンは言うと、手を伸ばして小柄な男をつかみ、股間を握りしめた。保安官は痛みに悲鳴をあげた。ジムボーンが手を離すとき、指が湿っぽく感じた。「ただ小便を垂れ流しているだけなのか？」

パタースンは答えなかった。「録音してある」彼はようやく口にした。「キャットと話したときだ。彼女はあんたが殺すべき人間を殺さないと言って怒っていた」保安官はそこまで言うとポケットに手を入れ、ＵＳＢメモリーを取り出した。「ほら、聞いてみろよ。安全な場所にもうひとつ保管してある」

ジムボーンは保安官に向かってニヤリと笑った。親指と人差し指でUSBメモリーを持って揺らしていたが、何も言わなかった。

「モリス巡査部長には、おれが死んだらロジャー・ヒリス保安官補に渡すようにとメモを残してある。コピーの場所も書いてある」そう言うと彼は唇を舐めた。ジムボーンには男の心臓がドクドクと脈打っているのが聞こえた。

こいつは一か八か《ヘイルメアリー》のパスを投げようとしている。ジムボーンはそう思い、一瞬だけ、渋々ではあったもののドウェイン・パターソンという男に感嘆を覚えた。馬鹿だが、あきらめの悪い男だ。

「なるほど……」ジムボーンは小さな応接間の床のうえを歩きながら言った。「ドウェイン、お前はおれたちを窮地に陥れたってわけだ。お前を殺せば、おれたちの計画は台無しになるかもしれない」

「残りの五十万ドルを犠牲にすることになる」マニーが玄関から会話に入ってきた。彼女は保安官が来てからずっとドアの前に立っていた。

「そのとおりだ」とジムボーンは言い、彼女に頷いた。「で、どうするつもりだ、ドウェイン？」

保安官は眼をしばたたいた。

「今、お前はさっさと逃げ出してきて、おれたち全員が大量の殺人に関わっていることを示すUSBメモリーを残したわけだ。次はどうする？」ジムボーンは意を決したようにそう言った。「タスカルーサ郡の保安官がお前の家と財産の捜索令状を取り、お前の言っているメモリーを見つけたらどうするつもりだ？」ジムボーンは鼻で笑うように言った。「全員で同じ死刑囚監房にでも入るか？」

「おれはそんな馬鹿じゃない」とパタースンは言った。血走った眼でジムボーンを見上げた。「捜索令状があってもやつらにメモリーは見つけられない」

ジムボーンは大きく歯を見せて笑った。「それどころか、ドウェイン、お前は大馬鹿野郎だ。馬鹿じゃなければ、こんな夜中に慌ててやって来やしなかっただろう」彼はそう言うと囁くほどに声をひそめて言った。「その取るに足らない録音でおれに対抗できると思ってるのか？」

ドウェイン・パタースンは両手を顔に当てた。その数秒後、泣き始めた。

ジムボーンは応接間の向こうのマニーを見た。「ガキを連れて来い」

彼女は頷いた。保安官は顔から手を離すと言った。「何を――？」

だが、その質問を終えることはできなかった。ジムボーン・ウィーラーのサイズ十二のブーツの爪先がパタースンのノーズガードを捉え、グラスファイバーの破片が山荘の床に飛び散った。

68

午前一時、五台のパトカーが山荘から約三キロ離れたガソリンスタンドに集まっていた。一台——テネシー州ナンバーの目立たない黒の〈クラウン・ビクトリア〉——を除いてすべてマディソン郡保安官事務所の車だった。〈クラウン・ビクトリア〉の車内ではヘレン・ルイス検事長が発砲スチロールのカップからコーヒーを飲んでいた。もっとひっそりと行動すべきなのに。彼女はそう思った。

頭上からヘリコプターの回転翼の音が聞こえていた。そのときダッシュボード中央のコントロール・スピーカーから声が響いた。「山荘には〈シボレー・タホ〉一台だけです。ウォーカー郡のナンバープレート、側面に〝ウォーカー郡保安官事務所〟と書かれています」

「パタースンね」ヘレンが独り言を言う。

「灯りは消えていて、動きも見られません」無線から同じ声が付け加えた。

数秒後、別の警官が叫んだ。「了解《テン・フォー》、スティーブ。ありがとう」そして五秒後、続けて声がした。「さあ行くぞ、みんな」

車の一団は、ガソリンスタンドを出ると、一・六キロ走ったあと、右折して郡道二十二号線に入った。ヘレンはダッシュボードの無線機のマイクを手に取って言った。「川は封鎖した？」

「もちろんです、検事長」スティーブが答えた。「パタースンの山荘の船着場から四百メートルにパトロールボートを停泊させ、ヘリも飛んでいます。この地域を陸・空・川から包囲しています」

ヘレンは深く息を吸うと、葉の落ちた木々のあいだから山荘を見た。「お願い、神様。彼が生きていますように」彼女はトムの孫のことを考えながらつぶやいた。トムの誕生日に、彼女がウィーラーの脱走のニュースを伝えに行ったとき、トムは裏のポーチでジャクソンと話をしていた。彼はあの少年のことが大好きだ。ヘレンはそう思った。ストレスになると考えて、誘拐事件のことはまだトムには伝えていなかったが、リックから山荘の場所を聞いてからは、トミーとナンシーのマクマートリー夫妻と常に連絡を取り合っていた。

「どうか彼が生きていますように」ヘレンは繰り返した。山荘に続く砂利敷きの私道を進むSWATチームを眼で追いながら、彼女は〈クラウン・ビクトリア〉の閉ざされた空間のなかでさらに大きな声で言った。お願い、と。

69

ヘレンは、制服を着た警官たちが山荘を取り囲んでいるあいだ、正面玄関に眼を向けていた。二秒後、隊員のひとりが玄関を蹴破り、もうひとりの隊員が側面にある窓から、鍵をかなてこでこじ開けて突入した。

ヘレンは車のドアを開け、自分の銃をホルスターから取り出した。そして四方八方に眼をやり、不審な動きがないか確認しながら、山荘に向かって歩きだした。

階段の下まで着くと、なかで灯りが灯《とも》り始めた。

「ああ、なんてことだ！」警官の声が響き渡り、ヘレンは心臓が止まるような感じがした。

お願い、神様、あの子を傷つけないで。彼女はもう一度祈った。

ヘレンは階段を駆け上がり、蹴破られた扉をすり抜けてなかに入った。玄関に入ると、右手の小さな応接間に二脚のロッキング・チェアが見えた。先に進み、広い開口部を通って大きな居間に入ると、暖炉とそのうえに取り付けられた薄型テレビが見えた。左手にはロフトらしきものに通じる階段があった。その右にはウェット・バー（水道と流しのついたホーム・バー）があり、ガラスのキャビネットには様々な酒のボトルが置かれていた。部屋の天井は高く、真ん中に東側の壁から西側の壁まで二本の木の梁《はり》が通っていた。SWATチームがみな、うえを見上げているのを見て、ヘレンも同じようにした。

　彼の姿を見て、ヘレンは息を呑んだ。ドウェイン・パタースンの裸体が梁の一本からぶら下がっていた。保安官の首には縄がかけられ、股間から両足にかけて血が流れていた。ヘレンは胃がうごめくように感じて眼をそらした。

唾を飲み込み、歯を食いしばって冷静であろうとした。警官のひとりを見て言った。「少年は見つけた？」

彼は首を振った。

「何か見つかった？　手がかりは？」

警官がドウェイン・パタースンの遺体がぶら下がっている下にあるコーヒーテーブルを指さした。ヘレンはテーブルに向かって歩きだし、一枚の紙が置かれているのを見て立ち止まった。そのうえには何か血の付いたものが置いてあった。「あれはわたしが思ってるもの？」

彼女は数秒前に話していた警官をちらっと見た。彼が頷いた。

「やつを吊るしてペニスを切り取ったんです」と彼は言い、彼女の脇を通ってテーブルまで進んだ。

「そのメモにはなんと？」と彼女は尋ねた。

「ひとことだけ」保安官補は顔をしかめて首を振った。「血で書かれています」

「なんと書いてあるの？」と彼女は尋ねた。疲れた眼で部屋のなかを見渡し、警官たちを見ると、彼らはみな、敗北にうちひしがれたかのように武器を下ろしていた。

「自分の眼で確かめてください」と警官が言い、彼女が近づけるように道を空けた。

近づくとそのことばを声に出して読み、息が喉に詰まるような感覚を覚えた。

「〝遅かったな〟」

70

ヘレンが〈クラウン・ビクトリア〉に戻ったとき、携帯電話が鳴った。画面をちらっと見たが、番号に見覚えはなかった。三回鳴るのを待ってから電話に出た。「はい、ルイス検事長」と彼女は言った。

「こんにちは、検事長。山荘に残しておいたメッセージをどう思った？　やりすぎだったかな？」

ヘレンは顎を引くと、電話を耳元に強く押し当てた。「どうやってこの番号を知ったの、ミスター・ウィーラー？」

「おれには情報源があってね」とジムボーンは言った。「あんたもたった今わかったようにな。密通者が保安官なら、幅広い情報にアクセスが可能だ」

「なるほど、頭がいいのね」

「どういたしまして」

「何がしたいの？」

電話の向こう側では笑い声が響いていた。「単刀直入な女は好きだよ。なかなか手に負えないんだろうな。あんたとマクマートリーはもうヤッてんのか？」

「わたしに何かさせたいの、それともただ勝ち誇るために電話をしてきたの？」

電話の向こう側を静寂が流れた。ヘレンは自分の繊細さのなさを呪った。やがて、さらに低くなった殺人鬼の声がスピーカーから聞こえてきた。「ガキが生きてるのか、死んでるのか知りたくないのか？」

ヘレンは眼を閉じた。心臓の鼓動が激しく高鳴るのを感じた。「教えて」と言った。

さらに沈黙が流れた。

永遠かと思える数秒後、ヘレンは咳払いをしてから電話に話しかけた。「ミスター・ウィーラー、あの子はどこにいるの？　ジャクソン・マクマートリーはどこ？」ヘレンはことばを切った。「彼は無事なの？」

またしても答えはなかった。ヘレンはこのろくでなしがもうこれ以上何も話さないんじゃないかと心配になってきた。

「ミスター・ウィーラー？」ヘレンが迫った。「あの子は――？」

「よく聞け、検事長」ジムボーンがさえぎった。その声ははっきりとし、事務的なほどだった。「このメッセージを伝えるのは一度だけ、しかもお前にだけだ。おれが話しているあいだにさえぎったら、少年は死ぬ」彼はひと呼吸置いた。「ひとつでも指示に従わなければ、少年は死ぬ」彼は再びことばを切った。「わかったな？」

「ええ」とヘレンは答えた。額に冷たい汗をかいているのを感じていた。自分の手を握りしめると、湿ってベトベトしていた。これまでにこんなにも緊張したことはなかった。

「いいだろう」とジムボーンは言った。それからの三十秒間、彼は指示を伝えた。

電話を切ったとき、ヘレンの全身に汗がにじみ、手がひどく震えるあまり、ハンドルを強く握らなければならなかった。彼の指示は冷酷なまでに簡潔で、書き止める必要はなかった。

シンプル。

明確。

そして従うわけにはいかなかった。

〈クラウン・ビクトリア〉の運転席で、ヘレン・エヴァンジェリン・ルイスはダッシュボードに手のひらを叩きつけた。あの子は死んでしまう。彼女はそう思った。

あの子は死んでしまう。

71

ボーセフィス・ヘインズは墓石の前の湿った草のうえに坐っていた。散弾銃を膝のうえに置き、時折、装弾が込められているかどうか確認した。そしてその散弾銃を墓標の名前に向けた。着いてから少なくとも十回目にはなるだろう。彼は銃を握り、生涯をかけて憎んできた男の名前が刻まれた墓石に向けた。かつてクー・クラックス・クランの最高指導者《インペリアル・ウィザード》だった男。

二年前に自分の父親だと知った男。

「アンドリュー・デイヴィス・ウォルトン」ボーはそのことばを声に出して言った。そして、茶番を演じることに飽き、立ち上がって銃を撃った、一発、二発、三発。コンクリートの墓標は真ん中から崩れ、砕けた墓石の上部が下部に覆いかぶさるように崩れ落ちた。「これでどうだい、父さん」十二番径の散弾銃をしっかりと握りしめたまま、身をかがめて〈パピー・ヴァン・ウィンクル〉の半分空いたボトルを手に取った。数年前、あるクライアントが裁判に勝ったお礼に、世界で最も高価なバーボンと呼ばれるこの酒の七百五十ミリリットルボトルを贈ってくれたのだ。ボトルのなかの茶色い液体をにらみながら、もうひと口飲んだ。飲み込むときにアルコールが喉を焼いたが、彼の心と体を焦がす、ある感情ほどはひどくなかった。

憎しみ。

法への憎しみ。法は、T・Jやライラと一緒にいるべきときに、十日間も彼を拘置所に入れた。ジャスミンの父エズラ・ヘンダーソンは、法の影に子どもたちを隠し、ボーと会えないようにしていた。昨晩、ボーが自宅に帰って五分も経たないうちに、人材開発省《DHR》のソーシャル・ワーカーがドアをノックした。子どもたちと会う許可を得る前に、面接と評価を受ける必要があると言った。「今、いくつか質問してもいいですか？」ソーシャル・ワーカーが尋ねた。

「断る」とボーは言うと、家を飛び出した。一晩中、ハンツビルの街を車で走り回ったあと、今朝早くに葬儀場にたどり着いた。身分証明書を見せると、遺体のある部屋に案内された。エズラは彼に葬儀に来ることを禁じていたが、葬儀屋にボーを妻の遺体に会わせないように伝えてはいなかった。

少なくとも一時間、彼は妻の生気のない、冷たい遺体を見つめていた。冷蔵され、防腐処理《エンバーミング》されたあとの棺のなかのマネキンは、ジャズに似ていたが、決して彼女ではなかった。ジャズはもういない。死んでしまった。暗殺者の銃弾によって連れ去られてしまった。

彼は妻の遺体を見つめ、子どもの頃のことを思い出していた。フードとローブを身に着けた男たちが父親に――ボーが四十五年間、父親だと信じていた男に――リンチを加えるのを見たときのことを。

そして自分のなかで憎しみの炎が燃え上がるのを感じた。

人間に対する憎しみ。人間の弱さ、悪、そして徹底的なまでの卑劣さに。そんな人間がルーズベルト・ヘインズを殺した。別の人間が彼の母親を殺した。そして今、この十一日間で、ふたりのサイコパスが彼の妻と、友人であるレル・ジェニングスとウェイド・リッチーを殺したのだ。

去年のアルヴィーは言うまでもない。ボーは生物学上の父親の崩れ落ちた墓標を見ながらそう思った。一九六〇年冬、アンディ・ウォルトンは、パール・ヘインズと無理やり関係を持った。ボーはふたりのあいだに生まれた子どもだった。アンディの妻である、悪魔のようなマギー・ウォルトンは、それを知って、ボーの母親を殺し、最終的にアンディも殺して復讐を果たした。トム・マクマートリー教授とヘレン・ルイス検事長がいなければ、ボーも彼女に殺されていただろう。

ボーは大学でトムと出会い、生きる価値を見出《みいだ》し、そのあとすぐにジャスミン・ヘンダーソンと恋に落ちた。ふたりに対する彼の愛は、荒れ狂う炎に冷たい水をかけるようなものだった。

それなのにジャズは死んでしまい、教授も死にかけていた。そしてエズラは正しい。子どもたちのためには自分がいないほうがよいのだ。

憎しみ。

法に対する憎しみ。人間に対する憎しみ。そして何よりも……

彼は歯を食いしばり、バーボンのボトルを唇に押し当てた。

自分自身に対する憎しみ。

大嫌い。ジャズは撃たれる直前に彼にそう言った。

「大嫌い」今度は声に出して言った。

頭のなかにジャズの遺体の映像が浮かび、叫ぶのをこらえなければならないほどの憎しみに心が燃やされそうだった。彼はまるで自動操縦モードのように葬儀場をあとにし、ホルムズ・アヴェニューの借家に車で向かった。血の付いたシャツとジーンズをもう一度身に着け、誰もいない家のキッチンに日が暮れるまで坐っていた。そして車に戻った。一時間四十分後、彼はプラスキのメイプルウッド墓地にいた。

父親の墓の前に坐っていた。

ボーは深く息を吸うと、バーボンを最後にひと口飲んだ。ボトルに眼をやると、頭からアルコールをかぶり、ジーンズとシャツにもかけた。容器が空《から》になると、それを墓石の残骸に向かって投げつけた。割れたガラスが芝生のうえで、砕けたコンクリートと一緒になった。ボーはがれきと化した墓標を見てニヤリと笑い、ポケットからライターを取り出した。そして父親の墓に大きな足取りで近寄った。ここで終わりにすべきだ。彼はそう思った。アンディ・ウォルトンの死体とともに炎に包まれるべきだと。

ボーはライターをつけ、そして消した。つけては消し、つけては消し、つけた……

眼を閉じるとカウントを始めた。人生で愛した人たちのことを心に浮かべながら。

「五」T・Jがトップ・オブ・ザ・キー（バスケットボールのフリースロー・サークル上部のエリアのこと）からシュートし、コートを走って戻ってくるときにボーにウインクしたこと。

「四」母親とそっくりなライラがクリスマスイブにボーの膝のうえに乗って、『クリスマスのまえのばん』をもう一度読むようにせがんだこと。

「三」彼が父親として唯一知っているルーズベルト・ヘインズが、〝家〟と呼んでいた小屋の外の庭で、五歳のボーとキャッチボールをし、母親が桜の木陰の椅子に坐ってインゲン豆の端を折っていたこと。

「二」一年ほど前のクリスマスに、トム・マクマートリー教授がボーを抱きしめて「愛している」と言ったこと。

ボーのほほを涙が伝い、炎による刺すような痛みを親指に感じた。

「一」ジャズ。大学の寮の彼女の部屋。ボーを寝室に導き、初めて愛を交わしたこと。

ボーセフィス・オルリウス・ヘインズは、眼を開けて天を見上げた。腹の底から湧き出してきた悲鳴を、最後には口からうなるように吐き出した。

そしてライターが発する明るいオレンジ色の炎をにらみつけた。ライターを近づけるにつれて鼓動が高まっていった。さらに近づける……

……さらに。

涙が顔を流れ落ち、唇を強く噛んだ。「大嫌い」彼は叫んだ。そして最後に……

……彼は親指をライターから離した。炎は消えた。

いっとき、ボーは父親の墓の前に立ちつくし、少し前まで自分の命を奪っていたかもしれない火のついていないライターを見つめていた。手と脚はアドレナリンと恐怖が半々の状態で震えていた。息を吸うと、吐き気を催した。やがて立っていられなくなり膝をついた。眼を細めてライターを見つめると、墓の向こう側に思いきり投げた。

再び、吐き気が襲ってきたとき、暗闇のなかから聞き覚えのある声がした。

「ここなら会えるかもしれないと思ったわ」

ボーが振り向くと、十メートルほど先に人物のシルエットが立っていた。「検事長？」

「恥ずかしいと思いなさい」とヘレンは言い放った。

ボーは顔を伏せたが、何も言わなかった。

「本当にあきらめたの？　あなたはトムの親友でしょ？　彼はあなたの恩師でしょ、違う？彼はこのことをどう思っているかしら？」

「彼はおれが経験したことを知っている」

「だからってあなたが尻尾を巻いてあきらめることを彼が許してくれると思ってるの？」

「もうたくさんだ、検事長。知ったふうな口をきかないでくれ」

「わたしが知っているのは、あなたがふたつのでたらめな犯罪容疑に対して自分で保釈金を払わなかったから、仕方なくわたしが払ったということ。そして今、あなたを愛する人たちが最も必要としているときに、あなたはここで酔っぱらって悲しみを紛らわしているということよ」彼女は両手を腰に当て、彼のほうに身を乗り出して言った。「そうじゃない？」

必ずしもそうではない、とボーは思った。アルコールで濡れた体にライターの炎を近づけたことを思い出して思わず身震いした。立ち上がると、服と肌を覆っているバーボンの香りを吸い込んだ。「おれを逮捕しに来たのなら、さっさとやってくれ」ボーは眉間にしわを寄せて言った。「説教はたくさんだ」彼は脇を通り過ぎようとしたが、ヘレンが彼の前に一歩踏み出し、行く手を阻んだ。

「だとしたら、あなたは運がいいわ。今はそんなことをしてる暇はないから」とヘレンは言った。「あなたを逮捕すべきだけど、それもできない」そう言って彼をにらんだ。「事態が動いたの……あなたの力が必要なのよ」

ボーは別の憎しみの短剣が胸に突き刺さるのを感じた。「ジムボーンか？」

ヘレンは頷いた。

「やつが誰か殺したのか？」ボーは尋ね、草むらに視線を落とした。「教授なのか？」と彼は囁いた。

「トムは生きてる。けど今晩、ウィーラーが襲って来た」とヘレンは言った。

「何が――？」

「一緒に来てもらう必要がある」ヘレンがことばをさえぎった。声には苦悩がにじみ、手は震えていた。「お願い……今すぐ行かなければならないの」

ボーは両手で顔をこすりながら、彼を呑み込んでいた酔いによる怒りから抜け出そうとした。「オーケイ」と彼は言った。数歩近づくと、彼女の刺すような緑の眼を見た。「おれに何をさせたい？」

ヘレンは唇を噛んだ。再び話し始めたとき、その声は恐怖で震えていた。「あなたにメッセージを伝えてほしい」

72

ハンツビル病院の四階の暗い部屋で、トムは意識のはざまをさまよっていた。何かがおかしい。モルヒネが再び効いてくる前の数少ない頭の明晰な時間に彼はそう思った。昨晩、息子の眼を見ていてわかったのだ。いや、それとも今朝だっただろうか？　時間の感覚がなくなっていたが、そのときの息子の顔は厳しく、張り詰めていた。鎮痛剤を大量に服用していても、トムには彼がひどく心配をしていて、それが自分のことだけではないとわかっていた。少なくとも二回は何があったのかと尋ねたが、息子は答えなかった。

あれはいつだった？　トムは考えた。最後に見舞い客があったのがいつだったか思い出そうとした。ここ数日、少なくとも四時間から六時間おきに誰かが訪ねて来ているような気がしていたが、最後に人に会ってからもっと長い時間が経っていた。

ジムボーン・ウィーラーの銅色の眼を思い浮かべ、何枚もの温かい毛布にくるまっているにもかかわらず、震えを感じた。彼が誰かを殺したのだろうか？
トムは携帯電話を手に取り、画面を見つめた。午前四時だった。トミーとの最後の会話がいつだったか考えようとした。頭のなかが混乱してきたので眼を閉じた。そして数秒後には、再び眠りに落ちていた。

眼を覚ましたとき、部屋のなかは前よりも暗くなっているようだった。まばたきをして、自分がまだ携帯電話を握りしめていることに気づいた。クリックしてみると、時刻は午前八時を回っていた。四時間も経っていた。いつもなら、見舞い客や様子を見に来た看護師に起こされている時間だ。

トムは唾を飲み込んだ。何かが喉につかえる感じがした。咳をしやすいように体を丸めたが、それでも発作が始まると痛みで全身が震えた。眼を固く閉じ、すぐ治まるように祈った。そうなった。四回ほど激しい咳をしたあと、気道が緩んだ。眼を開けると、発砲スチロールのコップが眼の前に差し出されていた。

頷くとコップが唇に押し当てられた。ひと口、さらにもうひと口飲んだ。焼けるように熱い液体が喉を下りていく。だが、彼にはそれが必要なのだとわかっていた。息を吸うと、トムは奇妙なにおいが部屋のなかに広がっているのを感じた。病院には似つかわしくない香りだったが、頭が混乱していて、はっきりとわからなかった。

「ありがとう」とトムはなんとか言い、頭を枕に戻した。咳をして水をふた口飲んだだけで、眼を覚ましたときに感じていたわずかなエネルギーも使い果たしてしまっていた。

「どういたしまして、親父《おやっ》さん」

トムは頭をめぐらせた。コップを持っているのは看護師だと思っていたがそうではなかった。「ボー？」とトムは言った。その声はほとんど喉を鳴らすようだった。医師のひとりが〝肺に水が溜《た》まっている〟と言っていたが、そのせいで声帯がおかしいのだろう。

「ええ、教授。おれです」

トムはありったけの気力を振り絞って、ベッドのうえで体を起こし、友人を見つめた。ボーセフィス・ヘインズは、前の部分に黒い染みがついたブルージーンズに、赤い筋が何本も入ったボタンダウンシャツを着ていた。その眼は赤みを帯び、最後に見たときに無精ひげだったひげは今は濃くなって、すっかり顔を覆っていた。「ひどい顔だな」トムはようやくそう言った。

「すみません」とボーは言った。

トムは不規則に息を吸った。「なんのにおいだ？」

ボーは袖を鼻に持っていき、眼を細めてトムを見た。「バーボンです」

トムは困惑して首をかしげた。

ボーはため息をついた。「話せば長くなります」

いっとき、ふたりの友人は互いに見つめ合っていた。やがて、トムがボーに手を差し出し、ボーがその手を握った。

「ボー、わたしは……その……」トムはその体と同様、心も打ち砕かれてしまったかのような友人を見つめているうちに、感情が昂って声が出なくなってしまった。

「わかってます」とボーは言い、トムに頷いた。「わかっています」

トムはジャズが殺されたあと、ボーがどんな気持ちで過ごしてきたのか想像できず、涙を流さずに親友を見ることはできなかった。トムは唇を噛みしめ、ボーの手を握った。「本当に残念だった」と彼はようやくそう言った。

「教授、あなたのせいではありません」ボーは淡々とした口調で答えた。「おれのせいなんです。おれが彼女が行くのを止められなかった。行ってからも彼女をちゃんと守ってやることができなかった」

「君は自分のできることをした」

「いいえ、違います」とボーは言った。その声は大きくなっていた。「できなかった。プライドと嫉妬が邪魔をした」ため息をついた。「そしてそのせいでジャズは死んだ」

トムは友人と議論したくなかった。それでも、このままではいけないと思った。「ジャズは……サイコパスのせいで死んだんだ」彼はそう言うと荒い息を吐いた。「そしてそのことで誰かが責められるべきだとしたら、それはわたしだ。彼がこんなことをしている理由はわたしにある。彼はわたしに最後の審判を下そうとし、それを実行したんだ」

しばらくのあいだ、部屋のなかにはヒーターのブーンという音だけが響いていた。やがてボーはリクライニング・チェアから立ち上がるとベッドに近づいた。「教授、伝えなければならないことがあります」

トムは眼を閉じた。何かがおかしいとわかっていた。やつがまた誰かを殺したのだ。歯を食いしばり、トムは疲れたまぶたを無理やり開いた。「なんだ？」とトムは訊いた。

ボーセフィス・ヘインズは眼をしばたたいた。「トミーは、あなたには知らせたくないと検事長に言いました。耐えられないと言って」ボーはことばを切った。トムは友人の唇が震えているのを見ていた。「こんな短期間に二回も葬式をするかもしれないことには耐えられないと言って」

「言ってくれ」とトムは言った。友人の横にあるモニターが、自分の心拍数が一分間に百二十まで上がっていることを示していた。

ボーはベッドの脇に坐った。「昨夜、ジムボーンがあなたの息子さんの家を襲いました。警官を皆殺しにして、家に火を放ちました」トムの眼が大きく広がるのを見て、ボーは手のひらをかざした。「家族は全員……生きています」

トムは必死で声を出した。「誰かけがをしたのか？」

ボーは硬い表情のまま、何も言わなかった。

「言ってくれ、ボー」

「彼が……けがをしているかどうかはわかりません、教授。ただ……ひどくまずい状況です」ボーは体を近づけると、激しいまなざしでトムを見つめた。「もし、今朝十時にあなたを農場に連れて行って、電話に出させることができなければ、彼は死んでしまいます」

「彼？」とトムは訊いた。部屋の温度が氷点下まで下がったように感じていた。モニターに映る脈拍数は百四十になっていたが、トムは気にしなかった。その代わり、彼はボーセフィス・ヘインズのまなざしに全神経を集中していた。

「ジャクソンです」とボーはようやく言った。歯を食いしばり、声を冷静に保とうとした。「あのクソ野郎はあなたのお孫さんを誘拐したんです」

73

人は誰でもエネルギーの予備タンクを持っている。

四十五キロしかない女性が、小さな子どもを助けるために、自分の体重の倍以上のものを持ち上げたという記録が残されている。それは人が自分の意志で呼び覚ませるものではなく、ほとんどの場合は、強い愛を伴っていた。人々は気がつくとこの超人的な力を発揮していて、多くの場合、自分がしたことを覚えていなかった。彼らが知っていることは、傷つくほど深く愛した人が危険にさらされたとき、あるスイッチが入るということである。

タンクが起動した。

だが、愛はボタンを押すきっかけにはなるが、このタンクを満たす燃料とはならない。この予備タンクを満たすエネルギーとなるのは別の感情だった。

怒り。

白熱した怒りが心と魂を激しく燃やし、人を強くする。

自分がなれると思っていた以上に強くするのだ。

二〇一三年十二月十七日午前八時三十分、トーマス・ジャクソン・マクマートリーはハンツビル病院を自ら退院した。四階の病棟の看護師たちは留まるよう説得したが無駄だった。その日、ふたり分の仕事をこなし大忙しだった夜勤の看護師マイケル・ハーパーは、自分が手伝ったトイレへの短時間の移動以外で、彼の患者が自分の足で立っているのを初めて見た。その患者は自らの力で大きな黒人男性の隣に立ち、〝医学的助言に反して退院する際の念書〟に署名していた。

数分後、トムはギャラティン通りの病院入口にある車寄せ近くの歩道に立っていた。携帯電話によると、気温は九度だった。彼は十日ほど前にクリアビュー癌研究所を訪れたときと同じフリースのスウェットスーツを着ていた。寒いはずだとわかっていたが、寒さは感じなかった。体が燃えていた。

「マクマートリー教授？」

トムが振り返ると、トレイ・メイプルズ医師が回転ドアから出て近づいてきた。医師は真っ赤な顔で、前のめりになって歩いていた。トムから一歩離れたところで立ち止まると言った。「退院していいとは言ってませんよ」

「わかっている」とトムは言った。「自分で決めたんだ」

メイプルズは眼を大きく見開き、さらにトムに詰め寄った。「教授、血行動態的に見て、あなたは退院できるほど安定していません。今朝は熱があったし、バイタルサインはまだ異常な値を示している。看護師のメモによると、一日中ベッドから出ていないし、わたしがオーダーした検査も受けていない」

「わかっています、先生。ですが緊急事態が発生して、行かなければならないんです」

メイプルズは首を振った。「マクマートリー教授、何が起きているかは知っています。お孫さんのことも。こんなことになるんじゃないかと思って、わたしがあなたには話さないように息子さんにアドバイスしたんです」

「トミーは話さなかった」トムはそう言った。ボーが白い〈セコイア〉を車寄せに回してくると、車から飛び出して助手席側のドアを開けた。「友人が教えてくれた」トムはそう言うと、親指でボーを示した。

メイプルズはトムの肩に両手を置いた。「聞いてください教授、あなたがどれだけ動揺しているかはわかっていますが、退院できるような状態じゃない。今の状態では、文字どおりあっという間に死んでしまいます」

トムは医師の背中を叩いた。「先生、今までありがとう」彼は背を向けると車のほうに歩きだした。

「死にますよ」とメイプルズは言った。その声は冷たく、権威主義的でさえあった。これまでに何千もの癌患者に死刑宣告をしてきた男の声だった。

トムは立ち止まると、彼をにらんだ。

「あなたが経験しようとしているストレスは」メイプルズは顎をぐいと引くと続けた。「あなたを死に追いやる。息子さんのためにそこまでしたいんですか？　ましてやお孫さんのために……」彼の声は次第に小さくなり、最後は聞こえなかった。だがトムには言いたいことはわかった。

トムは大きな足取りでメイプルズに二歩近づき、医師の茶色の瞳を見つめた。「あなたはすでにわたしが死ぬだろうと言った。一カ月か二カ月の命だと。覚えていますか？」

トレイ・メイプルズは何も答えなかった。

トムは眼を細めて医師を見ると、体のなかで怒りが燃え上がるのを感じていた。「そろそろやるべきことに取り掛かるときが来たようだ」

第五部

74

二〇一三年十二月十七日火曜日午前九時、キャサリン《キャット》・カルホーン・ウィリストーンが〈プリコー〉のトレーニングマシンで一時間のセッションを始めてから、四十五分が経過していた。そのエリプティカル・トレーナー（ペダルを踏むと足が楕円形の動きをするように作られているトレーニング器具）は、カルホーン邸のフィットネスルームにあるいくつかの有酸素運動マシンのひとつだった。キャットの体には汗が光っていた。彼女は、向かいの壁の全面を覆っている鏡で自分の姿を見た。そのとき彼女の携帯電話が鳴った。ため息をつき、無視しようかと考えた。発信者がヴァージル・フラッドやほかの弁護士だったら運動が終わるまで出なかっただろう。

だが残念ながら、スクリーンを見て発信者の名前を確認すると、無視するわけにはいかないと悟った。彼女は〝応答〟ボタンをクリックすると単刀直入にいこうと決めた。

「ドウェイン、いい知らせを聞かせて」

「保安官は……しばらく席を外しているよ、スウィーティー」その声は冷たく、そしてドウェイン・パタースンのものではなかった。息を切らさずに話せるよう、キャットはマシンのペースを落とした。

「そちらは誰？」

「あんたがあのちょっとした仕事をするために雇った男だよ」

キャットが動きを止めると、マシンもゆっくりと止まった。「何がしたいの？」

「残りの金を二時間以内にケイマンに送金しろ」一瞬の間《ま》。「それから飛行機が必要だ」

キャットは恐怖と怒りが入り混じった感覚を覚え、鼓動が速くなった。よくもまあそんなことを。そう思いながらも、父だったらこんな無礼にどう対応していただろうかと考えた。

「仕事が終わってないじゃない」とキャットは言い、マシンから下りてユーティリティベンチに坐った。

「それはわかってるさ、スウィーティー。だが、金を振り込んで、飛行機を用意してほしい」

「あら、そういうことなら……クソ喰らえよ」キャットはほほ笑んだ。アドレナリンが体中に湧き出てくるのを感じていた。返事を待ったが、電話の向こうから聞こえてきたのは殺人犯の声ではなく、自分の声だった。

「『話すのよ、この間抜け』」

キャットは録音された自分の声を聞いて、胃のなかから酸っぱいものが込み上げてくるのを感じた。そのあと、パターソン保安官の弱々しい反論が聞こえた。「『ミスター・ウィーラーはすべて順調で、契約もちゃんと履行するつもりだと言っている』」

キャットの声がこう答えた。「『そうしたほうがいいわ。彼はドレイクとツイッティを殺すことになっていたのよ。なんでカウボーイみたいなまねをして、無差別に人を殺し始めるのよ？』」

　声が止まった。殺人鬼が再生を止めたか、録音が終わったのだろう。

「ドゥェインはどこ？」と彼女は訊いた。自分の声に恐怖の色を感じ、それが嫌だった。

「ドゥェインは遠くに行ってしまったよ」とジムボーンは言った。そして短く口笛を吹いた。

「ミセス・ウィリストーン、もしあんたが二時間以内にケイマンの口座に送金せず、三時間以内にマディソン郡メリディアンビルのハンツビル・エグゼクティブ空港に飛行機を待機させておかなければ、この素敵な録音データをデイリー・マウンテン・イーグル紙、マクマートリー&ドレイク法律事務所、そしてマディソン郡、ウォーカー郡、タスカルーサ郡の保安官事務所に送ることになる」彼は一瞬、間《ま》を置いた。「理解したか？」

　キャットは立ち上がると、フィットネスルームの床のうえを歩き回った。鏡に映った自分を見た。自分の眼に恐怖の色が浮かんでいるのを見てゾッとした。

「理解したか？」ジムボーンが繰り返した。

「はっきりと」とキャットは言った。

75

病院を出てから三十分後、ボーはヘイゼル・グリーンの農場の私道に車を止めた。道中、トムは、週末にトムを訪ねたあとタスカルーサに戻っていたビル・デイビスに電話をかけていた。

「ビル、トムだ」

「ああ、トム。ジャクソンは見つかったのか？」

トムは眼を閉じた。「まだだ。聞いてくれ、ビル。あまり話している時間も気力もない。だから単刀直入に言う」

「言ってくれ」

「農場に来てほしい。そしてかき集められるだけのステロイドを持ってきてほしい」

「トム、何があった？　退院したのか？」

「数分前に、医師の忠告を振り切って出てきた。ステロイドを持ってきてほしい。……それと、ほかにも孫を見つけるまでのあいだ、なんでもいいから頭をすっきりさせてくれるものを」

五秒間、沈黙が流れた。そしてビルが再び言った。「薬をかき集めるのに三十分かかる。

三時間後にはそこに着く。それでいいか？」

「それまではアドレナリンが効いているはずだ」

「トム、わかってるだろうが、ステロイドは心臓発作を起こす可能性があるぞ」

トムは笑いをこらえられなかった。「君たち医者はみんな同じことを言う。わたしが癌でいつ死ぬかわからないと言いながら、心臓発作で死ぬことが心配だと。ステロイドを持ってきてくれ、ビリー・ボーイ」

「ステロイドのせいでこれまで見てきた幻覚がひどくなるかもしれないぞ」とビルは言った。

「かなりひどく」

トムはまばたきをした。〈セコイア〉はメリディアンビルを通り抜け、ステガー・ロードにつきあたる長いカーブに入っていった。「そんなことはどうでもいい。ありったけ持ってきてくれ」

「了解《テン・フォー》」

「それから、ビル」トムは顎を撫でると、考えた末に意を決して言った。「お前のシューティング・レンジに寄って自由に使える銃と弾丸をすべて持ってきてくれ」

76

午前十時、ヘイゼル・グリーン農場の母屋のキッチンにある電話が鳴った。

トムはヘレンの眼を見た。彼女は調理台に坐っていた警官に言った。「準備は？」

「オーケイです、検事長」警官のひとりが言った。指は録音機器のうえに置かれていた。

そしてヘレンはトムに頷いた。トムは固定電話に向かって大股で歩くと、二回目のベルで出た。

「もしもし」

電話の向こう側には静寂が流れていた。

「もしもし」とトムは繰り返した。

「刑務所でおれが約束したことを覚えているか？」

トムはヘレンに頷き、彼女は警官に両手を振って合図をした。

「彼よ」と彼女は囁くように言い、ヘッドフォンを装着すると、残りのふたつをリック、トミー、そしてボー——彼らは全員、キッチンテーブルのまわりに坐っていた——に差し出した。トミーがそのひとつを着け、ボーとリックは残りのひとつをシェアした。

「覚えているよ」とトムは言った。

「約束を果たしたと思うか？」

トムは間《ま》を置いた。この狂人との会話を長引かせる必要があるとわかっていた。「お前はどう思う？」トムは訊いた。

「とんでもない」とジムボーンは言い返した。「ところで通話を録音してる連中が、おれの居場所を知るのに十分なくらいは話したかな？」

トムはヘレンを見た。彼女は眉をひそめた。調理台を見ると、警官のひとりが「あと三十秒」と囁いた。

トムは咳払いをすると受話器に向かって言った。「孫はどこだ？」

電話の向こうから柔らかな笑いが聞こえてきた。「電話に出てくれるとは思わなかったよ、爺さん。死にそうなんだろ？」

「まだなんとか持ってる」とトムは言った。

「そりゃうれしいよ」

「どうして？」

「なぜなら死がお前のドアをノックするときは、自分で見届けたいからだ。完璧な最後を与えてやりたいからだ」

「孫は生きてるのか？」

ジムボーンはため息をついた。「ハンサムな子だ。母親の血を引いてるようだな」

「孫は生きてるのか？」

「やんちゃな子だ」

「孫を少しでも傷つけてみろ――」

「どうする？　おれを殴るか？　殺すか？　歩くのもやっとだというのに」

トムは録音機器を操作している警官を見た。「捕捉しました」三十秒の引き延ばしを要請していたのと同じ警官が囁いた。

「生きているのか？」トムは三度《みたび》尋ねた。

「もう十分話したんじゃないか？　違うか？　最後にひとつだけ言っておく。おれが今いるところに、お前以外のやつが来たら、少年は死ぬ」

トムが答える前に電話は切れた。部屋のなかの全員が小柄で筋肉質の警官を見た。彼はスツールから立ち上がって興奮気味に眼を見開いて言った。「〈グリナーズ・スーパーマーケット〉です」

「ハイウェイを北に八百メートル行ったところだ」トムはすでに扉に向かっていた。戸口に着くとボーのほうを見て言った。「キーは？」

ボーはポケットに手を入れると、キーを取り出して渡した。「運転できますか？」

「なんとか」と彼は言うと、扉を開けて、ボーの車のほうに大股で急いだ。ほんとうに心臓の鼓動が聞こえるようだった。

「トム、待って！」ヘレンが後ろから声をかけたが、彼は無視した。運転席側のドアに着くと、ヘレンが彼の腕をつかんだ。「待ってって言ったのよ！」

トムは急に振り返った。「何がしたい？」

「カウボーイみたいに銃を撃ちながら行くつもりなの？」彼女は歯がみをしながら言った。

「ジムボーン・ウィーラーは訓練を受けた殺し屋よ。アーミー・レンジャーであり暗殺者なのよ。屋上で待ち伏せしていて、ジャスミン・ヘインズに起きたようにあなたを狙撃したら？ あなたが着いたとたん公衆電話が爆発したら？ ジャクソンの死体を見つけたら？ トム、ジムボーンは明らかに発見されたがっていた。彼はわたしたちに別のメッセージを持っているはずよ」彼女はさらに続けた。「少なくともわたしと保安官補にあとを追わせて」

「孫の命を危険にさらすというのか？ 気でも狂ったのか、ヘレン？ あの男の言ったことを聞いただろ。誰かがわたしと一緒に行けば、あの子は死ぬんだ」

「はったりよ。たとえそうじゃないとしても、彼に見つからないように十分離れて行く」

「そんな危険を冒そうというのか？ そんなことはできない」

「彼はあなたを殺す」とヘレンは言った。「仕組まれてるのよ。わかってちょうだい。彼はわざと自分の場所を特定させた。お願い、トム。三十分だけ時間をちょうだい。そうすれば警官に周囲を固めさせて、あなたを援護することができる」彼女は一歩近づいた。再び話し始めたとき、トムは学校の先生が反抗的な子どもをしかるときの口調を思い出した。「法に任せるべきよ」

「もうたくさんだ！」とトムは言った。咳の発作が起きそうになり、それを抑えるために懸命に唾を飲み込んだ。「何が自分を待っているかはわからないが、法を待つのはもううんざりだ」彼は車道に止まっているパトカーを指さした。「法はわたしの家族を守ることにことごとく失敗した。皮肉じゃないか？ わたしは人生のすべてを法の実践と教育に捧げてきたというのに」彼はヘレンに体を乗り出した。「法は失敗したんだ、ヘレン。わたしは孫を守るためだったら何でもする。協力するか、そうでないなら邪魔をしないでくれ」

ヘレンの眼は怒りに燃えていた。が、トムは彼女が次に何を言うのか待とうとしなかった。彼は運転席に坐ると、イグニションを回した。

数秒後、彼は二百三十一号線を北上していた。遠くに〈グリナーズ・スーパーマーケット〉の看板が見えていた。

77

検事長は正しかった。ジムボーン・ウィーラーはメッセージを残していた。〈グリナーズ・スーパーマーケット〉の外にある公衆電話に、折りたたまれた紙がテープで貼り付けてあった。トムは一瞬だけ躊躇《ちゅうちょ》し、それを剝がすとSUVに戻った。なかに入ると、しわくちやの紙を開き、メッセージを読んだ。しばらく眼を休ませてから、もう一度読み返した。これまでの二時間、ずっと血管にあふれていたアドレナリンもなくなり、頭は疲労で重かった。ビル、来てくれ。トムはビル・デイビスが早く薬を持って来て、この紙に書かれた命令を実行できるだけの気力を起こさせてくれることを願った。

ため息をつくと、SUVのギアをバックに入れた。五分後、農場の私道に入ると、トミー、リック、ボーとふたりの警官――そのうちのひとりはさっきまで通話を録音していた警官だった――が飛び出してきた。トムはヘレンの黒の〈クラウン・ビクトリア〉がなくなっていることに気づいた。小声で罵った。「彼女にきつく言い過ぎたな」

ドアを開けると、足を引きずってカーポートに向かった。

「教授――」ボーが口を開きかけた。が、トムが手を上げて制した。

「坐らせてくれ」警官のひとりが家の扉を開け、トムはキッチンテーブルの脇の椅子まで歩いた。席に着くと、大きく息を吸い、そして吐いた。ほかの男たちはテーブルの周りに集まり、待った。ようやくトムは公衆電話に貼り付けてあったメモをボーに渡した。

ボーは教授の顔を覗き込んだ。トムが読み上げるように頷いた。

「〝午後二時、高速道路を横切ってトロージャン・フィールドへ向かえ。スタジアムのなかに入ったら、入口に一番近いサイドラインにいろ。携帯電話を持ってきていいが、武器は持ってくるな。持っていたら少年を殺す。午後二時十五分になったら電話をする。出なければ少年は死ぬ。指示した場所に来なければ少年は死ぬ。グラウンドは監視している。なんであれ警官の動きを見つけたら、少年は死ぬ。ドレイク以外は連れてくるな。相棒も丸腰でなければ少年は死ぬ。お前の黒んぼ《ニガー》の友人ヘインズや医者の息子、ほかの誰かを見かけたら、少年を殺す。お前とドレイクだけだ〟」

　ボーはメモを折りたたんだ。「今、何時だ?」

「午前十時二十五分です」筋肉質な警官が答えた。

　トムは体を乗り出すと、肘を膝のうえに置き、背中が痛まないような姿勢を取ろうとした。モルヒネの効果が弱まってきて、怒りの燃料タンクも底をつきかけていた。来てくれ、ビル。彼はもう一度そう思った。そしてふたりの警官を見た。「君たちも撤退したほうがいい」

「教授、我々はルイス検事長からこの敷地を出ないよう厳命を受けています」警官のひとりが言った。

　トムはぜいぜいと息を吐いたが、眼は発言をした保安官補をしっかりと見ていた。「ウィーラーのメモに書いてあることを聞いただろう。なんであれ警官の動きを見られたら、孫は死ぬ」彼は首を回した。頭蓋骨の根元から右脚にかけて痛みが走った。「いいか、頼んでるんじゃない。命令だ。わたしの農場から出て行け」

　トムは、ロースクールの学生が課題の判例を読んでいないときに見せる、刺すようなまなざしで筋肉質の警官を見ると、眼をしばたたいた。「わかりました」とその警官は言った。

「外の連中はどうしますか？」

トムは出窓から、家を守るパトカーを見た。側面にはマディソン郡保安官事務所の紋章が描かれていた。

これだけ法に守られていても、孫はまだ帰ってこない。トムは再びそう思った。ヘレンとの口論を思い出していた。

「彼らも出て行ってくれ」とトムは言った。

十分後、家にいた警官の姿は消え、残ったのはトム、リック、ボーそしてトミーだけになった。トムは調理台の左にある電子レンジの時刻表示を見た。十時四十分。「諸君、何をすべきか考えるのにまだ三時間ある」

「検事長に状況を知らせるべきです」とボーは言ったが、トムはその提案をはねつけた。

「その必要はない。今、追い出した警官がすでに彼女に連絡しているはずだ」彼はため息をついた。「彼女は自分で状況をコントロールできないときには、うまく対処できない」

「彼女がここにいてくれたほうが安心だ」とボーは言った。

「僕もです」とリックも賛成した。

トムは眼を閉じ、そして開けた。

「父さん、大丈夫かい？」とトミーが訊いた。

「ああ、大丈夫だ。考えていただけだ」

「教授、わかっていると思いますが」ボーは調理台の周りをゆっくりと歩きながら言った。「もしあなたとリックがこのメモの指示に従うなら」彼はメモを手に持っていた。「ジムボーンがあなたのお孫さんを生かしておく可能性はあります。ですが……」

「でも、やつは僕たちを殺すでしょう」リックがさえぎるように言った。「そしてジャクソンも殺すかもしれない」

ボーは彼に頷いた。「彼がなんの計画もなしにこのような罠《わな》をしかけるとは思わない。究極の復讐を果たす計画があるはずだ」彼はことばを切った。「彼の最後の審判を下すための計画が」

トムは椅子から立ち上がると、調理台に両手を置いた。体重を預けて痛みをこらえようとした。

「どんな選択肢がある？」トミーが訊いた。声には苦悩がにじんでいた。「父さんとリックが指示に従わなければ、ジャクソンは死ぬ。従えば、ふたりとも死ぬかもしれない」彼はため息をつくとテーブルに戻り、坐りこむと両手に顔を埋《うず》めた。

「我々に選択肢はない」トムはようやく言った。リック・ドレイクの顔を覗き込み、この四年間でこの青年がどれだけ成長したかに驚いていた。彼はカーポートの扉を見て、三年半前の朝に、新米弁護士だった彼がその扉を叩き、トムに法廷に戻ってウィリストーン裁判を戦ってほしいと頼んだときのことを思い出していた。あのときの青年は世間知らずの青二才だったが、活力にあふれていた。今、眼の前に立っている男の額には悲劇がもたらしたしわがあった。彼はジムボーン・ウィーラーとマニー・レイエスに父親を奪われた。十二日前には自分自身も殺されるところだった。そして三時間後にトムとともにハイウェイ二百三十一号線を歩いて渡ったなら、今日、死ぬかもしれない。「リック、これを君に頼むことはできない。わたしは――」

「僕も行きます」とリックは言った。「あなたがいなければ、僕のキャリアも人生もなかった……。コナー判事に電話をして午後の審理は休廷にしてもらいます」彼はことばを切った。そして再び話し始めたとき、その声は断固として揺るぎなかった。「二時になったら、あなたと一緒にハイウェイを渡ります」

トムの眼が涙でチクチクと痛んだ。ただ、頷くことしかできなかった。そのとき、ボーセフィス・ヘインズのバリトンボイスがキッチンの四方の壁まで響き渡った。「友のために自分の命を捨てること、これ以上に大きな愛はない」ボーはリックの首筋に手を置いてそう言った。「ヨハネの福音書第十五章十三節。多くの聖句を覚えているわけじゃないが、これだけは覚えてる」

いっとき、家のなかは静まり返った。

トーマス・ジャクソン・マクマートリーは息子、親友、そしてパートナーの顔を見つめた。彼らはキッチンテーブルに坐り、それぞれの思いにふけっていた。トムはその思いには、いくつかの相反する感情が含まれているのではないかと思った。後悔。怒り。決意。そして何よりも恐怖。失敗への恐怖。未知のものへの恐怖。

死への恐怖。

トムはもう死については考えていなかった。死後の世界がどうなるのかを想像することもなかった。この十四カ月間、彼の頭のなかは、それらの考えであふれかえっていたので、今となってはもう考える必要はなかった。

頭の片隅に何かが引っかかっていた。何か昔のことを思い出していた。「ここはわたしの故郷だ」ようやく彼は言った。その口調の強さがほかの人を驚かせたが、ほとんど独り言のように聞こえた。「アラバマ州ヘイゼル・グリーンはわたしの故郷だ。父が自らの手でこの家を建てた」彼は扉の窓越しにカーポートを指さした。「この四十万平米の土地はマクマートリー家のものだ」トムは自分のなかで再び怒りの炎が燃えるのを感じていた。「わたしの土地」そして出窓を指さした。「通りの向こうの学校がわたしの母校だ。わたしはヘイゼル・グリーン高校の最初の卒業生のひとりだった。初めての殴り合いのけんかは倉庫の裏の運動場だった。初めてのキスは体育館、初めて〈ジャックダニエル〉を飲んだのは、トロージャン・フィールドの観客席の下だった」トムは歯を食いしばった。「あのスタジアムでユニフォームをまとった最高のフットボール選手は……わたしだった」

ほかの男たちは黙ったままトムを見ていた。ようやく、ボーが咳払いをすると言った。

「教授、いったい何を――?」

「子どもの頃は決していい子ではなかった」トムは続けた。ボーを気にせず、まだガラス越しに外を見ていた。「ほかの子どもたちと同じように問題ばかり起こしていた。嗅ぎ煙草や噛み煙草もやった。初めて煙草を吸ったのは十六歳のときだった」と彼は言った。「ずる休みをしたこともあった」トムはほほ笑んだ。「秋には学校を休んで父さんの収穫を手伝った」彼はことばを切った。「そして春と冬にはよからぬことをたくらんで学校をサボったこともあった」彼はクスリと笑った。「その代償は大きかった。マンマはほとんどすべての木を裸にするほど枝を折って、わたしの脚や尻を叩いた」

「父さん――」トミーの苛立った声が割って入った。トムは息子の眼をじっと見て黙らせると、視線をリックに、そしてボーに移した。

「わたしはこの地域のことをよく知っている」トムは流し台に向かって歩きながら、淡々とした口調で言った。「土地も……人も」彼は蛇口をひねると、指に水をかけた。「水さえも」トムはひとり頷いた。「特に水については」

「教授、その話はどこにつながってるんですか?」とリックが訊いた。

「みんなこの水道の水を味見したことはあるか？」トムはパートナーの質問を無視して、質問で返した。

誰も答えなかった。トムはニヤリと笑うと言った。「わかった、わかった。君たちはわたしの頭がおかしくなったと思ってるんだろう」彼はことばを切った。「だが、この水がどこから来ているか知っているか？　学校の水は？　〈グリナーズ・スーパーマーケット〉の水は？　それにチャリティ・レーンにあるすべての家の水は？」

またしても返ってきたのは大きく見開かれた眼だけだった。

「一九五六年、わたしと父さんは、農場の南東の角に井戸を掘った」とトムは言った。「自分たちだけでやったわけじゃない。近所の人たちも手伝ってくれた。そして一九五八年の春には、ヘイゼル・グリーンのほとんどすべての家に水道が通った。そう、井戸の下にパイプがあって、そこからほかの場所に水が流れているんだ」トムはほほ笑むと両手を体の前に広げた。「郡も手助けしてくれた。パイプはときどき詰まって点検が必要になるので、郡の先人たちは、別のことをしてくれた」

「何を？」とボーが尋ねた。トムは友人の眼にかすかな光を見た。

彼は理解し始めている。

「彼らは知恵を絞って、地下にトンネルシステムを構築したんだ」トムは部屋のなかを見回し、みんなが注目していることを確認した。「特別なものじゃないが、人間が入って調べられる高さと幅がある」

「おれとトミーがそのなかを通って、トロージャン・フィールドに近づくことはできますか？」とボーは訊いた。

トムはため息をついて、首の後ろを掻いた。「今となってはわからないな。わたし自身はトンネルを使ったことはない」彼はことばを切ると、唇にもの言いたげな笑みを浮かべた。「だが、使ったことのある人物がいる」彼は息子と友人たちを見た。「もし彼がまだ生きていて、見つけることができれば」

「誰なんだい、父さん？」とトミーが訊いた。

「ローガン・ベイダーの話をしたのを覚えているか？」

トミーは眉をひそめた。「ニューシャロンのサウスポーの子で百四十五キロのボールを投げるっていう話？」

トムは息子に頷いた。「中学で肩を壊さなければ、メジャーでプレイしていただろうな」トムはことばを切った。「ローガンと彼の父親のジョン・ヘンリーが、トンネルシステムを作った」

「教授、その男が生きているとして、いったい何歳なんですか？」とボーは訊いた。

トムは考えた。頭のなかで計算した。「学校では四つ上だったから……七十六歳かな？」

「彼は今でも住んでるんですか……なんて言いましたっけ？　ニューシャロンに？」

トムは笑って言った。「ニューシャロンは学校の名前だ。もうとっくに閉校になっている。だが、ローガンはここからそう遠くないところにいるはずだ」

「どのくらい近いんですか?」リックが訊いた。トムはパートナーの声に興奮した様子を聞き取った。

「ここから北西に数マイルのところだ」

「ヘイゼル・グリーンに?」ボーは訊きながら、ポケットから〈セコイア〉のキーを取り出した。

「正確にはそうだ」とトムは言った。「だが、そこの住人は違う呼び方で呼んでいる」

「なんですか?」

トムの眼が輝いた。「リック・スキレットという場所を聞いたことはあるか?」

78

午前十時五十五分、キャサリン《キャット》・カルホーン・ウィリストーンはジャスパーの自分の取引銀行から、一カ月ほど前ケイマン諸島の銀行に開設した口座に、五十万ドルを送金した。なんとか五分前に終えることができた。

リムジンに戻ると、ハンドバッグに手を入れて〈ザナックス〉を取り出し、薬が不安を和らげてくれることを願った。リムジンが銀行をあとにすると、彼女の携帯電話が鳴った。胃がねじれて結び目ができるような感覚を覚えた。今度は保安官の番号ではなかった。見覚えのない番号だった。最悪の事態を想定した。

「送金はしたか？」今朝と同じ声が言った。

「ええ」とキャットは答えた。「たった今、終わったわ」

「いいだろう。で、飛行機は？」

「今、やっているところよ。けれど午後一時にはフローレンスに行かなきゃならない。あなたが契約を履行していれば延期になっていた裁判に出席するために。忘れたの？　間に合わせるためにはもう出なければならないわ」

「裁判のことは忘れろ」とジムボーンは言った。「あれはもうすぐ終わる。ジェニングス一家の弁護士は足止めされることになっている」

　キャットはなんとかおざなりな笑みを浮かべた。「わかった」と彼女は言った。「でも空港は小さくて、あまりスペースがないの。最善を尽くすけど――」

「お前はブリー・カルホーンの娘だろうが。違うか？　一時間以内に手配しないと、保安官が録音した内容を公開するぞ。もう一度聞きたいか？」

　キャットの笑顔が消えた。「その必要はないわ」と彼女は言った。

「飛行機を手配しろ」とジムボーンはうなるように言った。

そして電話は切れた。

キャット・ウィリストーンはずっと現実的な人間だった。金と権力に囲まれて育ってきたので、それを生まれながらの権利として感じ、当たり前のように同じにおいのする人間に惹《ひ》かれた。その結果、彼女はジャック・ウィリストーンを誘惑した。キャットと関係を持ったとき、彼は結婚していた。

四十歳になろうとしているキャットは、出産可能な時期が終わろうとしていることをわかっていたし、カルホーン邸でのひとり暮らしをそれほどは愉しんでいなかった。夫のジャックが殺されたとき、彼の生命保険金の半分を確保しようと必死になった。父が暗殺されたときは、一千万ドルの保険金を使っていずれジャスパーを出て行こうと考えていた。セント・ジョン島にはずっと惹かれるものがあった。

だが、リック・ドレイクがアラバマ州じゅうで父親の遺産に対して訴訟を提起したことで、計画を保留せざるをえなくなった。それも今は……

リムジンがカルホーン邸の私道に止まると、彼女はヴァージル・フラッドに電話をかけた。彼は最初の呼び出し音で電話を取った。息を切らしているようだった。「キャサリン、電話をくれてよかった。裁判は明日の朝まで休廷になった。ジェニングスの弁護士に緊急事態があったらしい」

キャットはセント・ジョン島の青い海を想像して、全身に温かいものが広がるのを感じていた。「わかったわ、明日、フローレンスの法廷で会いましょう」とキャットは言った。

「いいね。ところで、キャサリン」とヴァージルは訊いた。どこか詮索するような口調になっていた。「パタースン保安官のことは聞いたかい？」

「いいえ、何があったの？」

「昨晩、殺害された」とヴァージルは言った。「フリント川沿いの山荘で梁から吊るされているところを発見された」ヴァージルはひと呼吸置いた。再び話し始めたとき、その声はほとんど囁くようだった。「裁判所の職員に聞いたんだが、保安官はペニスを切り落とされていたそうだ」

彼女は両腕に震えが走るのを感じた。「なんてこと」と言った。

「ああ、本当に」とヴァージルは言った。「とにかく、明日会おう」

「ええ、じゃあ」キャットはそう言うと、口元を歪めて笑った。保安官は死んだ。キャットは、自分をジャスパーにつなぎとめていた鎖の一部が壊れたのを感じていた。ジムボーン・ウィーラーが今朝早くに再生した録音以外に、パタースン保安官が何か持っていたとは思えなかった。その音声は、自分と同様、パタースンの関与も示唆していた。保安官の家に彼女を告発するようなものがあるとは思えなかったが、もしあったとしても、見つかるのを待つつもりはなかった。

キャットは階段を駆け上がると寝室へ行き、荷造りを始めた。それが終わると、ウォーカー郡空港に電話をした。

「ベヴィル・フィールド」電話の向こう側の声が答え、より一般に使われている名前を名乗った。

「キャサリン・カルホーン・ウィリストーンよ。わたしのジェットに燃料を入れて、一時間後には飛べるようにしておいてくれる？」

「その……奥様《マアム》、パイロットに連絡してみないことには……」

「チャックに電話して、四十五分以内に来て出発する準備をするように言って。さもないとクビにすると。十万ドルも年俸を払ってるんだから、いつでも出発できるようにしておいてもらわないと」

「わかりました、奥様《マアム》。どちらに向かうんですか？」

「ヴァージン諸島のセント・ジョン島よ」とキャットは言った。電話を首と肩のあいだにはさみながら、フラット・シューズを履いた。「一カ所だけ寄るところがあるわ」

「どちらですか？」

キャットの胃が強張った。が、ためらわなかった。「メリディアンビルのハンツビル・エグゼクティブ空港よ」

79

リック・スキレットとして知られるコミュニティは、ヘイゼル・グリーンの北西に位置していた。その中心となるのが、チャリティ・レーンとバター・アンド・エッグ・ロードが交差するところにある、〝ダウンタウン・リック・スキレット〟と地元の人間が呼ぶ地域だった。この交差点にはミュージック・バーンと呼ばれる三百七十平米もの広さの建物があり、少年時代、トムはここで行われたブルーグラス・コンサートに両親と一緒に来たことがあった。

午前十一時十五分、ボー、トム、リックの三人はミュージック・バーンの駐車場に車を止めた。老人がひとり、建物に寄りかかって草を口にくわえていた。

「どれ、馬糞《ばふん》にまみれてくるとするか」トムはそう言うと、震える脚で車から降りた。ビル・デイビスが来るまでまだ三十分以上ある。トムはステロイドの注射が必要だった。「ローガン？」

ローガン・ナサニエル・ベイダーは、建物から離れると、しっかりとした足取りで近づいてきた。身長は百八十センチを少し超えるくらいで、腕が膝のあたりまであった。高校時代と同じように胸と肘を突き出して歩いていた。

今でもガキ大将のままだな、とトムは思った。

「こいつは驚いた、トミー・マックか？」とローガンは言い、手を差し出してきた。トムはその手を握った。

苦境にあるにもかかわらず、トムはほほ笑まずにはいられなかった。ローガン・ベイダーとは四十年以上も会っていなかったというのに、学生時代と同じ呼び名で呼んでくれた。ローガンの手を握っていると、まるでれんがを握りしめているようだった。「会えてうれしいよ、ローガン」トムはなんとかそう言った。

「おれもだよ」とローガンは言った。まだ草の葉を口にくわえていた。「電話じゃ、かなり慌てていたようだな。何か用か？」

トムは友人に一歩近づいた。見せかけをかなぐり捨てて言った。「孫が誘拐されたんだ、ローガン」彼はそう言うと、眼の奥に熱いものを感じた。「そして地球上でおれを助けられるのはお前だけかもしれない」

ローガンはうなじを掻いた。トムは彼の顔に深いしわが刻まれていることに気づいた。苦労と犠牲に満ちた人生の証《あか》しだ。ローガンは草の葉を地面に吐き出すと言った。「わかった。話してくれ」

80

正午、キャット・ウィリストーンは、ベヴィル・フィールドの滑走路に止まった〈ガルフストリーム〉のキャビンでヒョウ柄のリクライニング・チェアに坐っていた。グラウンド・クルーは飛行機に燃料を入れるのに忙しくしていた。パイロットのチャックは飛行場に向かっている途中だった。四十五分もしないうちに離陸できるだろう。

予想していたとおり、時間になると電話が鳴った。またもや違う番号からだったが、キャットには誰からかわかっていた。

「飛行機は一時半にはメリディアンビルに到着する。準備して待ってるわ」

電話の向こう側は黙ったままだった。「いいだろう」ようやくジムボーンが言った。「お前にもブリーの血が少しは流れているようでうれしいよ」

「知ったこっちゃないわ」とキャットは言った。

「パイロットには二時半には離陸する準備をするように伝えておけ。おれはいくつか仕事をする必要がある。そのあと、おれとおれのパートナーで向かう」

「仕事というのは契約条件の一部なの？」とキャットは訊いた。

「そのとおりだ」とジムボーンは言った。「飛行機がメリディアンビルの空港を出発する頃には、すべての契約条件は履行されているだろう」と彼は言った。キャットはその口調に笑みが含まれていることを感じ、自分も思わず口の端を上げた。「さらにそれ以上にな」ジムボーンはそう言うと電話を切った。

81

ビル・デイビスがヘイゼル・グリーンに到着したのは、午後十二時三十分だった。

「遅いぞ」色白の友人が右手にクスリの入ったバッグを持って家のなかに入ってくると、トムはそう言った。彼は居間のソファで毛布にくるまって横になっていた。「銃は持ってきたか?」

「トラックに積めるだけ持ってきた」とビルは答えた。そして、誰もいない部屋を見回して訊いた。「みんなはどこにいるんだ?」

「全部説明するが、その前にステロイドを打ってくれ」トムは肘の付け根が見えるまで袖をまくった。

「そこには打たない」とビルは言い、バッグをソファのそばのコーヒーテーブルのうえに置き、ジッパーを開けた。数秒後、彼は注射器と液体の入ったパウチを取り出した。「これは筋肉注射だ。点滴じゃあない」

「じゃあ、どこに？」とトムは訊いた。

ビルがほほ笑んだ。「坐るとき右のケツと左のケツでどっちに体重をかける？」

トムは考えた。「右だろうな」

「わかった、じゃあパンツを脱いでくれ、こいつを左のケツに打とう」

トムはニヤッと笑った。「いつもこんな魅力的なベッドサイドマナーを使ってるのか？」

「生死に関わるときだけだよ」とビルは言った。「さあ、脱げ」

トムは言われたとおりにした。数秒後、ステロイドが体内に注入され、体が熱くなるのを感じた。

「これで三十分は元気でいるだろう。もしまだ生きていて、一時間後にもう一本打ってほしいときは、もう一度同じことをする」

「もう一本必要になるはずだ」

「どうしてわかる？」

トムは、ジムボーン・ウィーラーの指示が書かれた紙を手に取ると、ビルに渡した。

ビルは、ほぼ一分間、眼を細めてそのメモを見つめていた。そしてこう言ってトムを驚かせた。

「もう一度、脱げ」とビルは言った。

「なんだって？　どうして？」

「今打ったのは、少しは元気になっても、ダメージが少ないように効果を薄めたやつだ」

「で、今度のは?」

ビルはもっと大きな注射器をトムに見せた。「今から打つのはオークランド・レイダースが七〇年代に使っていたやつだ」

トムはニヤリと笑うと、パンツを下ろした。「勝てばいいんだ、ベイビー（NFLオークランド・レイダースのコーチ、ゼネラル・マネージャー、オーナーを歴任したアル・デイビスがよく口にしたことば）」と彼は言った。

ビル・デイビスは何も言わなかった。代わりに彼は胸の前で十字を切ると、トムの左の尻に注射針を深く刺した。

82

ヘイゼル・グリーン高校体育館の男子ロッカールームで、ジムボーン・ウィーラーは十三歳のジャクソン・マクマートリーと向かい合って坐っていた。少年の手足はロープで縛られ、口はダクトテープでふさがれていた。

ドウェイン・パタースンを殺したあと、ジムボーンとマニーは、少年を〈タンドラ〉の後部座席に乗せて山荘をあとにし、計画の最終段階に入るまで潜んでいる適当な隠れ場所を探した。ジムボーンが高校の体育館を選んだのは、マクマートリーの農場と彼に最後の審判を下すフットボール場に近いことが理由だった。

クリスマス休暇で学校が休みだったため、体育館は隠れるのにうってつけの場所だった。ジムボーンは難なく鍵をピッキングしてなかに忍び込んだ。この十時間、彼と少年がロッカールームに潜んでいるあいだ、マニーは外を監視していた。彼女は〈タンドラ〉をトロージャン・フィールドに隣接する農場の低木の茂みのあいだに止めていた。マクマートリーとドレイク、そして少年を始末したら、簡単に逃げ出せ、メリディアンビルの飛行場まで五分で着くことができるはずだ。キャサリン・カルホーン・ウィリストーンのことばを信じるなら、そこには飛行機が待っているはずで、ジムボーンは彼女も旅に同行すると思っていた。

だが課題がひとつ残っている。彼はそれを二年もの長いあいだ苦々しい思いを抱いて待ち続けた。彼は男くさい汗と小便のにおいがするロッカールームを見渡すと、少年の眼を覗き込んだ。少年は眼を細めてジムボーンをにらみつけた。

「怒っているのか、少年《ボーイ》？」とジムボーンは訊いた。

少年は頷くと、テープの下で何か言った。が、ジムボーンには聞き取れなかった。

「テープを取っても大きな声を出さないと約束するか？」

少年は頭を上下に動かした。ジムボーンは少年に歩み寄った。「うそをついたら、ケツを叩くだけじゃすまないぞ、わかってるな？」

少年は眼を大きく見開き、もう一度頷いた。

「よし」とジムボーンは言い、ジャクソンの口からテープを剝がした。

少年は一瞬悲鳴をあげたが何も言わなかった。ジムボーンは少年の向かいに坐った。「さて……」と殺し屋は言った。「調子はどうだ？」

「お腹がすいた」とジャクソンは言った。

「おれもだ」とジムボーンは言った。「だがお互い様だ。残念だが、体育館にはフードコートはついてないんでな」

「メリディアンビルに〈マクドナルド〉があるよ」とジャクソンは言った。

「覚えておこう」

いっとき、ふたりとも何も話さなかった。ようやく、ジャクソンが床に眼をやると言った。

「僕を殺すつもりなんだろ？」

ジムボーンは首を振った。「いや。殺すつもりならお前はとっくに死んでる」

「じいちゃんを殺すんだろ」

「当然の報いだ。やつはこの数年間、おれにとっては喉にささった小骨のような存在だった」

少年の顔が赤く染まった。「じいちゃんは自分の仕事をしただけだ」

「そのせいで邪魔されて、おれは刑務所に送られた。今度はおれの番だ」

少年はニヤリと笑った。「本当にそう思ってるんだ？」

そのときまで、ジムボーンは会話を愉しんでいた。が、今は焦燥感のようなものを感じていた。「ああそうだ」

「なるほど」と少年は言った、その口調はどこか皮肉っぽかった。「タスカルーサでじいちゃんを出し抜いて逃げたときみたいにね。おっと、違った。ボーおじさんにタマをつかまれて、橋から飛び下りて逃げなければならなかったんだっけ」

ジムボーンはポケットからナイフとやすりを取り出して刃を研ぎ始めた。「じいちゃんは孫にいろいろと話してるようだな」

ジャクソンの唇はかすかに震えていた。が、口調は変わらなかった。「プラスキでじいちゃんを出し抜いたときみたいにね、違う？ じいちゃんを叩きのめしたんだったよね。それで終わると思った、そうだろ？」少年は唾を飲み込んだ。「でも、終わりじゃなかった。じいちゃんは裁判に勝って、あんたは刑務所に入った」彼はジムボーンをにらみつけた。「あんたのいるべき場所に」

「生意気な口を利くじゃないか、少年《ボーイ》」とジムボーンは言い、やすりをポケットに戻すと立ち上がった。ナイフを手にして再びジャクソンに近づくと、少年の首筋に刃をあてて押しつけた。

「あうっ」肌が切れ、ジャクソンは悲鳴をあげた。ジムボーンはナイフを離すと、少年の首筋に指を走らせ、出てきた血を拭きとり、その指を口に入れた。

ジャクソンが恐怖に顔をしかめ、ジムボーンは笑みを浮かべた。

「今日は、マクマートリーの血をずいぶんと味わうことになりそうだ、坊主。お前のと、お前のじいちゃんのだ」彼はほほ笑むとかがみ込んで、さっき剝がしたテープを拾い上げた。

「口をふさがれているときのお前のほうが好きだったよ」

83

ティルマン・Ｄ・ヒル公立図書館の資料室で、ローガン・ベイダーは、ボー、リック、トミーにマクマートリー農場の井戸からヘイゼル・グリーンのほかの地域に水を供給するパイプとトンネルの経路図を見せた。

「井戸からは三本のトンネルが出ている」ローガンはＨＢの鉛筆の先で地図を指し示した。「このトンネルは農場からチャリティ・レーンの端まで伸びている」ローガンはみんながついてきているか確認するためにひと呼吸置いた。「そしてこのトンネルは、二百三十一号線と平行に百メートルほど南に伸び、右に曲がってまさにこの図書館の下を通ってさらに西へ三キロほど伸びている」彼はもう一度ことばを切ると鉛筆を置いた。そして人差し指でもうひとつの線を叩いた。「そしてこのトンネルだ。学校では大量に水を使うから、郡はそのためのパイプを確保したかった。このトンネルは農場から東に向かって二百三十一号線の下を約五キロ伸びている」彼は唇を舐めながら、ほかの三人の男たちを順番に見た。「このトンネルには出口が三つある。そのひとつがここだ」ローガンは地図に記されたボックスに指を置いた。

「こいつは驚いた」とボーは言った。

そのボックスのうえにはその場所を説明することばが小さな文字で書かれていた。リック・ドレイクは畏敬の念を込めてその名前を口にした。「トロージャン・フィールド」

84

夢のなかでトムが見ていたのは、塔とあの人《ザ・マン》の影だった。彼はトレードマークの千鳥格子の帽子をかぶっていなかった。そのフェドーラ帽をかぶるのは試合のときだけだった。練習場ではベースボールキャップをかぶり、塔のうえに立ってメガフォンで指示を出していた。世間の人々は彼、ポール・ブライアントのことを〝ベア〟と呼んだが、選手にとって、彼は〝ブライアント・コーチ〟か〝あの人《ザ・マン》〟だった。

「マクマートリー、もっと速く。ここでお前が必要なんだ、四十九番《フォーティ・ナイン》」トムは歯を食いしばって、こぶしを芝生に押し当てた。ホイッスルが鳴り、構えた姿勢から動き出すとパッドがぶつかる。暑かった。信じられないくらい暑かった。さらにあの人の声が響いた。

「どうした、四十九番《フォーティ・ナイン》。さあ行くぞ。次のプレイだ」

「次のプレイだ、トミー」レイレイ・ピッカルーの声がする。

次のプレイ。

次のプレイ。

眼を開けると、鼓動が高鳴っているのを感じた。ソファのうえで体を起こし、居間を見回した。ボーセフィス・ヘインズが隣の椅子に坐っていた。「準備はいいですか、親父《おやっ》さん」

「何時だ？」とトムは訊いた。

「一時四十五分です」

トムは全身の力を振り絞ってソファから立ち上がった。気分がよかった。強くなった気がした。だが、妙な気分だ。口のなかに変な味がし、めまいがした。部屋のなかを見回し、トミーに眼をやった。顔が強張っている。心配していた。その隣にはビル・デイビスが、茶色い液体と氷の入ったグラスを手に立っていた。ビルはかつてアルコール依存症で、トムの知る限り二十五年間ずっと酒は飲んでいなかった。

「ビル？」

「そんな眼で見るなよ、この頑固なクソじじいが」とビルは言い、トムに向かってニヤッと笑った。「お前の体はドラッグ漬けだ、エルビスも嫉妬するぞ」医師の顔から笑みが消え、付け加えた。「アラバマ州ヘイゼル・グリーンの地下トンネルで死ぬなら、〈デュワーズ〉をしこたま飲んでから死にたいね」

トムは友人に頷いた。「ありがとう、ビル」そして異変に気づいた。顔のしわを寄せ、素早く部屋のなかに眼を走らせた。「リー・ロイはどこだ？」と彼は尋ねた。自分の声にパニックの色を聞いて取った。いろいろなことがあったため、唯一の同居人のことをすっかり忘れていたのだった。「あいつはどこだ？」

「うちにいるよ」とトミーは言った。「ナンシーとジェニー、ジュリーと一緒だよ、父さん。父さんが入院したあと、僕がここに来て連れていったんだ」

自分の鼓動がコントロールできなくなっていた。彼はビルをにらんだ。「いったい、何を打ってくれたんだ？」

「お前が頼んだものだよ」とビルは言い返し、スコッチをぐいっと飲んだ。

トムは大きく息を吸うと、自分を落ち着かせようとした。頭の奥のほうでは、塔のうえの声がまだ聞こえていた。どうした、坊主、さあ次のプレイだ。彼は眼を閉じ、そして開けた。

自分の今いる場所を確かめようとした。

「一時五十分です、教授」とボーは言った。「準備はいいですか？」

トムは親友の眼を覗き込んだ。「ボー……わたしが死んだら、リー・ロイの面倒を見てくれないか？」

ボーはほほ笑んだが、その眼は悲しそうだった。「もちろんです。任せてください。大丈夫ですか、教授」そう言うと彼はビル・デイビスをにらんだ。「教授に何を与えたんだ？」

「最大量のステロイドだ」とビルは答えた。「あの状態では、ステロイドなしでは、車でトロージャン・フィールドまで行くことはおろか、支えなしに歩くことさえできないだろう」

ボーはデイビス医師の視線を受け止めたが、医師も一歩も引かなかった。最後にはボーが視線をそらし、トムに眼を戻した。「電話を忘れないでください」

トムはかがみ込むと、コーヒーテーブルから電話を取り、充電をチェックした。バーが半分を示していた。十分だろう。「ローガンは君らにトンネルのことを教えてくれたのか？」

ボーは頷いた。「大丈夫です、親父《おやっ》さん」

「銃は？」とトムは尋ねた。

トミーがデイビスを手で示した。「先生《ドク》が準備してくれたよ。今あるもので革命が起こせる」

トムはほほ笑んだ。そしてふらつくと左によろけてバランスを取った。「大丈夫だ」と彼は言った。あの人《ザ・マン》の声がまだ聞こえていた。今度はもっと近かった。ノックスビルのロッカールームだ。いいか、坊主ども。そう思ってないかもしれないが、おれたちはやつらを思いどおりに動かせている。後半に入ったら、ディフェンスはやつらを止めに行け。オフェンスがボールを持てば得点できるだろう。おれたちならできる。それを見せてやるぞ。

トーマス・ジャクソン・マクマートリーは、眼をしばたたいて涙をこらえながら、部屋のなかを見渡した。この部屋で母親のレネの作ったエッグ・カスタードパイを食べた。今リック・ドレイクが坐り、物思いにふけっているキッチンテーブルで、アラバマ大でフットボールをするという誓約書にサインをした。ジュリー・リン・ロジャースと結婚することを両親に伝えたのも、今まさに自分がいる居間の同じ場所だった。

おれたちならできる。それを見せてやるぞ。

「みんな、最後まで付き合ってくれてありがとう」

彼は全員を抱きしめた。息子には少しだけ長く。「あの子を必ず連れ戻す」トムは囁いた。

「神に誓って必ず」

「うん」とトミーは言い、眼からこぼれた熱い涙を拭った。「信じてるよ」

キッチンまで行くと、トムはパートナーをじっと見た。「わたしたちの法律事務所の最後の仕事をする準備はできたか？」

リックは頷いた。「ええ、教授」

トムは電子レンジの時計をちらっと見た。午後一時五十五分。そしてパートナーに眼を戻すと言った。「さあ、行くぞ《レッツ・ロール》」

五分後の午後二時ちょうど、トム・マクマートリーとリック・ドレイクは並んで長い私道を歩き、二百三十一号線に向かった。リックはこの三十時間着ていたのと同じグレーのスーツを着て、そのうえに黒のオーバーコートを羽織っていた。トムはゆったりとしたカーキ色のカーゴパンツと深紅のセーターに着替えていた。気温は四度以下となっていたので、トムもダークグレーのウールのオーバーコートを着ていた。

二百三十一号線に出ると、リックはトムの腕をつかんで、車が通り過ぎるのを待った。

「教授、大丈夫ですか？」

「絶好調だ」彼はそう言うと、中央分離帯を越え、反対車線に入った。

85

午後二時五分、キャット・カルホーンのジェットがメリディアンビルのハンツビル・エグゼクティブ空港に着陸した。遅れていた。キャットは、二日酔いのせいで三十分も遅れてベヴィル・フィールドに現れたパイロットを呪った。飛行機が滑走路に止まると、チャックの疲れ切った声がスピーカーから響いた。「着きましたよ、ミズ・ウィリストーン。飛行機を降りて脚を伸ばしますか？」

「いいえ、チャック、大丈夫よ」

「お客さんはいつ到着するんですか？」

「二時半には離陸できるように準備しておいて」

「了解《ラジャー》」とチャックは言った。

キャットはシートベルトを外し、機内のミニ冷蔵庫で冷やしておいたシャンパンのボトルを取り出した。上等なものではないが、これで十分だ。ミスター・ウィーラーとミズ・レイエスの到着を迎えるために待つべきなのかもしれないと考えながら、鼻で笑った。

「どうでもいいわ」彼女は声に出して言うと、シャンパンボトルのコルクを開けた。「飲まずにいられない」

86

〝彼らは向かってる〟。

ジムボーンはマニーから届いたばかりのメールを見た。マクマートリーとドレイクが私道に出てきたら、すぐに連絡するように言っておいたのだ。マニーが選んだ高台からは、およそ一マイル四方を見渡すことができた。

ジムボーンはマクマートリーの孫のほうを向くと、ベンチから持ち上げ、ロッカールームで見つけた用具バッグのなかに入れた。少年はもがいて抜けだそうとしたが、ジムボーンは笑って袋のジッパーを閉めた。

「時間だ、坊主」

87

トムとリックは、二百三十一号線を越えると、右手に体育館、正面にフットボール場が見える広い駐車場を四百メートルも歩かなければならなかった。トムはできるだけ速く歩いたが、自分が足を引っ張っているのをわかっていた。

「時間は？」

「二時四分です」とリックは言った。「落ち着いてください、大丈夫です」

トムの心臓が激しく脈打ち、めまいも戻ってきた。塔からの声に導かれるように耳障りな声が聞こえてきた。

アメリカン・フットボールは眼で見て動き、ぶつかり合うスポーツだ。
機敏に、流れるように、そして強引に。

トムは頭を振った。が、めまいはひどくなった。次のプレイだ、トミー。レイレイの声だ。耳元で。次のプレイだ。眼と耳を開いて、頭を上げろ。

「神よ、救い給え」トムはそう囁いた。

「教授？」リックの声は遠くから、フィルターを通しているように聞こえた。

「大丈夫だよ、リック。ステロイドのせいでちょっと混乱しているだけだ」

ガブリエルが忙しいときは、神様はレイレイを遣わすのさ。レイレイの声が聞こえる。

トムは笑い、リックの心配そうな視線を眼の片隅で捉えた。

「もうすぐだ」トムは声に出して言った。声を振り払おうとするかのように。

あの日々があったからこそ、チームがひとつになって、四年後には全米チャンピオンになることができたんだ。あの人の声がする。

二百メートル、トムは自分が高校時代に州選抜大会に出場したスタジアムを見てそう思った。

これだけは言っておこう。やれると信じている。

次のプレイだ、トミー。

機敏に。

流れるように。

そして強引に。

トムは息を呑み、リックの腕が置かれているのを感じた。「時間は？」

「二時八分です」

あと百メートルだ、とトムは思った。スタジアム脇に赤とグレーの色をしたトロイの兵士の像を見て、眼を無理やりできるだけ大きく見開いた。

見ろ。

動け。

ぶつかれ。

五十メートル。トムは足を引きずっていた。「時間は?」

「二時十分です、教授。間もなくです」

おれたちならできる。それを見せてやるぞ。

塔のうえから聞こえる声はいくらか小さくなっていたが、今はレイレイの声が大きくなっていた。次のプレイだ、四十九《フォーティ・ナイン》番。

それから別の声がした。トムがこの数十年聞いていなかった声。ブライアント・コーチの声なら忘れることはなかった。毎週土曜日に、ブライアント-デニー・スタジアムのジャンボトロンから響きわたる声を聞いていたので、忘れられるはずもなかった。そしてレイレイ・ピッカルーには二年前に会っていた。彼らの声は独特で、間違いようがなかった。

その声もそうだった。穏やかで控えめ。アラバマ大学のフットボール選手、ロースクールの教授、そして弁護士になった男を育てた謙虚な男の声。トムの父親、サットン・ウィンスロウ・マクマートリー。みなからはサットと呼ばれていた。

おれたちならできる。

トムは人生で最も愛した人々を、プロジェクターのように高速で、頭のなかに次々と思い浮かべた。涙が止まらなかった。

おれたちならできる。

サット・マクマートリーは、第二次世界大戦中、最悪の状況のなか、バストーニュの戦いを経験していた。多くの戦友が命を落としたが、彼は生き延びて、最愛の人と結婚した。サットとレネ・マクマートリーは多くの子どもを望んだが、ひとりしか授かることはなかった。

おれたちならできる。

二十メートル。「時間は？」トムはしわがれた声で訊いた。

「二時十二分です」

おれたちならできる。

十メートル。

お前にならできる、息子《サン》よ。

五メートル。塔のうえからの声が耳に戻ってきた。大きな声だった。砂利道を走る十八輪トレーラーのように。

見ろ。

動け。

ぶつかれ。

トムは手を伸ばしてスタジアムの壁に両手を添えて寄りかかり、大きく深呼吸をした。眼が涙でにじんでいたので、それを拭いてはっきりとさせた。リック・ドレイクのほうを向いた。彼の顔は強張り、眼にも緊張の色が浮かんでいた。その表情は、クォーターバックのパット・トランメルがハドルのなかからチームメイトの顔を覗き込んでいるときの様子をトムに思い出させた。

「時間は？」とトムは訊いた。

「二時十四分です」とリックは言った。

トムは右手にあるチェーンのフェンスを顎で示した。「そこにゲートがある」と彼は言い、腕をリックに回すと、パートナーの力を借りて、トロージャン・フィールドの入口をくぐった。

トムとリックは自分たちに一番近いサイドラインに向かって歩いた。そこに着くと、トムは周囲に眼をやったが、何も見えなかった。「時間は？」

「二時十五分です、教授」

トムのポケットのなかで、携帯電話が鳴った。

88

ジムボーン・ウィーラーは愉しみにしていた老人の弱々しい声を聞いた。

「やあ」マクマートリーは最初の呼び出し音で電話に出た。

「フィールドの真ん中に出て、五十ヤードラインのうえに立て」

「わかった」

男たちがふたりともそうしようとすると、ジムボーンが言った。

「お前だけだ、マクマートリー。ドレイクはサイドラインにいろ」

十五秒後、老人はフィールドの真ん中に着いた。「孫はどこだ？」と彼は訊いた。

ジムボーンは眼を閉じ、それからの数秒間を人生のなかで一番愉しんでいた。「おれが約束したことを覚えてるか？」

電話の向こう側からは荒い息遣いが返ってきた。そのあと続いて言った。「孫はどこだ？」

「質問に答えろ、マクマートリー。おれが約束したことを覚えてるか？」

「ああ」

「言ってみろ。ことばにしてみろ」

「最後の審判」マクマートリーはようやく言った。その声は憔悴しきっていた。

「今日がその日だ」ジムボーンはそう言うと、ライフルの銃弾を二発放った。

89

フィールドに銃声が響き渡り、トムは胸から空気が抜けていくのを感じていた。思わず膝をついた。罠だった。ヘレンに諭されたことを思い出していた。そのなかにまんまと入り込んでしまった。

「嫌だ！」と少年の叫び声がした。

トムが反対側のサイドラインに眼を向けると、孫が彼のほうに走ってくるのが見えた。

「じいちゃん！」

「教授！」背後からリック・ドレイクの声が聞こえ、その声に続いて高性能ライフルの銃声が三発した。視界の片隅でパートナーが崩れ落ちるのが見えた。

トムは立ち上がろうとしたが、動けなかった。孫の足音が聞こえ、顔を上げると四十九番《フォーティ・ナイン》が自分に向かって走ってくる姿が見えた。少年の顔には涙が流れ落ちていた。「じいちゃん！」

手を伸ばすと、少年の腕に包まれるのを感じた。

見ろ。

動け。

ぶつかれ。

次のプレイだ、トミー。

トムは、ジャクソンの背後に影が近づいてくるのを見た。孫の体をしっかりと抱きしめながら、その影が次第に大きくなり、最後には自分に覆いかぶさるようにして立つのを見ていた。

ジムボーン・ウィーラーはトムとジャクソンを見下ろしながら、歯をむき出しにして笑った。殺人鬼が先端を切り落とした散弾銃の銃身をトムの額に押し当てた。その銅色の眼は、怒りと満足感の両方で輝いていた。そして笑いながら、その銃を少年のこめかみへと動かした。

「やめろ」トムはあえぎながら言った。

「マクマートリー、お前を殺して地獄へ送る前に、孫が死ぬのを見てもらおう」

トムは体に残された力を振り絞って、銃に向かって突進し、手のひらで銃身をつかむと、力いっぱい押し上げた。

耳元で世界が回転するほどの爆音が鳴り響いた。トムが右に眼をやると、ジャクソンは無傷だった。狙いは外れたのだ。

ジムボーン・ウィーラーはトムをにらみつけると、散弾銃の銃床をトムの額に向かって振り下ろした。

「頑固なクソじじいが」とジムボーンは言った。そして立ち上がると、銃を再びジャクソンに向けた。

トムは弱々しく両手を上げ、少年を守ろうとした。ジムボーン・ウィーラーの銅色の眼を見上げ、これがこの世で見る最後のものになるだろうと思った。

だが、引き金を引く前に、殺人鬼の胸が爆発した。

そしてトロージャン・フィールドのあらゆる方向から銃声が響き渡った。

90

マニー・レイエスは、自分のものではないライフルの銃声を聞いた瞬間、何かが大きく狂ったのだと悟った。スタジアムの記者席からスナイパー・ライフルを撃つはずだった。だが今、ジムボーンが散弾銃を落としてひざまずくのを見ていた。

常に迅速に反応せよ。マニーはパートナーが回復するのを待つことはなかった。フットボール場の裏、八百メートル離れた地点に止めてあるトラックまでたどり着かなければならない。そしてメリディアンビルにある飛行場に行かなければならない。マニーは記者席の出口から滑るように出ると、地上へと続く階段に向かった。両手でライフルを握り、階段を半分下りたところで、片手に拳銃、片手に杖を持った砂色の髪をした男に行く手を阻まれた。男の右眼は黒いアイパッチで覆われていた。

「お前を逮捕する、ミズ・レイエス」とアンブローズ・パウエル・コンラッドが言った。

マニーは立ち止まると、ライフルをパウエルに投げつけ、同時にパンツの脇のグロックに手を伸ばした。銃のグリップを握ったとき、腹に銃弾の衝撃を感じた。膝をついたが、それでも銃を持ち上げようとした。そのとき、銃弾が上腕を貫き、肩が弾《はじ》けた。彼女は仰向けに倒れ、それでもなんとかグロックを構えていると、検察官が重い足取りで階段を上ってきた。次の瞬間、彼は彼女に覆いかぶさるようにして立ち、彼女の鼻先に銃を向けた。

マヘリア・ブレシカ・レイエスは、次の瞬間、刑務所には入りたくないと思った。傷ついた片目を布で覆ったがっしりとした体格の検察官を見上げるとほほ笑んだ。「ひどい顔だね、旦那《セニョール》」と彼女は言うと、グロックを彼に向かって振り上げた。

パウエル・コンラッドは、マニー・レイエスが銃を放つ前に、彼女の額に二発の銃弾を撃ち込んだ。殺人鬼の虚ろな眼から生気が失われていくのを見ながら、銃を脇に下ろし、ひざまずいてその死に顔をにらみつけた。

「ママ《マ マ》は……頑張《トライド》ったよ。お前のおかげだ、ウェイド」彼はそうつぶやいた。

91

トムは銃撃がやむまで、ジャクソンに覆いかぶさるようにして横たわっていた。しばらく眼を閉じていたが、今は眼を開けていた。ジャクソンは彼の下で震えていた。トムは彼の背中を優しく叩いた。「大丈夫だ」と言った。「もう大丈夫だ」右手に眼をやると、ジムボーン・ウィーラーが仰向けに手足を広げて倒れていた。狂人の胸は血で覆われていた。が、まだ息があった。

トムは大きく息を吸って酸素を取り込みながら、両手と膝を使ってジムボーンのほうに這って進んだ。数十センチのところまで近づくと、ジムボーンの口元が歪み、笑みをこぼしているのが見えた。「少なくとも、お前とドレイクは仕留めたぞ、このクソ野郎」

「それは違う」リックがふたりを見下ろすように立っていた。

ジムボーンの眼がリックに向けられた。口を開きかけたが、ことばは出てこなかった。リックはシャツのボタンを外し、防弾ベストを見せた。彼の脚元でトムも同じことをした。

ビル・デイビスが持ってきたのは銃や弾薬だけではなかった。

「お前はほかにも勘違いしていたようだな、このクソ野郎」リックは殺人鬼の前にしゃがみ込むと、上ずった声で言った。「お前は最後の審判を下すことはなかった。下したのは僕だ」リックはことばを切った。トムは青年のことばに感情の昂りを感じた。「お前は僕の父を殺した。マニー・レイエスを雇って父をひき逃げした」リックはそう言うと、ジムボーンの耳元に口を近づけた。「今日がお前の審判の日だ」

いっとき、殺人鬼は眼を大きく開けてリックを見ていた。

「そう思ってるのか、坊主《ボーイ》？」彼はそう言うと、トムに眼をやった。「お前がそう言ったのか、マクマートリー？」

「お前が刑務所で言ったことだ」とトムは言った。「ビリー・ドレイクはメインディッシュの前の前菜だと」

ジムボーンは眼をしばたたき、咳をした。血が口と耳から流れ出た。が、今も笑っていた。そして大笑いしたあと、突然やめると突き刺すような視線でリックを見た。「うそだよ。ドレイク、お前の父親を誰が殺したかは知らん。聞いた限りじゃ、ただの事故だったかもしれんな」彼はさらに笑った。「たとえ死んでも、最後に笑うのはボーン様だ」

リック・ドレイクは数歩あとずさると、最後には膝をついてしまった。ジムボーンはトムに眼を向けた。「ただお前の注意を引こうと思ったんだ、爺さん。そしてうまくいった。そうだろ？」彼は唇を舐めた。「ビリー・ドレイクの件は手柄にならないが、お前の相棒の刑事ウェイド・リッチーは十分な手柄と言っていいだろ？　それとあの黒んぼ《ニガー》の女房ジャスミン。そしてサントニオ・ジェニングス。おっと、お前の旧友のレイレイ・ピッカルーを忘れちゃいけないよな」ジムボーンはまた笑った。体からは血が流れ続けていた。

次のプレイだ、トミー。

耳元で旧友の声がした。トムは殺人鬼をにらんだ。そして這って進み、相手との距離が数センチになるまで近づくと低いうなるような声で言った。「お前は失敗した。わたしに近づこうとして、大勢の人を殺した。そして失敗した。癌が……いつの日かわたしを殺すだろう」トムは食いしばった歯のあいだから振り絞るようにそう言った。「だが、お前じゃない」

ジムボーン・ウィーラーの笑い声が小さくなり、口元が引き締まった。トムに手を差し出したが、すぐに力なく地面に落ちた。数秒後、表情が虚ろになると、彼は息を引き取った。

92

「あいつ死んだの、じいちゃん？」ジャクソンがトムに歩み寄りながら訊いた。

トムは腕を少年に回して頷いた。「ああ、死んだ」

「よかった」

「わたしもそう思う」

ジャクソンはトムからリックに視線を移した。リックは五十ヤードライン上に坐りこんでいた。「リックは大丈夫？」

トムはリックを見た。胸が痛くなった。「ショックを受けたんだ」

トムはパートナーの後ろで動く音を聞いた。顔を上げると、パウエル・コンラッドが足を引きずりながら近づいてきた。右眼は黒いアイパッチで覆われていた。「これはこれは、珍客のおでましだな」パウエルが数メートルまで近づくと、トムはなんとかそう言った。「ルースター・コグバーン（映画『オレゴン魂』でジョン・ウェインが演じた主人公）みたいじゃないか」

「ほめことばとして受け取っておきますよ」とパウエルは言った。

「いつ着いたんだ？」

「あなたとリックがピケットの突撃（南北戦争のゲティスバーグの戦いで南軍ロバート・E・リー将軍が命じた最後の突撃。無益な突撃として知られている）を始めた数分後です」

「ほかのみんなは？」

パウエルは北に向かって顎で示した。そこにはボーセフィス・ヘインズが脚を引きずりながらも全力で歩き、ビル・デイビスがそのあとに続いていた。ふたりの前では、トミーがジャクソンに駆け寄って抱き上げていた。そして父と息子は互いの腕のなかで泣いた。

ボーがようやく到着すると、トムは手を差し出した。友人は彼をつかんで引き寄せると、きつく抱きしめた。トムは痛みで悲鳴をあげた。

「すみません、親父《おやっ》さん」

「大丈夫だ。ありがとう」トムは全員を見た。パウエル、ボー、デイビス、そしてトミー。

「どうやったんだ？」

「スタジアムの北五十ヤードのところにトンネルの出口があったんです」とボーが言った。

「トンネルを抜けると、ジムボーンとマニーの見張り役らしいメキシコ人の男がいて、まずそいつに対処しなければなりませんでした。そいつはフィールドハウスの屋根のうえで双眼鏡を持っていた。だが、ハイウェイのほうに集中して見ていたので、すぐ近くで何が起きているのか十分に注意を払っていなかった。トミーが背後から忍び寄って腕をつかみ、パウエルが手錠をかけて、梯子《はしご》につないだんです」ボーはひげを撫でながら、トミーのほうを顎で示した。彼はまだジャクソンを抱きしめたままだった。「息子さんのことを誇りに思ってることでしょう、教授。そのあとおれたちはあなたたちを発見しました。おれたち三人――」ボーはトミー、デイビス、そして自分自身を指さした「――は、スタジアムの北側と東側に陣取り、パウエルが西側をカバーしました」彼はそこまで言うと、パウエルをちらっと見た。

「思っていたとおり、マニーは記者席にいたのか？」

検察官は低くうなった。「今は地獄にいる」

トムはかすれた息を吐いた。「そのあと、残りのみんなでウィーラーを倒したんだな？」

ボーは首を振った。「いえ、北と東からは視界が悪かった。あなたとジャクソンの体が邪魔をしたんです。おれたちは援護射撃をしたが……彼を殺すことはできなかった」

トムは眉間にしわを寄せた。「じゃあ、誰が？」

「南側をカバーしていた人物」ボーはそう言うと南を指さした。

トムが振り向くとゴールポストを背にしている人物がいた。その人物は黒いフリースのスウェットスーツを着て、黒いキャップをかぶっていた。彼女が歩きだすまで、トムはそれが誰なのかわからなかった。

ヘレン・エヴァンジェリン・ルイス検事長は、肩からライフルを下げて歩いていた。数メートルのところまで近づくと、キャップを脱いでトムに不敵な笑みを浮かべて言った。「そろそろ法律の出番だと思ったの」

93

クリスマスの当日、プレゼントをすべて開けたあと、まだ日の明るいうちに、トムはジャクソンにドライブに行かないかと声をかけた。ナンシーとトミーは反対したが、トムがどうしてもと言い、五分後、ふたりはトムの〈エクスプローラー〉に乗って、農場の北端に続く未舗装の道路を走っていた。誘拐事件と一週間前のトロージャン・フィールドの対決以降、ジャクソンはずっと静かだった。トムは孫とふたりきりの時間を持ちたかった。

農場の北端に着くと、トムは車を止めて孫を見た。「ついてくるんだ、四十九番《フォーティ・ナイン》」

少年は頷くと車から飛び降りた。

マクマートリー家の墓地はそこから百歩ほど進んだところにあったが、トムは墓地で立ち止まらず、自分の地所と隣家の境界となっている小川に向かって歩いた。岩のうえに坐る場所を見つけて、トムが隣を叩くと、ジャクソンも岩のうえに坐った。

いっとき、ふたりとも何も言わなかった。静かに流れる水の音だけが聞こえていた。十二月にしては気温も暖かく、トムはそのことがありがたかった。

「で、どうなんだ？」

少年は肩をすくめた。「大丈夫、たぶん」

「どうして、最近そんなに静かなんだ？」

ジャクソンはトムのほうを見ず、小川を見つめていた。「わからない。ただ……あんなに怖かったのは初めてだった」

「怖がってもいいんだ」とトムは言った。「恐怖は自然な感情だ。わたしも死ぬほど怖かった」

「じいちゃんも？」

「ああ、もちろんだ」と彼は言った。「ほかに何か問題があるのか？」

少年は肩をすくめた。「心配なだけだと思う」

「何について？」

「いろんなことが」とジャクソンは言った。彼は、十三歳の少年が見るべき以上のものを見てきた眼で、ようやくトムを見た。「リックが心配なんだ。ウィーラーが彼のお父さんを殺していないと言ったあと、すごく動揺していたから」

トムは頷いた。彼も、今日、ヘンショーの家で母親と一緒にいるはずのリックのことが気になっていた。彼は母親に本当のことを話したのだろうか。トムは罪悪感に襲われながらそう思った。自分が黙っていれば、リックは父親の死がジムボーンとマニーの仕業だとは思わなかっただろう。トムはため息をついた。結局のところ、自分の正しいと思ったことをしただけだ。それが人にできることなのだ。

「リックは強い男だ」トムはやっとそう言った。「このショックから立ち直るだろう。そう信じている」

「僕もそう思うよ」とジャクソンは言った。「ママとパパのことも心配なんだ。家を修理しているあいだ、ここで暮らしているから、僕がひとりで外出することを許してくれないんだ」彼はため息をついた。「ほとんど僕から眼を離さないし、夜中に眼が覚めたらママが一緒のベッドで寝ていたこともある。ママの泣き声が聞こえた」

トムは眼の奥が熱くなるのを感じながらも、落ち着いた声で言った。「ママはお前を失ったと思ったんだ。ふたりともそうだ。時間をかけるんだ。もう少ししたら元どおりになる」

「ならないよ」とジャクソンは言った。涙がほほを伝っていた。「もう元には戻らないんだ。最悪なことになる」

「いや元どおりになるよ、四十九番《フォーティ・ナイン》。約束する。数カ月後には――」

「じいちゃんは死ぬ」ジャクソンが叫んだ。苦悩に満ちた眼でトムを見ていた。「死んじゃうんでしょ、違う？」

トムはもう眼の奥に熱いものを感じていなかった。眼が濡れていた。

「じいちゃんは死んじゃう」とジャクソンは繰り返した。声はだんだん小さくなっていった。

「そうだ」とトムは言った。

「すぐなんだよね？」ジャクソンは胸から嗚咽を漏らしながら尋ねた。「一カ月。数日かもしれないんだよね」

「わからない」

「じゃあ、僕の言いたいことわかるよね？　もう元には戻らないんだ、じいちゃんは死んじゃう。人生は最悪だ」

　トムは少年の肩に腕を回し、ジャクソンは彼に体を預けた。やっとすべてを吐き出してくれた。「死んでほしくないんだ、じいちゃん」彼は涙を流しながらそう言った。「不公平だよ。まだ七十二歳なのに。友だちのトッドのおじいちゃんは八十歳だし、ひいおじいちゃんは九十九歳なんだよ。ふたりともまだ生きてるんだ」

　トムは彼にほほ笑んだ。「いいかい、四十九番《フォーティ・ナイン》、ある人が言ったが、それは年齢の問題じゃないんだ」と彼は言った。「それは距離の問題なんだ。わたしはまだ七十二歳だが、この体でたくさんの距離を生きてきたんだ」

「もう死にたいっていうこと？」ジャクソンはトムから離れると言った。

「いや違う。だが、望むと望まないとにかかわらず、死はいずれ訪れるものなんだ。わたしもお前のおばあちゃんには死んでほしくなかったけど……駄目だった」

「それもフェアじゃないよ」

「そのとおりだ。ときどきこの世はとても不公平だと思うことがある。でも、死や悲しみも残念ながら人生の一部なんだ」

「そうじゃなければいいのに」少年はすすり泣き、トムはまた彼を引き寄せ、小川を見つめた。

「わたしもそう思うよ。でも、保証はない。だからこそ、ハンドルをしっかり握って、日々を一生懸命生きなければならないんだ」彼はことばを切った。「わたしは死ぬだろう。そうじゃなければいいのにと思う。けどわたしが生きているあいだに、お前とわたしとで何かしようじゃないか、どうだ？」

少年は体を離すと祖父を見た。「何をしたいの？」

「生きたい」とトムは囁いた。「生きたいんだ……この世を去るその日まで」

少年の眼が新たな涙でいっぱいになった。が、彼はやがて同意のしるしに頷くと言った。

「わかったよ、じいちゃん」

いっとき、ふたりは無言のまま並んで坐っていた。ようやく、ジャクソンはトムを見上げて言った。「ねえ、じいちゃん」

「なんだ、四十九番《フォーティ・ナイン》？」

少年は嗚咽をこらえ、歯を食いしばりながらもなんとかそのことばを口にした。「メリー・クリスマス」

「メリー・クリスマス、坊主《サン》」トムは空を見上げた。暗くなり始めていた。「おまえの母さんが警察に電話をする前に帰ったほうがいいな」

少年は涙を拭った。「その前にもうひとつだけいい？」

「なんだ？」とトムは訊いた。

「ダーウィン・ホルトがジョージア工科大の選手の顎を折った話をまたしてくれる？」

トーマス・ジャクソン・マクマートリーは、孫の勇気に満ちた眼を見つめてほほ笑んだ。そして少年時代に父親と釣りをした小川を眺めながら、低い声で話した。「ダーウィン・ホルトは、わたしが見てきたなかでも一番ハードにぶちかますアメリカン・フットボール選手だったかもしれない……」

エピローグ

アラバマ州ヘイゼル・グリーン、四カ月後

三人は約束どおり、農場の北端に集まった。

パウエル・コンラッドは、ソルト＆ビネガー味のポテトチップスをひと袋と十二本パックの〈ミラー・ハイライフ〉を持ってきた。まだアイパッチをしていたが、足の運びはかなりスムーズになり、もう杖《つえ》を必要としていなかった。

リック・ドレイクは〈ジャックダニエルブラック〉の一パイント瓶とショットグラスを三つ、そして同じ数のローンチェアを持ってきた。彼はここに来るのに寄り道をしてきた。ミセス・ラシェル・ジェニングスに四百万ドルの和解金の小切手を直接手渡すため、ジャスパーに寄っていたのだ。彼はまた、アルヴィン・ジェニングスの墓に六本パックの〈イングリング〉を、その隣のサントニオ・〝レル〟・ジェニングスの墓には〈ボンベイ・サファイア〉の一パイント瓶を置いた。「おれたちで蛇の尻尾を切り落としたよ、レル」彼はそう囁くと、手にキスをし、百二十日前にウェイド・リッチーの棺《ひつぎ》にしたように、コンクリートの碑のうえに手を置いた。

ボーセフィス・ヘインズは最後に到着したが、誰よりもよい土産を持ってきた。彼が墓地に近づくと、白と茶色のイングリッシュ・ブルドッグが眼の前に飛び出してきて、パウエルとリックに飛びついた。

　男たちはみな、リー・ロイを撫で、耳の後ろを掻いてやった。そしてローンチェアに腰掛けると、しばらく無言のまま飲んでいた。遠くでコオロギの鳴き声が聞こえた。やがて、パウエルが体を乗り出してリックの顔を覗き込むようにして言った。「ミセス・ジェニングスは和解に満足してたか？」

　リックは頷いた。「何よりもほっとしたんじゃないかと思う。あの金があれば、子どもたちを一生養っていくことができる。アルヴィンは戻ってこないけど……」彼のことばは次第に小さくなっていった。

「できることをするまでだ」とボーは言った。

「いまだに信じられないのは、ジムボーンが持っていたUSBメモリーにキャットとパタースン保安官の会話が録音されていたことだ」とパウエルが言うと、ほかのふたりも同意して頷いた。

「ぴったりじゃないか？」とボーは言い、ビールをぐいっと飲んだ。「セント・クレア矯正施設はジャック・ウィリストーンが十八カ月間を過ごした場所だ。今、彼の未亡人はそれがどんなところなのか見ることができる。もっと長くなりそうだがな」彼はパウエルを見た。

「逮捕の瞬間に立ち会いたかったよ」

「なかなか見ものだった」と検察官は言うと、ビールを一口飲んだ。「ブリー・カルホーンのジェット機のリクライニング・チェアに坐って、ボトルからシャンパンを飲んでいた」彼は思い出しながら首を振った。「手錠をかけられたときには泥酔していた」

「キャットが刑事告発されたことで、ブリー・カルホーンの遺産に対する不法死亡訴訟のすべてがうまくいった」リックは思い出を愉しむようにそう言った。「キャットに代わる後見人が選任され、ジャスパーのヴァージル・フラッドと話し合った結果、和解を望んだ」

「四百万ドル、だったな？」とパウエルは訊いた。

リックは頷くと、ビールのボトルから一口飲んだ。「ガルフショアのゾーン殺害事件は証拠がそこまで強固ではなかったが、それでも後見人はおよそ二百万ドルで和解することに同意した」

「ほとんど全財産じゃないか？」とパウエルは訊いた。

「半分以上だ。ブリーにはキャット以外に相続人がいなかったから、彼女の死後は州が残りの財産を取得することになるだろう」

「それもふさわしい正義だ」とボーは言った。「ブリー・カルホーンはそのすべての人生を私腹を肥やすことに費やし、その結果、麻薬取引を助長することでアラバマ州に損害を与えた。最終的に州が彼の残りの財産を受け取るのが正しい結果だ」

リックは〈ジャック ダニエル〉の一パイント瓶を開けると、全員のショットグラスに注いだ。「正義に」と彼は言い、グラスを差し出した。ほかの男たちも乾杯した。

「正義に」とボーが言った。

「正義に」とパウエルも言った。三人のなかで一番大きな声だった。

彼らはグラスを上げた。そのとき、リー・ロイが低いうなり声をあげた。南のほうからガサガサという音が聞こえてきた。「誰だ？」パウエルがズボンから銃を取り出して言った。

「わたしも男だけのパーティー《ソーセージ・フェスト》の仲間に入れてもらえる？」

パウエルは拳銃を脇に下ろしてほほ笑んだ。「検事長？」

ヘレン・エヴァンジェリン・ルイスは、男たちの真ん中に入っていった。彼女はチェックのフランネルシャツをタイトなジーンズにたくし込み、漆黒の髪をポニーテールにしていた。

「何に乾杯する？」彼女がウィスキーのパイント瓶を指さすと、ボーがそれを手渡した。

「正義に」とパウエルが言った。

ヘレンは笑うと、唇にボトルを押し当てた。唇はいつものように深紅《クリムゾン》に塗られていた。

「正義に」と彼女は言った。

「来てくれてありがとう、検事長」とリックが言った。

「誘ってくれてありがとう、ドレイク。いつもパーティーに呼んでくれるのね。フットボール場の対決の日、あなたがずっとメールを送り続けてくれなかったら、農場に行って力になることはできなかったわ」

「そしてジムボーンに最後の審判を下すこともできなかった」とパウエルは言った。

「たぶんそうね」とヘレンは言った。「あの場に居合わせることができて本当によかった」そしてボーに向かってからかうように言った。「今夜のことについては、てっきりここにいるプラスキ出身のミスター・ヘインズが声をかけてくれると思ってたわ」

「すみません、検事長」とボーは言った。「おれは――」

「冗談よ、忘れて。ちゃんとここに来てるんだから」彼女はそう言うと、誰に促されるでもなくボトルからもう一口飲み、墓地のなかで一番大きな墓石に眼をやった。「彼もここにいてくれたらよかったのに」彼女の声は少ししゃがれていた。男たちは眼をそらした。

「教授に」とパウエル・コンラッドが叫び、ボトルを受け取ると、自分とボーとリックに注いだ。

「教授に」全員が声をそろえて言った。

「トムに」とヘレンは囁いた。

しばらくのあいだ、彼らは墓石の周りに立っていた。彼らの足元で、リー・ロイが墓石のそばに横たわっていた。

「ところで、ミスター・ドレイク」ヘレンは、パウエルが持ってきたクーラーからビールを取り出すとようやく言った。「これからどうするの？」

リックは地面を見下ろすと言った。「ジェニングスとゾーンの事件が解決したこともあって、事務所を閉めようかと思ってる」

「本当か？」とパウエルが訊いた。驚きを隠せない様子だった。「マクマートリー&ドレイク法律事務所をやめるのか？」

闇が深まるなか、リックは眼を凝らして友を見た。「教授がいないと何か……しっくりこないんだ。特に今は……」彼はビールを持ったまま、墓標のほうを手で示した。

「それで何をするつもりなの？」とヘレンは尋ねた。

「ヘンショーに帰るつもりです」とリックは言い、まるでたった今決めたかのように、自分自身に頷いた。「母とキーウィンは農場の助けが必要だし、それに……残りの人生をかけて、父を殺した犯人を見つけるつもりです」

ヘレンはリックに一歩近づくと言った。「もしその件でわたしに力になれることがあったら連絡して。いいわね？」

「そうします」とリックは言った。

ヘレンはビールのボトルから一口飲んだ。「で、あなたはどうなの、ミスター・コンラッド？　これからも悪党を捕まえてくれるの？」

パウエルはポテトチップスをひとつ口に放り込んだ。「いや、どうかな」とパウエルは言った。「悪く取らないでください、検察官でいることは気に入っています。ただ、ウィルマ・ニュートンの裁判のあとに教授に言われたことをずっと考えてるんです」

「彼はなんと言ったの？」

「おれがいい裁判官になるだろうと」

ヘレンはほほ笑むとパウエルの腕に触れた。「あなたならなれるわ」そしてグループのなかの最後の男に眼を向け、ボーセフィス・ヘインズの取り憑《つ》かれたような眼を見た。「で、あなたはどうなの、ボー？　次はどうするの？」

ボーはため息をつくと墓標に眼をやった。「わからないよ、検事長。今は子どもたちの親権をめぐって争っている」

「ジャズの父親はまったく折れないの？」

ボーは首を振った。「それどころか、エズラは以前よりも厳しくなっている」

「今はどこに住んでいるの？」

ボーはほほ笑んだ。「トミーと彼の家族が自分の家に戻ったので、しばらくのあいだ、教授の農場の家を貸してくれることになったんだ。少なくとも物事が落ち着くまではということで」と彼は言った。「来週には引っ越してくることになる」

ヘレンも潤んだ眼で墓標を見た。「彼も喜んでるわ」

いっとき誰もことばを発さなかった。それぞれが、祈りを捧げに来た男の思い出に浸っていた。

「みんなのことを訊く以上は」とボーが言った。「あなたのことも聞かせてください、検事長。次は何をするんですか？」

ヘレンは眼を細め、数秒かけてそれぞれの男たちを見ると、ボーに視線を戻した。「わたしはテネシー州ジャイルズ郡地区検事長よ」そう言うとビールのボトルを持ち上げた。「ほかになんて言えばいいの？ それがわたしに言えるすべてよ」彼女はかがみ込むと、コンクリートの墓標にキスをした。そして背を向けると歩きだした。

「検事長？」とボーは言った。彼女は立ち止まると、肩越しに彼を見た。

「もうひとつ答えてもらってもいいですか？」

「どうぞ」

「どうして、ジムボーンのメッセージを病院にいる教授に届ける役目におれを選んだんですか？」彼はことばを切った。「なぜ自分で伝えなかったんですか？」

ヘレンはしばらく地面を見つめていた。ようやく顔を上げると彼の眼を見て言った。「トムが農場に行かなければ、彼の孫は死んでいた。あなたなら……彼を農場に連れて来れると思ったからよ」

「どうしてそう思ったんですか？」

「なぜなら、トムは家族の次に……あなたのことを愛していたからよ、ボー。彼はあなたを息子のように愛していた」

ボーは答えようとしたが、ことばが出てこなかった。

ヘレンはひとりひとりと眼を合わせた。涙がほほの両側を流れていたが、拭おうとしなかった。「ジャイルズ郡で力になれることがあったら、連絡してちょうだい」

彼女が答えを待たずに自分の車へ戻っていくのを、三人の男たちは見ていた。ようやくパウエルがうなるように言った。「すごい女性《ひと》だな」

「いや違う」とボーは言った。気を落ち着けると、ことばを選ぶように言った。「あれが検事長《ゼネラル》なんだ」

三十分後、リック、パウエル、ボーの三人は、墓地に続く未舗装の道路沿いに止めたそれぞれの車のところで別れのことばを交わした。「家に戻ったら、ようやくまともな車を買えるな」そう言ってボーがリックをからかうと、みんなで笑った。

パウエルが最初に車に乗り、ふたりが今度タスカルーサに来たときは、〈バッファロー・フィル〉でビールとチキン・ウイングを食べようと言った。リックとボーは賛成した。

次はリックの番だった。「気をつけて、ボー」彼はそう言うと、〈サターン〉に乗り込んだ。農場をあとにする前にウインドウを下ろし、友の顔を見上げて言った。「検事長の言っていたとおりだよ。教授はあなたのことを息子のように愛していた」とリックは言った。

ボーは答えようとしたができなかった。

「今は大変だけど」とリックは言った。感極まって声を震わせていた。「僕が教授から教わったことは、決してあきらめないことだ」そう言うと手を差し出した。ボーはその手を握った。「あきらめないで、ボー。絶対に」

ボーセフィス・ヘインズはリックに向かってほほ笑むと言った。「ケツの穴全開《ワイド・アス・オープン》でいくさ」

十分後、ヘイゼル・グリーン農場に最後の闇が降りてきた。ボーはローンチェアに坐って、ウィスキーの残りを飲んでいた。墓標のそばにはリー・ロイが横になっていた。

やがてボーは墓標に近づき、視線を落とした。そこに刻まれた名前を指でなぞりながら、涙にかすれた声で読み上げた。

「トーマス・ジャクソン・マクマートリー。一九四一年十二月四日―二〇一四年三月三日」

ジムボーン・ウィーラーを倒した三カ月後、トムは癌でこの世を去った。

足元では、リー・ロイがクンクンと鳴いていた。ボーはひざまずくと、リー・ロイの耳の後ろを撫でてやった。「わかってるよ、ボーイ。ああ、わかってる」

そして頭を垂れると、ボーセフィス・オルリウス・ヘインズは泣いた。

著者あとがき

この物語は父のために書いた。

そう、父は西部劇や戦争映画が大好きだった。それらを〝シューテム・アップ《Shoot-'em-ups》（撃ち合いのシーンの多い映画）〟と呼んでいた。人生において、父は銀行員であり、農家、建築業者、開発業者だった。偉大な人生を送り、さらに偉大な愛を抱えていた。母やいとこ、友人からはランディと呼ばれ、弟とわたしからは父さん《ダッド》、そして、四人の孫たちからはおじいちゃん《パパ》と呼ばれていた。父はわたしのヒーローであり、何よりも大きな存在だった。

父は二〇一七年三月三日、肺癌《がん》のためにこの世を去った。父が亡くなったとき、妻のディクシーも肺癌の治療を受けており、結局、父が亡くなったちょうど一カ月後、右肺の大部分を切除する手術を受けた。

多くのかたから、わたしの勇気ある妻について尋ねられた。ディクシーは、術後順調に経過し、徐々に体力を取り戻している。手術から十八カ月が経過した現在、彼女は寛解《かんかい》状態にあり、わたしたちは彼女の回復を日々神に感謝している。癌《ビッグC》との闘病で彼女に残されたものは、手術後の痛みと、変化のないことを確認するために耐えなければならない定期的なPET検査やCTスキャン、そして何よりも傷痕《きずあと》だった。肉体的には、化学療法のための傷痕——今はとっくに消えている——、手術の際の切開部分の傷痕があった。精神面では、彼女は死への恐怖と先の見えない不安とともに生きている。彼女はこれらすべてに勇気を持って向き合い、決して不満を口にしない。妻の強さと優しさには畏敬の念を抱いている。

わたしはと言えば、罪悪感と喪失感と戦っている。それは飛行機事故の生存者の気持ちに似ている。わたしの家族は〝墜落〟から二年が経過し、順調に生活を取り戻している。だが、わたしたちのうちのひとりは生き延びることはできなかった。

父がいなくて寂しい。『ラスト・トライアル』の最後でボーセフィス・ヘインズはトムに〝必要なとき、わたしにはあなたがいた〟と語っている。父はわたしがアドバイスや方向性を求めたときにいつもそこにいてくれた。また、わたしが自分の書いた物語で喜ばせたいと思っていた読者のひとりだった。

トム・マクマートリーというキャラクターの多くは父の影響を受けている。トムの癖や話し方、ブルドッグへの愛、そしてそう、彼の癌に対する苦悩。それらすべてには父への思いが込められている。

父が亡くなったとき、わたしたちの生活は嵐のような状態だったこともあり、父のことを心から悲しむ余裕がなかった。書くことはよいセラピーになると聞いたことがある。わたしは精神科医ではないが、この物語を書くことで父を弔ったのだと思う。そして今、トムも父のようにこの世を去ってしまった。だが、ふたりの遺産《レガシー》がいつまでも生き続けてくれることを願っている。

遺産《レガシー》。自分自身よりも偉大なものを残すこと。それがこの物語のテーマのひとつである。父の残してくれた遺産はふたつある。父はひとりっ子で、高校時代の恋人である母と結婚し、ふたりの息子と四人の孫をもうけた。家族は父の人生において最も貴重で神聖なものだった。父の遺産のもうひとつは、逆境に直面しても成功しようとする意志の強さだった。弔辞を述べてくれた人々のひとりが言っていた――この物語のなかでも借用させてもらった――。ランディ・ベイリーは困難を直視し、いつも言っていた。「おれたちならできる《ウィ・キャン・ドゥ・ディス》」

トーマス・ジャクソン・マクマートリーが残した遺産はなんだろうか？　その答えを出せるのは読者であるあなただけであり、それこそが読書の愉しみではないだろうか。物語は人によって異なった意味を持つ。それがわたしが読書をする理由のひとつである。そしてまたわたしが物語を書こうと思う理由のひとつでもある。

この物語を読んでくれてありがとう。今後の展開について、サプライズのネタバレはしたくないが、新しいシリーズの最初の作品に一生懸命取りかかっているところだとだけ言っておこう。みなさんの知っているキャラクターもいれば、知らないキャラクターもいる。主人公であるテネシー州プラスキの弁護士ならその物語についてこう言うだろう。

「ケツの穴全開で行くぜ《ワイド・アス・オープン》」

ロバート・ベイリー

二〇一八年十月十四日

謝辞

わたしの妻、ディクシーは昨年肺癌を克服したあと、今も健康を取り戻すために戦っている。彼女の励ましとサポートがなければ、わたしの物語はひとつとして出版されることはなかっただろう。彼女をとても愛しているし、感謝している。

子どもたち――ジミー、ボビーそしてアリー――はいつもわたしに執筆意欲を与えてくれる。彼らの父親であることをとても誇りに思う。

母、ベス・ベイリーは、いつもわたしの最初の読者のひとりであり、彼女のアイデアやサポートはわたしの執筆にはかり知れない力となってくれた。この大変な二年間において、母は父の死に直面し、ディクシーの闘病と回復においてわたしたちを助けてくれた。そんななかで、母はわたしたち家族の支えとなり、礎《いしずえ》となってくれた。母がいなければわたしたちはどうなっていたかわからない。

わたしのエージェントであるリザ・フライスィヒは、この六年間、わたしの共犯者として、作家になりたいと思っていたわたしに協力してくれた。彼女の努力と粘り強さにはずっと感謝している。

わたしを育ててくれた編集者のクラレンス・ヘインズにもその経験と情熱にありがとうと伝えたい。クラレンスは編集作業を愉しく、エキサイティングなものにしてくれる。わたしの物語をよりよいものにしてくれる彼の指導にずっと感謝している。

また、トーマス＆マーサーの担当編集者、メガ・パレクにも感謝している。彼女は、わたしがロースクールの教授が裁判を戦うというストーリーを書こうと最初に夢見ていたときには、想像できなかったような高みへとこの物語を導いてくれた。

グレース・ドイル、シャスティ・エゲルダール、サラ・ショーを始めとするトーマス＆マーサーの編集・マーケティングチームのみんな、君たちと一緒に仕事をできること、そしてわたしの出版社と呼べることを誇りに思っている。サポートしてくれたこと、わたしというブランドを広めてくれたことに感謝したい。

友人であり、ロースクールの同級生でもあるウィル・パウエル判事も、わたしの最初の読者のひとりだ。執筆中、何度も〝パウエル〟ならこの物語をどう思うだろうかと考えていたことを白状する。

友人であるビル・ファウラーは、アイデアに対する重要な相談相手であり、わたしの物語を熱意と興奮をもって迎えてくれた。執筆過程で最も好きな瞬間のひとつは、ビルに初期の原稿を渡して、彼の意見を聞くのを待っているときだ。彼の考えはいつも洞察力にあふれている。

友人のリック・オンキー、マーク・ウィッツェン、スティーブ・シェイマスは初期の読者として常に励ましてくれた。本当にありがとう。

弟のボー・ベイリーもまた、ずっとわたしの執筆という旅における初期の読者のひとりであり、支援者である。彼の穏やかで揺るぎない存在に感謝したい。

義理の父であるドクター・ジム・デイヴィスは、銃器に関する校閲担当者であり、わたしの執筆という旅を通して常に前向きなエネルギーを与えてくれた。

義理の母であるベバリー・バカは、家族のために多くのことをしてくれた。彼女のエネルギーと回復力《レジリエンス》は、大いに刺激となった。

アラバマ州ポイントクリアの素晴らしい友人、ジョーとフォンシー・バラードは、この執筆という航海で最初に船に乗ってくれたふたりであり、彼らのサポートによって多くの読者を獲得することができた。

また、わたしの法律事務所であるラニア・フォード・シェーバー＆ペインＰＣのみんなにも特にありがとうと言いたい。同僚たちのサポートには本当に感謝している。

また父とディクシーが肺癌と戦っていたこの二年間に、わたしに連絡をくれ、励ましてくれた読者、友人、同僚のみんなにも感謝したい。みんなのサポートがわたしとわたしの家族にとって、どれだけ大切だったか、ことばでは言い尽くすことができない。

最後に二〇一七年三月に亡くなった父、ランディ・ベイリーに感謝したい。愛してる、そして寂しいよ、父さん。

訳者あとがき

吉野弘人

ロバート・ベイリーのマクマートリー＆ドレイク・リーガルスリラー・シリーズの第四作にして完結作『最後の審判』をお送りする。

以下、例のごとくネタバレが含まれるので、気になる方は作品を先にお読みいただきたい。

本シリーズの第一作『ザ・プロフェッサー』は、ロースクールの教授である主人公のトムが、友人の裏切りにより不名誉な形で大学を追われ、さらには癌《がん》を患って絶望に陥るものの、教え子らの励ましを受けて弁護士として法廷に復帰し、若き弁護士リックを助けて不利な裁判を勝利に導く物語である。ストレートで痛快なストーリー、「正義」をあきらめない登場人物の矜持《きょうじ》に胸が熱くなる作品である。

二作目の『黒と白のはざま』は、一作目で主人公のトムのケツを叩《たた》いて励ましたボーことボーセフィス・ヘインズが殺人事件の被告として逮捕、起訴されるところから始まる。ボーの父は四十五年前にクー・クラックス・クランによって殺害されていたが、その犯人と目される男が死体で発見されたのだった。圧倒的に不利な証拠が積み上がるなか、トムとリックがボーの弁護に駆けつけ、「負け知らず」の検事ヘレンを相手に戦いを挑む。クー・クラックス・クラン発祥の地、テネシー州プラスキを舞台に、今も色濃く残る人種問題をテーマに描いた本作は、驚きの結末が待つ良質のミステリーにもなっている。

三作目の『ラスト・トライアル』は、一作目の裁判でトムらに敗れ、脅迫と証人買収の罪で服役していたジャック・ウィリストーンが出所後すぐに殺害され、やはりそのときの裁判で証言を翻し、トムとリックを窮地に陥れたウィルマ・ニュートンが容疑者として逮捕される。トムはウィルマの娘ローリー・アンの依頼により、周囲の反対を押し切ってウィルマの弁護を引き受ける。法廷でトムに対するのは教え子の検事パウエル・コンラッドと親友の刑事ウェイド・リッチー。さらに肺癌により余命六カ月と宣告されたトムは、自身の〝最後の裁判《ラスト・トライアル》〟に臨む。この作品も最後まで行方が読めないストーリーに加え、予想もしない結末が待つ秀逸な作品となっている。そしてこの三作目は、シリーズの転換点ともいえる重要な作品となっている。トムの余命が宣告され、シリーズ完結作となる本作『最後の審判』へとつながっていくのである。

　前作の『ラスト・トライアル』を読んだ読者の方から、そのタイトルから三作目のこの作品が最終作と思い、「著者あとがき」によって四作目があることを知って驚いたという声があった（ストーリーのどんでん返しよりもそちらのほうが大きなサプライズだったという声も……）。そんな四作目の本作は、一作目でジャック・ウィリストーンに雇われて証拠の隠滅を図り、二作目でボーの命を狙って暗躍し、パウエル、ウェイドの活躍によって死刑囚監房に送られたジムボーン・ウィーラーが刑務所を脱獄するところから始まる。ジムボーンは、以前トムが刑務所に面会に訪れたとき、トムと仲間らに「最後の審判」を下すと予告していた。末期癌と闘うトムに、ジムボーンは容赦なく襲いかかり、彼にとって大切な人たちを次々と襲っていく。死の淵《ふち》に立ち、気力も体力も失いかけたトムだったが、愛する者たちを守るためにもう一度立ち上がる。

第一作目の『ザ・プロフェッサー』を読んだとき、日本の時代劇のような勧善懲悪の物語だという印象を持ち、米国のミステリーでこういったテイストはめずらしいなと思った記憶がある。米国の読者がこういった「水戸黄門」的な話を好きなことを不思議に思ったものだ。だが、よく考えれば、米国には西部劇があるではないか。米国の読者の心の奥底にも日本の読者と共通する勧善懲悪を好む気質があるのだろう。その意味では本作『最後の審判』は、著者があとがきで語っているように西部劇を強く意識した作品となっている。ストーリーの展開は、前作『ラスト・トライアル』で予告されたとおりで、大きな意外性はない。それでも物語に引き込まれてページをめくる手が止まらないのは、本作が主人公トムの〝死にざま〟を描いているからだ。

余命六カ月と宣告されながらも、十四カ月を生き延びたトムも今や、幻覚を見るまでに衰弱する。死を迎えようとしている男が命を狙われることには皮肉を覚えざるを得ない。ジムボーンを迎え撃つより、静かに死を迎えることを選ぶこともできるはずだ。しかし、トムは生きることをあきらめない。愛する者の命を守るために、宿敵ジムボーンとの最後の戦いに赴くのだ。人にはエネルギーの予備タンクがある。そのスイッチを入れるのは愛であり、その燃料となるのは愛する人たちを奪おうとする者に対する激しい怒りだ。著者のこのことばほど最後の力を振り絞るトムの心情を表すことばはないだろう。トムを助けてジムボーンに挑むのは、ボーやリック、パウエルらを始めとする六人の仲間たち。決戦の場であるヘイゼル・グリーン高校のフットボール・スタジアムに集ったのが、トムを含めて七人というところを、『荒野の七人』を意識していると思うのは考え過ぎだろうか。

主人公のトムは決してヒーローでもスーパーマンでもない。法廷でも巧みな戦略や弁舌で鮮やかに勝利するというよりは、ひとつひとつの証言を積み上げて勝利を目指すタイプである。そして彼は決してあきらめない。その相手が自分を裏切った友人であれ、負け知らずの検事であれ、教え子であれ、殺し屋であれ、老いであれ、そして眼《め》の前に迫った死であれ、決して真実と正義を求めて闘うことから、逃げたりあきらめたりしない。このシリーズを通して、主人公トムが残してくれた〝遺産〟は「決してあきらめない心」だとわたしは思う。読者のみなさんはどう感じただろうか。

本作を読んで、早くもトム・ロスを感じている方にひとつお知らせを。「著者あとがき」で触れているように新しいシリーズがスタートする。現時点ですでに二作が刊行されているのでもう少し詳しくお知らせしてもよいだろう。シリーズ名はボーセフィス・ヘインズ・シリーズ。プラスキを舞台にボーが法廷に復帰し活躍するシリーズである。プラスキが舞台ということで、あの女性《ひと》も登場し、再び法廷シーンもふんだんに出てくることを予告しておく。そのほか、新シリーズにふさわしく新たなキャラクターも数多く登場する。一足先に読ませていただいたが、期待を裏切らない作品だとだけ言っておこう。

ボーのシリーズは、とりあえず二部作となる予定であるが、その後著者はどういった作品を書いていくのだろうか。リックの父親の事件は未解決だし、もと恋人のドーンとのその後も気になる。またパウエルの裁判官としての活躍も見てみたいが、まったく新しいシリーズを読んでみたい気もする。いずれにしろ、ロバート・ベイリーというたぐいまれなストーリーテラーだけに、読者の感情をアツく揺さぶり、ページをめくる手の止まらない物語を書いてくれることは間違いないだろう。ひとりの読者として愉しみにしたい。

二〇二一年十二月

解説

山中由貴

大好きなシリーズの本の最後の一冊を読み終わるとき、ああおもしろかった、だけではない、さびしさとほっとした気持ちがごちゃまぜになったような、好きな人が乗った電車が動きだしてもう二度と帰ってこないことを嚙《か》みしめるような、たっぷりした放心が身体《からだ》にゆき渡る。そこから少しずつ感情がほどけていって、最後に、シリーズを書き通した作者と、読み通した自分とが、肩をくんで「やあ、おつかれ、おつかれ」なんていい合いながら夜道を去っていくところを夢想してやっと、心が落ち着く。

だけどいま、そんな比喩では足りないほどの深い喪失感を味わっているのは、わたしばかりではないはずだ。

もっともっと読んでいたかった。

トム・マクマートリー、あなたがあまりにも最高だから。

シリーズ一作目、『ザ・プロフェッサー』をまだ序盤しか読んでいないうちから、「やべー

――――！」なんていう、語彙《ごい》力をどこかに置き忘れてきた叫びをツイッターに吐露してしまったのは、そのおもしろさをひとりで抱えきれなくなったからだった。

最初の一一〇ページで、わたしはこのトム・マクマートリー・シリーズにぎゅっと腕を摑《つか》まれてしまった。

アメフトの学生王者として活躍したのち法律家になり、大学の教授に転身して堅実に生徒を育て、社会に数百人と法律家を送り出してきたトムが、癌《がん》で妻を喪《うしな》ったあと、友人に裏切られて職を失い、さらには自分自身まで癌に冒されていると判明する。人生に絶望しきってしまうまでを、ものすごくスピーディに書いてひと息で読ませ、あとは逆転するしか道はない。そうなったらもう誰だって、続きが読みたくてたまらなくなるものだ。

やばいぞ、これはおもしろいぞ……！

興奮でとにかく誰かになにかをぶつけたかった。ツイッターに吐きだしたあとも、次の日が仕事なのも関係なく、枕もとの狭い電球の明りのなかで、何時間でも読んでいられた。

そしてそこからまたさらに、数倍の握力で物語に引きずり込まれるのがすごい。

こんな展開は想像もしてなかったぞ、寝かせない気か！　と文句をいいながら一気に読んで、二作目、三作目を買いに走るはめになるんだから、もしまだシリーズ全作を買い揃《そろ》えていない方は、すぐにでもまとめてレジへ持っていってほしい。

『ザ・プロフェッサー』、『黒と白のはざま』、『ラスト・トライアル』。

ロバート・ベイリーが書き上げたこれまでの三つの物語のなかで、弁護士であるトムはつねに戦ってきた。従業員を酷使し、暴利をむさぼる巨大企業を相手に、不可能とおもえる裁判に挑み、容疑者として逮捕された親友の冤罪《えんざい》を晴らすべく、さまざまな妨害をかいくぐって法廷に立ち、ひとりの少女のために、ともに励んできた仲間と対決する。重要な鍵を握る証人を粘り強く探しだし、依頼人のためなら身の危険を顧みずどこへでも駆けつける。そしていざ裁判がはじまれば、陪審員の心を摑む、静かで熱い弁論を繰り広げる。けしてあきらめずに、守るべきもののために戦う。

わたしはいつでも、トムのかっこいい背中を物語のなかに追い求めてきた。

シリーズを通して登場する、トムの仲間たちだってきっとわたしと同じだ。

トムの元教え子で現相棒の弁護士リック、トムを実務的にも精神的にも支える親友ボー、リックの親友の検事パウエル、捜査官のウェイド、そして検事長であり妻を亡くしたトムの晩年のよき理解者でもあるヘレン。彼らが年齢も職業上の利害関係も気にせず、事件のたび物語に姿を現すのは、作者の都合によるものなんかではなく、トムという人についていきたいと彼らが思っているからだ。そうわたしは信じている。

そしてもうひとり、トムに異様なほど執着する人物がいる。

このシリーズをずっと追いかけてきた人ならもうおなじみの、ジムボーン・ウィーラーだ。はじめは悪徳経営者に雇われた始末屋（殺し屋ともいう）にすぎなかったボーン（ジムボーン）は、作品を重ねるごとにだんだん凄《すご》みを増してゆく。トム側に有利な証言を提供しかねない人物を追い詰め、トムとその仲間たちの家族をも攻撃の対象に巻き込んで、彼らに精神的・肉体的苦痛を与えることを心底愉《たの》しむような、ヒール中のヒール。

いや、それにしても……。

殺し屋って存在するのかよ⁉（みなさんも思いましたよね？）

日本の法廷サスペンスで、証人を消しまくる殺し屋なんていうキャラがでてきたら、まずリアリティがないとけちょんけちょんに貶《けな》されそうだ。

それがそうはならないのが、映画をはじめとするフィクション大国アメリカというか、リアルに存在していてもおかしくないだけの〝なじみ〟があるから不気味だ。

こういう日本の作品では荒唐無稽になってしまうようなスリラー要素が、違和感なく大胆に盛り込まれて物語を揺さぶり、読む人を震え上がらせるおもしろさを生み出すのだから、見事というほかない。

そのジムボーン・ウィーラーが、前作『ラスト・トライアル』ではついに死刑囚となり、もうなにもトムたちに手出しはできないと思ったのも束《つか》の間《ま》、ボーンの息がかかった新たな女刺客、マニーが登場したのも驚きだった。

そして満を持してのシリーズ完結編が、今作『最後の審判』である。

いやもうね……、読みましたか、みなさん⁉

ジムボーン・ウィーラーですよ。彼が、最凶最悪のヒールとして、トムとの最後の決着をつけるために戻ってきたんだから、おもしろくないはずがないってことですよ。

正直に告白してほしい。『ラスト・トライアル』でボーンの出番がめっきり減ってしまったとき、がっかりした人も少なからずいるのではないだろうか。わたしもそのひとりだ。それほど、ボーンの悪役としての印象は強烈で、代替のきかない人物だった。

そのボーンが、マニーの手を借りて脱獄するところから、『最後の審判』は、はじまるのだ。


しかし、わくわくしながら読みはじめて衝撃をうけるのは、そればかりではない。

トムの病状は、なんとなく覚悟していたこととはいえ、胸を衝《つ》かれるものだった。

これは、ジムボーンとの戦いでもあると同時に、癌との闘いの物語でもある。

それをことあるごとに思い知らされて、ひゅんっと心臓が縮むのを感じる。彼が末期癌と宣告されて十四カ月。体重は十五キロも減り、一九〇センチの身長で体重は七十五キロしかない。歩くことさえ容易ではない。ボーンが、トムや彼の家族を殺すべくひたひたと迫るなか、こんな状態でどうやって対決するというのか。

トムはもう戦えない。

ロバート・ベイリーは『ラスト・トライアル』の「著者あとがき」で、ほかに類を見ないほど想《おも》いのこもった文章を書いている。そこで、彼の父親が癌で他界したこと、彼の妻もまた、長らく癌と闘病したことが明かされている。それはまさに、作者がこのシリーズを執筆している真っ最中だったことも。

じつはわたしも、癌で父親を亡くしたひとりだ。

もう十数年も前のことだが、体格のよかった父が余命宣告を受けたあとみるみる痩せていき、別人のようになってひとりで歩くこともままならず、ときには息がうまくできなくなって苦しげに喘《あえ》ぐようすは、いまでも忘れられずにいる。

だからこそトムの痩せ衰えた姿が、父と重なってのしかかってきた。

トムはもう戦えない。

なぜなら、トムはもう、じぶんの生命を維持するだけでたいへんな体力を消耗しているのだから。

そしてそれは、病と闘う家族とともに過ごしながら、作者もずっと見つめてきたことであり、トムの身体がいまどれほどの状態なのか、物語はつねに、実感とリアリティをもって書かれている。

ジムボーンの執念深さを、シリーズを通してわたしたちは嫌というほど知っている。これまでに骨の髄まで植えつけられてきた彼を恐れる気持ちが、今作では、過去にありえないほどの緊張感を生んで、ひとときも息をつかせない。彼が標的にするのは、トムの大切な仲間たち、そしてなんの関係もないその家族たちだ。それを予想して、トムらは最大級の厳戒態勢を敷くけれど、ものものしくなればなるほど、ボーンの威圧感が高まっていくだけだ。読んでいてだんだん腹が立ってくる。もっとトムの晩年を心安らかに読みたかったぞ！　なんでここまでトムを痛めつける。トムの命をつなぐように、必死になって本に齧《かじ》りつく。祈りながら読む。

そしてわたしたちは再び、思い出すのだ。

トムがどんな人だったかを。

彼が、どんな苦境にあっても、けしてあきらめることなく、誰かを守り抜いてきたことを。

トムはもう戦えない。

けれど彼には、いっしょに最悪の状況を乗り越えてきたチームがいる。

リック、ボー、パウエル、ウェイド、ヘレン。動けないトムのぶんまで、彼らは大切な人を守るために戦う。助けられなかった人のために、もういちど立ち上がって戦う。

そしてトムもまた、チームに支えられ、愛する家族を守るため、孫のジャクソンを取り戻すため、弱った身体で最後の対決に一歩を踏み出す。

どうか、日々完全燃焼できないままくすぶっている人に、この物語のなかで結末まで生きてみてほしい。なにをやればいいのかすぐには答えがでなくても、うおおお！　なにか成し遂げたい、最後まで力を尽くしきりたい、という無限のパワーが湧いてくる。

全力を出しきらないままでいいのか？　ここで終わっていいのか？
トムは毎ターン叱咤《しった》激励してくれる。わたしたちは弱小チームで、トムはそれでもあきらめない最強の監督だ。

物語の最後に、トムが孫のジャクソンとふたりで語りあう場面がたまらなくすきだ。ジャクソンの素直で悲痛な叫びこそ、わたしたち読者のトムへの想いだ。わたしが父にいえなかった言葉だ。作者自身が、彼の愛する父親にぶつけたかった感情だ。

泣きじゃくるジャクソンに、トムはこんな言葉を返す。

「けどわたしが生きているあいだに、お前とわたしとで何かしようじゃないか、どうだ？」

ちいさなちいさなチームを組んで、ふたりがそのあとの日々をどんなふうに過ごしたか、想像してはまた力をもらう。

トムの物語はおしまいを迎えたけれど、どうやらまだ、解き明かされない謎がひとつ、残ったようだ。

新たなリックの物語がはじまるのか、そこではまた、トムの言葉が聞けるのか、楽しみに待ちたいと思う。リックはきっと、トムとおなじくらいわたしたちを勇気づけてくれるはずだ。

（やまなか・ゆき／TSUTAYA中万々店勤務）

本書のプロフィール

本書は、二〇一九年にアメリカで刊行された『THE FINAL RECKONING』を本邦初訳したものです。

小学館文庫

最《さい》後《ご》の審《しん》判《ばん》

著者　ロバート・ベイリー

訳者　吉《よし》野《の》弘《ひろ》人《と》

二〇二一年十二月十二日　初版第一刷発行

発行人　石川和男

発行所　株式会社 小学館

〒一〇一-八〇〇一

東京都千代田区一ツ橋二-三-一

電話　編集〇三-三二三〇-五七二〇

販売〇三-五二八一-三五五五

印刷所――凸版印刷株式会社

造本には十分注意しておりますが、印刷、製本など製造上の不備がございましたら「制作局コールセンター」（フリーダイヤル〇一二〇-三三六-三四〇）にご連絡ください。（電話受付は、土・日・祝休日を除く九時三〇分～一七時三〇分）

本書の無断での複写（コピー）、上演、放送等の二次利用、翻案等は、著作権法上の例外を除き禁じられています。本書の電子データ化などの無断複製は著作権法上の例外を除き禁じられています。代行業者等の第三者による本書の電子的複製も認められておりません。

この文庫の詳しい内容はインターネットで24時間ご覧になれます。

小学館公式ホームページ　https://www.shogakukan.co.jp

©Hiroto Yoshino 2021　Printed in Japan

ISBN978-4-09-406821-4

警察小説大賞をフルリニューアル

第1回 警察小説新人賞 作品募集

大賞賞金 300万円

選考委員

相場英雄氏（作家）　月村了衛氏（作家）　長岡弘樹氏（作家）　東山彰良氏（作家）

募集要項

募集対象

エンターテインメント性に富んだ、広義の警察小説。警察小説であれば、ホラー、SF、ファンタジーなどの要素を持つ作品も対象に含みます。自作未発表（WEBも含む）、日本語で書かれたものに限ります。

原稿規格

▶ 400字詰め原稿用紙換算で200枚以上500枚以内。

▶ A4サイズの用紙に縦組み、40字×40行、横向きに印字、必ず通し番号を入れてください。

▶ ❶表紙【題名、住所、氏名(筆名)、年齢、性別、職業、略歴、文芸賞応募歴、電話番号、メールアドレス（※あれば）を明記】、❷梗概【800字程度】、❸原稿の順に重ね、郵送の場合、右肩をダブルクリップで綴じてください。

▶ WEBでの応募も、書式などは上記に則り、原稿データ形式はMS Word（doc、docx）、テキストでの投稿を推奨します。一太郎データはMS Wordに変換のうえ、投稿してください。

▶ なお手書き原稿の作品は選考対象外となります。

締切

2022年2月末日

（当日消印有効／WEBの場合は当日24時まで）

応募宛先

▼郵送

〒101-8001 東京都千代田区一ツ橋2-3-1
小学館 出版局文芸編集室
「第1回 警察小説新人賞」係

▼WEB投稿

小説丸サイト内の警察小説新人賞ページのWEB投稿「こちらから応募する」をクリックし、原稿をアップロードしてください。

発表

▼最終候補作

「STORY BOX」2022年8月号誌上、および文芸情報サイト「小説丸」

▼受賞作

「STORY BOX」2022年9月号誌上、および文芸情報サイト「小説丸」

出版権他

受賞作の出版権は小学館に帰属し、出版に際しては規定の印税が支払われます。また、雑誌掲載権、WEB上の掲載権及び二次的利用権（映像化、コミック化、ゲーム化など）も小学館に帰属します。

警察小説新人賞 検索

くわしくは文芸情報サイト「小説丸」で

www.shosetsu-maru.com/pr/keisatsu-shosetsu/